Juan Carlos Casas

Fraile Muerto

STOCKCERO

A863 Casas, Juan Carlos
CAS Fraile Muerto.- 1ª. ed.– Buenos
Aires : Stock Cero, 2002.
376 p. ; 23x16 cm.

ISBN 987-20506-5-1

I. Título - 1. Narrativa Argentina

1º edición: 2002 - Stockcero
ISBN Nº 987-20506-5-1
Libro de Edición Argentina.

Hecho el depósito que prevé la ley 11.723.
Printed in the United States of America.

stockcero.com
Viamonte 1592 C1055ABD
Buenos Aires Argentina
54 11 4372 9322

stockcero@stockcero.com

Juan Carlos Casas

Fraile Muerto

STOCKCERO

A ese desconocido, mi padre

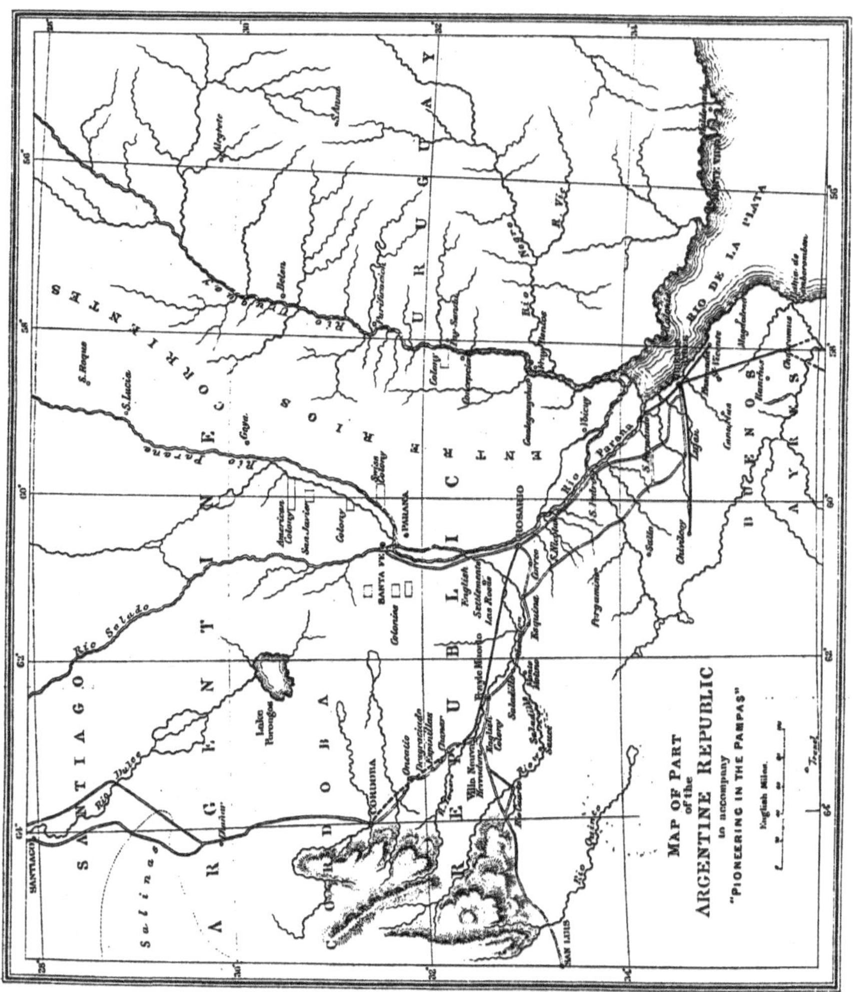
MAP OF PART
of the
ARGENTINE REPUBLIC
to accompany
"PIONEERING IN THE PAMPAS"
English Miles

Richard Seymour, en 1903

PREFACIO

Cuando me pidieron que escribiera el prólogo de Fraile Muerto se me despertaron cantidad de sensaciones dormidas durante más de una década. ¡Volver a Casiana, el personaje que yo había inventado y del que estuve enamorado durante tantos años! ¡Gumersindo Lisada, el fiel capataz que creyó llegada su última hora cuando fue capturado por los ranqueles que habían asaltado la estancia del propio comandante del pueblo, y padre de Casiana, don Nazario Casas, que salió mal herido del episodio! ¡Volver al cacique Mañkethrüz, que había capturado a Casiana mediante el recurso de bolear su caballo, y que terminó siendo un personaje razonable, más que Dick que nunca acabó de entenderla!. ¡Don Cleto del Campillo, el personaje más distinguido de Fraile Muerto según el un tanto "snobbish" Dick!. ¡La gran fiesta en el Rosario Racing Club celebrando las primeras carreras de caballos a la usanza británica!

Todos esos episodios en una Argentina que con Sarmiento comenzaba el impresionante despegue económico, que duraría 65 años sin interrupciones, y que con el ferrocarril y la navegación fluvial a vapor tuvo las poderosas palancas que le permitieron tan notable performance. Cuando terminé de escribir el libro en 1988 la Argentina estaba en el medio de una honda crisis económica, lo que me llevó a reflexionar que "Los trenes ya no traen inmigrantes en estos tiempos. Más bien devuelven al exterior a sus nietos, que prefieren abandonar la Babel en que revirtió la brillante patria sudamericana augurada por Alberdi.

Tras atravesar otro decenio de brillante comportamiento económico lamentablemente al momento de escribir estas líneas la Argentina está de nuevo saliendo con enormes dificultades de otra de sus crisis recurrentes, ésta mucho peor que la anterior. Es de esperar que el país salga alguna vez en forma definitiva de sus extravíos y que para las futuras ediciones de Fraile Muerto no sea necesario incursionar en disquisiciones políticas, y que Argentina vuelva a despertar las expectativas que llevaron a los Seymour, Dick y Walter, y a Frank Goodricke, a actuar de pioneros en las entonces salvajes Pampas.

Juan Carlos Casas
Diciembre 2002

CAPÍTULO 1

Anything lower than an admiral or a clergyman.

Nadie más bajo que un almirante o un clérigo.

GEORGE ELIOT, *Middlemarch,* 1871.

—¡Miraloh a loh gringoh! 'tá que son chamboneh.

Así decía un peón que trabajaba en la construcción del puente del ferrocarril sobre el río Carcarañá, viendo los denodados e inútiles esfuerzos de un grupo de ingleses por desencajar un carro en mitad del río. Otros compañeros habían dejado de trabajar para mirar el espectáculo.

—Así no lo han de sacar en la puta vida —comentaba otro, sonriendo burlonamente.

—¡Juerza! —les gritaron los peones en medio de risas, mientras los pobres ingleses empujaban el carro como podían con el agua al pecho, en un vano esfuerzo por ayudar a los caballos. Alguno patinaba en la resbaladiza tosca del fondo del río y se hundía en el agua turbia, de la que emergía un segundo más tarde resoplando, lo que provocaba estruendosas risotadas de la peonada.

—Nativos de mierda. Esos idiotas podrían venir a darnos una mano en vez de estar como estúpidos ahí, mirándonos —comentó uno de los jóvenes ingleses, de cabello y barba rubia, llamado Richard Seymour, que temblaba de frío mientras miraba a los peones con mezcla de rabia y desaliento.

—Yo les dije de cruzar por el puente del camino nuevo. Vadear el Carcarañá no es fácil —se quejó Gerald Talbot, otro inglés, grande como una pared. Talbot se refería al nuevo camino de Rosario a Córdoba trazado por Timoteo Gordillo para sus diligencias—. Pero tanto insistieron ustedes en ver los trabajos del ferrocarril... ¡Qué testarudos! ¿Y ahora qué hacemos? —preguntó Gerald con voz cansada.

—Y bueno... quién se iba a imaginar esto —contestó Frank Goodricke, compañero de los anteriores, más bien bajo y fornido, quien dejando bruscamente de apoyarse en el carro, al que ya no empujaba, y señalando a la peonada, dijo: —Yo les voy a pedir ayuda.

Frank salió de las frías aguas del río medio caminando, medio nadando y se dirigió a los peones en su chapucero castellano.

Una media docena se comidió a ayudar. Bajaron la empinada barranca, se quitaron los chiripás dejando totalmente a la vista sus largos calzones cribados que alguna vez fueron blancos y se metieron en el río. Desuncieron los caballos de sus arneses y los llevaron a terreno seco, donde los hicieron tirar del carromato con lazos que previamente habían atado al carro, animándolos con estentóreos gritos de ¡Aja! ¡Aja! Tirando o empujando, ingleses, criollos y caballos por igual, al fin consiguieron cruzar el carro. Tras distribuir cobres y medio reales a sus circunstanciales colaboradores, los ingleses fueron al campamento de la empresa constructora del ferrocarril. Allí encontraron a algunos compatriotas ingenieros que ya habían concluido su jornada. Harry Woods, su jefe, los invitó a lavarse. Ya limpios y con ropa seca fueron convidados a tomar el té dentro de la gran tienda de campaña que hacía de oficina de día, dormitorio de noche y comedor en las horas de las comidas.

—¿Qué andan haciendo ustedes por acá? —preguntó Woods a sus huéspedes. Era un individuo de tenebrosa barba y algunos años mayor que el resto, todos veinteañeros.

—Estamos yendo a poblar un campo en la provincia de Córdoba — dijo Frank.

—Dentro de un año el ferrocarril va a llegar a Fraile Muerto —informó Woods.

—Allí es justamente donde nos vamos a instalar. Es decir, a trece leguas al sur del pueblo —explicó Dick Seymour.

—El ferrocarril les va a abaratar mucho el transporte —dijo Woods, quien a continuación preguntó: —¿Por qué se fueron tan lejos? ¿No les gusta la provincia de Santa Fe?

—Problema de precio. Primero pensamos comprar en Entre Ríos, donde yo arrendaba un campo, pero la tierra subió mucho allí. Urquiza ha sabido dar más de veinte años de tranquilidad a la provincia. Por acá igual, vale tres y cuatro mil patacones la legua. En Coronda, ¡dieciocho mil! Por eso terminamos —Frank señaló a Dick— comprando tierra fiscal en Córdoba. Cuatro leguas por tres mil pesos fuertes. Cuando llegue el tren debería valorizarse, supongo —concluyó esperanzado.

—Poquito menos de cuatro leguas por cuatro mil doscientos veinticuatro pesos bolivianos —precisó Richard Seymour.

—¡Da igual! —exclamó Frank, un tanto fastidiado por la minuciosidad de su socio.

En ese momento entró una criolla trayendo una gran bandeja de metal plateado con una tetera humeante de grandes dimensiones, tazas de loza obviamente inglesa y bandejas con scons. La visión de estos últimos hizo brillar los ojos de los hambrientos viajeros. La breve conversación había permitido a todos y cada uno de los allí reunidos ubicar social, económica y geográficamente a cada uno de los contertulios. Los modales, la ropa, los distintos acentos y ese código no escrito ni generalmente reconocido existente en todas las sociedades que establece qué palabras y qué términos pueden ser usados habían permitido realizar esa rápida comprobación.

—Veinticuatro mil acres por seiscientas libras —dijo uno de los ingenieros mientras comenzaba a servir té, traduciendo superficie y precio a medidas inglesas—. Realmente barato.

—Y si lo hubiéramos comprado hace apenas dos años, habríamos pagado la mitad y aún menos. Así nos comentó mister William Perkins en Rosario, a quien ustedes probablemente conozcan. Está en negocios del ferrocarril, ¿saben? —comentó Dick.

—La expectativa del ferrocarril es lo que hizo subir los precios, seguramente —reflexionó Woods mientras se llevaba la taza a sus pilosos labios. "¿Qué clase de idiota fui? Mientras yo estudiaba el trazado de la vía otros compraban campo por nada", rumiaba para sí.

—El campo es barato siempre y cuando no sea muy pobre —volvió a decir el ingeniero que servía té—. Digo por aquello de que lo barato termina saliendo caro, ¿no?

—¡Nada de eso! —¡El campo es muy bueno! tan bueno como acá —afirmó categóricamente Richard Seymour.

—Es al menos lo que nos dijeron —relativizó Frank.

—¡Veinticuatro mil acres! ¡Es una enormidad! —exclamó otro ingeniero muy joven, impresionado, tardíamente, por las dimensiones del campo. —Ni el Duque de Northumberland debe tener tanta tierra —agregó.

—El Duque de Northumberland tiene mucho más: como ciento ochenta mil acres. Y el Duque de Devonshire tiene entre Derby y Yorkshire unas ciento treinta mil —aclaró Woods.

—Pero aún así, estoy de acuerdo en que veinticuatro mil acres es mucho en Inglaterra. Sin ir más lejos, el marqués de Hertford, nuestro vecino de Alcester (en realidad se pasa la vida en París), tiene doce mil acres en Ragley Hall, y siempre se lo ha considerado como un latifundista —dijo Dick Seymour.

—¿Y tienen ustedes idea de cuánto tiene en Entre Ríos el gobernador Urquiza? —preguntó Frank Goodricke, masticando un scone al mismo tiempo.

Nadie arriesgó una cifra.

—¡Vamos! ¡Digan algo! —los animó Frank agitando su taza de té.

Un ferroviario que no había abierto la boca arriesgó:

—Bueno, por la forma que hace la pregunta, ha de ser más de lo que tiene el Duque de Northumberland. Digamos quinientos mil acres.

—¿Nadie da más? —preguntó Frank, haciendo tintinear un vaso con la cuchara.

—¡Yo digo un millón! —apostó otro ferroviario, aceptando el desafío.

—¡Se quedaron muy, pero muy cortos! —dijo Frank, siempre sonriendo con su cara barbuda y más bien redonda, enmarcada por un pelo castaño muy enrulado. Tras larga pausa como para mantener el suspenso, que aprovechó para tomar un largo trago de té, con voz muy lenta anunció: —El general Urquiza, amo y señor de Entre Ríos, tiene nada menos que tres millones seiscientos mil acres donde pacen doscientas mil ovejas y ochocientas mil vacas.

Estos números fueron oídos con el respetuoso silencio que provocan las demostraciones de poderío y riqueza, silencio propicio para que la envidia se enseñoree de quienes la palpan.

—¡Tres millones seiscientos mil acres! —repitió incrédulo el ingeniero joven—. ¡Más que un condado!

—Fabuloso, ¿no es cierto? Algo así como la cuarta parte de la provincia —dijo Woods.

—En comparación, señores, nuestro campo es una modesta granja —observó Frank.

—Sí... y volviendo a esa modesta granja de ustedes —dijo Woods con ironía mirando a Frank y Dick—, díganme, ¿cómo está de aguadas?

—Agua no nos va a faltar. Tiene un frente de seis millas sobre el río Saladillo que, según nos dicen, nunca se seca —explicó Frank.

—El Saladillo, ¿eh? Ándense con cuidado. He oído decir que por allá merodean indios —advirtió Woods.

—Sí, así nos han dicho. Pero no tienen más que lanzas y se aterrorizan de las armas de fuego. No han de ser más peligrosos que los gitanos que suelen acampar cerca de las aldeas de Warwickshire y que roban gallinas, gansos o algún cordero, comentó, despectivamente, Dick Seymour.

—Yo no estaría tan seguro —opinó Woods—. No lo digo para asustarlos, pero he oído cuentos bastante alarmantes.

—¿Se van a dedicar a las ovejas? —preguntó otro de los ferrocarrileros. —Así es —contestó Frank.

—Con la guerra de Secesión en los Estados Unidos el precio de la lana se ha ido a las nubes. No hay algodón. Pienso que van a hacer un buen negocio —auguró Woods, moviendo afirmativamente la cabeza y acariciándose la larga barba oscura.

—Sí, así esperamos —dijo Frank—, aunque la guerra ya concluyó.

—Pero pasarán años para que la producción vuelva a ser la de antes. El fin de la esclavitud provocará un caos en los métodos de producción —comento otro ingeniero.

—Ojalá —dijo Frank—. Y nuestros amigos vienen con nosotros a ver si también se deciden y compran campo cerca —agregó señalando a los hermanos Charlie y Jerry Talbot. —Ajá, qué bueno. ¿Pero ustedes no eran cinco? —preguntó Woods. ¿Qué se ha hecho del otro?

—Es el cocinero. Lo empleamos en Rosario, aunque debo reconocer que sabe tanto de cocina como yo de ferrocarriles. Es un aventurero. Estuvo en la Royal Navy, vivió en la India y después en el Brasil, tendiendo ferrocarriles —explicó Dick.

—¡Vaya! —exclamó Woods—. A nosotros nos hace falta gente como ésa, con experiencia y, además, que sepa castellano —y, bromeando, agregó: —Tengan cuidado, podríamos sacárselo.

—No hay peligro —dijo Dick—. Henry ya no está para esos trotes. Está muy viejo para andar tendiendo rieles. Para mí que desertó como marinero de algún barco al ver lo fácil que es la vida en este país. El otro día, en Rosario, andaba un perro comiendo un pedazo de carne que a una familia inglesa le alcanzaría para toda una semana. ¡Imagínense! ¡Qué marinero querría reembarcarse!

—La deserción de marineros es un verdadero problema para los barcos que vienen por acá —comentó uno de los ingenieros.

—Es que está llegando mucha gente a este país. Alguien me comentó que este año van a ser más de diez mil. Ingleses, como seiscientos. Es mucho para un país que tendrá... ¿qué? ¿un millón de habitantes? —reflexionó Charlie Talbot.

—Algo más. Se calcula en millón y medio. El presidente Mitre parece realmente interesado en el progreso y la inmigración. Pero primero tendrá que terminar con tanta revolución y guerra —dijo Woods, quien se quedó pensativo y luego siguió diciendo: —La Argentina tiene muchas condiciones para ir adelante. Está mucho más cerca que Australia y Nueva Zelandia. No sólo estoy pensando en la producción de lana, sino en la de trigo.

—Sin embargo, un alemán, no me acuerdo cómo se llama, dice que la pampa no sirve para producir trigo —contradijo otro ferrocarrilero.

—Sí, ya sé quién es: Burmeister. Pero los suizos de Esperanza están demostrando que está completamente equivocado —dijo Woods.

Tras una segunda ronda de té las tazas habían quedado vacías. Ya estaba oscureciendo y comenzó a refrescar. Woods invitó a los asistentes que acercaran bancos y banquetas al fuego que ardía en una apertura de la carpa. Había advertido la extrema juventud de los huéspedes, lo que le hizo atreverse a hablarles de temas más personales:

—Si me permiten la pregunta, ¿cómo es que han venido ustedes a parar a este país?

—Yo llegué hace dos años, arrendé campo en Entre Ríos, cerca de Gualeguaychú, y me dediqué a criar ovejas —dijo Frank.

—Y yo llegué en febrero de este año. Soy su socio —dijo Dick señalando a Frank—. Éramos muy amigos en Inglaterra, casi vecinos, allá en Warwickshire. Yo estaba estudiando en Oxford. Mi padre, un clérigo, ¿sabe?, quería hacerme estudiar Teología pero..., evidentemente, no soy del tipo intelectual.

—Oxford. Un señorito. Raro que no se haya metido en el Ejército, o en la Marina, o en la Iglesia —pensó Woods. Y como adivinándole el pensamiento, Dick agregó:

—Envidiaba, debo reconocer, a mi hermano menor que entró en el Ejército a los 14 años y que ahora está en la India. Pero mi abuelo Sir Michael Seymour, conocía el Río de la Plata y solía hablarle de este país a mi padre. Le gustaba mucho. Él comandaba la flota estacionada en Río de Janeiro, donde murió. Justamente aproveché para visitar su tumba en Río durante la escala de mi barco. Por eso, cuando Frank vino aquí, no me costó mucho convencer a papá que me ayudara económicamente para asociarnos. Y bueno, aquí estoy.

"Ya se las arregló para sacar a relucir a su abuelo almirante", pensaba Frank. Era evidente que la mención de Oxford y del almirante sirvió para confirmar la posición social de Seymour y sus amigos, y para aumentar aún más el debido respeto hacia los miembros de la aristocracia por parte de los ferrocarrileros de clases más bajas.

—El almirante Seymour —dijo un ferrocarrilero muy rubio y lampiño, tratando de recordar—. ¿No estuvo en la guerra de China, en Cantón?

—Ése es un hijo de mi abuelo, Sir Michael también. Mi tío, por lo tanto. Mi abuelo murió antes de que yo naciera —aclaró Dick, muy orgulloso de su ilustre ascendencia, que se remontaba a Eduardo I.

"¡Mi Dios, ahora le va a zampar el cuento de su tío almirante!", seguía pensando Frank mientras tanto.

—Mi tío tomó los fuertes que protegían Cantón —siguió diciendo Dick Seymour, confirmando los temores de Frank—. Después destruyó una flota de juncos chinos. Finalmente, como el virrey de Cantón no aceptara negociar, ocupó la ciudad y lo tomó prisionero. Como aún así el emperador chino se obstinaba en su negativa, forzó la entrada de no sé qué río... ¡Nunca me acuerdo de esos horribles nombres chinos! Lo remontó y finalmente impuso la aceptación de las condiciones exigidas por Lord Elgin —explicó Dick con aire satisfecho por las hazañas de su tío.

—Mi hermano estuvo allá. Era ingeniero, como yo, y trabajaba en las máquinas. Me había hablado del almirante Seymour. De allí que me sonara su nombre —dijo el joven rubio y lampiño, igualmente impresionado por los éxitos de Sir Michael.

—¿Cuál había sido el motivo de la guerra? —preguntó Woods.

—Pues... no tengo la menor idea —reconoció el lampiño y miró a Dick.

—Eh... No sé, la verdad es que no lo recuerdo tampoco —debió admitir éste—. Además, poco importa. Los motivos de las guerras suelen olvidarse en su transcurso y poco tienen que ver con su desenlace —agregó, plagiando una frase que solía repetir su profesor de historia en Oxford.

—Fue porque los malditos chinos se incautaron de uno de nuestros pataches, el Arrow, en Cantón —dijo Frank, en ayuda de su amigo.

—¡Sí, cierto. Lo había olvidado. ¿Cómo lo recordaste? ¡Qué memoria! lo observó sorprendido Dick dirigiéndose a Frank.

—Por el Arrow, el río que corre cerca de casa, en Studley.

—¡Cierto! Cuántas veces lo habré cruzado para ir a tu casa, y también a lo de Throckmorton, en Coughton Court —y la imagen de Mary Elizabeth Throckmorton apareció en la mente de Dick Seymour, tanto o más atractiva aun que su madre Elizabeth, cuyo retrato pintado por Partridge, que lucía en la sala del viejo caserón, también le vino a la mente.

Aburrido de los almirantes Seymour, el ingeniero Woods decidió seguir su encuesta con Frank.

—Y a usted, señor Goodricke, ¿le puedo preguntar qué lo indujo a venir acá?

—¿Yo? Pues yo vine a buscar fortuna. Tan simple como eso —contestó Frank diciendo la verdad aunque no toda la verdad—. No me pareció útil hacerle gastar a mi padre doscientas libras al año para estudiar sólo seis meses en Cambridge, como él quería.

Dick estuvo a punto de decir algo acerca de la otra cara de la verdad, que Frank obviaba, pero se contuvo. "Debo ser discreto", se dijo.

Sin esperar a ser consultados y por turno, Jerry y Charlie Talbot, tan parecidos que se hubiera dicho que eran mellizos, informaron:

—Nosotros dejamos el ejército para venir aquí. Pasamos también por Oxford. Yo remé por Kingston College en Henley. Y después estuve en el Regimiento 11 de Húsares...

—Y yo era riflero.

"Evidentemente, todos 'gentlemen', miembros de la alta sociedad. Pero, ¿por qué diablos vendrán a este país tan remoto y atrasado? Muy inconveniente, además, no gobernado por nosotros. Con estos españoles nunca se sabe... En fin... y yo, que maldecía mi suerte por haber tenido que venir aquí en busca de trabajo... no estoy tan mal acompañado. A los hijos de los poderosos les gusta el riesgo y la aventura. ¿No es eso acaso lo que ha hecho grande a la vieja Inglaterra?"

Así se quedó reflexionando el ingeniero Woods, mientras acariciaba su vaso de whisky, bebida que junto a la ginebra había comenzado a correr libremente. Pensamientos paralelos a los de Frank, cuya lengua se soltó gracias al influjo mágico del alcohol, que lo llevó a expresarlo en palabras:

—Con las ventajas naturales de este país, sus pobladores, y sobre todo nosotros, los ingleses, no podremos evitar convertirnos rápidamente en millonarios. Por eso es que estamos acá todos nosotros, ¿verdad? —y poniéndose de pie y levantando su copa, exclamó con inesperada elocuencia: ¡Brindo, caballeros, por la fortuna que nos espera! ¡Ah, y porque ella muy pronto se concrete!

Mientras tomaba un largo trago de whisky, Woods pensó qué hacer con los millones que pronto ganaría. ¿Traería a sus padres? ¿Iría a Inglaterra a buscar la chica más linda de su pueblo para traerla como esposa? Eso sí, en la Argentina o en Inglaterra, se haría una castillo que provocaría la envidia del duque de Devonshire.

Entretanto, la conversación había girado primero, y por poco tiempo, hacia el ferrocarril que construía la empresa fundada por William Wheelwright. Luego, y muy tímidamente al comienzo, alentada por la mayor impudicia que provoca el alcohol, se encauzó hacia la mayor o menor simpatía que demostraban para con los británicos las mujeres nativas. Algunos comenzaron a contar experiencias personales, que provocaron fuertes risotadas. Pero no todos participaron de esta constructiva y amena charla: Dick Seymour, por ejemplo, incómodo ante los nuevos temas abordados, se había apartado a un costado de la tienda donde inquiría a uno de los anfitriones con similares prejuicios a los suyos acerca de los servicios religiosos anglicanos disponibles en la región.

CAPÍTULO 2

The whole country is as flat as a pancake.

El país entero es chato como un panqueque.

THOMAS J. HUTCHINSON, *Buenos Aires and Argentine Gleanings*,1865.

"Maldita inmensidad. Me abruma. Me hace sentir un insecto", pensaba el viejo Henry contemplando la pampa sin límites que lo rodeaba, desde lo alto del pescante del carro que conducía, repleto de vituallas.

Miró hacia un costado donde la tropilla trotaba alegremente, arreada por Dick y los dos Talbot. El tintineo del cencerro de la yegua madrina, una tobiana seguida por una potranca del mismo pelo, reconfortó el corazón del viejo, alejando bruscamente su congoja. Impulsado por un arranque poético, empezó a declamar, con entonación de aire marinero:

—"A sea of grass; a sea on land" —y frases parecidas.

—Cierto, y un mar sin barcos también —agregó Frank, que cabalgaba a su lado. Sí, porque hace horas que no vemos nada, ni nadie.

Frank empezó a escudriñar el horizonte. Pareció que advertía algo pues sacó de su estuche los prismáticos, detuvo a su zaino y miró hacia cierto punto. Enseguida lo señaló con la mano que sostenía los anteojos y exclamó:

—¡Allá! ¡Unos venados!

Su grito fue escuchado por sus amigos entre el fragor de los cascos de sus caballos.

—¡Corrámoslos, quizá podamos cazar alguno! —gritaron a coro los hermanos Talbot.

Los cuatro salieron a todo galope seguidos por sus perros, pero Dick, al darse cuenta de que la tropilla quedaba sola, hizo dar vuelta a su tordillo, quien le obedeció de mala gana entusiasmado como estaba con la carrera. La persecución no fue exitosa. Los venados advirtieron a gran distancia a sus perseguidores y se alejaron rápidamente, perdiéndose entre los juncales próximos a una laguna. Los cazadores orientaron entonces sus objetivos hacia las aves, esta vez no en vano. Como a la hora, los dos Talbot y Frank Goodricke alcanzaron el carro con varios patos muertos en sus alforjas.

—¡Pero si ya teníamos una cantidad! Tendríamos que comer pato sin parar para que no se echen a perder —protestó Dick.

—¡Qué importa! Es cuestión de hacer puntería —replicó Frank, mientras tiraba los patos dentro del carro—. No es la cacería del zorro, pero al menos uno se divierte un poco.

—Digno hijo del Master of the Quorn, no puede negarse —dijo Dick observando sonriente a Frank. Se refería a quien asumía la dirección de las cacerías del zorro en un distrito determinado. Luego agregó en tono recriminatorio: —Tanto quejarte de que tu viejo no hace otra cosa que cazar y vos terminás haciendo lo mismo que él.

Mientras esto último decía Dick, simultáneamente se recriminaba por haber hablado a Frank de su padre. Pero ya iniciada la frase, le resultó imposible detenerse.

—Mis quejas contra papá no son precisamente por la caza de patos —respondió secamente Frank con aire sombrío. Quedó luego taciturno, rezagándose atrás del carro y de los demás jinetes, rememorando antiguos y dolorosos recuerdos:

Ese balazo... el quejido que salió del bosque. No de un ciervo al que iba dirigida la bala, sino de su hermano mayor Harry. De su pecho manaba abundante sangre. Harry agonizaba. Poca duda cabía. La bala se le había incrustado a una pulgada del corazón. Sin embargo, se recuperó. Inclusive volvió a jugar al cricket. Pero fue por poco tiempo pues murió finalmente a los pocos meses. Frank siguió rumiando, una vez más, toda la triste historia. Dick lo observaba desde lejos, maldiciendo su falta de tino.

Dos días más tarde los viajeros llegaron al barroso arroyo de las Tortugas y al vadearlo, entraron en territorio cordobés. Ello no significó ningún cambio en el paisaje. Desaparecieron del todo, eso sí, los ya escasos ombúes, cubiertos de flores en esa época. El tiempo era magnífico. Una fresca brisa del Este arrastraba ligeras nubes blancas que se destacaban en el cielo de intenso color azul. A diferencia del escasísimo movimiento de gente o animales en la superficie, el tráfico aéreo era intenso: bandadas de patos, cisnes, garzas, flamencos y gallaretas volaban en todas direcciones, acuatizando en las lagunas cercanas. También se veían chimangos y halcones, bichos feos y pirinchos, teros y lechuzas. Lo que no faltaba era, sin duda, pájaros.

El horizonte sin límites provocaba extrañas sensaciones a los ingleses. Por momentos se sentían diminutos, como le había ocurrido a Harry; en otros gozaban de una sensación de libertad también sin límites. El paisaje de su Warwickshire natal, muy bonito sin duda, con sus suaves colinas, arroyos, verdes prados que alternaban con bosques, ¿no era justamente demasiado bonito? La pampa era en cambio grandiosa y, si bien se la podía criticar por su monotonía, la variedad estaba en el cielo, despejado a menudo, con nubes como gigantescas torres otras veces, presagio de fuertes tormentas y lluvias que parecían diluvios en comparación con la flemática llovizna inglesa. Pero el buen sol predominaba en esa fresca primavera y los viajeros no podían menos que comparar el benigno clima del país que atravesaban con las frecuentes neblinas del que habían dejado.

A la semana de salir de Rosario llegaron al río Tercero. Lo encontraron muy pintoresco, con su profundo cañón excavado en la pampa y las barrancas cubiertas por espesos montes de algarrobos, sauces, tales y vistosos chañares vestidos de amarillo. Allí hicieron campamento, es decir, el viejo Henry plantó la carpa y preparó la comida mientras los otros cuatro se ocupaban de los caballos. Durmieron, como en las noches anteriores, los cuatro gentlemen en la carpa y Henry debajo del carro.

La mañana siguiente la dedicaron a divertirse cazando y, cuando el sol del mediodía calentó un poco más, nadaron en las aún frías aguas del río. Tras el almuerzo, lo costearon aguas arriba encontrando los primeros pobladores dedicados a la agricultura. El verde oscuro de algunos lotes sembrados con trigo se destacaba contra el tono más claro del pasto natural. La pobreza de los ranchos era más que recompensada por los durazneros en flor. Más adelante, en la villa opuesta del río, se alzaba, muy poco en verdad por la chatura de la edificación, el pueblo de Fraile Muerto. Bajaron la abrupta barranca, cruzaron el río en una precaria balsa y subieron la otra barranca para entrar en el poblado. Era un pobre rancherío de un millar de habitantes, con apenas una veintena de casas decentes construidas en derredor de una placita trapezoidal donde unos desnudos paraísos empezaban a cubrirse con pálidas flores. Quizá por la necesidad de adaptarse al curso irregular del río, el trazado del pueblo desafiaba el típico damero hispanoamericano. Una pequeña y poco atractiva iglesia, frente a la plaza, completaba el modesto decorado. El resto del pueblo era un conjunto caótico de ranchos emplazados de cualquier modo.

Aunque ya había estado allí seis meses antes, cuando Frank y él buscaban campo, Dick no pudo dejar de comparar una vez más Fraile Muerto con Alcester, el pueblo de remoto origen romano cercano a la parroquia de Kinwarton, donde había vivido hasta entonces. Un abismo cultural separaba Fraile Muerto de las casonas medievales de Alcester, con su estructura de madera a la vista, el Town Hall del siglo XVI, la aún más antigua Old Malt House y la gran iglesia gótica con la estatua al marqués de Hertford esculpida por Chantrey.

Los recién llegados pobladores habían decidido emplear inicialmente a un pocero, para cavar el pozo de agua en primer lugar y, luego, la zanja de defensa contra los indios que, aunque les parecía innecesaria, tanto les había recomendado el padre de los Talbot. También precisaban un peón conocedor del trabajo con hacienda. Tras hacer campamento al borde de la barranca y no lejos del pueblo, bajo la sombra del tupido follaje de los árboles que allí crecían, Frank y Dick se dirigieron a la posta para averiguar sobre posibles candidatos.

Varios caballos ensillados atados a palenques y carretas ladeadas por la falta de bueyes les indicaron que habían llegado. La casa de la posta era pulpería a la vez. Tras el mostrador enrejado hecho en una ventana atendía un paisano. Los ingleses que se dirigían hacia allí interrumpieron brevemente su camino para observar un gaucho que tiraba la taba.

—¡Suerte! —gritó un tercero que observaba la taba que acababa de caer.

Quien había tirado la taba entonces canturreó con voz de falsete:

—Yo quisiera, vida mía,
Que me dieras sin trabajo,
Cuando la taba éche suerte,
Lo que queda por abajo.

Bajo una enramada al lado del rancho había un par de mesas con jugadores de naipes una, de dominó la otra. Un paisano estaba sentado en el suelo, apoyada la espalda contra la pared de la pulpería, rasgueando la guitarra. Era el único con gorro de manga que colgaba al costado de su cabeza, tan de moda en los últimos años del Restaurador de las Leyes, en desuso por entonces. Su forma recordó vagamente un gorro frigio a Dick.

—Yo no me pienso matar
Por quien por mí no se muere.

Querer a quien me quisiere
Y a quien no me quiera, ¡andar!

Así cantaba con voz monótona el juglar gaucho. Dick lo escuchó con atención y, sorprendido, descubrió que entendía el sentido de la canción.

—Buenas tardes —saludó Frank a los jugadores.

—Y santas —agregó un jugador de dominó.

—Güenas se las dé Dios —contestaron otros.

Los ingleses se sorprendieron al ver que todos detenían el juego, se ponían de pie y se quitaban sus pequeños sombreros pajizos dejando a la vista los pañuelos sereneros que cubrían en parte sus melenas oscuras. Esa muestra de urbanidad frente a forasteros no concordaba con el salvaje aspecto de los desgreñados gauchos con su multicolor vestuario. No obstante sus modales, las miradas de los gauchos parecían torvas y amenazadoras, impresión que era reforzada por los largos facones que lucían en sus amonedados y anchos cinturones

—Nosotros buscamos un pocero y un peón para una estancia que vamos a poblar —explicó casi a gritos Frank, menos intimidado que Dick por la apariencia de sus interlocutores—. Y queremos saber si alguien está interesado —añadió, señalándolos con su mano izquierda, pues era zurdo.

—Pocero es difícil que encuentre por acá, mi señor —explicó un paisano con un dejo de ironía en su voz con fuerte tonada cordobesa. En verdad, encontrar un gaucho dispuesto a tomar una pala era una imposibilidad.

—¿Ande es la estancia, don? —preguntó otro gaucho.

—Sobre el río Saladillo —contestó Frank.

Al oír la respuesta, los paisanos se miraron. Uno de ellos dijo con fuerte tonada cordobesa:

—Muy cerca 'e la frontera. Por ahí andan mucho los indios ¿vio? y yo no quiero entuavía perder el pellejo. 'chas gracias, don.

Los otros nada dijeron, dando la sensación de que opinaban igual. Los ingleses decidieron esperar tomando, de paso, una ginebra, por si los paisanos cambiaban de idea. Pero la espera fue vana: éstos reanudaron sus juegos sin otra reacción. Frank y Dick se retiraron desesperanzados. Sin embargo, ya vueltos al campamento y cuando el sol se ponía, vieron que uno de los paisanos que habían visto en la pulpería se acercaba a caballo.

—Ave María —se anunció mientras esperaba que lo invitaran a desmontar.

Como los ingleses, desconocedores de ese saludo, no atinaran a contestar con el usual "Sin pecado concebida" tras un tiempo más que prudencial, el hombre, siempre montado, dijo:

—He estao pensando sobre ese trabajo y estaría dispuesto a dirme con los señores. A menos que hayan conchabao a otro, claro.

El hombre se llamaba Gumersindo Lisada. Dijo tener mujer y dos hijos.

—¿Cuánto quiere ganar? —preguntó Frank. Y advirtiendo que el gaucho seguía sobre su caballo, un brazo apoyado en el anca y una pierna cruzada sobre la cruz, le dijo: —Pero por favor, ¿por qué no baja usté, hombre?

Recién entonces desmontó Lisada. Era más bien bajo, flaco y nervudo. Mientras ataba su zaino a la rueda del carro, de entre la espesa barba negra que disimulaba marcas de viruela, salió una voz grave que dijo:

—Diga usté, don.

—Nosotros pagar una libra por mes —informó Frank.

—¿Una libra? ¡Pero si eso no es nada! —protestó el paisano, con tonada cordobesa apenas perceptible—. Más en esos andurriales. Yo los conozco bien y allí no hay nada ni naides. Aparte 'el peligro 'e los indios, ¿vio?

—No se debe preocupar de los indios. Ellos están a cien leguas y nosotros tenemos buenas armas —indico Frank. De lo último daba prueba el Remington 36 que pendía de su cinto. Diga usté cuánto quiere ganar, amigo.

Tras muchos rodeos, Lisada pidió quince pesos bolivianos. Algo más que dos libras. Frank le indicó que volviera temprano a la mañana, pues querían pensarlo y, además, pedir antecedentes al juez de paz, ante quien era necesario firmar la papeleta. Al menos en teoría. Pronto descubrirían que en la Argentina había una enorme distancia del dicho al hecho y para complicar las cosas al extranjero, era difícil saber a ciencia cierta qué leyes regían y en qué circunstancias debían cumplirse bien, poco o nada.

Al rato volvió el viejo Henry acompañado de otro individuo, al que presentó como Jack, irlandés y pocero. Este pretendió diez pesos fuertes por mes, poco menos que Lisada. También se le pidió que volviera a la mañana siguiente.

Cuando llegaron los Talbot, Richard y Frank les comentaron acerca de sus gestiones para conseguir personal. Dick opinaba que los sueldos pretendidos eran notoriamente exagerados. El doble de lo que se pagaba en Inglaterra...¡y a ingleses! Frank, que por haber vivido dos años en Entre Ríos conocía los altos salarios que se pagan en el país, tenía problemas para convencer a su socio de que lo que pedía Lisada no era exagerado. "¡Hay tan poca mano de obra!", explicó. Dick también estaba impresionado por el temor de los paisanos a los indios. ¿Serían realmente simples ladrones de gallinas, como quería creer?

El viejo Henry había hecho fuego y estaba asando algunos de los patos cazados el día anterior. Dick, que estaba en cuclillas evitando que se hiciera llama, dijo:

—No me gusta nada el aspecto de ese Lisada.

—Sin embargo, debo confesar que estos gauchos son mucho mejor educados que nuestros campesinos ingleses. ¿Vieron cómo se descubren y saludan? Y hasta parecen más desenvueltos —comentó Frank.

Dick no pareció muy convencido. Comieron los patos, acompañados de queso y galleta, y naranjas de postre. Luego tomaron té, reforzado con un chorrito de brandy y, tras fumar unas pipas, se fueron a dormir.

Apenas había comenzado a clarear cuando con escaso intervalo llegaron Lisada y Jack al campamento. Tras apurar su desayuno, que sorprendió por lo copioso al frugal Lisada, Dick y Frank, junto con los dos peones, se encaminaron o, mejor dicho, se encabalgaron hacia lo del juez de paz. Este atendía en su casa, donde se veían todos los implementos para confeccionar botas y botines pues zapatero de profesión era don Benigno, que así se llamaba el anualmente electo —por la gente decente se entiende— juez de paz. Se entendía por decente, según definición de Mariano Moreno, "toda persona blanca que se presente vestida de frac o levita". En Fraile Muerto, medio siglo después de definido el término, la norma parecía aplicarse con cierta laxitud, como lo demostraba el aspecto de don Benigno.

Los dos ingleses entraron en el despacho —taller del juez—zapatero y tras la habitual ceremonia de presentación, le preguntaron su opinión acerca de Lisada y Jack, empezando por el primero de ellos.

—Y... el hombre buena reputación no tiene, qué quieren que les diga. Le gustan mucho los naipes y las cuadreras, ¿saben? Pero, díganmen... ¿tienen algún otro candidato?

—Ninguno. Nadie quiere ir tan al Sud —explicó Frank.

—Y, claro. Con la guerra se están llevando las guarniciones 'e los fortines. Y los paisanos les tienen mucho miedo a los indios. De modo que si no tienen otro candidato... Según he oído decir, el criollo había andao metido en las montoneras 'el Chacho, pero vaya uno a saber si es cierto. Eso sí, vigílenlon. Y en cuanto al otro, el pocero... pues que les termine la zanja lo antes posible. Pa su tranquilidá, ¿vieron?

Los ingleses se mostraron desorientados. El juez les explicó que con los fortines desguarnecidos, los indios podrían entrar con pocos inconvenientes y saquear las estancias cercanas a la frontera, la que ellos iban a poblar entre otras. De donde la necesidad de resguardarse con zanjas que dificultaran el ataque de los salvajes.

—¡Rifles, nosotros buenos rifles! Y revólveres también. Indios no —exclamó Dick, gesticulando.

—Sí, sí, sé lo que me quiere decir. Pero de noche todos los gatos son pardos, y si los indios se pueden acercar a las casas, la van a pasar fiero, créanmelon —respondió el juez.

El comentario sorprendió a Dick. ¿Cómo no lo pensé?, se autopreguntó. Suspiró desalentado y miró a Frank, quien se alzo de hombros y en inglés le dijo que no veía otra opción que aceptar a los dos candidatos. Dick, resignado, aceptó y entonces su socio pidió al juez que preparara los papeles, tras haberles confirmado éste que diez patacones o sus equivalentes trece pesos bolivianos era el sueldo normal del peón en la zona.

—En tiempos de mi abuelo ganaban siete pesos fuertes, pero han subido una barbaridá. ¡Ah! Y van a tener que entregarles dos meses adelantaos. Es la costumbre de por acá, ¿vio?

—¡Dos meses! ¿Y si ellos irse antes? —preguntó Frank.

—Eso es raro que ocurra. ¿Pa qué había de hacerlo? Aunque alguno sí debo confesarle que lo ha hecho, llevándose, de paso, un par de güenos pingos, pero se tienen que dir pa otra provincia porque aquí, en Córdoba, cuando los agarramos, la pasan mal. Creanmelón.

Los ingleses aceptaron a regañadientes las condiciones. Hicieron pasar a Lisada y lo apretaron entre los tres para que bajara sus pretensiones a diez patacones. Finalmente aceptó y don Benigno se puso a escribir los boletos con trabajosa caligrafía.

Al concluirlos, también se hizo pasar a Jack, el pocero, y el primer contrato fue presentado a Gumersindo. No sabiendo firmar —y menos leer el contrato— el juez dejó constancia de ello. Jack simuló leer el suyo, pero en verdad apenas leía en inglés y el castellano le debía parecer un jeroglífico. Luego firmaron los ingleses, con sus nombres castellanizados: "Francisco" y "Ricardo". Le tocó finalmente el turno al juez que tras escribir su nombre se entretuvo en rodearlo de rebuscados garabatos. Frank codeó a

Dick y éste tuvo que contener una sonrisa. Concluido el trámite, don Benigno se dirigió a los peones con voz que pretendía ser solemne.

—Ustedes ya han de saber que no tienen que dejar el conchabo bajo ningún pretexto sin conformidad 'e los patrones. Y ándensen con cuidao que en caso contrario los puedo mandar como milicos a la frontera.

—A mí no por ser extranjero —lo contradijo Jack airadamente.

Molesto por la justa observación del gringo, el juez lo miró de arriba abajo, y con una sonrisa imperceptible en sus labios le dijo:

—Vos no te me hagás tan el cocorito porque te meto en el cepo o te estaqueo —y, mirando ahora a los dos peones, siguió diciendo: Tampoco pueden salir 'e la estancia sin permiso, y a la segunda vez que lo hagan tienen pena de arresto por cuatro días.

La de por sí larga y fastidiosa ceremonia se interrumpió con la llegada de una chica de unos trece años que traía un mate en una mano y la pava en la otra. Alcanzó el mate al juez pero éste le indicó que sirviera primero a los extranjeros. La niña, que Frank supuso hija del magistrado, se lo pasó a éste. Entretanto, don Benigno se dirigió a los dos ingleses:

—Y en cuanto a ustedes, no pueden despedir a estos hombres sin justa causa.

—¿Y cuáles son justas causas? —preguntó Frank.

—Pues yo lo he 'e decir en cada caso. Y otra cosa —advirtió don Benigno con energía a los ingleses: —También han de velar por las güenas costumbres. Vean que estos hombres no estean chupando, ni timbeando, ni anden de juerga mujerengueando por ahí, porque pueden ser multados con seis patacones.

—¿Los peones? —preguntó Frank.

—No, ustedes —aclaró el juez, ante el asombro de los ingleses. Y dando por concluido el acto, tomó una bota a medio hacer que tenía a su lado con intención de poner manos a la obra.

Así concluyó sus monsergas al magistrado zapatero.

—¡Qué poco realista ese juez! ¡Cómo andar pidiendo tanto permiso estando a cuarenta millas de distancia! —comentó Dick en inglés a Frank al salir, después que éste le hubiera resumido lo dicho por el juez.

Jack explicó en el mismo idioma, mientras miraba despreciativamente a Lisada:

—Es para asustar a los gauchos, porque si no se les disciplina son capaces de cualquier cosa.

Tras completar sus vituallas y reforzado el "team" con la incorporación de Lisada y Jack, los pobladores partieron de Fraile Muerto hacia el Sur.

Atravesaron campo siempre absolutamente chato y bien empastado. En una parada para comer y descansar la caballada, Dick sacó del carro el recientemente publicado Atlas del geógrafo francés Martin de Moussy y examinó el mapa correspondiente a la región que atravesaban. Vio que esos campos eran descriptos como "Vastes paturages de qualité supérieure". La región estaba algo menos desprovista de árboles que la anterior. De tanto en tanto había un pequeño bosque que, quizá por constituir la única elevación en el paisaje, se llama monte en la jerga pampeana. Pero si ello fuera posible, se la veía más deshabitada aun. Sin embargo, Lisada comentó que "hacia abajo" (al Este) dejaban el pueblito de Saladillo, que sería la población más cercana a la estancia, a cinco leguas de distancia.

A la media mañana del día siguiente, los colonos llegaron a sus nuevos dominios. Los vieron primero a través del río Saladillo que, contrariamente al Tercero, carece de altas barrancas y de frondosa vegetación en sus villas. Corre en medio de una suave depresión, en un cajón de unas treinta varas de ancho. "Poco más grande que el Alne", pensó Dick Seymour, recordando el río situado a quinientas yardas de la case parroquial de su padre en Kinwarton.

Pero a diferencia del Alne, que se desliza entre orillas tapizadas de verde y tupido césped, Dick observó que las del Saladillo están cubiertas de manchones blancuzcos de salitre que parecen nieve sucia. La escasa vegetación, las villas bajas y los manchones blancos le hicieron ver al paisaje desolado y triste. Sobre todo ese día nublado de fuerte y fresco viento Sudeste, preanunciador de lluvia. Pero el entusiasmo de sus compañeros pronto disipó esa impresión. La alegría de vislumbrar a través del río sus futuros dominios había impulsado a Frank a tirar su sombrero al aire, que debió correr cien yardas al ser arrastrado por una fuerte ráfaga. Luego, sin pensarlo dos veces y en medio de hurras, todos se metieron al galope en el río para tantear su profundidad y ver si lo podía cruzar el carro. Lisada, que, como buen gaucho, era reservado y poco demostrativo, observó todos esos desplantes con curiosidad. "Que bichos más raros estos ingleses. Se han de haber créido que naides llego a estos pagos antes que ellos", pensó.

—Ese monte se llama Monte 'e Molina —les dijo el criollo, señalando un bosquecito que se alzaba a unas quinientas varas del río.

—Así llamar la estancia —dijo Dick con su marcado acento inglés y, luego, mirando a su socio, le preguntó: ¿De acuerdo Frank?

Frank aceptó con entusiasmo y, siempre eufórico, gritó: "¡Monte Molino!".

Fue así como la estancia que comenzaba a poblarse en ese momento fue bautizada Monte Molina, como aún hoy se denomina el lugar. Pero los ingleses siempre la llamaron Monte Molino sin que nunca pudieran ubicar el molino que, según ellos equivocadamente creían, había dado origen a su nombre. Era el sábado 7 de octubre de 1865.

CAPÍTULO 3

El tenedor no se usa jamás entre las clases pobres, y en realidad, creo que no se usa porque exigiría la adopción de otros hábitos domésticos que resultaran fastidiosos: un cuchillo y un tenedor requieren un plato, el plato requiere una mesa. Sentarse en el suelo con un plato resultaría inconveniente y ridículo. Una mesa pide, a la vez, una silla y así las consecuencias del uso del tenedor, importarían una completa revolución en las costumbres domésticas.

WILLIAM MC CANN: *Viaje a caballo por las provincias argentinas,* 1853.

Al llegar los viajeros al monte que había dado su nombre a la estancia que comenzaban a poblar, un grupo de elegantes garzas grises instaladas en la copa de un árbol mantenían una animada conversación. Pero al advertir la presencia de los intrusos decidieron interrumpirla y emprendieron vuelo hacia el río, llamándose unas a otras con sus graves pitadas.

Los perros que formaban parte de la expedición ignoraron a sus congéneres alados, pero no a un cachorro de puma que corría a refugiarse en la espesura. Lo persiguieron ladrando y pronto lo rodearon. Advertido Lisada de lo que ocurría, siguió a la jauría y saltó luego del caballo, su largo facón en la mano. Se metió entre las ramas bajas de un algarrobo y pronto, en medio de los furiosos ladridos de los perros, salió con el cachorro tomado del cuello, muerto y chorreando sangre.

Era cerca del mediodía y no habían desayunado. El apetito impulsó a los ingleses a aceptar la propuesta de Lisada de asar el cachorro con cuero, a la usanza criolla. Era la primera vez que los británicos probaban carne de puma, y la encontraron buena; quizás a causa del hambre.

Durante ese primer almuerzo en Monte Molina, Frank consideró que la toma de posesión de sus nuevos dominios era ocasión más que adecuada para un brindis. Para ello sacó de una caja que había en el carro un par de botellas de vino tinto español, que descorchó y sirvió en los siete vasos. Tras lo cual levantó el suyo diciendo:

—Brindo por el éxito de la empresa que hoy iniciamos. ¡Jusqu'au fond!

Todos vaciaron sus vasos, inclusive Lisada, que aunque ignorante del motivo del brindis, no desaprovechaba la oportunidad de beber buen vino.

Le tocó a Frank llenar los vasos por segunda vez y levantando el suyo brindó porque los Talbot se plegaran a la aventura comprando un campo vecino. Nueva ingurgitación del oscuro brebaje, aunque sólo el viejo Henry, el pocero Jack y Lisada llegaron al fondo, interpretando conscientemente los primeros que la regla "jusqu'au fond" seguía rigiendo y dando por sentado el último que el primer brindis había fijado las reglas del juego.

Los Talbot brindaron a coro haciendo votos para que se cumplieran los deseos de Frank.

Las botellas se habían vaciado y el viejo Henry quiso impedir que ello interrumpiera los brindis. Se apuró en traer un par de botellas más y sin esperar la concesión del permiso que había pedido entre dientes, las descorchó, llenó los vasos y repitió un brindis patriótico escuchado en su infancia durante las guerras napoleónicas:

—When the French come over

May we meet them at Dover!

Tras lo cual despachó su vaso en medio de las risas de los demás, salvo Lisada, claro está.

Devorado el cachorro de puma y concluidas las libaciones, el grupo se recostó en el pasto para descansar y eventualmente, siestear. En eso estaban, cuando los perros comenzaron a gruñir y olfatear con gran nerviosismo. Era evidente que habían descubierto el rastro de algún animal.

Pronto lo vieron: una hembra puma de gran tamaño, madre del cachorro seguramente, agazapada al pie de un algarrobo, cuyas ramas llegaban hasta el suelo. Los perros no se atrevían a acercársele por temor a sus garras. Los Talbot le dispararon con sus revólveres pero sin resultado, por lo que Dick fue al carro a buscar su rifle. Vuelto con él, apuntó a un ojo y le atravesó la cabeza. La puma cayó muerta. Mientras Lisada la cuereaba con gran cuidado, pues sus patrones querían guardar la piel, los perros encontraron un segundo cachorro de puma que mataron a dentelladas, sin ayuda humana esta vez.

La primera tarea de Jack el pocero fue cavar un pozo para sacar agua. Encontró una napa a diez metros, pero como era muy salada se vio obligado a cavar otro pozo cerca de una lagunita, como a diez cuadras. En los terrenos bajos, decía Jack, era más factible encontrar agua dulce y su pronóstico se cumplió. Pero la distancia no dejaba de ser un inconveniente. Mucho mayor fue la necesidad de tomar la salobre agua del río hasta este último descubrimiento.

Vino después el problema de la zanja para protegerse de los indios, cuatro varas de ancho por tres o cuatro de profundidad era la regla.

—¡Resulta tan caro! —se quejaba Dick—. ¿Te imaginás el tiempo que va a llevar? Jack dice que debe ser tan ancha y profunda para hacer más difícil que los indios la llenen de ovejas y pasen por encima. No sé... Me huele a cuento. Es para poder cobrar más.

Frank compartía en parte los argumentos de Dick y aceptó dar prioridad al corral para la caballada, hecho de postes y alambres, algo novedoso en la zona. Pero terminado el corral, Lisada se unió a Jack en sus argumentos en favor del foso.

Frank aceptó sus razones y Dick no tuvo más remedio que ceder. El foso rodearía un cuadrado de cincuenta varas de lado donde se erigiría la casa a un costado del monte y muy cerca del corral, que también quedaría dentro del área rodeada.

Los Talbot, entretanto, bien impresionados por las tierras negras de la zona, decidieron comprar un campo fiscal vecino y para ello viajaron a la ciudad de Córdoba.

La vida en la precaria colonia se organizó de acuerdo con un estricto orden jerárquico. En la carpa dormían Frank y Dick. Los demás, al raso. El viejo Henry, rememorando sus hábitos marineros, en una hamaca colgada de dos árboles y Lisada y Jack bajo el carro, sobre caronas y pellones y bien cubiertos de ponchos. Aunque de noche refrescaba y alcanzó a helar varias veces, los árboles atemperaban el frío. El cocinero Henry servía las comidas a los patrones. Cuando éstos terminaban, Henry comía solo en una mesita y servía sus raciones a Jack y Lisada, que comían aparte. Jack se sintió molesto por no poder comer con sus patrones ni tan siquiera con Henry. Le molestaba su igualación al "native". Al no ser atendidos sus reclamos, con su orgullo herido, resolvió mandarse mudar dejando la zanja a medio hacer. Los esfuerzos de Dick y Frank por calmarlo, o por obligarlo a cumplir las cláusulas del contrato recordándole las advertencias del Juez de Paz fueron vanos. Lisada entonces siguió comiendo solo, lo que no afectó su apetito una pizca.

Una tarde vieron avanzar lenta y majestuosamente una tropa de carretas. Venían con nuevas provisiones despachadas desde Rosario por Frank, que había hecho un corto viaje con ese propósito. Entre otras cosas, las carretas traían una casa de fierro desarmada. Dos días tomó armarla, al cabo de los cuales los noveles estancieros pasaron a contar con dos habitaciones, una mesa, banquitos, dos cómodas, un sillón y lavatorios. Varios libros compartían el recién arribado equipaje, entre los que había que destacar la Biblia y el "Common Prayer Book" de Dick, además de las obras de Shakespeare, algunas novelas de Dickens y Trollope, y libros de viajeros ingleses al Plata. Al pasar los patrones a la casa de fierro, la carpa quedó en poder de Lisada y Henry.

Las jornadas eran de dura e intensa labor, sobre todo la extenuante tarea de terminar el foso ante la deserción de Jack. Cuando éste quedó concluido, los pobladores decidieron comprar unas vacas lecheras para alternar un poco su menú, compuesto hasta entonces exclusivamente por el producto de la caza, incluida toda vaca perdida que se arrimara a Monte Molina. El hecho de tener marca no era obstáculo para ello. Los ingleses bien pronto se amoldaron a la costumbre pampeana de apropiarse de hacienda alzada aunque tuviera marca ajena.

Lisada aseguró que podrían conseguir las lecheras en el pueblito de Saladillo. Se le encomendó ir a comprarlas pero, luego, Dick decidió acompañarlo. Temía que Gumersindo los embromara con el precio. Había oído hablar muy mal de la honestidad de los paisanos. Además, quería conocer Saladillo.

Gumersindo Lisada se presentaba a Dick como un ser distante, impenetrable. Muy hábil trabajador, le parecía sin embargo que le esquivaba a las tareas, perdiendo el tiempo en cuanto no lo veían. Muy callado, cuando se le pedía algo, jamás ponía objeción alguna. Simplemente no lo hacía dos de cada tres veces. Prometer cumplir mañana, un mañana que los ingleses descubrieron que no se refería al día siguiente sino que era sinónimo de futuro impreciso, era otra forma de escapismo. Además de pachorriento, Lisada era muy desordenado. Dejaba las herramientas en cualquier parte y, salvo cuando trabajaba el cuero, era poco prolijo. Cuando se le corregía y mostraba cómo debía hacerse correctamente un trabajo, se encogía de hombros y decía: "Y güeno, más o menos". En realidad, buen gaucho, sólo a caballo parecía trabajar a gusto. Se entretenía rasgando la "vigüela" y cantando canciones que parecían extremadamente monótonas a los oídos británicos.

A Dick le molestaba que Lisada no hiciera ningún esfuerzo por aprender el inglés y que, por el contrario, tuviera la osadía de esperar que fueran ellos quienes aprendieran el castellano. Esto último le resultaba particularmente insoportable (aunque había obligado a Dick a aprender unas cuantas palabras más del lenguaje campero). En cuanto a su aspecto, el peón lucía muy impresionante a los ojos ingleses. Ágil y flaco, tenía gran barba que, como se dijo, disimulaba las huellas de viruela y crecida pelambre oscura. Requemado por el sol, en las muy raras veces que se lo veía sin su sombrero pajizo, dejaba ver una frente muy pálida, que contrastaba con el resto de la cara.

Así fue como, temprano a la mañana de un día de diciembre, Dick y Gumersindo salieron rumbo a Saladillo. El pueblo consistía de una veintena de ranchos de barro y paja emplazados de cualquier manera, Lisada se acercó a uno de ellos y gritó:

—¡Ave María purísima!

—Sin pecao concebida —contestó una voz femenina.

Una mujer se asomó y los invitó a apearse. Alejó a los perros con un "¡Juira!" y saludó con esa aparente indiferencia típica de los paisanos, como si a Lisada lo hubiera visto ayer. El sol ya estaba alto y hacía mucho calor. De modo que la invitación a desmontar y tomar unos mates fue aceptada, aunque tras cierta vacilación de Dick. Aparecieron otras dos mujeres más jóvenes que la primera. Bajarse en una casa solamente ocupada por mujeres pareció a Dick vagamente incorrecto. La idea de que podría ser un prostíbulo se le cruzó vagamente por la cabeza.

Se sentaron afuera, bajo una frondosa higuera. Dick, en un tronco, Lisada, sobre la calavera de un vacuno, cubierta con un cuero de oveja. Gallinas y pollos circulaban picoteando aquí y allá. Una de las mujeres —resultó llamarse Clorinda— comenzó la ronda del mate. A Dick le asqueaba chupar de esa bombilla babeada por las criollas y Lisada. Si bien debía ser de plata, se veía ennegrecida por falta de lustre. Pero le pareció demasiado descortés rechazar el mate. Tomó el recipiente y chupó de la bombilla. La ardiente infusión le quemó la lengua. Sopló para afuera por equivocación y al tratar de volver a chupar, notó que la bombilla se había tapado.

"¡Qué gringo!", pensó la Clorinda que con una sonrisa fue en auxilio de Dick. "Qué dientes amarillos que tiene. Ha de ser por el mate", pensó éste, mientras Clorinda movía la bombilla y chupaba. Con nueva sonrisa amarilla le devolvió el mate. Mientras hacía todo esto, agachada sobre Dick, éste aspiró el acre olor a sudor de la mujer, que se mezclaba con el propio, y no pudo resistirse a mirar adentro del amplio escote de la blusa de la criolla descubriendo un par de bien formados senos. Esto, mucho más que el mate, le produjo un golpe de sangre caliente en la sien. De inmediato quitó los ojos del escote: ¡no fuera a ser que la nativa o algún otro se apercibiera de su incorrecto proceder! Luego, miró como quien no quiere la cosa a la criolla y desganadamente debió reconocer que tenía un cuerpo bien formado. Pelo negro y lustroso atado en dos largas trenzas. Como sus compañeras, usaba una larga y mugrienta pollera inflada por la crinolina que, cuando caminaba, se balanceaba suavemente barriendo el piso y dejando ver los pies descalzos.

La otra mujer, más regordeta y blanca, conversaba en voz baja con Gumersindo. La que los recibió, bastante mayor —quizá la madre—, había desaparecido en el fondo, donde se adivinaba un maizal. Dick entendió a medias la conversación de la gordita y Gume. Parecía que los hombres (¿maridos? ¿hermanos?) habían sido reclutados y llevados al Paraguay. Dick, disimuladamente, miró hacia el interior del rancho por su única entrada, una puerta sin puerta. Un catre y un arcón era su único mobiliario. Un remolino de moscas indicaba un pedazo de carne, oreándose, que colgaba del techo. También perdía, un poco más allá, una cuna ocupada supuso por un bebe dormido. La pobreza del lugar no le extrañó. Los campesinos ingleses no vivían mejor.

Por el humo que salía del fondo, Dick comprendió que la primera mujer estaba preparando un asado. Lisada fue hacia allá para ayudar. Al rato anunciaron que ya estaba listo. Al agarrar una costilla que le alcanzó una de las mujeres, Richard se volvió a quemar los dedos esta vez e, imitando a Lisada, mordió un pedazo de carne que cortó con el cuchillo, cerca de los labios, con mucho cuidado de que el corte no lo hiciera en éstos. Le pasaron un jarro de metal con vino. El único jarro en realidad, percudido y abollado. El vino era un clarete fuerte que a Dick le recordó los vinos catalanes. Tras un largo trago y antes de pasarlo a Lisada, alcanzó a ver en su fondo una inscripción, que le hizo retenerlo por un instante. Con cierta dificultad, alcanzó a leer:

No power on Earth
Can make us rue
If England to her
Self proves true.[1]

"¡Lo que estoy leyendo! ¡Hasta este miserable pueblo llega el poderío inglés! Evidentemente, nada hay comparable a Inglaterra", pensó mientras su pecho se henchía de orgullo. Por su cabeza desfilaron rápidamente la imagen de la reina Victoria; la carga de la Brigada Ligera; el tema "Britannia rules the waves" y Nelson muriendo, triunfante, en Trafalgar.

Tras terminar de comer e imitando a sus comensales (comensales es un decir ante la falta de mesa, pero tampoco es aplicable el término compañero ante la falta de pan), Dick se frotó las manos en el cojinillo sobre el que se sentaba. El asado, el vino y el calor lo adormilaron y ya fuera porque se le notara o porque fuera normal, Clorinda le preguntó si no quería echarse una siestita. Gumersindo apoyó la moción y al replicar Dick que se les haría tarde para comprar las vacas, éste replicó:

—Tuitos estarán siesteando a esta hora. Hasta que el sol no se ladee no hay nada que hacer.

Mientras decía esto, empezó a desensillar el zaino de su patrón, extendió bajo la higuera las caronas en el suelo, y arriba puso los pellones. Los bastos servirían de almohada. El inglés se acostó, molesto por cuanto Clorinda se quedó mirándolo, curiosa, con sus grandes ojos pardos, sentada en la calavera. Creía advertir una sonrisa incitante en sus labios entreabiertos, pero rechazó el pensamiento, atribuyéndolo al vino. El sentirse así observado le resultaba doblemente incómodo porque le impedía sacarse carne que había quedado entre sus dientes. Él desaprobaba la costumbre de mandar en público, aún más, usando el facón, como hacía Lisada. A todo esto, el gaucho había desaparecido con las otras dos mujeres en el interior del pequeño rancho. ¿Qué pasaría adentro? se preguntaba Richard. Y Clorinda, que siempre lo miraba, ¿no esperaría ser invitada a extenderse a su lado? Cerró los ojos y se imaginó abrazando a la impúdica criolla. La idea lo atraía y rechazaba a la vez. Todo le parecía muy "improper". Y la presencia de Lisada lo inhibía aún más, ante la remota posibilidad de que sospechara lo que pasaba dentro de su cabeza. Pronto el sueño extinguió sus pensamientos.

[1]Ningún poder de la Tierra
Puede echarnos atrás
Si a sí misma Inglaterra
Se prueba veraz

CAPÍTULO 4

No ancient knights riding to a tourney, no modern circus-riders of France or England, could sit their steeds with more grace and ease. These men are Gauchos...

Ningún antiguo caballero dirigiéndose hacia un torneo, ningún moderno jinete de circo francés o inglés, podría montar su cabalgadura con más gracia y soltura. Estos hombres son gauchos...

A gaucho without his steed is an impracticability.

Un gaucho sin su corcel es una impractibilidad.

THOMAS J. HUTCHINSON: *Buenos Aires and Argentine Gleanings,* 1865.

Jerry y Charlie Talbot volvieron eufóricos de Córdoba: ¡habían comprado un campo vecino! Era en el paraje denominado Monte Maíz. Mientras éstos construían su casa, paraban en Monte Molina. Los cuatro amigos formaban un alegre y esforzado grupo. Durante ese ardiente e inacabable verano se levantaban al alba; los Talbot, con un par de peones, se iban a Monte Maíz, y Frank y Dick trabajaban en la huerta, alambraban el terreno donde planeaban sembrar trigo, alfalfa y maíz, concluyeron la zanja de defensa y ordeñaban las cuatro vacas lecheras compradas en Saladillo a diez patacones cada una. Tras el almuerzo, siesteaban un par de horas y volvían a salir a trabajar hasta la puesta del sol. Después de comer, mientras fumaban sus pipas y tomaban brandy o whisky, leían, jugaban a las cartas o charlaban. La velada concluía pronto, pues el agotamiento los arrastraba rápidamente a la cama.

Cabe mencionar que salvo las noches lluviosas o frescas desde la llegada del verano pasaron a dormir debajo del carro pues la casa de fierro era un horno.

—Por ochenta libras no se puede exigir demasiado —reflexionó Frank, sin tener en cuenta que representaba más de la décima parte del costo de la sierra de Monte Molina. —Aunque mi rancho de quincho en Gualeguaychú no era tan caliente.

—Era peór. Las pulgas me devoraron la primera noche que dormí allá —replicó Dick—. Pero en cuanto a esta casa —agregó refiriéndose a la de fierro—, lo malo es que en invierno nos moriremos de frío

Para distraerse los domingos, jugaban al fútbol o solían ir a cazar. En cuanto al primer juego, ante la escasez de jugadores, agravada por la terminante negativa de Lisada y de sus colegas de Monte Maíz de participar en él, tenían que jugarlo limitadamente: el viejo Henry iba al arco donde se desempeñaba con bastante ineficacia, uno o dos actuaban de defensores y los restantes atacaban. Ex remeros en Oxford o Cambridge, planearon vagamente encargar un bote para usarlo en el Saladillo.

Frank era el más fanático en materia de organizar cacerías. Y aunque no pudo organizar cacerías del zorro a la inglesa, no le faltaban zorros pampeanos, además de comadrejas, patos, venados y pumas. En una ocasión persiguió y logró cazar un aguaraguazú, esa especie de lobo más propio del litoral que, al igual que muchos de sus congéneres, desaparecerían de la pampa, víctimas de depredadores como Frank y sus amigos.

Frank, sobre todo, no compartía la aversión de su más célebre coterráneo de Stratford-upon-Avon en cuanto a "To fright animals and to kill them up", que Shakespeare sólo justificaba en caso de no estar "in their assign'd and native dwelling place". Para Frank, la pampa no era el lugar asignado por el Creador para esas criaturas y ni se le pasaba por la cabeza entrar a considerar si era su lugar nativo.

El primer día en que los nuevos pobladores extrañaron Inglaterra fue cuando recibieron correspondencia de sus padres (madre en el caso de Frank). En las cartas les deseaban "Merry Christmas" y comentaban los preparativos para su celebración. También daban cuenta de los mil pequeños detalles de la que fuera su vida hogareña en Warwickshire. Había nevado, lo que marcaba una diferencia más con la inconmensurable llanura verde que los rodeaba, abrazada por el sol de fin de diciembre. El contraste de las confortables casas paternales con la precariedad de la actual y, sobre todo, la ausencia de sus familias, los afectó. Pero no por más de un par de días.

Aunque no lo quisieran reconocer, no podían dejar de extrañar sus fieles valets. La tarea ya no sólo de vestirse, sino de ocuparse de su ropa y tener ellos mismos que lavarla (tarde, mal y nunca), les comenzaba a parecer fastidiosa (no era el caso de Frank, que ya se había acostumbrado en Entre Ríos). Ello aun cuando ninguno había llegado al extremo de no saber cómo atarse los cordones de sus zapatos, como se decía de Lady Ida Sitwell (y a la que, según relata William Manchester en "The Last Lion", le habría resultado humillante saberlo), ni de ignorar que para que se produjera espuma al cepillarse los dientes era preciso que previamente el valet le hubiera puesto pasta, como había sido el caso de Charles Churchill, el noveno duque de Marlborough.

Una de las cosas que más molestaba a los ingleses eran los insectos, en especial los tábanos y mosquitos. En ese primer verano comprobaron que no se podía estar afuera de noche con una lámpara porque ello atraía millones de bichos.

Sapos, sobre todo lo variedad más pequeña, eran otros visitantes malvenidos en época lluviosa. Invadían la casa de fierro y se metían en todos los rincones. Los ingleses daban entonces rienda suelta a sus instintos animalicidas y ensartaban de a docenas en sus espadas (porque también practicaban esgrima). No resultaba agradable a los montemolinenses sentir sus pies desnudos posarse en una mesa fría y gelatinosa cuando, por razones que no requieren explicación, debían levantarse de noche. Menos aún meter un pie en la bota y darse cuenta de estar aplastando a uno de estos inoportunos batracios.

Una noche en que estaban cenando a la luz de la luna, Jerry Talbot se preguntó en voz alta:

—¿Qué tal serán las chinas de Saladillo?

La pregunta iba dirigida obviamente a Dick, el único que había estado en el villorrio. Pero éste, educado en la lectura de la Biblia, no era amigo de francachelas ni de estar hablando de mujeres, por lo que contestó en forma evasiva al ex soldado mucho más desprejuiciado que él. Su hermano Charlie se acercó y quiso conocer más detalles. Dick comentó:

—Vayan y vean ustedes mismos. Lo que vi fueron unas chinas sucias.

—Sucias, ¿y qué más? —lo interrumpió Frank, a quien entre su abundante y enrulada barba se dibujaba una sonrisa maliciosa.

—Si a ustedes les gusta esa clase de mujeres, vayan, pero yo no los acompaño —concluyó Dick.

Fue así como los Talbot y Frank planearon su primer incursión a Saladillo, que inauguraría muchas otras escapadas diurnas y nocturnas, evidencia de que los resultados de la primera no debían haber sido del todo malos.

Sin embargo, la religiosidad de Dick no podía vencer sus instintos. Al fin y al cabo tenía veintidós años. Pensaba a menudo en Mary Elizabeth

Throckmorton, su vecina de Coughton Court, que constituía su modelo de belleza femenina. Dick no sólo pensaba sino que soñaba con Mary pero en un sueño reciente, cuando él la estaba besando, descubría que ella se transformaba en la sensual Clorinda, y lo que más le preocupó a Dick fue que él no la rechazaba, sino que la sustitución exacerbaba aún más sus deseos. En los sueños siguientes, Mary fue totalmente sustituida por Clorinda. Estas imágenes, y sus lúbricas consecuencias, lo molestaban en extremo, pues le parecía mucho más pecaminoso que si fueran protagonizados por Mary o cualquier otra mujer de sangre inglesa.

Pero lo que decidió a Dick a salir un tiempo de Monte Molina fue descubrirse atraído por Salomé, la feísima mujer de Lisada. Salomé había llegado hacía algunas semanas, con sus dos criaturas. Dick debió buscar justificativos de otra índole para calmar su exigente conciencia. Los encontró sin mayor dificultad: la búsqueda de ovejas y de semilla de trigo para la próxima siembra. Vagamente consideró la posibilidad de tener que ir a Rosario a buscar la semilla. Y en Rosario tendría oportunidad de encontrarse con amigos y distraerse con la vida social relativamente intensa que allí se desarrollaba. Hasta teatro de ópera había.

Los Talbot habían estado comentando que en el mes siguiente tendrían lugar las primeras carreras de caballos "a la inglesa" que se correrían en Rosario. Todos ellos eran entusiastas "gentlemen riders" y acordaron concurrir. Más aún, aportaron unos buenos patacones para los premios a los ganadores. Quedaron, entonces, en que Dick iría primero a Fraile Muerto por las ovejas y Frank y los Talbot viajarían más tarde directamente a Rosario para las carreras, donde se encontrarían con él. Puesto que Lisada tenía un tordillo famoso por su rapidez que, según se decía, había sido parejero de los indios, los dos socios acordaron también en llevarlo a Rosario como recompensa, si no a su laboriosidad, sí al menos a su fidelidad. El tordillo sería puesto a prueba en las carreras. Gumersindo recibió de muy buen grado el convite pues también él sentía los efectos del aislamiento, sobre todo rodeado de tanto gringaje.

—¡Tan amargados y aburridos que parecen! —comentaba el criollo a su mujer mientras ésta le servía mate—. Trabajar, trabajar y trabajar es lo único en que piensan. De no ser por alguna cacería, y de andar como zonzos corriendo atrás 'e la pelota, no tienen tiempo pa nada de lo que hay de güeno en la vida. ¡Si ni pa la conversa sirven pues no hablan cristiano!

—Con todo, no son malos muchachos —interrumpió Salomé quien les había cobrado simpatía.

—No digo que sea mala gente, no. Pero son tan raros. Tienen tupida la sesera, los chistes no los entienden y pierden los dobles sentidos. Don Ricardo sobre todo, ¡la pucha que es un tipo aburrido! Aburrido y pijotero. Siempre cuidando todo, que no se rompa, que no se percuda, que no se pierda. ¡Pior que cura con las hembras! Tan melindroso que estuvo con las chinas 'e Saladillo. ¡Ni que lo jueran a comer!

—Pero el otro, don Francisco, parece más pícaro. ¡Se le ve en sus ojitos! Aunque lo hace muy calladito, lo han visto con sus amigos 'e Monte Máiz visitando ranchos por el Saladillo —dijo Salomé.

—¿Quién te ha contao eso, mujer? —preguntó Lisada extrañado.

—Y, son cosas de las que una se entera, ¿viste? Me lo contó uno de los peones de los Talbot.

—¡Qué lenguas largas que habían resultao ser! Esas cosas no son p'andar contando, menos a mujeres. Y la verdá sea dicha, el Fran no es manco pa'l truco.

Y mientras chupaba de la bombilla, Lisada discurría en su fuero interno: "Dirme pa Fraile Muerto sin la Salomé tiene sus ventajas. ¡Espero que Lisandro Gómez ande ajuera con su carreta así puedo visitarla a la Pancracia! ¡Tan güena y gordita que está! ¿Y en qué andarán los compañeros'e la pulpería? Al payador Gervasio que toca tan lindo la viola, lástima que se lo llevaran pa'l Paraguay.

—Acordate Gume de traerme las cosas que te pedí pa los chicos y pa mí —le dijo Salomé.

Gumersindo contestó con un gruñido que pareció indicativo de afirmación, aunque iba pensando: "Con los cuarenta patacones, que no he tenido más remedio que juntar estos meses, me viá comprar algunas virolas 'e plata pa las riendas, unas güenas botas de suela con firuletes, como las de don Fran y con un poco 'e suerte en las cuadreras, hasta podría enchapar de plata los bastos. Y en cuanto a los encargos 'e la Salomé y las criaturas... veré de comprarlos, y si no, ya habrá tiempo pa eso en algún otro viaje".

Con tan buenos propósitos en mente, en la madrugada de la partida, Lisada ensilló dos de los tres parejeros que había apartado la tarde anterior. Cargó el otro con los petates y alforjas y cuando concluyó fue a buscar, haciendo ruido al arrastrar sus enormes lloronas, a don Ricardo. Éste estaba terminando el café que le había servido Salomé, al que le había agregado un chorrito de cognac.

—¡Pucha estar usté elegante! —exclamó Dick al verlo a Gume, que estaba realmente buen mozo.

En efecto, lucía impecables calzoncillos blancos bordados que saliendo del chiripá de bayeta cubrían a medias las botas de potro. Arriba de la faja se había puesto el ancho tirador de cuero de carpincho tachonado de monedas que sostenía el facón. Camisa de Crimea bajo la cual llevaba otra de muda, según la extraña usanza criolla, y un chaleco de terciopelo negro arriba, poncho de Manchester con arabescos que pendía de un hombro. Su barba se veía recortada por Salomé, a quien le pidió que le anudara el pañuelo de seda floreado con que había cubierto su pelo, que los ingleses vieron por primera vez peinado. Llevaba en su mano un chambergo de ala angosta y de la muñeca colgaba el rebenque cuyo mango estaba metido dentro de un tubo de plata.

Dick buscó sendos pares de rifles Enfield de avancarga y de revólveres Remington calibre 36 y dio uno de cada uno a Gume, quien los tomó maliciándolos, actitud típica de los gauchos hacia las armas de fuego. Dick también le dio un cinturón con municiones y cartuchera y a su vez tomó para sí otro juego completo. Terminó su café y los dos hombres, seguidos por Salomé, salieron y montaron. Salomé tuvo el desacostumbrado gesto de pedirle un beso a su marido y deseó a ambos buen viaje. Tenía su conciencia intranquila por haberle sacado a su marido, mientras dormía, una onza de oro de entre las monedas de plata con que había cargado los bolsillos de su tirador, los únicos en la indumentaria gaucha. ¡Pa que vayás alivianao! Me estoy cobrando por adelantao todas las trapacerías que me vas hacer ¡sotreta!... había pensado la Salomé mientras desvalijaba a su Gume, a quien conocía demasiado bien.

Los jinetes partieron al trote mientras Frank y los Talbot desde la puerta les deseaban "¡Take care!". Cualquier observador habría jurado que el patrón era Lisada, al ver la cabezada, pretal y estribos de su caballo chapeados en plata. Era una mañana de fines del verano de 1866. La puntita del sol comenzaba a asomar entre los celajes mañaneros.

CAPÍTULO 5

Au pays parfumé que le soleil caresse,
J'ai connu sous un dais d'arbres tout empourprés
Et de palmiers d'ou pleut sur les yeux la paresse,
Une dame créole aux charmes ignorés.

Son teint est pâle et chaud; la brune enchanteresse
A dans le cou des airs noblement maniérés;
Grande et svelte en marchant comme une chasseresse,
Son sourire est tranquille et ses yeux assurés.

En un país de aroma al que el sol siempre besa,
Conocí bajo un palio de árboles purpurados
Y palmeras que llueven en los ojos pereza,
A una dama criolla de hechizos ignorados.

Caliente en su tez pálida; morena encantadora.
Hay en su cuello gestos nobles y amanerados;
Camina, alta y esbelta, como una cazadora;
Su sonrisa es tranquila, sus ojos aplomados.

CHARLES BAUDELAIRE: *A une dame créole (A una dama criolla), Les Fleurs du Mal,* 1856.

Dick Seymour y Gumersindo Lisada llegaron a Fraile Muerto al mediodía. El pueblo había progresado en los largos seis meses pasados desde la última vez que habían estado allí. Las obras del ferrocarril desde Rosario se acercaban velozmente, lo que significaba movimientos de tierra y de materiales y mucha gente trabajando. Del otro lado del río se había instalado un campamento y se estaba levantando la estación. El resultado de tanta actividad se reflejaba en varias casas de ladrillo que se construían en el pueblo. Frank les había hablado de la nueva fonda, y hacia allí se dirigieron. Dick se sorprendió al ver que más que una fonda, parecía un campamento gitano, pues era un conjunto de vagonetas unidas entre si por toldos, más una casa de madera hacia la que se dirigieron. Pese a todo significaba un adelanto en relación a la vieja casa de posta, un rancho tan inhóspito como los demás del ramo.

Tras desmontar, Dick entró en el más bien amplio espacio y vio a un costado el despacho de bebidas, pero sin la típica reja que resguardaba al pulpero de las frecuentes belicosidades de sus parroquianos. Era, en este aspecto, una muestra de que costumbres más civilizadas se abrían paso en la pampa, pensaba Dick, aunque por el aspecto de los gauchos que estaban allí bebiendo y jugando la innovación pareció a Dick un tanto prematura. En el resto del salón se exhibían las más heterogéneas mercaderías.

Un hombre morocho de impresionante mostacho y avanzada cuan aceitosa calva se le acercó preguntándole con fuerte acento itálico qué deseaba. Se presentó como Luiggi, y al saber que Dick se quería alojar, lo hizo salir afuera nuevamente y lo condujo a una de las vagonetas cuyas ruedas habían sido sacadas y que, como las otras, descansaba en durmientes. Era el dormitorio, donde había varias camas.

—Quando arrive la ferrovía a Villa Nueva noi trasportaremo questa fonda la. Ecco i ruede —explicó Luiggi.

En ese momento apareció otro individuo, bajo y delgado con facciones y modales distinguidos. Se presentó como Giuseppe Antonietti, aunque aclaró que era conocido como don Pepe. Era el propietario del nuevo establecimiento, milanés como su subalterno. Con gran amabilidad se puso a disposición de su huésped "para tutto lo que guste mandare". Aclaró que sólo admitía en esa habitación a los pasajeros de categoría, muy en especial los ingleses.

Dick quedó muy satisfecho con la buena disposición del posadero. Más tarde se enteraría de los rumores que circulaban en el pueblo acerca de Don Pepe, que habría sido un conde obligado a exiliarse de su país por razones políticas y, en cuanto a Luiggi, agregaban que habría sido bandolero en su sierra.

—¿Y dónde poder dormir mi peón? —preguntó Dick.

Don Pepe dudó un momento si, para quedar bien con Dick y en vista del buen aspecto de Lisada, lo dejaría dormir en una segunda habitación con techo de lona donde bebían y comían los parroquianos más distinguidos, bueno, digamos los menos peores, y que de noche se convertía en segundo dormitorio donde dormían los pasajeros discriminados de la habitación donde dormiría Dick. Pero recordando la expresa disposición dictada por él mismo contra los gauchos que regía para esa habitación, don Pepe indicó que Lisada debería pasar la noche en el cobertizo que unía la vagoneta y el almacén. Allí debería dormir encima de sus caronas y cojinillos.

A Dick le pareció natural esta decisión que no sorprendió por otra parte al propio afectado: Lisada, que estaba bajando el equipaje del caballo carguero. Terminado esto y liberados en un corral dicho carguero y el zaino de Dick, Gumersindo pensó en su propia liberación y pidió permiso para ir a visitar a su familia. El permiso concedido, Gumersindo, al trotecito de su un tanto aplastado rosillo, enfiló hacia el rancho de Lisandro Gómez y la Pancracia. Cerca de allí, un chico le dio la buena noticia de que don Lisandro había viajado con su carreta en una tropa hacia Mendoza, de donde regresaría con toneles de vino. Ella sí estaba, y lo recibió con tal hospitalidad y cariño que esa noche Gumersindo no necesitó dormir bajo el toldo.

Dick fue despertado a la madrugada siguiente por el ruido que hacía al vestirse un compañero de cuarto que trabajaba en las obras del ferrocarril. Un par de viajeros que iban rumbo a Córdoba y que debían abordar la diligencia a la mañana siguiente, roncaban acompasadamente, semivestidos, debido, quizá, a los efectos del alcohol. Dick se quedó un rato más en la cama tibia. Recordaba la comida de la noche anterior en la mesa común del comedor de la fonda. Muy en particular, porque le interesaba lo dicho por el don Mardoqueo ése, acerca de que el flete del mineral puesto en Rosario representaba la vigésima parte de su precio. Ese flete ya había sufrido una rebaja por la utilización del ferrocarril en el último tramo de su largo viaje desde la mina en Catamarca. Sí, porque el hombre era catamarqueño.

Un cordobés apellidado Carranza, que también cenaba, se había puesto agresivo contra el catamarqueño. Carranza decía que el trabajo en las minas era inhumano, que los obreros estaban enterrados en vida y zonceras por el estilo, lo que había enojado terriblemente a don Mardoqueo. "Sépase que usamos los métodos más modernos y tenemos trabajando a ingenieros alemanes. Además, la gente trabaja allí porque le conviene", había dicho en forma no del todo amable, concluyendo que el otro no sabía de lo que hablaba y que más le valdría callarse la boca.

"—Usté no es quién p'hacerme callar la boca!". —había replicado el cordobés, quien se levantó, su mano en la cartuchera, y se dirigió hacia el otro, que era bastante más viejo, diciéndole abruptamente que por su soberbia debía ser amigo de los porteños, e invitándolo a que se fuera a pelear a los paraguayos. Entonces el catamarqueño replicó espetándole que el otro debía ser rosín o algo por el estilo, y que debería irse con su patrón a

Southampton. ¿Qué tendrá que ver Southampton en este asunto?, se preguntaba Dick al rememorar el episodio.

La cuestión es que yo ya me estaba por tirar debajo de la mesa, porque parecía inminente que los dos españoles se fueran a balear, cuando por suerte unos gauchos entraron en el comedor y don Pepe tuvo que salir a echarlos. La novedad había producido un efecto balsámico aflojando la tensión entre el cordobés y el catamarqueño, pues los dos rivales depusieron su antagonismo para plegarse a don Pepe en la expulsión de los gauchos, que en un primer momento no parecían dispuestos a irse. Paradójicamente, apenas idos los gauchos, el cordobés salió en defensa de la honestidad de quienes habían contribuido a expulsar. Comentó que el capataz de su saladero, que pagaba la hacienda comprada, nunca le había sacado ni medio real. "¿Será Lisada tan honrado? Lo dudo", pensó Dick.

Pero lo que más había interesado a Dick fue la historia del casamiento de su compatriota Samuel Lafone, que tenía una mina de cobre vecina de la de don Mardoqueo. Ocurrió que Lafone se había casado con una porteña, muchos años atrás, y que los había casado un pastor anglicano. El padre de la novia, un tal Quevedo y Alsina —"¡qué nombres los de estos españoles!"—, al saber del casamiento de su hija, lo había impugnado. Nada había sabido antes porque su mujer, de la que estaba separado, se lo había ocultado. En consecuencia, el obispo papista de Buenos Aires había declarado nulo el matrimonio. Pretendía que debían haber sido casados por un sacerdote católico, previa conversión de Lafone al papismo. —"¡Qué pretensión absurda!"— Por supuesto, éste se había negado rotundamente. La cuestión fue que la justicia mandó poner presas a madre e hija y dio orden de expulsión contra Lafone y un yanqui que había actuado como testigo. La comunidad británica protestó tan vehementemente que se acordó una transacción. A todo esto la novia ya no debía ser virgen, por cuanto había alcanzado a vivir cierto tiempo con Lafone, pensaba Dick. Este pidió dispensa para casarse con una católica, que le fue acordada, tras lo cual casó por segunda vez con la porteña, esta vez conforme al rito católico de ésta. Como conclusión del episodio, Dick pensaba que Lafone tenía bien merecidos tantos contratiempos por habérsele ocurrido casarse con una española y para peor, papista.

"Los ingleses siempre terminan saliéndose con la suya", había comentado el cordobés, muy disgustado. No parecía tener en cuenta que yo estaba allí, reflexionaba Dick. "La pérfida Albione", había exclamado el fondero, sin apercibirse tampoco que había un inglés entre ellos. Al percatarse de ello trató de arreglar el entuerto diciendo que muchos otros países eran peores, sobre todo los austríacos.

Mientras pensaba en todo esto, Dick ya se había vestido. Tenía decidido conocer la estación del ferrocarril que, según le había informado el fondero, se habilitaría pocos meses más tarde. Después visitaría a don Nazario Casas, estanciero y jefe político del departamento de Unión, del que Fraile Muerto era cabecera. El jefe político era a la vez comandante principal de la Guardia Nacional que, no obstante su engañoso nombre, no era nacional sino provincial. Lisada le había comentado que Casas muy probablemente tendría ovejas para vender y que podría también orientarlo en la búsqueda de semilla de trigo. "Y además, siempre conviene andar bien con el comandante, ¿vio?", le había dicho.

Antes de salir, Dick tomó café con leche, pan y manteca. El desayuno le pareció un manjar, pues sólo dura galleta había en Monte Molina. Preguntó luego por Gumersindo y supo que no había aparecido ni dormido en el entoldado. Disgustado por esta nueva muestra del *"unreliable"* y *"unpredictable"* carácter del paisano, que extendió a todos los criollos, ensilló su caballo y, tras cruzar el río en la balsa, enfiló hacia la estación, a unas buenas diez cuadras al norte del río. Estaba en construcción muy adelantada y parcialmente habilitada. Parecía una típica casa inglesa. Conoció al jefe, compatriota como era casi obvio, y estuvo averiguando los futuros horarios y costos de fletes y pasajes. Seis horas para llegar al Rosario en vez de los dos días de zarandeo en la incómoda diligencia, o de las dos semanas para la carga en carretas. El costo para los pasajeros de primera clase sería de siete pesos fuertes contra diez en el interior de la diligencia (siete pesos y cuatro reales si se viajaba en el pescante). En cuanto a la carga, costaría menos de un patacón: apenas siete reales por arroba, contra más de dos patacones por carreta. De tal modo, el trigo de Fraile Muerto llegaría a Rosario a un costo que le permitiría desplazar la harina procedente de Boston, Baltimore o Valparaíso.

Retemplado por estos datos, Dick salió de la estación y montó a caballo. Estaba ya dispuesto a regresar al pueblo cuando vio un carro playero en el que cargaban grandes embalajes de madera. Se acercó a un peón y le preguntó:

—Eh... por favor, ¿poder decirme usté qué lodear en el carro? —castellanizando el verbo "to load", cargar en castellano.

—¿Que qué dice, don?

Dick recordó el verbo correcto y volvió a preguntar nuevamente, aunque deslizando a la inglesa la ere de la palabra "cargar":

—¿Que qué cargar usté?

—¿Que qué cago yo?... y... yo, yo cago mierda —contestó el peón entre sorprendido y vacilante primero, con una sonrisa y gesto como diciendo: "Vaya con la pregunta 'el gringo".

Los demás peones que se habían detenido a escuchar el diálogo largaron la carcajada. Dick dio vuelta su caballo, protestando contra los nativos, siempre dispuestos a burlarse del prójimo, y enderezó de vuelta hacia el pueblo, rumbo a lo de Casas. Llegando ya a su destino, sintió de repente que un diluvio se le venía encima. Al tiempo que tranquilizaba su encabritado zaino, alcanzó a ver a unas mujeres arriba de una azotea. Reían a carcajadas, felices de su éxito. Irritado por el desenfado femenino y empapado, volvió hacia la fonda, pero cuando se alejaba se cruzó con un hombre de a caballo que sacaba huevos llenos de agua de una bolsa y los lanzaba contra las damas de la azotea, las que replicaban a baldazos. Luego, por la esquina dobló un carro con varios hombres y Dick contempló cómo se entablaba una furiosa batalla de agua entre sus ocupantes y las mujeres.

—C'e il carnavale. Oggi l'ultimo giorno. Il enterro dil carnavale —explicó don Giuseppe a Dick, cuando éste le interrogó acerca del curioso proceder de las mujeres. —E in questo paese il carnavale se cerebra giocando con l'acqua —añadió, alzando despectivamente los hombros.

"¡Vaya salvaje manera de jugar! En vez de celebrarlo con música, disfraces y bailes, como se hace en los países civilizados" —pensaba Dick mientras se cambiaba de ropa.

Ya mudado, tras dar un rodeo para llegar a lo de Casas por el otro lado de la calle y evitar así un nuevo encuentro con tan belicosas damas, Dick descubrió con sorpresa que la casa de ladrillo de la esquina, desde cuya azotea le habían tirado el baldazo, era un agregado a la baja y larga casa de adobes que de acuerdo con la descripción hecha en la fonda, era lo de Casas. No podía ser de otra manera: el gran portón a la derecha, los adobes blanqueados, el techo de tejas. Un tanto desconcertado, se apeó de su caballo, lo ató al palenque y pegó varios aldabonazos al macizo portón, que estaba entreabierto. Un perro ladró y al rato apareció una corpulenta mulata que no entendió nada de lo que le decía Dick en su trabajoso castellano.

—Esperesé un momentito, mi señor, que via llamar a la niña. Que digo, a la señora. —Y se fue adentro llamando a gritos "¡Ña Casiana! ¡Ña Casiana! ¡La busca un señor!".

Casiana se había lavado el pelo junto al aljibe, pues el agua con que se jugaba en Carnaval no era necesariamente cristalina y había recibido más de un baldazo o huevazo. Tenía el pelo muy largo y, mojado, parecía negro, con algún reflejo rojizo. Hizo como si no oyera a la negra. ¡Ufa, qué querrá ahora la parda motuda ésta! pensó.

—¡Le digo que la buscan! Vaya niña, que yo no le entiendo nada. No parece gringo sino naciones y es bastante güen mozo —insistió la negra al acercarse. Por naciones se refería a los europeos del norte, siendo gringos todos los extranjeros no hispano parlantes, fundamentalmente los italianos. Luego añadió: ¡Aproveche, mi niña, que quedan tan pocos hombres por aquí! —refiriéndose a las levas para el ejército que luchaba contra el Paraguay.

—Ya voy Rosalía, ya voy —contestó Casiana desganadamente—. ¡Qué pesada! ¿No ves que me estoy secando el pelo? Y si no le entendiste nada ¿por qué has de creer que yo le voy a entender? Al fin y al cabo yo tampoco hablo más que cristiano.

Durante la más bien larga espera, a través del portón abierto, Dick había estado mirando al amplio patio que veía a la izquierda, tres de sus lados rodeados por una galería a la que daban los cuartos. Duraznos y naranjos sombreaban el patio, en parte cubierto, además, por el enorme ramo de flores fucsia de una Santa Rita. El cuarto lado del patio, a la derecha, era una tapia.

Al rato apareció una elegante y muy joven figura femenina que avanzaba cadenciosamente hacia él, cadencia acentuada por el suave bamboleo que el miriñaque imprimía a su larga pollera de algodón casi blanco, con anchas rayas negras horizontales. Dick la miró extasiado. ¡No había visto nada semejante en meses! La "española", como Dick llamaba a las mujeres de clase alta, se había envuelto el pelo en una toalla, lo que trajo al inglés reminiscencias orientales.

La parte superior del vestuario —y su contenido sobre todo— interesó más al inglés. Una blusa de algodón blanco, con un generoso escote estilo bote, dejaba ver los hombros. Y no sólo los hombros, sino también el nacimiento de los pechos, firmes y plenamente desarrollados. La blusa tenía mangas muy cortas que dejaba ver un par de largos y delgados brazos.

Casiana se sorprendió al ver un elegante joven y no a un gringo palurdo, como había imaginado. "¡Y yo con la pinta que tengo! pensó. ¡Con toalla en la cabeza! Debería haberme puesto la pañoleta en los hombros". Pero ya era tarde para retroceder. Un cuzco de dudoso origen y raza se le adelantó y olisqueó al visitante moviéndole la cola. Dick, muy cariñoso con los perros, lo acarició. El cuzco le saltó y con su hocico le olió las partes pudendas. Dick lo apartó, molesto. Casiana le gritó ¡juera! "con un tono que a Dick no le pareció concordante con su apariencia". Mucho más desagradado hubiera estado de haber entendido lo que la dama decía entre dientes: "¡Perro 'e porra! siempre metiendo la trompa donde no debe". Pero esta primera impresión de inmediato se borró cuando ella se le acercó mirándolo con sus ojos castaño claros semicubiertos por sus frondosas pestañas y le dijo, con voz que le sonó encantadora:

—Buenos días, mi señor. ¿Me puede decir qué desea?

—Buenos días, señora. ¿Aquí ser residencia señor Casas?

—Aquí es.

—Yo querer hablar con don Nazario Casas.

¡Ah! Pero mi padre no está (aquí Dick suspiró, aliviado por la palabra "padre". Había imaginado que Casiana era la mujer). Se fue ayer al campo —contestó Casiana, mientras escrutaba a Dick, que llevaba su sombrero de paja en la mano, levita gris claro de fresco algodón y pantalón gris algo más oscuro del mismo material. El conjunto la satisfizo vagamente, al igual que el pelo corto casi rubio, la fina barba del mismo color y los ojos acerados que devolvían la mirada examinadora de ella. Pero en ese momento descubría algo inquietante: si es el tipo a quien mojamos esta mañana, exclamó para sí.

—Nosotros conocernos ya, yo creer —dijo Dick, y cuando ella ya estaba a punto de pedirle disculpas por la mojadura, él agregó: —El año pasado, en la diligencia a Córdoba. Usted y sirvienta negra, yo recordar. Un amigo mío y yo conocerla en viaje a Córdoba.

—¡Ah sí!, en ese viaje —respondió Casiana, pensativa.

Sí, Casiana recordaba el par de ingleses que en varias postas habían intentado trabar conversación con ella, uno de ellos el que tenía enfrente. ¡Pero ella andaba tan preocupada en esos días como para andar haciendo sociedad con ellos!

Dick revivió el viaje en la estrecha y saltarina diligencia de la empresa Iniciadores y Correos Nacionales. Seis pasajeros dentro del armatoste, otros dos en el pescante y dos o tres más afuera, atrás, en la rotonda. Seis a ocho caballos, cada uno montado por su postillón, tiraban de la cincha. La diligencia era lanzada a toda velocidad por la huella, sin reparar en pozos ni vizcacheras. Los caballos eran inmisericordemente azotados y espoleados por los jinetes con sus pesados rebenques y enormes lloronas. Los resultados eran flancos sanguinolentos que empapaban los pies o, cuando las tenían, las botas de potro y los flecos de los calzones de los jinetes. Cada cuatro o cinco leguas, una posta donde mudaban caballos. Viajaba con Frank buscando campo. Justamente en Fraile Muerto habían decidido seguir viaje a caballo junto a la diligencia y el furgón que la seguía con el equipaje. Resultaba más cómodo y barato: medio real la legua contra poco más de uno en el pescante y dos reales la legua en el cupé. Frank había descubierto a Casiana al vadear el río Tercero poco después de Villa Nueva. Como hacía calor, pese a lo avanzado del otoño, los pasajeros y pasajeras habían optado por bañarse al cruzarlo, costumbre que extrañó a los dos ingleses. Fue allí donde Frank la vio. Cambiaron unas pocas palabras en Desgraciado, la siguiente posta, donde durmieron. Los intentos de reanudar el diálogo en las otras postas resultaron infructuosos. La dama no les había dado pie para iniciar una conversación y tampoco ayudaba su ignorancia del inglés. Dick no pensó que otro obstáculo era el desconocimiento del castellano por parte de él. Además, el riguroso luto de ella los había inhibido.

—Perdón —dijo Dick tras un momento, y con algún esfuerzo agregó, esbozando una sonrisa: —Yo verla mejor ahora que entonces... sí, entonces estar... eh... toda de negro. Luego, recordando los buenos modales, se presentó: —Yo ser Ricardo Seymour.

—Y yo Casiana Casas... Casas de Peral —dijo ella por su parte, recordando agregar su apellido de casada, casamiento que tan poco le había durado. Y le tendió la mano. Dick se la tomó y allí vio el anillo de casamiento que ella ostentaba en la izquierda.

—Pero ¿por qué no pasa, mi señor? Ésta es su casa —dijo Casiana, dándose cuenta de que no era muy correcto tener a Ricardo en la puerta durante tanto tiempo. Recordando en ese momento que tenía la toalla puesta en la cabeza, de un golpe se la sacó y mostrando su cabeza con la mano dijo: —Mire cómo me encuentra... —Su abundantísima cabellera, húmeda y lustrosa, se derramó sobre sus hombros en medio de estallidos de reflejos solares, haciendo comprender a Dick por qué las monjas usan cofia.

—Muchas gracias, señora, yo no querer incomodar. Querer hablar con su padre —y mientras esto decía, pensaba que preferiría hablar con la hija. Y meter sus dedos y manos entre su espeso cabello.

—Como le dije, él no está. Se fue a la estancia. Es cerquita. Unas cuatro leguas. ¿Sabe cómo llegar? —Ante la negativa de Richard indicó: —Es por el camino a Córdoba, entre la posta de Tres Cruces y la Esquina de Ballesteros. Puede preguntar en la posta que ahí le van a decir cómo llegar. ¡Ah! y discúlpeme por la mojadura de esta mañana. Fui yo quien lo mojó. Hoy es Carnaval, ¿sabe? —dijo Casiana, sonriendo, un tanto avergonzada.

"¡Cómo no la iba a perdonar! Ésa y mil mojaduras más!", pensó Dick, quien no dejó de verificar que Casiana no tenía los dientes amarillos como Clorinda. Enseguida dijo por su parte, sonriendo también:

—¡Suerte que el Carnaval ser acá en verano!

Dick se despidió, montó a caballo y volvió a la fonda. Casiana entró, y buscó a la negra en la cocina.

—Che, Rosalía ¡cómo no me dijiste quién era! Me hiciste salir con la toalla en la cabeza. ¡Te parece manera de recibir a un señor!

—Pero niña —intentó defenderse la negra— si yo le dije que era un gringo, un naciones.

—Pero hay gringos y gringos —la interrumpió Casiana, quien se puso nuevamente la toalla en la cabeza y se miró en una vitrina espejada, comprobando que el turbante le sentaba.

—...y que era güen mozo, también se lo dije, niña Casiana.

—Pero vos decís tantas cosas —dijo Casiana frunciendo la boca como si estuviera enojada. En seguida agarró un pastelito de dulce de membrillo de los que estaba haciendo Rosalía y le pegó un mordisco.

—Y... digamé: ¿Me equivoqué cuando le dije que era güen mozo? —preguntó, curiosa, la morena.

—Sí... no está mal —reconoció displiscentemente Casiana—. Un poco insulso —agregó, comparando al rubio Dick, con su barba del mismo color, con su ex novio José Ferrando, morocho, de largas patillas y espeso bigote. Por su cabeza pasó rápidamente, por milésima vez, la escena fatal:

—¡Ya te he dicho que no tenés que mirar así a mi mujer!

—La viá mirar todo lo que se me dé la gana —responde José, burlón.

—La próxima te achuro —¡te lo juro!

—La próxima no. ¡Agora!... si es que te animás.

—Ya vas a ver hij'una...

Su marido Nicasio que saca el revólver. José, su antiguo novio, que se precipita para arrancárselo. Forcejeos. Gente que también sale de la fiesta y trata de separarlos. El disparo... y Nicasio que comienza a caer. José se queda mirándolo, absorto, revólver en mano. El perro salta a Casiana para que le dé un poco del pastel y la saca de su ensimismamiento.

—¡Pero vea ña Casiana cómo le está poniendo el vestido —ese perro lumbriciento! —protesta Rosalía.

Casiana parte un pedazo y lo tira al aire: el cuzco lo abaraja diestramente entre sus dientes.

CAPÍTULO 6

...los riojanos, que conocían a Sandes, decían, "si viene este demonio, huyamos con nuestros guardamontes y embrómense los cordobeses" y fueron los primeros en desbandarse por todas partes, con la palabra de orden "A La Rioja, en busca de nuestra pobre Chacha mama".

ANTONIO ZINNY, *Historia de los Gobernadores,* 1882.

Córdoba o Córdova, si no la más grande, es la más hermosa ciudad de la República Argentina.

H.C. ROSS JOHNSON: *Vacaciones de un inglés en la Argentina,* 1868.

Con la cabeza llena de Casiana, Dick Seymour vagó por las polvorientas calles del pueblo ignorando las festividades del Carnaval. Llegó a la fonda y encontró a Gumersindo charlando con otros gauchos. Al ver a su patrón, éste se descubrió y dijo:

—Disculpe, don Ricardo, que se me haya hecho tarde. Me quedé en lo de mi hermana y se me pegaron las sábanas, ¿vio?

Los otros gauchos cruzaron miradas socarronas de entendimiento. Dick contesto con un escueto "tá bien" y le pidió que ensillara. Al rato salieron trotando —los consejeros municipales tenían prohibido galopar, salvo al único médico— para tomar el camino a Córdoba. Pero la prohibición hubo de ser violada cuando al cruzar el rancherío que constituía la mayor parte del pueblo, una murga de negros empezó a tirarles agua. Negros, zambos y mulatos eran todavía numerosos por los años sesenta del siglo pasado aunque mucho menos que a fines del período colonial, cuando formaban la mitad de la población de la provincia de Córdoba. Muchos habían muerto en la guerra de la Independencia, ya que unirse a los ejércitos patriotas les significaba liberarse de la esclavitud. Murieron y siguieron muriendo durante las guerras civiles por ser presas favoritas de las levas y, también en la frontera con los indios, pues aquí los negros, ya incorporados al gauchaje, caían junto con sus compañeros blancos y mestizos. Todos juntos, nuevamente, fueron al

Paraguay. Y los negros, separados de sus mujeres, se unieron con blancas o no tan blancas, pero no tan negras. Con lo que la negrura había disminuido pero estaba lejos todavía de desaparecer.

Libre de la amenaza de ser mojado por segunda vez en el día, Dick y su fiel Lisada tomaron el viejo camino a Córdoba que costeaba la orilla Sur del río Tercero. A medida que se avanzaba hacia el Oeste, los montes, escasos al comienzo y limitados a las orillas del río, iban extendiéndose. Y asimismo, a medida que avanzaba la mañana, el calor apretaba y se hacía insoportable. El fuerte viento Norte poco hacía para aliviar a jinetes y caballos de la pegajosa humedad que los agobiaba.

—Hay mucho alguacil. Me tinca que vamos a tener tormenta —comentó Lisada mirando hacia el Sudoeste, donde empezaban a formarse grandes nubes blancas, altas como torres. Una hora después, cerca del mediodía, eran oscuras y avanzaban de prisa. Más tarde se vio como un cigarro negro que se acercaba a gran velocidad y a baja altura. Hacia abajo, a ras del suelo, arrastraba desprendimientos que se asemejaban a babas de medusa. Atrás del nubarrón se alcanzaba a ver rayos que caían verticalmente y lejanos truenos comenzaron a oírse. El viento cesó completamente. Algunos pájaros cruzaban veloces hacia un bosque cercano para guarecerse en sus nidos. El cielo se oscureció, viéndose los rayos más claramente. Un ambiente siniestro rodeó a Dick y a Lisada.

—Metámonos en ese monte, patrón. Está rejusilando feo y no vaya a ser que nos fulmine alguno —indicó Lisada.

Así lo hicieron y se apearon. Los caballos estaban inquietos. Se puso negro. No se movía una hoja. El silencio era interrumpido por los truenos, cada vez más potentes. De repente, se levantó un fuertísimo vendaval y fueron envueltos en una nube de tierra. Las ramas de los árboles se estremecían y amenazaban partirse. La oscuridad fue disipada un instante por un brillante resplandor y un segundo después todo se estremeció junto con la explosión de un trueno.

—¡Cruz diablo! —exclamó Lisada, muy asustado, al tiempo que sujetaba los encabritados caballos—. ¡La pucha que cayó cerca! —agregó mirando el rostro desencajado de su patrón.

Si el criollo estaba asustado, mucho más lo estaba el inglés, acostumbrado a la flemática llovizna inglesa, para quien estas furiosas y bruscas tormentas eran una novedad, poco atractiva por cierto. El resplandor de los rayos y el fragor de los truenos se asemejaba ahora a una batalla. El mundo se venía abajo. ¿No se volvería negro el sol como un saco de pelo de cabra? ¿No se tornaría la luna toda como de sangre y se caerían las estrellas sobre la tierra como higos de higuera sacudida por el viento? se preguntaba Dick. Un escalofrío le corrió por la espalda al recordar el Apocalipsis, leído por su padre a la familia reunida. ¡Qué libro terrible! Sus sueños eran entonces perturbados por la aparición de ángeles y dragones, la bestia y el cordero, pestes, batallas y destrucción, Gog en Magog y, sobre todo, sangre, que corría por doquier.

El fresco olor a tierra mojada lo sacó de su ensimismamiento. Poco después empezaron a caer gruesas gotas. Las primeras fueron atajadas por el abundante follaje del monte en el que se habían refugiado, pero su protección duró poco. Una lluvia torrencial se abrió paso y ni los ponchos que ya se habían puesto los viajeros les sirvieron de mucho para protegerse del aguacero. Dick no pudo así salvarse, finalmente, de la segunda mojadura del día. Sentados bajo el tronco de un sauce, agarrando los cabrestos de sus nerviosos caballos, Dick y Gume esperaron acurrucados a que la tempestad pasara.

No tuvieron que esperar mucho. La lluvia fue amainando y como a la hora, terminó del todo. No así el viento pampero que en pocos minutos había hecho bajar la temperatura diez grados. Comieron charqui frío y galleta húmeda y al rato los jinetes estaban de nuevo a caballo, al galope corto chapoteando en el barro y recibiendo el fresco aire del Sudoeste.

—Tormenta e'verano —comentó brevemente Lisada.

Gumersindo conocía bien la zona. Dos años y medio atrás se había deslizado por entre los bosques que bordean el río con un montón de gauchos, una montonera, para evitar las patrullas del ejército nacional estacionadas en Fraile Muerto y Villa Nueva. Iban rumbo a Córdoba a unirse a la revuelta "rusa" del sargento mayor Simón Luengo y de don José Pío Achával contra el gobernador Justiniano Posse. Durante la guerra de Crimea los federales fueron llamados rusos, vaya a saber por qué. Los liberales estaban divididos en nacionalistas y autonomistas. Estos últimos eran celosos defensores de la autonomía provincial. Los nacionalistas eran mitristas sin reserva alguna.

"¡Qué quince días aquéllos!, recordaba Lisada. ¡Qué gusto poder correr a los unitarios y liberales y engrillarlos! ¡Ni una levita se vio en la ciudá por esos diás! ¡Al fin me había podido poner de güelta el poncho colorao y la gorra 'e manga también colorada que había sacao 'el jondo 'el bául! Días de juerga corrida. Con las tías más locas aún que de costumbre. ¡Meta cuadreras y riñas 'e gallo! ¡Toda la ciudá embanderada y con las campanas repicando cuando se acercaba el Chacho Peñaloza con sus riojanos."

"Pero, la verdá sea dicha, cuando lo vide al Chacho y sus montoneros entrando a la ciudá me desilusioné. Yo esperaba ver al General montao en un parejero con recao todo chapeao 'e plata. ¡Pero cuál había de ser mi sorpresa cuando lo vide montao en una mula con montura y cabezada ordinarias! ¡Velay si parecía un paisano pobre a no ser por sus espuelas 'e plata! ¡Ni sombrero tenía el hombre! Un pañuelo amarrao a la cabeza tapaba parte de su pelambre entre rubia y cana, muy enrulada. Abajo de sus sucios calzones se alcanzaban a ver tamangos 'e potro. Pior, ¡mucho pior eran sus riojanos! ¡Ésos sí que iban rotosos y mugrientos! Morenos la mayoría. Tuitos con lanza y alguno que otro con un recortao. ¡También! veinte días antes habían sido corridos por el coronel Sandes cuando iban rumbo a San Juan." "Cuando el General salió al balcón del Cabildo lo pude ver mejor. Bichoco pero fornido el hombre. Con sus grandes patillas blancas, su mirar vivo en esos ojos color 'el cielo, su pañuelo cubriendo su amplia frente. Y gracioso el viejo, cuando preguntó por los dotores. ¿Cómo es que dijo? Algo así como: ¿Ande se han metido los dotores 'e la Dota? Y también nos dijo que cada uno 'e nosotros era un valiente ande se iban a embotar las bayonetas 'e los mandones. Hablaba 'e los liberales y porteños, claro. ¿O eso lo dijo Achával? Bueno, uno u otro ¡qué más da! Con todo, los rusos no nos dejaron saquear las cases 'e los dotores. Salvo la tienda 'e Moscoso que la abrieron pa que se pudieran vestir los pobres riojanos que estaban muertos 'e frío. Pero eso sí ¡fiesta día y noche, y las cordobesas tan cariñosas! ¡Güenaza la china!... ¿cómo se llamaba? ¿Petrona? ¿Petronila?"

Y aquí Gume empezó a canturrear:

"Sabiendo que yo te quiero ¿quién me ha de querer a mí? ¡Ay chinita que me muero! ¡Ay que me muero por ti!"

"¡Malhaya! La cosa no duró mucho —suspiró Gumersindo—. En Las Playas se armó la gorda y todo concluyó pronto. Ende que los chachinos supieron que el degollador Sandes estaba en el ejército nacional les entró tal julepe que dispararon pa la sierra con el propio Chacho al frente. Yo me pude acoplar a ellos y escapamos por la Punilla. Después, cuando ellos rumbiaron pa La Rioja, yo me separé. Tiré el gorro é manga colorao y me anduve escuendiendo en los montes é la Sierra. En Santa Catalina me uní a una tropa e carretas que iba pa'l Rosario. Así anduve trabajando en la tropa hasta que me conchabé con estos gringos. Juí uno 'e los pocos de los que salimos de por acá que salvó el pellejo. A muchos los mataron en el entrevero. A algunos los agarraron y degollaron. Al resto los engancharon en el ejército y los mandaron a la frontera y agora pa'l Paraguay. Y yo, y yo estoy aquí entuavía vivito y coleando. La saqué barata, la saqué. Ya no me agarran más pa estas patriadas, no señor. En Cepeda, Pavón, Cañada e' Gómez y Las Playas ya he pagao más que mi cuota pa'l Partido Federal. Agora ya es hora 'e quedarme tranquilo y con estos naciones creo que me salvo que me manden al Paraguay. Porque... ¿qué tenemos nosotros contra los paraguayos? Dicen que invadieron Corrientes, pero aquí no han de llegar, pucha. Es cosa 'e correntinos y de porteños y pelear yo por los porteños ¡eso sí que no! No señor."

—¿En qué estar usté pensando, Lisada? —preguntó Dick.

—Nada, don Ricardo,... en un viaje que hice por estos pagos rumbeando pa Córdoba, unos años atrás.

La mención del viaje a Córdoba hecho por Lisada hizo pensar a Dick en su propio viaje a esa ciudad. Sí, cuando había alcanzado a ver a Casiana Casas por primera vez saliendo toda mojada del río Tercero tras cruzarlo en el paso de Ferreyra. Frank se la había mostrado y aun cuando ella se metió enseguida en el monte para cambiarse, le había hecho fuerte impresión. "Y a Frank también", recordó Dick.

A la tarde siguiente llegaron a Córdoba. La ciudad le había gustado. ¡Con tantas iglesias y sus torres! Las calles bien enarenadas, la Alameda, las cuidadas casas, las mejores de la República según le había comentado Mr. Thomas J. Hutchinson, el cónsul de Su Majestad en Rosario.

Inclusive el Hotel de París, atendido por un matrimonio francés, le había parecido muy confortable y se había podido dar un excelente baño de tina. Claro que a seis reales por baño no era cosa de abusar. Desde la ventana de su cuarto, que daba a la plaza, había podido escuchar la banda de música de la Guardia Nacional.

La Córdoba a la que habían llegado Frank y Dick pasaba momentos de intensa agitación por entonces. El 2 de marzo de 1865 había estallado una revolución promovida por el ex gobernador Justiniano Posse, del Partido Liberal Nacionalista. Pero la revolución fracasó y Posse fue capturado en la casa del juez federal Saturnino M. Laspiur. Cuando un piquete de soldados lo llevaba por la calle Unión, al llegar a la esquina de Constitución, se topó con otra partida mandada por el capitán Anselmo Vázquez, quien dio orden de fusilar al preso ahí mismo, lo que así se cumplió. La muerte de Posse sin ninguna clase de juicio previo causó gran consternación en la sociedad cordobesa.

Por pocos días los dos jóvenes ingleses no pudieron participar del entusiasta recibimiento dado por las fuerzas vivas a don Guillermo Wheelwright, el empresario bostoniano que iniciaba la construcción del ferrocarril de Rosario a Córdoba.

Y el mismo día de la llegada de los viajeros, el 14 de abril, se producían dos acontecimientos trascendentes y que les serían muy desfavorables para la suerte de su aventura agropecuaria, sobre todo el primero: el ejército paraguayo cruzaba el río Paraná y ocupaba la ciudad de Corrientes para acudir en ayuda del Partido Blanco uruguayo, en guerra con el Partido Colorado, apoyado, a su vez, por el gobierno brasilero. El segundo suceso fue el asesinato del presidente Abraham Lincoln, apenas seis días después del fin de la Guerra de Secesión norteamericana.

La invasión paraguaya, que daría nacimiento a la Triple Alianza de argentinos, brasileños y uruguayos contra el dictador López, sería conocida en Córdoba recién el 25 de abril, provocando gran entusiasmo patriótico y el deseo de muchos jóvenes de alistarse en el ejército. Entusiasmo no compartido por todos, los rusos sobre todo, al punto que el batallón Córdoba Libre que debía enviarse al Paraguay se sublevó en noviembre de ese año.

Dick Seymour había visto algo relacionado con los prolegómenos de esa guerra. Recién llegado al Río de la Plata y en viaje a Gualeguaychú para encontrarse con Frank, que estaba de ovejero cerca de esta ciudad, el vapor que lo llevaba remontando el río Uruguay también trasladaba un grupo de soldados orientales que iban rumbo a la ciudad uruguaya de Paysandú. Esos soldados de feroz aspecto y ponchos colorados, cuya apariencia le había resultado más pintoresca que impresionante, iban a unirse al ejército del Partido Colorado que quería desalojar del gobierno uruguayo al Partido Blanco. Unidos a los brasileros, los colorados habían ocupado poco antes Paysandú, tras feroz bombardeo de los vapores imperiales.

Pero ninguno de esos acontecimientos preocupó en absoluto a los dos pioneros, fuera porque el escaso conocimiento del idioma y no haber tenido oportunidad de conversar con los muy escasos británicos residentes en Córdoba, les había impedido conocer la revuelta de Posse y su triste final, o porque las noticias sobre la guerra con el Paraguay, que facilitaría grandemente las incursiones de los indios, y el fin de la Guerra de Secesión, que influiría negativamente en el precio de la lana, llegaron a su conocimiento después de la compra del campo. Y aun cuando se hubieran enterado de la entrada de la Argentina en el conflicto con el Paraguay, su decisión no habría sufrido ningún cambio. ¿No los habría convencido acaso el desbordante optimismo del presidente argentino sobre la duración de las hostilidades? En efecto, el general Bartolomé Mitre había prometido: "En tres días en los cuarteles, en tres semanas en el campo de batalla y en tres meses en la Asunción". Y es probable que los poco experimentados británicos poco supieran de las limitaciones del "wishful thinking". Ocurrió que el bien entrenado y armado ejército paraguayo y la obsecación suicida de su jefe demoraron el final de la guerra en cinco años, durante los cuales murió la mayoría de los varones paraguayos, junto a miles de sus enemigos.

Lo que sí conocían Seymour y Goodricke era el proyecto de construir la línea férrea que abarataría notablemente el transporte desde el campo que proyectaban comprar y el puerto de Rosario.

Frank Goodricke había visitado un campo que se vendía en las sierras, pero pese a su entusiasmo por lo bonito del paisaje, se habían decidido por la compra de campo llano, por su mayor fertilidad. "No hemos venido al fin del mundo por razones estéticas sino para ganar plata", había sostenido Frank. Concurrieron entonces al remate de tierras públicas que se efectuaba en el Cabildo y tras alguna puja se quedaron con las cuatro leguas cuadradas sobre el río Saladillo. Seis peniques el acre les pareció una bicoca y la baratura del campo les permitió disponer de más fondos para comprar ovejas e introducir mejoras en su nueva explotación.

CAPÍTULO 7

> Los propietarios de campos pueden dividirse en dos categorías: los que quieren adoptar hábitos europeos, cuyas modalidades imitan, y los que prefieren conservar las costumbres del país. Estos últimos viven de idéntica manera que los peones; el patrón, aunque sea propietario de una o dos leguas de sierra, en nada se diferencia del peón en cuanto a sus hábitos; la única diferencia notable está en que el patrón dispone de más dinero para jugar y anda mejor montado que el peón.
>
> WILLIAM MAC CANN: *Viaje a caballo por las provincias argentinas,* 1853.

La vista del monte de la estancia Paso de las Barrancas, iluminada por el sol que ya se mostraba luego de la tormenta, arrancó a Dick y a Gumersindo de sus respectivos recuerdos.

Pasaron un potrero cercado en parte con ramas apoyadas en estacas y en el resto con cina-cina y tunas. Después, al costado de un corral de palo a pique con el piso de barro pisoteado por hacienda. Allí yacía un par de vacunos muertos, desollados e hinchados. Algunos chimangos se alimentaban de su carne y una inaguantable hediondez irritó las pituitarias de Dick. Un poco más allá, en el medio de un monte de paraísos, duraznero y algún algarrobo se alzaban las casas. La principal era muy baja, con cuatro ventanas corridas que daban a una galería. El techo era de paja y las paredes de adobes pedían a gritos una blanqueada. A Dick le llamó la atención que las ventanas no tuvieran vidrios y que se cerraran únicamente con los postigos. Supuso que en invierno sus habitantes debían optar por el frío o la oscuridad. Luego se percataría de que ésta era la regla en las casas de campo y en la inmensa mayoría de las urbanas también.

Dos o tres ranchos más chicos y más pobres aún se alzaban en las proximidades.

Fueron recibidos, tras los perros que los ladraron sin cesar apenas se acercaron, por un gaucho de raza negra que dijo ser el capataz. Hablaba con acento abrasilerado, ya que había sido un esclavo que había desertado del cuerpo brasilero del ejército aliado que marchaba hacia Caseros en 1852.

Ataron los caballos a un palenque y el capataz llevó a Dick hacia la casa, de la que salió un viejo desdentado. Estaba vestido muy extrañamente. La parte inferior de su cuerpo mostraba el típico ropaje de un gaucho: tirador de cuero de carpincho tachonado de patacones prendido por una rastra de plata con iniciales de oro; chiripá gris oscuro con filete colorado y calzoncillo de algodón blanco todo cribado. Abajo de los flecos del calzoncillo asomaban botas de suela. Pero la parte superior del cuerpo correspondía a la usanza pueblera: camisa blanca con moñito de cordones negros, gastado chaleco punzó (reminiscencia rosista) cruzado por la cadena del reloj y levita oscura.

La vestimenta sorprendió a Dick más que las negras uñas del caballero, pues ya se había acostumbrado a la falta de aseo personal de los "natives", los de clase decente inclusive.

El viejo se presento como Benito de las Casas, quien resultó ser padre del jefe político de la zona a quien Dick venía a ver. Como muchos de su generación, su hijo se había sacado democráticamente el "de las" que precedía a su apellido. Don Benigno hizo pasar a Dick a la galería de la casa donde se sentaron en altas sillas de caoba, que trajeron de adentro de la casa, cuyo piso era de sierra apisonada según pudo comprobar el visitante. "Los judíos de Wardow Street pagarían una fortuna por estas sillas", pensó Dick al verlas. El anfitrión se mostró muy ceremonioso, preguntando al recién llegado por él y por su familia como si se tratara de un viejo amigo. Comentaron la tormenta y dijo que su hijo, que había salido a recorrer el campo, no tardaría en volver.

Al rato, en efecto, llegó don Nazario. Era un cuarentón, morrudo, lo que lo hacía aparentar más bajo de lo que era, bien plantado, con espesa barba negra muy enrulada, igual que su pelo, que mostró al sacarse el sombrero de paja. Unos grandes ojos entre verdes y celestes resaltaban entre tanta oscuridad, con la que en cambio hacía juego su traje gris oscuro. "Hasta en el campo, y en verano, esta gente se viste de negro", pensó Dick. La camisa blanca se veía inmaculada. Botas negras y, como era normal, el revólver a la cintura completaban su atuendo. Su atildado aspecto no encajaba muy bien en el lugar. Don Nazario también se mostró muy amable con Dick. Tras preguntarle nuevamente por su familia, le dijo:

—Me alegra conocerlo, señor Seymour. Ya me habían hablao mucho 'e su socio y 'e usté. Muy corajudos por cierto. ¡Vea que irse a poblar tan lejos!

—Cierto —comentó don Benito—. Naides se va hoy en día por aquellos andurriales.

—Nadies —corrigió el hijo.

—Naides, nadies, da igual. Somos independientes y libres y hablamos como se nos da la gana—replicó el padre, fastidiado.

—Sí, Tata. Diga naides, vístase además con chiripá y no se va a distinguir en nada 'e un gaucho.

El verse asimilado a un gaucho pareció excesivo a don Benito, que comenzó entonces a dar explicaciones.

—Es que anduve recorriendo, ¿viste? y la verdá es que esta ropa es mucho más cómoda que la pueblera. Pero si querés, m'hijo, me cambio y güelvo enseguidita.

Don Benito entró en la casa mientras su hijo movía la cabeza como queriendo decir que su progenitor era incorregible.

—Mi padre mantiene las costumbres de los estancieros de antes, ¿sabe? —explicó don Nazario—. Lo más grave es que quiere seguir manejando esta estancia al estilo tradicional y es muy cabeza dura para adoptar innovaciones. Yo he modernizao la otra estancia que tenemos en Cabeza 'e Tigre. Allí he alambrao un par de potreros y un corral. He conseguido carneros merinos para mejorar los lanares. Agora pronto le va a tocar el turno a Paso 'e las Barrancas.

Pese a que esta última estancia era de su padre, don Nazario lo iba desplazando de a poco en su manejo. Don Benito aceptaba tácitamente porque no dejaba de percibir la ventaja que le deparaba poder así contar con mano de obra gratis: la de los milicos que comandaba su hijo y que solían ayudar en las tareas camperas.

—¿Hacer usted agricultura?— dijo Richard preguntándose si Casas tendría algún título militar y debía tratarlo correspondientemente.

—Tengo unos aparceros que hacen algo 'e chacra en la costa 'el río ¿vio? Pero no hacemos agricultura directamente. Es muy difícil conseguir gente y al gaucho no le pica ningún trabajo que no sea de a caballo. El suelo está muy lejos, ¿entiende?

Sin entender el sentido de la última frase, Dick propuso:

—Usted poder traer peones del Rosario. Robert Bell contratar quince vascos allá. Muy buena gente según yo oír.

Una negra, la mujer del capataz, sirvió unos mates y trajo una bandeja de plata con alfajores de maicena con dulce de leche.

Al inglés, tras una larga dieta de carne de pato, carne de peludo, carne de mulita, carne de potro, carne de burro, y hasta carne de vizcacha, y sólo dura galleta para acompañar, el aspecto de los alfajores le pareció absolutamente tentador. Pero al hincar vorazmente el diente en la mesa blanda y empalagosa, tuvo que tomar varias vueltas de mate para quitarse el gusto de la boca.

Dick preguntó a don Nazario si vendía ovejas.

—No. Agora no tengo ovejas pa vender. Pero quizá sí las tenga don David Melrose, mi nuevo vecino, que está aquí cerquita a poco más de una legua. Es inglés como usté.

—Escocés —corrigió Dick, pensando: Estos españoles no pueden distinguir entre ingleses, escoceses e irlandeses. En ese mismo momento don Nazario decía para sí: ¿Qué más da? ¿No hablan todos inglés acaso?

El visitante se interesó en saber dónde obtener semilla de trigo.

—Yo le aconsejo que vaya al Rosario. Aquí el poco trigo que hay es medio degenerao ¿vio? En cambio en el Rosario seguramente que ha de poder conseguir semilla de la colonia Esperanza. Esos suizos sí saben trabajar. O sino compre semilla importada de Norteamérica.

La conversación pasó luego a la situación de la frontera, y Dick aprovechó para conocerla de boca del propio comandante del departamento.

—Vea, Seymour —comenzó a decir don Nazario, provocando una molesta sorpresa en Dick al ser nombrado sin anteponer a su apellido el correspondiente título de señor. "Ni siquiera en la escuela primaria los profesores me han tratado así" —pensó—. La zona 'e Fraile Muerto —continuaba diciendo entretanto don Nazario— es una especie de corredor que comunica Cuyo y el Norte con las provincial del litoral. Como usté habrá visto, el corredor está casi desierto salvo la costa 'el río Tercero. En teoría el corredor tiene un ancho de cincuenta leguas. A veinticinco leguas hacia el norte están los fortines 'e la frontera con los indios mocovíes y a igual distancia hacia el sur está la frontera con los ranqueles. Yo tenía doscientos cincuenta guardias nacionales en todo el departamento. Pero al empezar la guerra 'el Paraguay el ejército se los llevó prácticamente a todos. Agora apenas si puedo juntar una docena de milicos, pésimamente armaos. Sí, porque también se llevaron la armas, salvo algunas carabinas herrumbradas. En cuanto a los fortines, que estaban guarnecidos por el ejército de línea, ha pasao lo mismo. En cada fortín queda una cincuentena de milicos mal montaos y peor armaos, que ni los sueldos les pagan. A decir verdá, la frontera nunca ha sido muy segura y los indios maloqueaban con alguna frecuencia pero agora tienen impunidá total ¿vio? Entran como Pedro por su casa. ¿Cree usté don Ricardo —aquí Dick se mostró más conforme con el tratamiento que le era dispensado— que yo puedo hacer algo para parar los malones?

—¿Eso... eh... significar que nosotros estancieros tener que defendernos solos de los indios?—inquirió Richard.

—En la práctica sí. Anden siempre con revólveres y si se alejan 'e las casas, con rifles. Y buenos fletes, quizá lo mas importante. Tengan el menor número de vacunos posible, dedíquense a los lanares que son poco caminadores y no pueden ser arreaos a las tolderías. También me parece buena idea dedicarse a la agricultura. El ferrocarril va a bajar enormemente los fletes al Rosario. Y además, la guerra, el Paraguay ha entonao los precios, ¿no es cierto?

—Cierto, el trigo valer igual que en Inglaterra. Pensar nosotros ser buen negocio y sembrar este invierno.

—Esperemos que no venga la langosta. En cuanto a los caballos —siguió aconsejando don Nazario— téngalos en corrales. Agora es fácil cercar campo con alambre. Por mi parte yo estoy llamando permanentemente la atención al gobernador Ferreyra y al gobierno nacional sobre lo indefensa que se ha dejao la frontera, pero sin ningún éxito. ¡Es como clamar en el desierto! ¿Qué va a hacer?

Dick pensó que el giro verbal utilizado por el comandante era perfectamente apropiado pues, literalmente, estaban en el desierto. Pero los informes de Casas no dejaban de ser preocupantes, lo que lo llevó a interesarse por la envergadura de sus enemigos.

—Y decir una cosa, señor Casas... eh... los indios, ¿cuántos ser?

—Vaya uno a saber. Viven tan lejos, allá en tierra adentro, en sus tolderías. ¿Dos mil? El problema es que se juntan y ellos deciden cuándo y dónde atacar. Entonces siempre tienen gran superioridad numérica sobre la milicada esparcida en cantidad de fortines. Bueno y agora ¡si lo que queda es pior que nada! Otra cosa amigo Seymour: los indios tienen gran movilidá. Tienen los mejores pingos y van y vienen de un lao al otro haciendo cualquier cantidad de leguas. Casi inútil perseguirlos.

—Pero una cosa yo no entender. Si ser tan pocos y no tener más que lanzas, ¿por qué haber ustedes aguantado a ellos tanto tiempo?

—¡Ah Seymour! para ustedes no es fácil entenderlo. Los ranqueles tienen sus tolderías muy lejos como ya le dije. Entonces, organizar una expedición grande es difícil y costoso. Se puede hacer, de acuerdo, pero repito, es difícil y costoso. Un tatarabuelo mío, Miguel de Arrascaeta, ya lo intentó hace cien años. Resultao: lo mataron los ranqueles junto a treintisiete soldados. Además —agregó tras una pausa— este pobre páis siempre ha vivido de guerra en guerra. Aparte de la guerra con los indios. Primero, tuvimos la guerra de la Independencia, contra los realistas. Despúes, las guerra civiles, entre unitarios y federales, las piores de todas; en medio de ellas, la guerra con el Brasil. Hemos sido bloqueados por franceses e ingleses; guerra contra la provincia de Buenos Aires, hace apenas seis años, y después vino la guerra contra el Chacho Peñaloza y sus montoneras. Aún agora aquí, en Córdoba, las revueltas contra los gobiernos 'e la provincia se suceden una tras otra. Diga que estando acá en Fraile Muerto uno casi ni se entera. Agora parecía que se iban arreglando nuestros problemas con la Constitución, la unión de todas las provincias, y el tendido 'e los ferrocarriles. Esto último es muy importante. Como dijo el presidente Mitre, el ferrocarril inaugura la extinción del caudillaje bruto. Pero justo en este momento este desgraciao 'e Solano López nos invade y no tenemos más remedio que salir a pelear a los paraguayos. Con tanta guerra nunca nos hemos podido ocupar 'e los indios, salvo hace treinta años cuando Rosas los invadió en Buenos Aires. Pero, y para no decepcionarlo, pienso que cuando terminemos con los paraguayos habrá llegao el momento de concluir con este problema de una vez por todas. Los vapores y el ferrocarril nos acercan a Europa y los indios son ya una incongruencia.

Don Nazario interrumpió su largo discurso para tomar un mate que le alcanzaba la negra, y tras sorber un poco, exclamó:

—¡Si estas tierras debieran valer igual que las del Entre Ríos de no ser por ellos! Vea, los otros días leí en El Progreso que cada legua de ferrocarril vale tanto en el sentido del orden y de la paz como un artículo 'e la Constitución. Y el que escribió eso tiene mucha razón. Imaginesé, don Ricardo, los campos que Pascual Rosas y Dámaso Centeno compraron al fisco en Cañada 'e Gómez hace nueve años en ciento y pico de patacones la legua, y que después fueron expropiados pa'l ferrocarril, la Corte Suprema los ha valuado agora en cuatro mil patacones. ¿Qué me dice?

—Usted tener razón, señor Casas. Cantidad de compatriotas venir a esta zona, pero la mitad volver por miedo a los indios. Volver e instalar en Santa Fe o Entre Ríos.

—No me diga eso a mí que ya lo requeteconozco. Vea, don Ricardo, primero hay que terminar con los indios que son plaga pior que la langosta. Después, gracias a los ferrocarriles que ustedes tienden y la gente que está viniendo 'e Europa, ya verá como vamos a ser uno de los primeros páises 'el mundo, vamos a ser. No tenga ninguna duda; mi amigo, ninguna duda. Si no hay mejor páis que éste, creameló.

—Si, yo creer. Por eso venir —contestó Dick, dejándose llevar por el entusiasmo del comandante. Miró el reloj. Se habían hecho las seis y media de la tarde y quería seguir viaje para lo de Melrose, por el asunto de las ovejas, de lo que informó a Casas.

—¡Cómo, que no se va a quedar acá con nosotros! —exclamó visiblemente contrariado el comandante– estanciero.

El joven inglés le había caído simpático y recordando repentinamente a su hija viuda, pensó que bien le podría convenir como marido. "Estos ingleses han de ser mejores maridos que nosotros. Más serios, más trabajadores, más cumplidores, menos afectos al juego. Bueno, no siempre. Melrose y sus amigos juegan fuerte en el pueblo. Y a la bebida... en cuanto a la bebida creo que no... decididamente no. Los ingleses chupan como esponjas. Pero al menos no son afectos a las mujeres ajenas. Así dicen al menos. Los criollos en cambio... El primer novio de la Casiana era un tiro al aire y el marido, que parecía tan serio y formal, en la primera pelea sacó a relucir el revólver con el que lo mató el otro", pensó don Nazario.

Dick tuvo que esforzarse para rechazar los insistentes pedidos del comandante, a los que se unieron los de su padre, para que pasara la noche con ellos y, finalmente, partió hacia lo de Melrose. Aparte de las ovejas, Dick tenía curiosidad en conocer a las hijas del escocés. Pero en el camino no pensaba en cómo serían ellas. Primero pensó en el valor de los campos. "¿En cuánto había valuado la Corte Suprema esas sierras de Cañada de Gómez? ¿Cuatro mil pesos fuertes la legua? Sí, cuatro mil había dicho el español. Si en unos pocos años pudiéramos vender en cuatro mil patacones por cuatro leguas dieciséis mil dividido cinco son tres mil y pico de libras contra una inversión de seiscientas. Eso significa que la inversión inicial se multiplicaría por cinco. No está nada mal." Reconfortado su ánimo ante esta perspectiva, tampoco pasó entonces a pensar en las Melrose, sino en la hija del estanciero, en Casiana. Pero ¿y el marido? Porque ella había hecho notar que era "Casas de del Peral", lo que de acuerdo con la curiosa costumbre española por la que la mujer no pierde su apellido de soltera como en todos los países normales, sino que agregaba al suyo el de su marido, indicaba que debía estar casada con un señor Peral.

Gumersindo pareció leer el pensamiento de su patrón, pues conversando acerca de don Nazario y como no queriendo la cosa, le comentó:

—¿Así que esta mañana conoció a la hija 'el comandante? Linda la viudita, ¿no don Ricardo?

Dick registró, aliviado, la información en su mente, pero no le pareció bien tirar de la lengua a Gume. Odiaba el chimenterío, sobre todo con personas de más baja extracción social. Y más aún tratándose de "natives". Por el momento lo que había escuchado le era suficiente.

Pero Gumersindo que estaba comunicativo, siguió diciendo:

—Pobrecita ¡cómo ha de haber sufrido por la muerte de su marido! ¡Si apenas tenían meses 'e casaos! Y además ¡qué manera 'e morir!

Aquí el peón se detuvo y miró a su patrón, y al advertir el interés de éste por su relato, continuó diciendo:

—El antiguo novio 'e la Casiana lo mató en un entrevero. El marido lo celaba. No, si en todas partes se cuecen habas. Fijesé mi señor que se trata 'e familias copetudas y terminan achurándose como gauchos cualquiera. Dicen también que la Casiana nunca había dejao de querer a su antiguo novio y otras cosas más por el estilo, pero, ¡vaya uno a saber! Usté sabe cómo son las habladurías 'e la gente. Asigún también dicen, los padres no quisieron dejarla casar con el primer novio porque su familia no era tan linajuda como la de ellos.

—¿Qué pasar con el novio? —preguntó Dick, que esta vez no pudo contener su curiosidad.

—Usté sabe cómo son estas cosas: su familia, los Ferrando parece que son muy amigos 'el juez. De no serlo ya habría sido jusilao. Más de haber sido un simple gaucho. La cosa es que agora don José está en el ejército, en el Paraguay.

Tras esta explicación, los dos jinetes continuaron viaje en silencio y al rato llegaron a "Las Playas". David Melrose lo había poblado dos años atrás. El lugar era la antípoda de la estancia de Casas. La casa era muy chica, aunque le estaba construyendo un agregado, y estaba bien blanqueada y cuidada. Al pie de las paredes exteriores había macizos de flores. El piso interior era de adoquines de madera y la casa estaba coquetamente arreglada como una casa de campo inglesa. En los alrededores se habían plantado muchos arbolitos. Melrose tenía corrales alambrados, bretes y un galpón bastante grande donde guardaba herramientas agrícolas modernas.

La familia estaba cenando cuando llegaron los viajeros y la señora de Melrose invitó a Dick a sentarse con ellos, pero previamente se vistió para la ocasión.

Las hijas Jane y Deborah parecieron a Dick agradables y no mal parecidas, aunque algo insulsas. Después fue invitado a pasar la noche y, dada la pequeñez de la casa, se le armó un catre en la habitación que hacía de comedor y sala a la vez.

Dick pasó la noche sintiéndose en una granja en Warwickshire. Al día siguiente, tras un copioso desayuno a la inglesa (o a la escocesa) observó las instalaciones y las ovejas de su anfitrión. Este no tenía corderos para vender. Todo lo contrario, también él quería aumentar sus majadas y había averiguado que podría comprar en las sierras.

Como la distancia era más de treinta leguas, para evitar el calor planeaba viajar a comienzos del otoño y propuso a Dick que lo acompañara. Este aceptó, pese a que Melrose no le cayó del todo bien. Algo había en ese hombre, algo que no podía explicar, que le producía rechazo.

CAPÍTULO 8

There are about 40,000 between Irish, Scotch, and English settlers and their families, in quiet and undisputed posession of about two million of acres in the province of Buenos Aires alone, in the full enjoment of and religion and social liberty. They own upwards of 35 million sheep, besides horned cattle, horses and valuable buildings... The bulk of this vast property has been acquired in the country by men who on their arrival did not possess a sixpence.

Hay alrededor de 40.000 entre pobladores irlandeses, escoceses e ingleses y sus familias, en tranquila e indisputada posesión de unos dos millones de acres en tan sólo la provincia de Buenos Aires, con el goce pleno de total libertad religiosa y social. Poseen más de 35 millones de ovejas, aparte de ganado vacuno, yeguarizos y valiosos edificios... El grueso de esta vasta propiedad ha sido adquirida en el país por hombres que a su llegada no tengan ni un cobre.

ENCYCLOPEDIA BRITTANICA, 1878.

Empecé con seis mil inmigrantes y al cabo de seis años dejé el país con treinta mil.

BARTOLOMÉ MITRE: *Debate sobre la inmigración,* 1870.

Dick miró su reloj al despertar de la siesta. ¡Las cuatro pasadas! Buscó al fondero pero no lo encontró aunque sí descubrió a Luiggi, su ayudante, durmiendo sobre unos cueros de oveja detrás del mostrador. Lo despertó sin miramientos y le preguntó sobre la diligencia a Rosario, adonde ya tenía planeado seguir viaje para comprar semilla de trigo y, como se recordará, participar en las primeras carreras a "la inglesa" que cerca de allí, en Roldán, se habían organizado.

—Per andar al Rosario... aspette... credo che sia martedi.

Ecco, martedi matina —informó el adormilado Luiggi.

¡El martes! ¿Qué iba a hacer en el pueblo toda la tarde del domingo y el lunes? Bueno, podía, por ejemplo, visitar a Casiana Casas. Pero rechazó la idea. Era algo prematuro. Mejor viajar a caballo por el nuevo camino de postas entre Córdoba y Rosario trazado por Timoteo Gordillo y que pasaba a unas diez leguas al Sur de la estancia Las Rosas de William Kemmis. Dick sabía que éste, a quien había conocido en Rosario, siendo el primer verdadero turfman del país, concurriría a las carreras. Por lo tanto, podrían juntos tomar el tren en Cañada de Gómez, pues ya corría entre esta estación y Rosario.

Así resuelto su plan, se lo informó a Lisada, quien siesteaba bajo unos árboles cerca de la fonda. Le dejó, además, unas líneas dirigidas a su socio Frank, diciéndole que se encontrarían en el Hotel Colón de Rosario. También le pedía que le llevara el frac y la galera.

Alquiló dos caballos en la casa de postas, cargando en uno de ellos sus petacas, cruzó el río y galopó fuerte hacia el nordeste en busca del camino de Gordillo, que corría a varias leguas al norte del pueblo. El tiempo se había puesto nuevamente caluroso y muy pesado. El sol se estaba poniendo cuando vio las huellas que indicaban que había alcanzado el camino. Siguió galopando por éste hasta entrada la noche. La luna algo iluminaba a través de un cielo entoldado que hacía un enorme halo a su alrededor. Cerca de la medianoche, alcanzó a ver una tenue luz. Hacia ella se dirigió. Era un rancho. Entre furiosos ladridos de unos cuzcos, oyó música de guitarra. Varios caballos atados o maneados cerca de la puerta.

Dick se apeó y ató sus caballos a un palenque. Un hombre se asomó por la puerta para ver quién llegaba. Dick lo saludó y le preguntó:

—Parece que haber fiesta, ¿no?

—Fiesta hay, sí... Estamos velando al ángel —fue la respuesta.

Dick no entendió lo que había querido decirle el paisano y, aceptando su invitación entró. Había mucho humo de los cigarros que varios hombres y mujeres fumaban. Una mujer con largo cabello negro y lacio rasgaba un arpa y un gaucho tocaba la guitarra. Otra pareja bailaba una danza que a Dick se le antojo andaluza porque ella castañeteaba los dedos mientras su compañero zapateaba levantando polvo del piso de sierra. Él recitaba:

En una noche sombría
Tus ojos negros brillaron,
y hasta los gallos cantaron
creyendo que amanecía.

Ella contestaba:

Si en una noche sombría
Mis ojos negros brillaron
Es porque se reflejaron
En los tuyos, alma mía.

¡Huija! —gritó la concurrencia aprobando la respuesta—. ¡Véanlan a la Charo! —comentó uno, también a gritos.

Dick se colocó a un costado junto a dos velas puestas en la boca de frascos de ginebra que daban una luz mortecina y vacilante al lugar. ¡Cuál sería su sorpresa al ver entre ambas, sobre la mesa, un bebé muerto! Estaba dentro de una cuna de caña, con una corona en su cabecita. Sus mejillas embadurnadas con tintura de cochineal, al igual que sus labios. De los hombros salían alas de papel, como de querubín, y sus manitas se cruzaban sobre el pecho, sujetando una cruz. Estaba vestido con una tela de hilo con lentejuelas y estrellitas brillantes.

—¡Lindo! ¿No es cierto? —comentó una mujer, ¿la madre? al tiempo que alcanzaba un mate al inglés, que apenas atinó a asentir con la cabeza.

En ese momento terminaba el baile. El guitarrista rasgó las cuerdas y comenzó a recitar con cierta cadencia musical. Alguna oración fúnebre, pensó Dick.

Una cuarta o poco más
Tengo pa vos un regalo,
Después que le tomés el gusto,
Se encoge y queda arrugado.

El cantor calló. Las mujeres sonreían con picardía. Se oyó una risa, pronto reprimida.

—¡Pero vamos! ¡digan qué es! —las animó el de la guitarra, mientras pellizcaba a una de ellas.

—Bue... si no lo saben...

—Dale. Decí vos —instó una de las mujeres al cantor, con sonrisa lujuriosa.

—El abanico explicó. ¿Ustedes en qué habían pensao? Va otra, más fácil, a ver si adivinan. Allá va —y entonó:

—Bolas negras tiene usté,
Pegadas en mala parte,
Y aunque las pinte con arte
y las lave con jabón,
Bolas negras siempre son,
Pegadas en mala parte.

Entre las risas, ahora generalizadas, se oyó una voz femenina que dijo:

—¡Ya sé! ¡Ya sé! ¡Son los ojos!

—Tá güeno. Acertaste una —reconoció el hombre.

Dick oía horrorizado. *"Disgusting. Unbelievable!"* murmuraba con voz trémula. Que en el velorio de una criatura se bailara e hicieran adivinanzas obscenas era algo que superaba cualquier cosa. Se reprochó por haberse largado a un país tan salvaje e inmoral. Se retiró apesadumbrado y al mismo hombre que lo había recibido le preguntó por la posta.

—Es aquicito nomás. Ni diez cuadras en ese rumbo.

—Colorao como un tomate, entre las piernas te bate... —oyó plantear una nueva adivinanza mientras se alejaba.

Pese a la oscuridad y a que no estaba tan "aquicito" como le habían indicado, consiguió llegar a la posta. La luna apenas alumbraba pues se había nublado y no se veía casi nada. Entró en el rancho de la posta y tropezó con gente que dormía en el piso. "Me parece que esta noche me voy a tener que acostar en ayunas. Mejor afuera, bajo el alero, porque adentro hay un tufo espantoso", pensó el inglés, cuyo humor empeoraba.

Fue así que tendió caronas y cojinillos, los bastos de almohada, se cubrió con el poncho y se durmió. No por mucho tiempo, pues una leve llovizna lo despertó. Decidió explorar el interior de la posta. Prendió el yesquero y al entrar en la única habitación vio un hueco cerca de la puerta, donde se volvió a tender. De madrugada, algo que le caminaba por encima lo despertó. Era una gallina. En la escasa claridad pudo ver que justo a su lado dormía una mujer joven que imaginó agradable. Pensamientos eróticos; imposible reanudar el sueño. Poco podría haber dormido de cualquier manera, porque pronto la oscura masa que cubría el piso del rancho comenzó a moverse y agitarse y en su afán por salir, obligó a otros a levantarse también, Dick entre otros. Miró con atención a su vecina y, ¡qué desilusión! Facciones oscuras; nariz ganchuda; cuerpo redondo que se bamboleaba al caminar. Buenos y güenos días comenzaron a ser murmurados. Los ocupantes del rancho, apenas levantados, salían y se dispersaban en todas direcciones. Varios se fueron atrás de una diligencia, otros detrás de una carreta ladeada por la falta de una rueda. Un par de mujeres rumbearon para otro lado, hacia atrás de un cerco vivo. Una de ellas, con aspecto aliviado, volvió y empezó a hacer fuego, donde calentó agua para matear y asó unos pedazos de carne, que habían estado colgados de un duraznero. Dick esperó ansioso el asado porque estaba muerto de hambre. Pero antes sorprendió a la misma mujer, la encargada de la posta, al pedirle agua para lavarse, algo completamente insólito a juzgar por la reacción de ella. Apenas terminado ese curioso desayuno, la diligencia salió a todo escape hacia Córdoba, en medio de los alaridos de los jinetes. Dick, en cambio, perdió una enormidad de tiempo mientras le traían un caballo. El carguero fue esta vez una mula. Finalmente pudo reanudar su viaje, pero con gran lentitud, porque la mula se empacaba cada dos por tres.

A media mañana cruzó el arroyo de las Tortugas por el puente de madera construido por Gordillo, entrando así en la provincia de Santa Fe. Como una legua más adelante alcanzó una tropa de veinte carretas que desde Tucumán se dirigía a Rosario. Arrastrarlas requería nada menos que doscientos bueyes, veinte mulas y una docena de caballos. La "tripulación" era de treinta hombres capitaneados por el capataz, don Valerio Vázquez, así se llamaba el hombre, con quien Dick entabló conversación. Vázquez era secundado por el maestro, un carpintero que reparaba las carretas dañadas, y dos asistentes.

Las carretas eran arrastradas por seis bueyes cada una, a los que se agregaban dos cuando había mucho barro o cuando había que pasar una cañada, explicó don Valerio, a quien Dick le oía bastante mal por el chirrido de las enormes ruedas, jamás engrasadas, pues azuzaba a los bueyes, según decían. No lo suficiente, pensó Dick, al ver cómo los conductores los picaneaban con largas cañas tacuaras.

La carga —ciento setenta arrobas por carreta— (cerca de dos toneladas) de cueros curtidos y suelas, por su buena calidad competía en el Litoral con las importadas. Se le agregaba tabaco, quesos de Tafí y frutas secas como orejones y ciruelas. Algunas de las carretas serían vendidas en el Rosario, explicó el capataz, que por el viaje de ida y vuelta, sesenta días aproximadamente, ganaba la importante suma de ochenta patacones.

La caravana se detuvo para arreglar una rueda. Dick decidió apurar la marcha y se despidió de don Valerio.

—Vaya usté con Dios —le deseó el capataz.

Pasado el mediodía llegó a la siguiente posta: Nueve de Julio. Allí comió asado de cordero, acompañado con un poco de vino. El calor húmedo lo decidió a siestear bajo unos durazneros. Durmió mucho, más de lo previsto pues el sol ya estaba bastante ladeado cuando se despertó. Sus caballos estaban listos. Preguntó el rumbo para la estancia Las Rosas.

—Quién sabe... —le respondió un indiferente peón, más indio que blanco.

Dick se dirigió entonces al maestro de postas.

—Rumbee en dereceras hacia ande sale el sol. Ahura, déjelo en el anca, un poco 'el lao 'e montar. Antes que se ponga, va a alcanzar a ver un monte grande. Allí es la estancia 'e Las Rosas —indicó, y luego agregó: —No hay forma 'e equivocarse.

Dick cumplió con las instrucciones prolijamente, consultando la brújula para comprobar el rumbo cuando se nubló. Por suerte, porque hacía mucho calor, aunque la humedad aumentó. Pero cuando empezó a oscurecer no vio ningún monte. Se paró sobre su recado y oteó el horizonte con su largavista: ni rastro de monte. Sólo el inmensurable mar de pasto verde y alguno que otro chañar a lo lejos. Siguió andando hasta que oscureció del todo y debió resignarse a pasar la noche al raso. No se veía ninguna luz. Solamente refusilos distantes, hacia el Norte. Ni un árbol bajo el cual dormir y al que atar sus cabalgaduras. Maneó el caballo, al que acollaró la mula, y desensilló. Comió un poco de carne charqueada que había obtenido en la última posta, y la bajó con agua de su caramañola. Para mayor seguridad, enlazó el caballo maneado y se ató una punta a un tobillo. Que se le escapara su pingo era una de las peores desgracias que podían ocurrir a un viajero en la pampa. Se acostó sobre caronas y cojinillos, su cabeza apoyada sobre las manos. La noche era tibia. El cielo se había despejado. Ya se veían las estrellas en esa noche en la que la luna no había aún aparecido. Eran millones. Más que en el hemisferio Norte, pensó Dick. Pero si bien no millones, sí cientos de mosquitos pronto interrumpieron sus meditaciones estelares y lo decidieron a protegerse tapándose el cuerpo con el poncho, pese al calor, y la cara con el sombrero, bajo el cual extendió su pañuelo. Sólo la punta de la nariz quedaba descubierta.

Pensó que le faltaban guantes para proteger las manos. "¡Los guantes que me regaló Mary Elizabeth al despedirme!" En un gesto que lo había sorprendido por su audacia, ella se los había regalado cuando pasó a despedirse antes de partir hacia el Río de la Plata. Una verdadera declaración de amor, y muy extraño que partiera de ella. Él pensaba casarse con Mary una vez que, rico, volviera a Inglaterra. No era el hijo mayor y, por lo tanto, debía labrarse una posición con su propio esfuerzo. No le habían atraído la iglesia ni el ejército, ni la marina, ni la burocracia. Sus planes casamenteros presentaban un inconveniente que se adicionaba a su falta de fortuna: Mary era papista. Su familia lo había sido desde siempre y sus antepasados habían estado implicados en la Conspiración de la Pólvora contra Isabel I. Sabía que su padre, clérigo anglicano, veía con aprensión su inclinación por ella. Aunque nunca se lo había dicho. ¿Cómo se lo iba a decir si siempre proclamaba la tolerancia religiosa? Pero él, Dick, sabía lo que en el fondo de su corazón pensaba su padre. Por eso no había tratado de disuadirlo cuando le anunció, apenas llegado a la mayoría de edad, su proyecto de probar fortuna en Sud América. "El viejo ha de haber pensado que la distancia y el tiempo borrarían mi amor por Mary. Pero no ha de ser así. En dos o tres años reapareceré por allá para proponerle casamiento. Sé que ella así lo espera (aunque nunca habían tocado el tema, obviamente). Y en un par de años más ya habré juntado bastante para que la boda se pueda realizar", pensaba Dick. "¿La traeré acá o ya habré juntado lo suficiente como para vender todo, fuertemente valorizado, y poder vivir 'back home' de la renta? Esas acciones ferrocarrileras que tiene papá que den el siete y medio... O quizá, comprar una 'farm'. Pero no, aunque pudiéramos vender Monte Molina en más de tres mil libras, me tocaría la mitad, apenas suficiente para poblar una 'farm' de seiscientos acres. ¿Pero de dónde sacar la plata para comprar la tierra? Mejor será traer a Mary aquí, quedarnos por unos años y acrecentar nuestra fortuna." Pero después del espectáculo degradante de la noche anterior, este último plan no lo veía con tanto favor: "¿Cómo traer a la delicada Mary a este país de degenerados?"

Pero ahora la imagen de Mary se alejaba, ya no sólo por el año transcurrido sin verla ("A propósito, hace tiempo que no le escribo", pensó Dick) ni por las diez mil millas de distancia, ni por el nuevo país que descubría, sino porque otra imagen, femenina también, se le anteponía, pese a su resistencia. Y así como antes había sido la de la erótica china Clorinda, ahora era la mucho más apetecible de Casiana Casas, la viuda de del Peral. Empezó a dormirse, pero el caballo le pegó un tirón al tobillo. Parecía inquieto. "¿No andará un puma por las cercanías?" Aguzó el oído y palpó el rifle que había dejado a su alcance, en el suelo. No oyó nada y el caballo pareció tranquilizarse recomenzando a comer, imitando a la mula. Pero mientras los animales se habían calmado, Dick se había sobresaltado. ¿Y si alguna serpiente venenosa, una yarará o una víbora de la cruz, por ejemplo, que abundaban por allí, lo mordía? Su veneno era mortal. También había arañas venenosas, como las tarántulas. Así estuvo dándose cuerda un buen rato. Pero el monótono ruido de los equinos al arrancar pasto y masticarlo, y de sus colas espantando los mosquitos, terminó por adormecerlo.

Lo despertó la pálida luz del amanecer. Estaba envarado por la humedad. Se sentó y no vio nada. Una espesa neblina lo envolvía. Nada podía hacer en esa situación y optó entonces por seguir durmiendo. Rato más tarde volvió a despertarse. Le pareció que la niebla no era ahora tan espesa. Se paró arriba del caballo y a lo lejos le pareció ver una masa algo más oscura. Decidió entonces ensillar y dirigirse hacia allí. La mancha aparecía y desaparecía. Cabalgaba rodeado del silencio que parecía imponer el colchón de humedad. Era un paisaje irreal y mágico. Al acercarse se dio cuenta de que se trataba de la copa de un árbol que flotaba, sin tronco, en la bruma. Luego aparecieron otras sombras semejantes: las copas de los árboles de un gran monte de casuarinas. La neblina comenzó a levantarse. Tropezó con un alambrado y lo costeó hasta encontrar una tranquera. Cruzó un potrero con vacunos de enormes huampas y, luego, un maizal ya maduro. Finalmente se encontró con un peón irlandés que le confirmó que estaba en Las Rosas y lo llevó a las casas.

La niebla ya se había disipado por completo y un fuerte sol iluminaba una casa de azotea muy grande, de una sola planta, con gran galería al frente. William Kemmis había adoptado la arquitectura del país, aunque sin renunciar a un par de bow-windows.

Dick fue recibido por su propietario. Era unos años mayor que él, muy distinguido y agradable. Había oído en Rosario el imposible chimento que lo hacía hijo bastardo del rey Jorge IV. Imposible por haber muerto antes de nacer Kemmis. Pero sus modales bien justificaban esa supuesta ascendencia real. Kemmis le presentó a su socio y ex compañero de regimiento Jimmy Wheatley, lo hizo pasar al interior, perfectamente amueblado como un "manor" inglés, y le propuso un buen baño. Luego le prometió mostrarle las instalaciones. Durante el almuerzo, Kemmis explicó:

—La regla en Las Rosas es que todos debemos trabajar.

Debimos imponerla por razones que no se aplican a tu caso, por cierto. No sabés la cantidad de compatriotas que llegaban hasta aquí y se pasaban semanas y hasta meses sin hacer nada. Verdaderos zánganos. Con este método los hemos ahuyentado rápidamente.

Tras la siesta, Bill Kemmis y Jimmy Wheatley hicieron *"le tour du propriétaire"*, mostrando los galpones, donde Dick se sorprendió por la cantidad de moderna maquinaria agrícola que había, ya que aparte de unos miles de vacunos y ovejas, Las Rosas era por sobre todo un establecimiento agrícola. Pero Kemmis, un apasionado por los caballos y por el "steeplechase", tenía proyectado un haras de caballos de carrera, proyecto que lo llevaría a la quiebra veinticinco años más tarde. Ya había construido unos boxes, casi todos vacíos, salvo uno donde exhibió con evidente orgullo el padrillo Whirlwind. En un potrerito le mostró la yegua Bridesmaid.

—La voy a correr en las carreras de Roldán la semana que viene —explicó Bill—. Es casi pura y la hice traer de Inglaterra. Va a ser un escándalo para los "natives": habrás visto que desprecian totalmente a las yeguas y sólo montan caballos.

A la noche, los dueños de casa y su invitado se vistieron de smoking para la cena. Dick se sintió por un momento transportado a Inglaterra. Todas estas comodidades le hicieron pensar en que debería edificar en Monte Molina una casa como la gente. Imposible llevarla a Mary a la casa de fierro. Pero estaba el problema del dinero. ¿De dónde lo obtendrían Frank y él? Deberían esperar a que la estancia rindiera ganancias suficientes. La construcción de una casa significaba una razón más para optar por la alternativa de afincarse por un largo número de años en la Argentina y postergar al menos su plan inicial de hacer una rápida fortuna y regresar a Inglaterra para casarse con Mary.

CAPÍTULO 9

A las márgenes de este río había cuatro ranchos que habían sido la manzana de la discordia entre los Porteños y los Santafecinos... De repente, del seno de aquellos ranchos nació una ciudad rica y floreciente, nueva Venus Argentina nacida de la espuma de las aguas, que se ostentaba entre las miradas de los sabios probando prácticamente las ventajas de la libre navegación de los ríos.

BARTOLOMÉ MITRE: *Discurso de Chivilcoy,* 1868.

Tres días más tarde, Wheatley, Kemmis, Seymour y un par de peones irlandeses partieron de Las Rosas hacia Cañada de Gómez, donde tomaron el tren a Rosario. Bridesmaid fue embarcada en otro vagón, literalmente a las patadas en vista de la resistencia que opuso. En apenas cuatro horas llegaron a la ciudad. Al pasar por la estación Roldán vieron al costado de la vía la pista de carreras, de unas veinte cuadras de largo. En esta estación quedaron los peones y la briosa yegua.

Una vez llegado a Rosario, el grupo se hospedó en el Hotel Colón, donde por un peso boliviano por barba se pudieron dar un baño de tina. Allí los esperaba Frank Goodricke que había llegado a caballo desde Monte Molina con Lisada dos días antes, siguiendo éste a Roldán con la caballada con que correrían. Frank informó a Dick que había comprado la semilla de trigo.

—¿Cuánto? —preguntó Dick.

—Eh... no me acuerdo; lo tengo anotado por allí. Ya no sé si eran fanegas de cuatro cuartillos, o de doce almudes, o si eran arrobas, o qué. No sé si sabés, para hacer las cosas más complicadas, que las medidas varían según sean de Paraná, Buenos Aires o Montevideo. Un lío horrible.

—¿Por qué no usarán las medidas inglesas y se dejarán de embromar? —reflexionó Dick.

—Bueno, tampoco son un ejemplo de racionalidad. Habría que adoptar el sistema decimal —opinó Frank.

—¡Por favor! No me vengas con esos inventos de los franchutes.

Las carreras habían despertado mucha curiosidad por ser la primera en las que participarían muchos caballos a la vez en vez de a dos como en las cuadreras, aparte de ser la distancia mucho mayor que en éstas. La empresa del ferrocarril había organizado un tren especial a Roldán. Muchas damas, tanto inglesas como rosarinas, participaron de la excursión por el módico (para los ricos) precio de dos patacones ida y vuelta.

El gerente del ferrocarril, Robert Ogilvie, había hecho instalar junto a la pista de carreras una tribuna apoyada en vagones. La escena era muy llamativa. Las damas parecían emerger de bolas trapeadas, ilusión óptica producto de la crinolina. Las inglesas cubrían su cabello con capelinas y capotas que eran inútiles para protegerse del aún fuerte sol de marzo, por lo que se habían provisto de sombrillas multicolores. Las oscuras levitas de los caballeros contrastaban con la colorida vestimenta del gauchaje, que se había congregado en gran número para ver el novedoso espectáculo montado en sus mejores fletes cargados con arreos de plata. El fresco viento del sur hacía flamear las numerosas banderas argentinas e inglesas que coronaban la tribuna.

Frank fue invitado a formar parte de la Comisión de Carreras junto con el honorable Gerald Talbot, Saturnino Iberlucea, Bill Kemmis y su socio Jimmy Wheatley, Carlos Grognet, el coronel Patricio Rodríguez y el teniente coronel Leopoldo Nelson. Wheatley fue designado largador y Dick juez de raya.

Las carreras fueron cuatro. En la primera, de milla y media, la yegua Bridesmaid, montada por Bill Kemmis, se impuso por varios cuerpos al mentado tordillo indio de Lisada, que llegó segundo. Éste superó al tercero por apenas una cabeza. ¡Había que verlo a Gumersindo disfrazado, según él, con breeches blancos, botas altas, chaquetilla de seda y gorra que se le voló enseguida después de la largada, porque apenas le entraba en su porruda cabeza!

Como lo había previsto Bill, más apesadumbrado que por haber perdido la carrera, Gumersindo lo estaba por haberle ganado... ¡nada menos que una yegua! Aparte haber perdido unos cuantos patacones apostando a su favor, patacones que había ganado Bill. Para entonarlo un tanto, Frank lo invitó con champagne, bebida que Lisada nunca había probado.

—¡Uy, qué cosquillas hace en el garguero! —comentó, frunciendo la cara.

Tampoco tuvo suerte Dick, que llegó tercero en la segunda carrera. En cambio Frank, ganó la última carrera con Ned, su parejero zaino.

Frank y Bill debieron intervenir en una pelea a puñetazos entre un yanqui y otro individuo. El primero lo había volteado al segundo y le estaba pegando en el suelo.

—¡Ah no! ¡Juego limpio! Dejalo que se levante —indicaron los ingleses.

—¿Qué? ¿Dejarlo levantar? ¡Si supieran el trabajo que me costó voltearlo! —replicó el yanqui.

Cansados y con sus bolsillos más llenos algunos, más vacíos otros, los miembros de la comitiva volvieron por la tarde en el mismo tren a Rosario, sin Lisada que volvía directamente a Monte Molina cortando campo con los caballos. Al día siguiente, en la ciudad, Frank y Dick compraron arados y otras provisiones para su estancia. La búsqueda hecha por Dick de un ministro anglicano para que atendiera a los feligreses británicos de Fraile Muerto resultó infructuosa: en Rosario no residía ningún ministro de su religión. Sí estaba, en cambio, Thomas Carter, un pastor metodista, pero debido a sus obligaciones al frente de la recién inaugurada Escuela Inglesa, declinó el ofrecimiento.

Por la noche, en el Club Fénix tenía lugar un banquete seguido de baile para celebrar la creación del Rosario Race Club. Concurrió lo más granado de la naciente sociedad rosarina, encabezada por el gobernador de la provincia don Nicasio Oroño. ¿Quién imaginaría que en la revuelta urquicista y clerical de fin del año siguiente el gobernador tendría que huir de la ciudad de Santa Fe en un bote y esconderse en las islas del Paraná? Todo eso en medio de una gravísima epidemia de cólera.

Se destacaba entre la concurrencia la maciza y barbada figura del cónsul de S.M. Británica Thomas J. Hutchinson y la enérgica y muy joven del ya destacado empresario español Carlos Casado del Alisal. Asimismo estaban Joaquín Lejarza, Pedro Ramayo y Pablo Ferrer, fundadores del Banco del Rosario, el ex gobernador José María Cullen, Juan Jorge Walker, gerente de la sucursal rosarina del Banco de Londres y América del Sud, que en junio de ese año abriría sus puertas, y un numeroso grupo de residentes británicos. El "tout Rosario" en suma.

Uno de los grupos en los que se comentaban vivamente las carreras estaba constituido por los ya nombrados militares Rodríguez y Nelson y el delegado provincial don Martín Ruiz Moreno. En la revolución ya comentada del año siguiente los dos primeros ordenarían el fusilamiento del tercero en la plaza 25 de Mayo. Pero al no poderse cumplir la orden por cuanto Ruiz Moreno se había asilado en el consulado alemán, se contentaron con fusilar su retrato.

En el brillo de la reunión se ponía de manifiesto la rápida y creciente riqueza de la ciudad cuya población ya excedía las dos decenas de miles pero que Dick, llevado por la simpatía que tenía por Rosario, calculaba en sesenta mil. Su progreso y opulencia se veían acrecentadas con motivo de la guerra del Paraguay, pues era el principal centro de abastecimiento de los ejércitos aliados y el oro brasilero se derramaba generosamente entre los proveedores rosarinos. El motivo del auge residía en el puerto: mientras que la carga y descarga costaba de veinte y a veinticuatro reales fuertes en el primitivísimo puerto de Buenos Aires, en el de Rosario costaba apenas real y medio, lo que haría aseverar cuatro años más tarde a quien sería entonces senador Bartolomé Mitre, que Rosario era el "primer puerto en cuanto a baratura y comodidad del mundo entero".

De allí que permanentemente había surtos en el puerto más de media docena de vapores y diez veces más veleros. Veinte carretas y unas treinta mulas con mercaderías de once provincial entraban diariamente a la ciudad, lo que sumaba un comercio anual de treinta mil toneladas. "¡Un espléndido núcleo para el Ferrocarril Central Argentino!", aseveraba el cónsul Hutchinson.

A los postres se inició la maratoniana serie de discursos con el del Gobernador don Nicasio Oroño, quien había venido en barco desde la capital provincial para la ocasión. Inició sus palabras saludando muy especialmente al nutrido grupo de extranjeros que formaba parte de la concurrencia.

—El gobierno de Santa Fe hace ya más de diez años que ha comprendido que la población es una necesidad primordial de nuestro país. Gracias a esta política, la población de la provincia casi se ha duplicado en el último decenio —recordó Oroño, lo que no obstaba para que siguiera siendo un desierto.

—¡Qué bien! ¿No es cierto? ¡El gobernador es un hombre muy capaz! —comentaba, con un acento que a los oídos de Dick sonó raro, su compañera de la derecha, la señora de Rovira, cuyo marido, tan español como ella, era el director del Liceo y Escuela de Artes y Oficios.

—Sí. Él habla muy bien —contestó Frank con un acento que quinientos compatriotas empezaban a hacer usual en Rosario.

—Pero dicen que es muy anticlerical. Me cuentan que quiere sacarle a la Iglesia los casamientos y los cementerios —comentó horrorizada otra dama muy entrada en carnes, sentada a su izquierda—. ¡Sálvenos Dios!

En efecto, la legislatura provincial dispuso al año siguiente el matrimonio civil y la secularización de los cementerios, lo que provocó la revuelta ya comentada al grito de "¡Mueran los masones!". Entretanto, Oroño seguía perorando:

—...vasto ensanche de la inmigración europea, los Estados Unidos, con una población exuberante, no cesan por eso de emplear todos los medios conducentes a atraer la inmigración...

Frank había clavado su mirada en el audaz escote de la irlandesita sentada casi enfrente de él y que había conocido en las carreras. "¡Quién pudiera zambullirse en esas tetas!" Dick, por su parte, miraba con disimulo a una apetitosa criolla sentada a un costado. "Lástima ese lunar arriba del labio porque después, de los lunares salen pelos, cada vez más duros como los de mi tía Maude que pinchan cuando uno la besa ¿Casiana? No, no creo que tenga ningún lunar. ¡Caramba, otra vez pensando en Casiana en vez de Mary!" —El observador menos atento notará que ni la distancia ni la esterilidad de nuestro suelo son causas de la aversión que generalmente manifiestan los europeos en venir a la República Argentina. La Australia y la Nueva Zelandia están doblemente lejos; tenemos mejor clima que Canadá y aun que los Estados Unidos —aseguraba Oroño.

Dick tomó un trago de cognac mientras pensaba: "Sí, es lo que me decía papá. Esta gente está muy pendiente de lo que se hace en los Estados Unidos. Creen que las provincias platinas tienen un porvenir tan brillante como los estados del Norte. Pero se olvidan de algo muy importante: no son descendientes de ingleses".

—...dificultades para adquirir la tierra, o imponiéndole un valor superior a los escasos recursos del labrador.

En esto el Gobernador tiene razón. No es sencillo comprar tierra en este país. Nosotros nos tuvimos que ir a la frontera. Y un pobre agricultor no podría haberlo hecho. Los viajes son carísimos y los trámites complicados —pensó Frank, al tiempo que reprimía un eructo. Se fijó si su vecina lo había descubierto, pero no, miraba embelesada los horrorosos ángeles pintados en el techo.

El Gobernador se defendía con éxito de quienes criticaban la venta de tierras públicas queriendo que el Estado las reservara, no se sabía para qué ni hasta cuándo. Oroño decía a este respecto:

—Absurdo los que piensan que se disipa la tierra para enriquecer a los particulares. El Estado no debe hacer negocio con la tierra pública. Su mejor interés debe ser el venderla al primero que se presente a solicitarla en compra para fundar en ella una explotación.

Dick empezó a seguir el movimiento rítmico que al discursear Oroño imprimía a su barba Napoleón III. Se distrajo y pensó en las ovejas compradas por Frank. Le dio hipo. "La verdad es que tomé por demás, e hice tanta mezcla: vino blanco, tinto, cognac. Me recuerda el paso de la Línea, en el Kepler. Allí sí que chupamos. El capitán del barco, disfrazado de Neptuno, nos imponía multas haciéndonos bailar y tomar whisky al son del violín y la flauta. ¡Lástima que no hubiera ni una sola pasajera! Los delfines, meta salir del agua para volver a entrar y ¡qué calor en Bahía! Nos hicimos llevar en esas sillas de mano. ¿Cómo las llamaban? Calheiras o cadeiras, y la negra ésa ¡qué bien se contoneaba!" Dick la seguía metiéndose en un laberinto de angostas callejas y la encontraba entre unas columnas salomónicas lujosamente doradas, dentro de una iglesia. Se le acercaba y no era la negra sino Clorinda, que le sonreía lascivamente. La iba a tocar y se daba cuenta de que era una imagen de la Virgen. Lo despertó un cabezazo.

—Nuestro sistema contra el indio es la inercia en toda su expresión — decía, entretanto, el primer magistrado santafesino.

Dick trató de prestar atención porque el tema le interesaba.

—No ha dado otro resultado que la desmoralización del soldado, dejando que los salvajes golpeen cada quincena las puertas de nuestra provincia cautivando sus familias y sembrando la inseguridad sobre nuestras campañas. No es posible establecer la disciplina ni el espíritu de cuerpo en tropas dispersas en grupos de treinta o cuarenta hombres en la vasta extensión de doscientos y tantas leguas. El soldado, en vez de considerar al campamento como su hogar, lo mira como su cárcel.

"¿No exagerará? Que los indios cautiven familias... Aunque al hombre no le falta razón. Ese sistema de fortines siempre me pareció ridículo", pensó Dick. El torrente oratorio de Oroño no lo dejó pensar más, pues seguía diciendo: —El verdadero ejército de un país libre, que aspire a fundar una verdadera democracia, es su guardia nacional. Es el ciudadano custodiando sus derechos y libertades, y no el soldado de línea enganchado por la fuerza, instrumento obligado de las pasiones y de los intereses del que manda. No deben formar parte del ejército sino los soldados de línea contratados e incorporados voluntariamente.

Aquí el gobernador cosechó fuertes aplausos. Imbuido de fervor bélico, Frank se imaginó encabezando una larga fila de soldados que se internaba en el desierto en busca de indios. Se metían en un espeso bosque y allí descubrían unas chozas de barro habitadas por unos seres que eran más cafres que indios. De un árbol, se le arrojaba un aborigen que lo desmontaba y caían juntos al suelo. El sudoroso moreno le iba a cortar la garganta con su filoso cuchillo, pero a último momento le besaba la boca y su cuerpo cobraba forma de mujer.

—El ejército en tiempo de paz es una institución que no se concibe, es un anacronismo— tronaba el gobernador.

—Qué bien y qué valiente— oyó un cuchicheo femenino en sus oídos al tiempo que los aplausos lo despertaban. Pero también se oyeron murmullos indicativos de desacuerdo.

—Sí, muy valiente— confirmó con una sonrisa a la señora que estaba a su lado, sin tener idea de qué se trataba. "¡Qué fea que es!", pensó Frank.

—Somos una gran Nación, ha dicho hace poco el presidente Mitre. ¿Y cómo una gran Nación no ha de poder garantirse contra los salvajes desarmados, desnudos, sin medios de movilidad y sin la inteligencia de nosotros? La Nación gasta millones y millones de patacones para guerrear contra los paraguayos, o sea para defender su honra. ¿Cómo es posible que no tenga dos o tres millones para garantir la propiedad de los mismos productores de todos esos millones? La República no es posible si no damos seguridad a los pueblos de que no serán salteados por indios. Doloroso es decirlo, pero no hemos dado todavía un paso en ese sentido— concluyó Oroño.

Frank volvió a dormitar hasta el fin del largo discurso del gobernador, cuando fue despertado por fuertes aplausos, a los que se unió sinceramente, y gritos de ¡Muy bien! ¡Tiene razón! ¡Viva Oroño! ¡Hurra! Sin embargo, si hubiera estado más despierto, habría advertido de parte de los comensales una actitud mucho más fría.

Los mozos habían servido champagne y se propusieron brindis por el gobernador, por la provincia de Santa Fe y por la Constitución federal. Un tal doctor Seguí consiguió hacerse oír en medio del tumulto y alzando su copa, declamó:

—Al fin llegó el día dichoso
en que los santafesinos

libremente reunidos
en unión tengamos gozo.
Nuestro estado es asombroso
a quien sepa comparar,
desde que entró a gobernar
Oroño el héroe civil,
grite el auditorio entero
¡Viva! a su gloria inmortal.

El viva fue repetido por los presentes. Seguí empinó su copa y Oroño se le acercó, confundiéndose en un estrecho abrazo con el bardo. Estos tipos deben ser maricas por la forma que se abrazan, pensó Frank.

Tras esto le tocó el turno al señor Cáceres de pedir silencio para brindar. Así habló Cáceres:

—Al héroe libertador
del correntino feraz suelo
por su visión de alto vuelo
por su constancia y valor,
Honor.
Que de América la historia
patentice su virtud
y la eterna gratitud
que debe a su memoria
y Gloria.

Brillan armas donde se mire
y al ver clima tan belicoso
hasta el mismo Marte celoso,
su copa alza y brindar exige
a Mitre.

Al tirano López deprime
su recta energía y decisión,
gritemos todos con unción:
¡Honor y Gloria al gran Mitre!

Las copas se vaciaron nuevamente en medio de un griterío creciente, entre el cual se oyó la voz del teniente coronel Nelson que gritaba: ¡Viva Urquiza, canejo!

—Qué bien estuvo Cáceres, ¿no le parece? —comentó a Dick la señora gorda sentada a su izquierda—. Gracias a Mitre es que el tirano López no se hizo coronar emperador del Río de la Plata en Buenos Aires.

—¿Emperador? — preguntó Dick asombrado.

—Sí, por supuesto, emperador de los argentinos —y la rolliza dama explicó detalladamente los perversos planes del presidente paraguayo.

Entretanto, el señor Carlos Grognet hablaba en nombre del Rosario Race Club. Sus palabras terminaron con estos versos:

Al noble y argentino caballo
que desde el Plata al trópico,
y trepando la cumbre del Ande
con los colores patrios avante,
agua, hielo y tórrido
clima su carácter probaron.

Dick volvió a dormir ya sin disimulo durante la larga oración de don Domingo Palacios, el presidente de la comuna rosarina. El discurso terminó con brindis al futuro brillante de la ciudad, por la victoria de los heroicos ejércitos aliados, por la pronta caída del dictador López y por el fin de la esclavitud del pueblo paraguayo.

—¡Y la de los macacos brasileros! —gritó alguno, grito que despertó a Dick. El gentil recuerdo de nuestros aliados principales provocó cierta inquietud, pronto superada por nuevos brindis por el presidente Mitre, el emperador del Brasil y el presidente oriental.

—¡Yo brindo por el insigne vencedor de Caseros, el general Urquiza! —propuso el coronel Rodríguez, que daba muestras de embriaguez.

Brindis tenso, situación superada al pronunciar un improvisado poeta sentidas estrofas en honor, nuevamente, al caballo criollo (es necesario recordar que se trataba de un banquete equino, si así se lo puede denominar):

Gloria y honor al incansable caballo argentino,
al valiente pingo que condujo a los soldados

de Castelli y Rondeau, de San Martín y Belgrano
hasta nevadas cordilleras desde el país platino.

Tras concluir sus versos, aplaudidos con entusiasmo y rubricados con ingestiones de champagne que era ahora escanciado en abundancia por los mozos, Dick ingirió en abundancia el espumante y apenas fresco vino. El presidente del Race Club cedió el turno al cónsul británico Mr. Thomas J. Hutchinson:

—Es cada día más evidente que el Rosario se convierte en la segunda ciudad de la República Argentina. Segunda, debe observarse, solamente en población, riqueza, rentas, comercio y edificios públicos, pero primera por su posición topográfica y geográfica, así como por sus ventajas hidrográficas.

Dick asentía a los juicios de su cónsul. ¡El puerto de Buenos Aires es pésimo! ¡Ni merece llamarse tal! Esos tipos ¿quiénes eran?, un tal Lagos era uno, que me decían que el Congreso debía declarar capital al Rosario, tienen mucha razón. Buenos Aires está en un extremo de este país. Rosario es mucho más central, y como que siga progresando así va a pasar pronto a Buenos Aires. Las ideas de Dick empezaron a hacerse confusas. Sobre las imágenes del puerto rosarino se superpusieron las del de Liverpool.

—¡Brindo por el Rosario capital de la República! —gritó don Eudoro Carrasco, con su boca enmarcada por bigote y barbita estilo Napoleón III.

—¡Brindo por el Ferrocarril Central Argentino y por don Guillermo Wheelwright —propuso después el canadiense don Guillermo Perkins, redactor del periódico El Ferrocarril y director del The Argentine Citizen.

Cuando Dick levantaba su copa de champagne para brindar, sintió que un proyectil le golpeaba la cara, más cerca de su ojo izquierdo. Había sido un pan. A Frank le hizo gracia e imitando al agresor de su socio, tiró a su vez una miga a la irlandesa de enfrente, que justo se le metió en el escote. Ella mostró fastidio y muy poco "sense of humour", y al erguirse Frank para pedirle disculpas, su cabeza interfirió en el recorrido de un pedazo de otro pan que el teniente coronel Nelson tiraba a Kemmis. Ya todos se empezaron a tirar migas e inclusive panes enteros en medio de gran batahola. Un estentóreo grito de don Joaquín Lejarza:

—¡Por favor, caballeros, sepan comportarse que parecen peor que gauchos! —devolvió la calma. La comparación con el gauchaje era demasiado.

—Lejarza y su hermano Fermín son quienes mayor número de acciones del ferrocarril suscribieron en el Rosario —musitó en el oído de Dick la señora de Rovira—. ¡Nada menos que mil libras! ¡Imagínese!

Frank miró a Lejarza con el lógico respeto al que esa inversión le hacía acreedor.

—Los flamígeros rayos del Sol de Mayo que iluminan al mundo... —declamaba el siguiente orador.

—Sí, los Lejarza son de los más ricos de la ciudad —seguía soplándole al oído la señora de Rovira, quien añadía—: Mucha gente se está enriqueciendo en el aprovisionamiento del ejército. Los brasileros, pagan cualquier disparate por todo. Imagínese ¡veinte patacones por un matungo!

—...Porque como dijera Rousseau y también Montesquieu... —seguía discurseando el orador, que representaba a la logia masónica Filantrópica Unión.

—Se les está yendo la mano con tanto discurso. ¡Cuándo empezará el baile! —suspiró la señora de Rovira.

Por su parte, Frank ya ni pretendía escuchar. Tomó más champagne, sonrió descaradamente a la chica irlandesa que daba señales de enojo creciente y durmió indisimuladamente de a ratos al igual que buena parte de los comensales, especialmente la señora de Rovira, cuyos ronquidos se dejaban oír intermitentemente. De la comisura de su boca entreabierta pendía un delgadísimo hilo de baba. Frank levantaba mecánicamente la copa para los brindis que marcaban el final de cada discurso.

Pero la languideciente concurrencia saltó como un resorte cuando del salón vecino llegó el ritmo de un vals. Todos se pusieron de pie y se encaminaron hacia allí. Dos segundos y varias parejas-trompo ya giraban vertiginosamente. Pronto casi no cabían. Frank sacó a bailar a la irlandesita de enfrente, cuyo enojo se disipó bruscamente al terminar los discursos. Dick no supo cómo escapar de la mirada suplicante de la señora de Rovira. Frank pronto debió buscar otra pareja porque el anglófono teniente coronel Nelson, hijo de inglés, lo desplazó. No le faltaron candidatos. Pero más tarde, Dick se le acercó junto con la señora de Rovira y en un descuido, se esfumó, dejándosela. Frank no tuvo más remedio que bailar también con ella, entre las sonrisas burlonas de sus amigos con más suerte.

El baile concluyó cerca de la madrugada. El grupo de Dick, Frank y sus amigos salió a la calle. Apenas alejados unos pocos metros, se comenzaron a oír los estruendosos ruidos característicos de la liberación de gases largamente retenidos dentro del aparato digestivo. La liberación se efectuó simultáneamente por los conductos superior e inferior, que comunican dicho aparato con el exterior. La distinción entre uno y otro escape gaseoso pudo ser fácilmente reconocida por los diferentes sonidos que produjeron y, además, por la reacción que, muy especialmente los de la vía inferior y posterior, provocaron en la pituitaria de los restantes miembros del grupo. La expulsión de esos gases concidió con risotadas, cuyo volumen estaba en relación directa con los decibeles producidos por los escapes. Un observador desprevenido hubiera atribuido una relación mecánica de causa y efecto entre los ruidos que producían los gases eyectados y las carcajadas.

Mientras Frank orinaba en un portón, los hermanos Talbot fueron requeridos a efectuar una demostración de su conocida habilidad para ingerir aire por la boca y devolverlo en forma de eructos. Y no sólo ello sino que, además, su depurada técnica les permitía dialogar en ese singular estilo eructado en lengua inglesa y en "spanglish" y, de haberlos conocido, en otros idiomas también.

—Vamos a recitarles una balada antigua —informó Gerald Talbot en esa peculiar modalidad—. La de Lady Barnaby y Little Musgrave.

La propuesta fue largamente aplaudida por sus compatriotas. Gerald comenzó:

—Four and twenty gay ladies
Were playing at the ball,
And out came Lord Barnaby's lady
The fairest of them all.[1]

Aquí, tras una honda aspiración, su hermano Charlie recitó, eructadamente siempre, el verso siguiente:

—She coost her eyes on Little Musgrave,
And he on hers again

[1]Veinticuatro alegres damas
Jugaban a la pelota
Y salió la señora de Lord Barnaby
La más hermosa de todas ellas.

She coost her eyes on Litte Musgrave
As they two lovers had been.[2]

Gerald retomó su parte, ahora en el paper de Lady Barnaby.

—I have a hall in Mulberry,
It stands both strong and tight;
If you will go there with me,
I'll lie with you all night.[3]

Gerry consiguió dar registro verdaderamente femenino a sus eructos, realzado con los gestos adecuados de una mujer impulsada por la pasión amorosa. Varios aplausos rubricaron su feliz interpretación, al tiempo que William Kemmis le acariciaba el trasero.

—I see by your rings on your fingers
You are Lord Barnaby's wife...[4]

La continuación de la frase de Little Musgrave se hizo inaudible. No porque la garganta de Charlie Talbot hubiera fallado. Nada de eso. Ocurrió que Frank Goodricke, celoso por no estar en el candelero, se tiró un muy sonoro pedo que provocó la repulsa de sus compañeros expresada en forma de chistidos. "No jodás", —le dijo Dick Seymour y William Kemmis le pegó un empujón tal que, ayudado por los efectos de la copiosa ingestión de distintos alcoholes hecha por Frank, lo tiró al suelo.

[2]Ella fijó sus ojos en el pequeño Musgrave
Y él en los de ella a su vez
Ella fijó sus ojos en el pequeño Musgrave
Pues los dos amantes habían sido.

[3]Tengo una residencia en Mulberry,
Se levanta fuerte y sólida
Si vas allí conmigo,
Me tenderé a tu lado toda la noche.

[4]Veo por los anillos de tus dedos
que sos la esposa de Lord Barnaby...

Entretanto, Charlie había continuado impertérrito con su disertación y ya terminado su verso, Gerry comenzaba uno nuevo interpretando a la ardorosa Lady Barnaby que quería calmar los temores expresados por Little Musgrave:

—Lord Barnaby's to the hunting gone,
And far out oer the hill,
And he will not return again
Till the evening tide untill.[5]

La demostración de alta calidad literaria hubo de darse por concluída en razón de que Frank, tras levantarse y recuperar el equilibrio con cierta dificultad, enojado por el empujón que no sabía quién se lo había dado, encaró a Charlie y agarrándole del cuello le amenazó: —Ya vas... ya vas a ver desgraciado lo que... lo que... lo que te va a pasar por... por...

Charlie no esperó la terminación de la frase. Algo más sobrio y mucho más corpulento, se lo sacó de encima en forma no demasiado suave.

—Las cinco han dao y cubierto! —informó a gritos el sereno que iba apagando los faroles a kerosene.

Al ver al sereno apagar los faroles, Dick decidió colaborar con él pero utilizando otra tecnología. Tomó un cascote y lo tiró al farol más próximo, sin dar en el blanco. Sus amigos lo imitaron de inmediato y una lluvia de terrones de tierra buscaron el farol sin éxito. Los excesos alcohólicos pudieron influir en el resultado. Bill Kemmis fue más expeditivo. Saco su revólver y vació el tambor en el farol que finalmente se apagó, en medio de los gritos de satisfacción de los muchachos británicos.

—¡Qué salvajes habían sido estos gringos! —exclamó entre indignado y asustado el sereno.

Casi a oscuras, el grupo se encaminó por la calle Comercio hacia el Hotel Colón, bamboleándose abrazados y cantando desacompasados aires ingleses. Al acercarse a la barranca, los embriagados trasnochadores casi fueron aplastados por un par de carros cargados que corrían las consabidas carreras hacia la Aduana del aún no del todo amanecido amanecer. Una lluvia de improperios en la lengua de Shakespeare saludó a los carreros y los ingleses corrieron tras ellos con fines poco pacíficos. Junto a la Adua-

[5]Lord Barnaby a la caza ha ido,
Muy lejos sobre la colina,
Y él no volverá
Hasta la marea de la tarde.

na, meta de esas carreras, ya habían llegado otros carros para ser descargados. Los carreros, al ver al grupo que bajaba gritando por la barranca, preventivamente sacaron a relucir sus facones.

Al ver sus brillos que reflejaban la escasa luz de algunos faroles del edificio, los ingleses se detuvieron. Se oyó la voz de Gerry Talbot: "Let's go!". Dick y Bill Kemmis interpretaron que se les ordenaba atacar y empezaron a correr barranca abajo. Pero pronto se percataron de su error al ver que Gerry y los demás habían dado media vuelta y se retiraban. Ellos hicieron lo mismo cuando los envalentonados carreros comenzaban la persecución y a duras penas consiguieron llegar al hotel sin ser alcanzados.

—¡Galerudos cagones! —les gritaban los gauchos al verlos entrar en el hotel.

—¡Lástima haberme quedado sin balas para no meterle alguna a esos hijos de puta! —protestaba Kemmis, el único que había ido armado al baile.

Dick y Frank subieron a su cuarto en el hotel y se tiraron sobre las camas sin sacarse el frac. Pero apenas había pasado una hora cuando fueron despertados, pues a las siete debían tomar el tren. Metieron todas sus cosas apuradamente en sus baúles, tomaron café, siempre en frac, y se encaminaron hacia la estación seguidos por vocingleros changadores italianos que se disputaban por llevarles su equipaje.

Al llegar a la estación, se les acercó un hombre que empezó a hablarles en inglés:

—Por favor, una ayuda para rescatar a mi hija que ha sido hecha cautiva por los indios.

—¿Cómo ocurrió eso? —le preguntó Frank.

—Un malón arrasó nuestra estancia en India Muerta y se llevó a nuestra hijita de doce años.

No había tiempo para preguntar más. Sacaron reales de sus bolsillos y se los dieron. Luego subieron apurados al tren.

—Pobre tipo. ¡Que los indios cautiven a su hija! —comentó Frank.

—Sólo pudo haber sido por descuido o porque andarían muy mal armados —replicó Dick con aire de suficiencia, un tanto arrepentido de su prodigalidad, pues en el apuro había entregado dos piezas de cuatro reales cada una.

El tren arrancó puntualmente. Cuatro horas más tarde, durante las cuales nuestros amigos durmieron a pata suelta, los depositaba en Cañada de Gómez, entonces punta de rieles del Central Argentino, como ya se dijo.

Allí Dick y Frank compraron cuatro caballos y dos mulas que eligieron cuidadosamente, no fueran robados.

Dos días más tarde, cruzando campo, llegaron sin inconvenientes a Monte Molina.

CAPÍTULO 10

Los indios amenazaban por todas partes, por todas partes invadían, por todas partes sembraban la desesperación y la muerte, y en todas partes los pacíficos moradores se acostaban y se levantaban pensando en la pesadilla secular. Había indios en el camino de Rosario a Córdoba.

LUCIO V. MANSILLA, *Entre Nos - Causeries del jueves,* 1889.

—"¡Loh indioh, carajo!" —se oyó el estentóreo grito de Gumersindo Lisada desde el techo de la casa de fierro al amanecer de la que prometía ser una luminosa mañana de fin de abril. Como todos los días, Lisada se había subido al techo para ver qué rumbo había tomado la tropilla durante la noche. Su primera ocupación del día era echarla al corral —eran unos cien caballos— para agarrar los necesarios para el trabajo. Gumersindo los había localizado a unas diez cuadras de distancia, al costado de un pequeño banco de niebla. Al mirar distraídamente en la otra dirección vio una gran masa de jinetes y caballos que avanzaban al galope largo en dirección de la casa.

Los patrones estaban tomando café adentro, salvo Frank, que en lugar de Dick había viajado a las tierras junto a David Melrose para arrear las ovejas que habían comprado. La población de Monte Molina había crecido, sobre todo en ese momento. Para terminar el foso defensivo habían contratado a otro irlandés también llamado Jack, y a un paisano de apellido Cabrera. Los dos Talbot habían recibido un primo recién llegado de Inglaterra. Además, estaban los tres peones de los Talbot, dos de ellos también ingleses. Pese a la reciente deserción de Harry, el cocinero, eran en total diez hombres hechos y derechos y, sobre todo, bien armados.

Al oír el grito de Lisada, Dick trepó apresuradamente al techo con sus prismáticos. A la distancia vio a doscientos o trescientos caballos. Muchos de éstos venían sin jinete aunque Lisada explicó que podían montar pegados al costillar, como solían hacer los indios antes de atacar para esconder su verdadero número.

Ingleses y criollos se aprestaron a la defensa. Por suerte, el foso que rodeaba el monte ya estaba concluido. Bloquearon la entrada con el carro y Dick y los Talbot repartieron fusiles y pistolas. Dos defensores se treparon al techo, otros dos se quedaron en el carro y el resto se distribuyó alrededor de la zanja. Salomé, aterrada ante el riesgo de ser llevada cautiva por los indios, se escondió con sus hijitos en un oscuro rincón de la casa de fierro, donde se quedó muerta de miedo fumando un cigarrillo tras otro.

De lejos los indios no se distinguían de los criollos, salvo por la larguísima lanza que blandían. Al ir acercándose, los cristianos pudieron comprobar que los indios eran unos cincuenta y que arreaban una gran manada de yeguarizos. Éstos quedaron lejos al cuidado de varios indios. El resto continuó avanzando al trote ahora, hasta unas cincuenta varas del foso. Un indio sopló un cuerno y los demás se abrieron en círculo rodeando todo el foso. Allí se detuvieron.

Dick, que había instruido a los suyos no tirar hasta que él lo ordenara, pidió a Lisada que preguntara a los indios qué querían.

—¡Y si quieren pelear nosotros los estamos esperando! —agregó Lisada a gritos, alzando su carabina en forma amenazadora.

Tras esta bravata, un grupo de indios comenzó a hablar animadamente entre sí y luego tres de ellos clavaron sus lanzas en el suelo, con un penacho de plumas de flamenco o avestruz donde se anudaba el cuchillo, y avanzaron hasta el borde del zanjeado. Uno de éstos, el lenguaraz, señalando a uno de sus compañeros, gritó:

—¡El cacique quiere hablar con el patrón!

Dick pidió a Lisada que lo acompañara por si él no entendía al lenguaraz. Ambos dejaron sus armas y a su vez avanzaron hacia el foso, no sin que Dick instruyera a los suyos de disparar apenas observaran algún síntoma de traición. El que resultó ser el cacique habló largamente en mapuche. El lenguaraz tradujo lacónicamente: “El cacique quiere conocer la casa ’e loh huincah”.

Dick, muy cortésmente, no hizo lugar al pedido. Entonces el cacique explicó que boleando ñanduces se habían perdido. Que no tenían el menor deseo de hacer daño a los cristianos y que, por el contrario, ansiaban trabar amistad con los estancieros.

Los indios mapuches, de los que los ranqueles que vivían al sur de la frontera de las provincias de San Luis, Córdoba y Santa Fe, constituían una importante parcialidad, eran amigos de la oratoria y maestros en decir en quince minutos lo que podrían haber dicho en medio; en lo que tenían muchos imitadores de este lado de la frontera. De allí que durante la larga disertación del cacique y de su traducción por el lenguaraz, otros indios se fueron acercando, tras también dejar clavadas sus lanzas de coligüe de siete varas de largo. Todo esto dio tiempo a Richard a observar a sus no convidados visitantes.

"Son enjutos, chicos pero fuertes y nervudos, con el pelo negrísimo cayéndoles sobre los hombros, caras aplastadas con pómulos salientes, sin barba ni patillas, bigote ralo y cutis cobrizo"; los describió en la carta que escribió a sus padres. Luego agregó: "Su expresión es repulsiva" reiterando esa curiosa característica de los humanos de encontrar repulsivos a quienes se nos parecen mucho, pero no del todo. Es la clase de repulsión que nace en nosotros cuando detectamos que otro humano tiene una décima parte apenas de más o de menos dedos en las manos o en los pies, o que el pelo no nace exactamente donde se supone que debería crecer, o que el color de la piel es por demás o por de menos oscura, o que es excesivamente alto o petizo. La repulsión se convierte en diversión no exenta de inquietud si se trata de un animal de otra especie emparentada, los monos particularmente, sentimientos que curiosamente no se dan si se trata de otras especies más alejadas, sean perros, elefantes o peces.

"Vestían a la usanza gaucha, con más o menos ropa según el botín de anteriores saqueos, luciendo buenas ropas algunos. Recuerdo uno que usaba una chaquetilla de oficial cuyo dueño probablemente pereciera en sus manos. Todos se mostraban mugrientos y la mayoría no usaba sombrero, sino teniendo únicamente un pañuelo atado sobre sus opacas crenchas", continuaría describiéndolos Dick.

En cuanto al cacique, "era un hombre más vigoroso que sus subordinados, que al hablar mostraba un diente partido por la mitad. Usaba un gran poncho de vivos colores y sus boleadoras estaban liadas a su cintura. Otros las sujetaban al arzon delantero de sus recados". El lenguaraz le pareció casi más gaucho que indio y pensó que podría ser un cristiano refugiado en la toldería, pues le habían comentado que esto era bastante común entre los prófugos de la justicia.

El cacique había pasado a lamentarse de su gran pobreza expresando lo mucho que le alegrarían los huincas si proporcionaran a sus hombres un poco de ropa.

—¡Tomar mi sombrero! —gritó Dick, haciendo planear su sombrero de paja al cacique por encima de la zanja.

Uno de los indios lo cazó al vuelo y entregó al cacique, que se lo puso con gran satisfacción.

—¡Cabrera, pedir a Salomé mis camisas viejas, cigarrillos y caña! —ordenó Dick quien pensaba: "A ver si así me saco de encima a estos malditos indios.

Al poco rato, Cabrera cruzaba el foso para dar los regalos a los indios. El lenguaraz era el único que había desmontado y se puso a charlar con Lisada, que también había cruzado el foso. Hablaban bajito.

"¿Esos dos qué dirán? ¿No se conocerían de antes? Por algo me advirtió el juez de paz sobre la mala reputación de Gumersindo", pensaba Dick. Tras un intervalo para tomar caña, el cacique hizo una nueva tirada oratoria, reiterando su amistad y su promesa de que no tocaría la tropilla de Monte Molina.

—Mucho agradecer a usted —replicó Dick—. Y siendo usted mi amigo, yo rogar que si encontrar gente trayendo ovejas en esta dirección, no hacer nada contra ellos porque ser mis amigos.

"¡Qué lengua larga la de este inglés! ¡Mirá que avisarle al indio que viene un arreo! ¡Se van a dir en dereceras contra él!", pensó Gumersindo.

—Vaya sin cuidao que su amigo y las ovejas no han de correr ningún peligro —tradujo el lenguaraz, quien agregó, rotundo: sus amigos son mis amigos.

Los indios comenzaron a retirarse y cada uno de los habitantes de Monte Molina (salvo Salomé que seguía escondida con sus hijitos) cruzó el foso para dar la mano al cacique, quien los despidió con un "Adiós, amigos", dicho en laborioso castellano.

Ingleses y criollos contemplaron con alegría la partida de sus nuevos y peligrosos amigos. Al rato, la mitad de la indiada se apartó y enderezó hacia la tropilla de "sus amigos", a la que echaron por delante incorporándola a la suya propia, que obviamente tampoco era suya ni propia.

Al ocurrir esto, del casco de la estancia brotaron gruesos epítetos contra los indios, cuyas madres fueron recordadas con pocos cariñosos calificativos ya no en uno sino en dos idiomas. Ninguno de los dos grupos —argentinos e ingleses— en su furia se apercibió de la pérdida de la compostura del otro. Tampoco la oportunidad fue aprovechada por los argentinos para enriquecer su muy limitado conocimiento del inglés con expresiones soeces, ni por los ingleses para hacer lo propio con el colorido muestrario del vocabulario coloquial usado en momentos de irritación por los habitantes de las pampas.

Lisada montó uno de los tres mancarrones encerrados en el corral y como un loco vociferante galopó en dirección a los ya lejanos indios. Por poco tiempo, pues pronto se dio cuenta de la inutilidad de lo que hacía.

Por suerte, al rato vieron volver cinco caballos de su tropilla, que habían escapado del arreo. Más tres que había en el corral, contra cien que tenían antes.

Dick temió que el grupo de indios no fuera más que una avanzada, o "bomberos", e imbuido de espíritu marcial, dio orden de mantenerse alertas por si venía el verdadero malón. Pero nada ocurrió. Esa misma tarde llegó una tropa de carretas con una casilla, muebles, y otros utensilios para la nueva estancia de los Talbot. Los indios habían caído sobre ellos pero se limitaron a quitarles la caballada.

Un poco más tarde del mismo y trajinado día llegó un curioso e hirsuto personaje. Con gran sorpresa de todos, el gaucho resultó ser inglés. El mismo se llamó Hairy Jim (el Peludo Jim) por su enmarañada cabellera y barba roja que apenas dejaba asomar una larga y afilada nariz. Hairy Jim, que años atrás había trabajado en los mataderos de Smithfield, se había embarcado como tripulante y desertado diez años atrás. Se había apaisanado completamente y hablaba el inglés con dificultad. Ahora buscaba trabajo y como recomendación se calificó como "el más bravo entre los bravos", describiendo emocionantes aventuras corridas contra los indios de la frontera bonaerense. Dick, ansioso de reforzar Monte Molina ante un eventual ataque de éstos, lo conchabó. Más los cinco llegados con la tropa de carretas, ya se sentía más tranquilo.

Tras una noche tensa en la que por primera vez montaron guardia, a la mañana siguiente se alarmaron al oír galopes. Pensaron en indios y se precipitaron a las armas, pero no era más que su vecino Edward Stow y cuatro compañeros. Venían preocupados por la suerte que podrían haber corrido los habitantes de Monte Molina, pues al ser también ellos visitados en su estancia por los indios, vieron que el cacique llevaba puesto el sombrero que reconocieron como de Dick.

Los indios habían llegado allí a la hora en que todos siesteaban y, gente con sueño notablemente pesado, no fueron oídos. La cocinera dormía plácidamente debajo de una carreta cuando su sueño fue desagradablemente interrumpido por un indio a caballo, que la invitaba a subir en ancas. La criolla, asustadísima, salió corriendo hacia la casa despertando a los hombres a gritos, quienes enseguida levantaron la tabla que atravesaba el foso y tomaron sus armas. Pero, como en Monte Molina, los indios no mostraron intenciones belicosas y las cosas sucedieron de igual modo: cordial charla, regalos y, después, partida de los visitantes que también se llevaron casi toda la caballada.

De los indios no hubo más noticias, el susto fue pasando y Frank llegó a los pocos días con dos mil lanares, comprados a diez reales por cabeza. Una inversión de dos mil quinientos patacones o sea quinientas libras.

Las ovejas cordobesas parecían una degeneración de las de raza churra, traídas por los españoles. Flacas, con largas patas y con distintos pelajes, parecían emparentadas con los galgos, pero su lana era muy apreciada por los fabricantes ingleses de alfombras.

Los socios, pese a la caballada robada, se sintieron ahora verdaderos estancieros y comenzaron a hacer optimistas cálculos de cómo su majada crecería, cuánta lana esquilarían y del montón de libras con que llenarían sus bolsillos.

Pronto llegaron las compras hechas en Rosario. Aparte de la semilla de trigo, venían cinco arados Ransome & Simms, rollos de alambres y otros implementos. Comenzó entonces la dura tarea de alambrar y preparar la tierra para sembrar, que debió ser precedida por la quema de los duros pastos que cubrían esos campos en aquel tiempo y la doma de los bueyes que se habían comprado para tirar de los arados. Esto último, la doma de bueyes, resultó ser mucho más difícil de lo imaginado.

Dick observó que los criollos opinaban de los bueyes lo mismo que los viejos oficiales de marina de sus subordinados: los marineros son incapaces de cumplir una orden, a menos que vaya acompañada de fuertes adjetivos. Si semejante sistema de mando hubiera sido realmente efectivo, los paisanos deberían haber tenido en los bueyes a sus más obedientes servidores. Pero éstos, lamentablemente, no se adaptaban a ese sistema de obediencia y en su desordenada actuación hacían recordar a Dick aquel pasaje de la Biblia que habla de "un buey desacostumbrado al yugo». Pues, en efecto, los animales rehusaban marchar sin desviarse del surco, y después de enredarse un animal con otro, pateaban como caballos y corcoveaban y se abalanzaban como si pretendieran así expresar su disgusto por el trabajo al que se les intentaba someter.

Aun domados, los bueyes resultaban porfiados y fastidiosos. "Parecen hallarse poseídos por el inquieto espíritu republicano del país", seguía reflexionando el "tory" y disciplinado inglés, mientras por otro lado, junto con Frank, hacía cálculos de cuántas arrobas por cuadra cosecharían, que si el precio se mantenía a seis pesos bolivianos por fanega y obtuvieran un rinde de cuatro fanegas por acre les produciría un interesante ingreso de casi mil pesos bolivianos sobre los cuarenta acres que estaban sembrando. Pensaban agregar más tarde noventa de maíz, que se pagaba a seis reales la arroba en el Rosario. Claro está, seguía meditando, que la primera cosecha en suelo virgen rara vez es muy buena estando, además, los riesgos siempre latentes de la langosta y la seca. El agricultor es, en el fondo, un gran especulador, concluyeron los socios. Pero en fin, con la primavera vendría la lana de las ovejas compradas más la parición de corderos. Los socios hacían números y más números, Dick pensando en la posibilidad de traerla a Mary Elizabeth una vez casados. Pero si los ingresos podrían aumentar el costo de las inversiones, el alambrado, por ejemplo, lo desanimaba.

En el invierno no pudieron trabajar demasiado. Los días eran cortos y tras las lluvias, el barro tardaba en secarse y demoraba los trabajos. Se confirmaron plenamente los temores de que la casa de hierro sería una heladera, pese al brasero con que intentaban calentarla. Por ese motivo pasaban más tiempo en el rancho de adobes que habían construido a su lado, que se usaba como cocina y, separado con una mampara, cuarto de Lisada y su familia. Cabrera dormía en la carpa, insensible al frío.

Frank había traído gran cantidad de cerveza de Rosario pero la provisión entera se agotó en un solo día: fue el 25 de junio, día en que Dick cumplió veintitrés años. La cerveza, escasa y cara en la Argentina, y de muy mala calidad la producida localmente, era una de las cosas que más extrañaban los ingleses y el cumpleaños de Dick, que se sumó el aniversario de la coronación de la reina Victoria que había tenido lugar cinco días antes, fueron óptimos pretextos para que la creciente comunidad británica de Fraile Muerto se pusiera al día en su consumo.

CAPÍTULO 11

"... llamaron mi atención durante la comida: primero, la extremada libertad (usando la palabra más suave) adoptada en la conversación con señoras, jóvenes y maduras. Era tal que, con mis puros sentimientos ingleses, me hacían ruborizar a cada momento, aunque tal modestia, siempre que se manifestaba, causaba cordial hilaridad.

J.P. y G.P. Robertson: *La Argentina en la época de la Revolución,* 1814.

En una fría tarde de principios de julio, llegó a Monte Molina uno de los pintorescos guardias nacionales de Fraile Muerto. El milico no se distinguía de cualquier otro paisano de no ser por el sable sin vaina que le colgaba del tirador y un kepí que en sus buenas épocas pudo ser azul.

El soldado llevaba una invitación a los noveles estancieros para concurrir a un almuerzo que el domingo daba el jefe político departamental don Nazario Casas en honor de don Guillermo Wheelwright, el propulsor del Ferrocarril Central Argentino. Wheelwright iba al pueblo para inaugurar el puente colgante que la empresa había construido sobre el río Tercero, que permitiría evitar la balsa para pasar de Fraile Muerto a la futura estación del ferrocarril. De tal modo, la empresa facilitaba y abarataba el acceso a la estación de las cargas provenientes de la margen sud del río y el transporte de las que tenían ese destino. El tren llegaría un mes más tarde.

Frank y Dick recibieron la noticia con alegría. ¡Lástima que no se construyera también un puente sobre el río Saladillo, que debían vadear para ir al pueblo! Pese a que el Tercero contaba con una balsa para su cruce, aparte de que el peaje era caro, la bajada y subida de las abruptas barrancas que lo encajonan hacían el cruce muy difícil. Salvo que estuviera muy crecido, vadear el Saladillo no presentaba tantos problemas pues sus villas son muy bajas.

—Andá vos —dijo Frank—. Vos lo conocés a Casas; por eso es que nos invita. Pero en realidad quiere que vayás vos. O puede que sea la hija.

Para mojarte de nuevo —agregó, aludiendo al episodio de la mojadura de Dick en Carnaval—. Ella es quien firma la invitación.

—¡Pero vamos juntos! Tenés que ser más sociable. Wheelwright debe ser un tipo interesante.

—Lo conocí en el Rosario: no habla casi nada, no toma. Ha de ser muy buen empresario, pero es verdaderamente aburrido. Además, el domingo hay cuadreras en Saladillo, ¿no te acordás? Quedaron en ir Edward Stow, Dan Mulligan, Jimmy Weathley... Te digo que con Ned voy a desplumar a más de uno. ¡Qué bien está caminando ese caballo!

La insistencia de Dick fue inútil. Iría solo y así se redactó la esquela contestando la invitación, que a la mañana siguiente llevó el chasqui a Fraile Muerto.

El almuerzo había sido imaginado por don Nazario para no quedar completamente de lado en los actos de la inauguración del puente. Porque don Cleto del Campillo, en cuyos terrenos estaba instalado el campamento ferroviario, había organizado un banquete la noche anterior en su estancia, no lejos de donde se construía la estación del ferrocarril. Don Cleto además había vendido al Central Argentino los terrenos de la estación. Esa vinculación le había permitido ganarle de mano a don Nazario en lo del banquete y éste, que al fin y al cabo era la principal autoridad del pueblo, para no quedar desairado, había recurrido al almuerzo.

Ante la acostumbrada y secretamente bienvenida —tanto por el padre como por la hija— ausencia de doña Victoria Vivanco, cónyuge y madre, respectivamente, la tarea de seleccionar a los invitados había recaído en Casiana, al igual que los preparativos del almuerzo.

—Imaginate... este don Cleto se cree que por haber sido senador en el congreso de la Confederación es el número uno del pueblo. La verdá es que el sueldo de senador le permitió comprar su estancia. ¡Mm! Doscientos patacones al mes... hacen j... —iba a decir juerza pero se corrigió— fuerza. Pero dicen que otra vez andaba con problemas y que lo salvó la venta 'e los terrenos de la estación y el arrendamiento 'el campamento. También ¡con lo que les cobra a los ingleses!

—Bueno Tatita. Pero usté no se puede quejar con lo que gana como jefe político ¿no?

—Cuando cobro —replicó don Nazario aludiendo a los reiterados atrasos en los pagos—. Decime, m'hija ¿quiénes van a venir al almuerzo?

Y Casiana comenzó a recitar: don Guillermo Wheelwright, obviamente, pero el ingeniero Woods, que lo acompañaba, se excusó por razones de trabajo. Iría don Cleto; el Padre Amadeo Testa, el cura párroco del pueblo; el médico, de dudoso diploma pero médico al fin, don Bartolomé da Silva, un portugués muy agradable y aficionado a la horticultura, con su hija Flor, la mejor amiga de Casiana; Ricardo Seymour; su socio en cambio no. ¿Y éste por qué no querrá venir? Iba con Seymour a Córdoba pero no me puedo acordar cómo era, pensó Casiana.

—Ah, Tatita, y estaba por invitarlo también a don Benigno —dijo Casiana, refiriéndose al juez de paz.

—¡No! ¿Cómo lo vas a invitar? ¿A un zapatero? ¡Qué ocurrencia!

Descartado el juez de paz, Casiana mencionó a Proserpina Reynafé, la flaca y un tanto ácida directora de escuela. Luego llegó el turno de la parentela, empezando por Claudina Casas, su prima solterona, ya de casi treinta años, a la que no tenía ninguna simpatía. Se trataba de celos: su padre demostraba una inclinación hacia ella que a Casiana se le hacía sospechosa, inclinación que se acentuaba durante las largas temporadas en que su madre permanecía en Córdoba, cuyo clima más seco convenía a sus pulmones. Siguieron sus tíos Vivanco, los hermanos de su madre, y sus cónyuges.

—¿Y de comer, m'hija? Acordate que no me gustan esos almuerzos que parecen panzadas más que almuerzos.

—Para empezar va a haber humita 'e chala y empanadas de carne. Puchero después y patos y martinetas pa' terminar. Caldo como bajativo y como postre: arroz con leche, compota de orejones y dulce 'e zapallo.

—Tá bueno —se limitó a decir su padre, quien agregó: Yo me tengo que ir a Cabeza 'el Tigre —su otra estancia— pero voy a volver a más tardar por la mañana del almuerzo.

—¡Ay Tatita! ¿Pero por qué no se vuelve el día antes? ¡Nos va a tener con el corazón en la boca por si no llega a tiempo!

—Dije a más tardar esa mañana. Si puedo, vuelvo antes. No hay por qué preocuparse. Voy con tres milicos.

—¡Pa lo que sirven!

Durante la mañana del almuerzo, entre mate y mate, Casiana supervisó la cocina, feudo de la madre de Rosalía, negra y robusta como su hija. Luego le pidió a Rosalía que la ayudara a vestirse. Abrió su ropero y contempló la nutrida colección de vestidos que colgaban apretados entre sí.

—¡No tengo qué ponerme! —exclamó, desalentada.

—¿Por qué no se pone este vestido, niña Casiana —propuso Rosalía (le resultaba difícil pasar del "niña" al "doña", o al "misia") descolgando un vestido de raso del mismo color de su piel.

—¡Uy! y para peor me tengo que vestir de negro.

—El negro es lindo —observó Rosalía con intención.

—¿Lindo? ¡Es horrible! —replicó Casiana, siguiendo la broma.

Pero enseguida se puso seria cuando empezó a protestar:

—¿Cuándo se terminará este maldito luto? Ya lo llevo desde hace año y medio. En cualquier momento me paso al medio luto.

—¡No, ña Casiana! ¡Si tiene que dejar pasar tres años, dos por lo menos!

—¿Y eso quién lo decidió? ¿Acaso no dicen que Quebracho López suprimió el luto? —luego, cambiando de tono, agregó: ¡Pucha, me olvidé 'e las bebidas! Dejame el vestido allí que voy a ver qué hay.

Salió de su cuarto, cruzó el patio y entró en el comedor. Abrió el aparador y verificó que había una botella de zarzaparrilla "Genuine" casi llena, licor de rosa, anisado, granadina y licor de grosellas. También había cognac, jerez y guindado y, además, un par de botellas de esa nueva bebida "Hesperidina" fabricada por el norteamericano Bagley. Después cruzó el patio y fue a la cocina, a la que se asomó preguntando:

—Che Elma, ¿no me abrirías dos damajuanas de vino tinto p'hacer sangría, por favor?

—Ya la hice, misia Casiana —contestó Elma, una santiagueña joven y oscura, mezcla de tres razas.

—Bueno, menos mal que te acordaste. ¡Ah! ¿Y no serías tan buena de cortarme unas flores? Llevamelás al cuarto, por favor. Y el agua caliente también, que ya ha de estar.

—¿Entuavía se quiere bañar, misia Casiana? ¡Qué idea, con el frío que hace! Si juera verano...

Casiana muy contenta con su revolucionaria introducción de la tina no le hizo caso y volvió presurosa a su cuarto donde empezó a sacarse el vestido quedando en enaguas. Rosalía entró con la tina seguida de Elma que traía dos baldes con agua caliente, uno en cada mano, de los que salía humo. Los vació en la tina y las dos mujeres dejaron sola a Casiana, que se desvistió y contempló su desnudez en el espejo.

"¿No serán demasiao chicas? Las de la Flor son mucho más grandes. Pero a los hombres parecen gustarles. ¡La pucha que estoy flaca! Si hasta se me notan las costillas.

Como un relámpago se le cruzó la imagen del inglés invitado a almorzar, que había ido a su casa cuando los carnavales. Sí, no estaba mal el Seymour ése. Un poco demasiao rubio quizá. Recordó halagada el comentario hecho por él acerca de su aspecto. ¿Cómo es que dijo? "Yo verla mejor que el año pasado". Sí, dicho con ese horrible acento inglés. También, ¿qué aspecto podía tener yo toda de negro, llena de tierra y ¡con lo que se movía el maldito carromato! ¿Pero cómo era el amigo que iba con él? No me puedo acordar. ¡Qué mala memoria! Se metió en la tina y se quedó inmóvil gozando del calor que le entraba por todos los poros, luego se pasó el jabón de vainilla. Al rato emergió, tomó la toalla y se frotó enérgicamente para secarse. Se envolvió en ella y se asomó al patio gritando un ¡Rosalía! Luego se puso otra muda de ropa interior y se sentó frente al espejo. Primero se cepilló los dientes con polvo. ¡Pucha con el granito que justo me ha salido hoy! Se lo apretó sin resultado. ¡Carajo, se me hinchó! Se puso cold cream, doblando la capa sobre el granito y, en el pecho y atrás de las orejas, extracto "Ramillete de la Emperatriz". Para concluir con el maquillaje, se frotó las manos con pasta de almendras y se pintó ojos y labios. Luego se metió dentro del armazón del miriñaque y se puso el vestido negro. Se miró en el espejo ¡Qué negrura! Estaba realmente lóbrega con ese vestido todo negro, con enorme pollera llena de floripondios y volados. ¡Al diablo con el luto! Miró de nuevo el ropero observando los vestidos. ¡Ya sé! Me viá poner la pollera gris con cuadrados y la blusa negra de seda. Dicho y hecho. El escote era un poco audaz, pero se pondría la pañoleta de tul blanco. Hace frío... Al fin y al cabo es medio luto. Se abrochó un camafeo en el escote y se puso dos aros. En ese momento llegó Rosalía resoplando.

—Ya llegó el inglés. ¡Apuresé niña!

—¿Cómo? ¿Que ya es mediodía? ¡Se me ha pasao la mañana volando!

—¡Ay niña Casiana! ¡Qué se ha puesto! ¿Y el luto? ¡Qué dirán! Menos mal que no está la señora mayor.

—¡Qué dirán! ¡Qué dirán! ¡A la mierda con lo que dirán!

—¡Pero niña! ¡Qué manera de hablar!

—Callate y poneme la toalla sobre los hombros y peiname ¡querés! —exigió imperativamente Casiana. Luego, se quejó: ¡Pucha! la Elma que no me trae las flores que le pedí. ¡Che Rosalía! ¡Lo habrás hecho pasar a la sala ¿no? Decime otra cosa: ¿Y Tatita que no ha llegao? ¿Qué le habrá pasao? Dejame peinar a mí y pedile las flores a la Elma ¡Andá, apurate!

—Pero en esta época no hay flores, niña.

—Alguna ha de haber, andá.

Mientras Casiana se hacía tirabuzones con pinzas que calentaba en el brasero, y se agregaba otros artificiales, el inglés esperaba pacientemente sentado con el sombrero de copa y el abrigo apoyados en sus piernas, pues Rosalía no los había tomado. La sala estaba helada y gotas de humedad se deslizaban por las paredes. Examinó sus austeros muebles: dos grandes cuadros al óleo de una pareja ¿los abuelos de Casiana? colgaban en la pared atrás del sofá de caoba tapizado en tela punzó. Bastante primitivos pero no dejan de tener cierta dignidad, pensó el solitario visitante, mientras se frotaba las manos para hacerlas entrar en calor. Dos sillones hacían juego con el sofá, uno a cada lado. Una mesa con tapa de mármol completaba el conjunto. Entre el sofá y los sillones había un par de mesitas con lámparas de kerosene algo novedoso en Fraile Muerto, donde las lámparas quemaban normalmente aceite de yegua. En la pared opuesta a los cuadros había una chimenea apagada que mostraba signos de haber sido agregada en época reciente. A estos adelantos se agregaba que las dos ventanas que daban a la calle y la puerta que abría a la galería y el patio contaban con vidrios, algo no visto en el pueblo. Una arena de cristal, con velas, en el medio de la habitación colgaba de un techo sin cielo raso y que mostraba el artesonado de las tejas. El piso era de ladrillo cubierto en parte por un par de alfombras bastante raídas. En eso estaban las observaciones de Dick mientras pensaba: ¡Qué falta de educación! Dejarme así esperando. ¡Estos españoles son unos impuntuales!

Finalmente entró Casiana. Dick se levantó a saludarla y tomó la mano que le extendía la criolla.

—¡Pero! —exclamó Casiana con fastidio, enseguida después del saludo—. ¡No han prendido la chimenea! ¡Qué barbaridad!

Y dejándolo nuevamente solo al visitante, salió al patio llamando a gritos a Elma.

—¡Che Elma! ¿No te dije que prendieras la chimenea?

—¡Es que el juego quita el aire, misia Casiana!

Casiana volvió a la sala y tratando de disimular su mal humor, inquirió cortésmente a Dick acerca de su familia y de su llegada al país, dónde estaba instalado y qué impresiones tenía de la Argentina. Y Dick contestó muy diplomáticamente diciendo que la Argentina le había impresionado muy favorablemente, lo cual, sobre todo en un principio, no era rigurosamente exacto. Todo lo contrario, esas primeras impresiones habían sido muy negativas, empezando por el increíble desembarco en Buenos Aires: del barco anclado a varias millas de distancia al lanchón y de éste al alto carro que lo condujo a tierra. De haber sido más franco, Dick habría reconocido que nunca había imaginado que el país fuera tan atrasado y, sobre todo, tan desierto. También habría confesado que Casiana le había impresionado mejor al encontrarla de entrecasa con la toalla-turbante en la cabeza, que ahora tan arreglada y exageradamente maquillada a la usanza rioplatense. Aunque, pese a todo, no podía dejar de apreciar sus encantos. Realmente feísima debería haber sido para que no atrajera a un hombre de veintitrés años que había estado prácticamente cuatro meses sin ver mujeres de su condición.

De haberse expresado sin tapujos, Casiana hubiera dicho, por su parte, que Dick se veía muy buen mozo con su levitón gris claro y su pantalón más oscuro, su chaleco de terciopelo a cuadros y su cara quemada por el sol, enmarcada por una fina barba rubia.

Entretanto, Elma había llevado brasas y leñas a la chimenea y Casiana servido jerez a Dick, tomando ella granadina. Dick ya iba a empezar a contarle acerca de su familia, almirantes incluidos, cuando se oyó el trote de un caballo. Casiana se asomó a la ventana.

—Es Tatita que llega. ¡Qué raro! Viene solo.

Un minuto más tarde don Nazario se asomó a la sala, sacándose el poncho y dejando ver su levita casi negra algo polvorienta.

—Cómo está m'hijita —dijo mientras besaba a su hija—. ¿Qué dice amigo Seymour? ¿Mi hija lo atiende bien?

—Sí, muy bien, muchas gracias —contestó Dick dándole la mano.

—¿Qué pasó Tatita que se demoró tanto? ¿Y que vino solo?

—Al pobre Fermín lo pateó un caballo y tiene una pierna que puede esté rota. Lo viá tener que traer para que lo vea don Bartolo. Y después, el zaino se me mancó. Ha de haber metido la pata en una cueva. Por eso es que tuve que venir al trotecito m'hijita. Porque ando apurao, voy despacio, como decía alguno.

—Pero, ¿y los otros dos milicos? Usté me dijo que lo acompañaban tres —dijo Casiana.

—¿Yo dije eso? Bueno, pero no lo aburramos a don Ricardo con estas cosas. Y salvo él, no ha llegao ningún otro invitao. Me viá a refrescar y vuelvo enseguida.

—¡Vea que venirse solo 'e la estancia! Me había dicho que se iba con tres milicos. ¡Qué imprudencia! Siempre le digo que no lo haga pero ¡no hace caso! —observó Casiana cuando su padre salió.

—¿Qué poder pasar? —preguntó Dick.

—¡Qué sé yo! Alguno resentido contra él por haberlo mandao engrillar o meterlen el cepo. Hay gente matrera ¿vio? ¿Y si rueda y el caballo se dispara? No, si no le conviene andar solo por esos caminos de Dios a una persona como él —concluyó Casiana mostrando cierto orgullo por ser su padre el comandante y jefe político del distrito y, a la vez, tan descuidado en su seguridad.

De a poco empezó a llegar gente. Dick se sintió un poco raro entre tantos "españoles", que hablaban todos a la vez preguntándose incesantemente por sus familias.

—¡Cómo dice que le va yendo, mi querida Clota! ¿Qué hubo de Venancio?

—Ahí anda con su majada. No lo veo casi nunca. Agora a todo el mundo le ha dao por las ovejas.

—¿No estará noviando?

—Él no dice nada, pero me tinca que está afilando con la Carola Zapata.

—¿Y la Rudecinda?

—Acaba de tener su sexto hijo. En la estancia.

—¿No piensa venir?

—¡No, qué ha de venir, pobre! ¿En carreta? Son como cuatro días. El año que viene podría ser. Cuando ya haya destetao a esta criatura. Y siempre que no encargue otra. Dígame, ¿y el Nepo que hace tanto que no lo veo?

—Pero si el pobre Nepomuceno murió hace unos meses. Fue por Semana Santa, fue, allá en Pampayasta.

—¡Qué barbaridá! Y yo sin saber nada. ¡Un hombre tan joven!

—¿Tan joven? Si ya debía andar por los cincuenta. ¿Y tus chicos, contame?

—Ahí andan, hechos unos diablos. Ya pronto serán muchachos.

En el otro extremo del salón dos cuarentones charlaban animadamente. —Don Justo no se levantó contra Rosas por luchar por la libertad y contra la tiranía, sino pura y simplemente para poder exportar desde sus saladeros sin pasar por Buenos Aires —decía uno de ellos, con la barba afeitada.

—Sí, justamente. Peleó por la libertad de poder exportar sin trabas, por la libre navegación de los ríos. Las grandes revoluciones han sido provocadas por causas parecidas. La de los nobles ingleses contra Juan Sin Tierra que dio lugar a la Carta Magna, la revolución norteamericana, la de

Mayo sin ir más lejos. La libertad de comercio va siempre de la mano de la política, ¿te das cuenta? —replicó el otro, un gordo con grandes patillas, que junto a sus palabras exhalaba humo de su cigarro.

Don Guillermo Wheelwright llegó en ese momento acompañado de don Cleto del Campillo. Las mucamas pasaban ofreciendo bebidas y bocadillos. Dick, que volvió a servirse jerez, deambuló por el salón observando a los invitados. "El uniforme de estos neoespañoles es el negro de la cabeza a los pies. ¡Y las mujeres con esos vestidos superfluos! ¡Empolvadas como apple-pie y colorete por demás en sus mejillas! Las viejas tienen un bigote bien visible", pensaba. Pronto se le acercó don Cleto, un distinguido caballero cincuentón, que lo monopolizó.

—¿De qué parte de Inglaterra es usté, mister Seymour?

—De Warwickshire, señor.

—¿De Warwickshire, eh? ¿No está allí Stratford-on-Avon?

—Sí señor. Mi casa está muy cerca.

—Usté no se imagina lo que yo admiro a Shakespeare. Según dicen, cuando el rey Lear describe la parte de su reino que deja a su hija mayor, ¿cómo es que se llamaba?

—Goneril, señor.

—Eso es, Goneril. El rey estaba en realidad describiendo Warwickshire. Yo me sabía esos versos de memoria. ¿A ver si me acuerdo?

Dick lo oía azorado. "¿Cómo diablos podía saber tanto de Shakespeare un hombre que vivía en este remoto pueblo de un remoto país?" Pero mucho más sorprendido quedó Dick cuando oyó recitar esas estrofas a don Cleto, con muchas vacilaciones al comienzo, con más decisión luego, y siempre con pésimo acento:

> —*"Of all these bounds, —even from this line to this, With*
> *shadowy forests and with champains rich'd,*
> *With plentous rivers and wide skirted meads*
> *We make thee lady".*

—¡Muy bien! ¡Muy bien! Usted conocer Shakespeare mejor que mí. ¿Cómo saber tanto de él? —preguntó Dick genuinamente conmovido, pues en la parroquia de Kinwarton donde había nacido y vivido, a apenas siete millas del pueblo natal de Shakespeare, todo lo que concernía a su coterráneo de la patria chica le tocaba muy de cerca.

—Muy fácil: leyendo. Tengo todas sus obras. Tiene que venir a visitarme para que hablemos de su ilustre compatriota. —Luego, tras una pausa, don Cleto exclamó: ¡Pues no sabe cuánto me alegra que ingleses como usté estén viniendo a poblar nuestro páis. Porque el desierto es nuestro principal problema, ¿sabe? Para peor, la poca población que tenemos es indolente, abandonada. A los gauchos no les gusta más que la chupa, tocar la viola, jugar a los naipes y andar enamorando las chinas. Y en cuanto hay alguna revolución, enseguida se enganchan. Porque también les gusta largarse por allí y hacer la guerra. Hay que reconocer que si algo bueno tuvo Rosas fue que sus incesantes guerras diezmaron al gauchaje.

—Sin embargo, para trabajar con hacienda, paisanos ser gente hábil y hasta creer bien dispuesta —se animó Dick a contradecir a don Cleto, sorprendiéndose a sí mismo de asumir la defensa de los gauchos.

—Vea mi amigo, este páis necesita agricultores y gente con iniciativa que pueble el descampao —y bajando la voz para que no lo oyera el Padre Testa, que era lombardo, agregó: ingleses, europeos del norte, eso es lo que necesitamos, como dice mi amigo don Juan Bautista Alberdi. Vea las maravillas que han hecho los suizos en Esperanza. Así el páis en pocos años se va a ir para arriba. Y pese a la poca simpatía que le tengo al presidente Mitre, debo reconocer que ha apoyao el ferrocarril y que está atrayendo la inmigración.

—¿Usted no gustar Mitre? En el Rosario dicerme que él evitar el presidente paraguayo proclamarse emperador del River Plate.

Del Campillo se rió estruendosamente.

—¡Qué disparate! Vea, Mitre es el gran culpable de esta guerra. Si él no hubiera ayudao a los coloraos en la Banda Oriental, no hubiera habido guerra, creameló, don Ricardo, creameló.

La conversación atrajo a la señorita (ya mayor) Proserpina Reynafé, la directora de la principal escuela del pueblo. Alta y flaca, carente de todo atractivo, informó a Dick que era nieta de un inglés.

—Sí. Mi abuelo fue hecho prisionero durante las invasiones inglesas. No sé si usté sabe que en 1806 y 1807 los ingleses trataron de conquistar el Río de la Plata pero fueron rechazados por los criollos —informó doña Proserpina no sin cierto orgullo pese a su ascendencia—. Lo que nos vino muy bien pues descubrimos nuestra fuerza y tres años más tarde echamos a los godos.

—¿A quién? —preguntó Dick.

—A los godos. Así los llamamos aquí a los españoles. Y como le decía, mi abuelo nunca se quiso volver a Inglaterra —informó Proserpina al tiempo que tomaba un sorbo de grosella con soda.

—¿Cómo llamar su abuelo? —inquirió Dick, imaginando que se refería a su abuelo materno, pues Reynafé no sonaba como inglés.

—Su verdadero apellido era Kennefick. William Kennefick. Pero debido a su parecido con Queenfaith, lo castellanizó traduciéndolo como Reynafé.

"¿Kennefick inglés?, se preguntó Dick. Sólo un irlandés podría preferir la Argentina a Inglaterra. ¡Pero traducir el apellido al castellano parece ya demasiado!"

"¡Qué manera tan descarada de mentir! pensaba entretanto don Cleto. Lo más probable es que su abuelo, estuviera entre los ciento veinte convictos que el Ladyshore llevaba deportados a Australia en 1797. Éstos se amotinaron y llevaron el barco a Montevideo, donde fueron internados en distintas ciudades del Virreynato. E inclusive también la abuela puede haber venido en ese barco, pues de los convictos, setenticinco eran mujeres. Y ya se sabe qué clase de mujeres eran las convictas."

Doña Proserpina continuó informando a Dick que su padre y sus hermanos habían gobernado Córdoba y que habían sido mandados fusilar por Rosas acusados de haber instigado el asesinato de Facundo Quiroga, el gran caudillo riojano. Falsamente —aseguró ella, aunque quizá no tan falsamente a juzgar por la mirada que le echó don Cleto, que se retiraba en ese momento a saludar a unos recién llegados.

"¡Mi Dios! ¡Qué país éste! ¡Con razón don Cleto quiere repoblarlo!" pensaba Dick.

En ese momento se acercó el dueño de casa, ya cambiado.

—¿Y doña Victoria? —preguntó Proserpina a don Nazario.

—Victoria muy bien, 'chas gracias, en Córdoba, junto a Nazarito que estudia matématicas en la Universidá. Ricardo en la guerra. No quiso hacerse reemplazar, como Nazarito. Claro, él no estudiaba. Recibimos una carta de él hace unos días. Está bien, por suerte. Pero dice que en Tuyutí hubo una mortandá espantosa.

—Así he oído. ¡Esta guerra! ¿Qué necesidá tenía Mitre de habernos metido en ella? Si era un problema entre brasileros, paraguayos y orientales... ¿A santo de qué meternos nosotros? Como si no tuviéramos nuestros propios problemas...

—Es que si nos invaden... ¿qué otra cosa podríamos haber hecho? No reaccionar hubiera sido de cobardes —replicó enfáticamente don Nazario.

—¡Si nos invaden! Me gustaría conocer algún día cómo ocurrieron verdaderamente las cosas. Ese Mitre es rápido como la luz para hacer ver las cosas como a él le conviene —reflexionó la federala misia Proserpina.

—Y sin embargo, su admirao don Justo José ha justificao la guerra y se ha enancao en ella. ¿Qué me cuenta usté? —replicó don Nazario, las manos en los bolsillos y mostrando una sonrisa burlona en sus labios ocupados con un cigarro.

—Urquiza... Urquiza ya no es el de antes. Le gustan demasiao los patacones, es lo que pasa. Y los está haciendo a manos llenas vendiendo caballos y hacienda al ejército —admitió Proserpina desganadamente.

Una mulata joven muy emperifollada se acercó al dueño de casa para decirle que el almuerzo estaba listo. Don Nazario invitó entonces a pasar a la galería ya que el número de invitados excedía la capacidad de la mesa del comedor. Allí habían armado una larga mesa. El solcito del mediodía entibiaba y algunos en las altas sillas fraileras del comedor y otros en bancos, se sentaron al amparo del frío viento Sur y con los estómagos caldeados por las bebidas espirituosas ya ingeridas. El almuerzo comenzó con las empanadas de carne.

—De modo que doña Victoria anda por Córdoba de nuevo —comentó don Bartolo da Silva, mirando a don Nazario, que ocupaba una de las cabeceras.

—Tener lejos a la mujer de uno no deja de tener sus ventajas ¿no es cierto? —añadió, zumbón, don Cleto, que era viudo.

—¿Ventajas pa'l marido o pa la mujer? —preguntó con intención doña Ofelia Urtubey de Vivanco. Porque vaya una a saber qué andará haciendo la Victoria por allá, ¿no?

—Cierto, vaya uno a saber —asintió don Nazario despreocupadamente con una sonrisa que apenas se notó a causa de su espesa barba negra—. ¿Y en qué andaré metido yo? —agregó con tono zumbón.

Muchos asociaron la pregunta con los insistentes rumores acerca de la relación especial que unía al comandante principal con su parienta Claudina Casas. Pero su cuñado Ponciano Vivanco prefirió dar una versión distinta de las cosas:

—En cuanto a vos no hay peligro: si ya te va quedando poco pelo, Nazario.

—Se me caerá el pelo pero no otra cosa —retrucó el anfitrión, provocando disimuladas sonrisas del sexo femenino y del cura, y una exclamación de "¡Veanlón a Nazario que había sido optimista!", proferida entre risas por el mismo Vivanco.

Dick alcanzó a entender el significado de la conversación, que le pareció completamente fuera de lugar, sobre todo en presencia de señoras y jóvenes solteras y, más aún, un ministro de la religión. Pero observó que nadie parecía sentirse molesto y que hasta el mismo padre Testa reía de buena gana. Reflexionó entonces si no debía ser más amplio de criterio en esas cuestiones. Algo más extraño le ocurrió: sentirse como provinciano, sí, él, un súbdito de Su Majestad Británica, en ese improbable pueblo llamado Fraile Muerto.

—Alguna vez he oído decir, no me acuerdo por quién, que a más de cuarenta leguas la infidelidá no es pecao. ¿A usté que le parece, padre? —preguntó don Cleto con una sonrisa en sus labios al cura.

—Ebbene, questo dipende de l'intenzione con che si fa —contestó el padre Testa, riéndose de su misma respuesta.

—Y claro, por ejemplo, si a una la agarran distráida. Eso sí, después una se confiesa debidamente y listo, ¿no padre? —preguntó, haciéndose la inocente, la señora de Vivanco.

—Ecco. La Santa Chiesa Católica e sempre comprensiva de la humana debolezza —contestó moviendo las manos el padre, con gesto de absolución.

—¿Ah sí? Bueno es entonces saberlo —comentó Claudina Casas.

—Chst. Usté no opine que es muy chica todavía, m'hija —le dijo Ponciano Vivanco.

—Che, ya no tan chica —y llenando rápidamente de agua su cuchara de sopa se la tiró a Vivanco con un movimiento de catapulta, mojándole la cara.

Don Nazario impidió la represalia de Ponciano mostrando con cierto disimulo que estaba presente, en el otro extremo de la mesa, el invitado de honor, don Guillermo Wheelwright. Este comía calmosamente, desentendido de todo lo que ocurría, sentado a la derecha de Casiana, quien ocupaba la cabecera.

—El vapor permitió a los barcos vencer la corriente del Paraná y del Uruguay y, de tal modo, Buenos Aires y Montevideo dejaron de ser los únicos puertos naturales del país —disertaba, más que hablaba, Wheelwrigth—. La labor de Rosas fue mantener por la fuerza el monopolio de

Buenos Aires prohibiendo esa navegación. Al Paraná llegó a cerrarlo físicamente, cruzándolo con una larguísima cadena en la Vuelta de Qbligado. Los ingleses y franceses, que quisieron forzar la apertura, la rompieron y atrás de los buques de guerra una gran cantidad de mercantes remontaron el río hasta llegar a Corrientes. Pero el negocio no resultó: esos pueblos tenían poca capacidad de compra.

—Y a Montevideo la sitió para anularla. Aunque nunca la pudo tomar —dijo don Cleto.

—Pudo haberla tomado, pero no lo hizo. Si Oribe hubiera entrado en la ciudad, ¿cómo podría haber impedido Rosas que su aliado hiciera operar el puerto? Prefirió, con toda lógica, mantener el sitio que impedía la entrada y salida de mercaderías. El puerto sólo operó para el abastecimiento de la ciudad. Y las cosas se mantuvieron así hasta que Urquiza se cansó de las trabas para poder exportar su carne salada directamente desde Concepción del Uruguay.

El viejo marino y actual ferrocarrilero, pasó a relatar su naufragio cerca de Buenos Aires en 1822, y después sus aventuras en ambos océanos. Los puebleros, que nunca habían visto el mar, escuchaban fascinados. Casiana lo hacía más distraídamente. Con el rabillo del ojo observaba a Dick, el plato fuerte del almuerzo a su juicio. ¿Pensaría en devorarlo también?

CAPÍTULO 12

And their eyes met with that peculiar meeting which is never arrived at by effort, but seems like a sudden divine clearance of haze.

Y sus ojos se encontraron con ese tan peculiar encuentro al que nunca se llega por esfuerzo sino que parece una brusca y divina apertura en la bruma.

GEORGE ELIOT, *Middlemarch,* 1871.

Don Fausto ya atropelló
diciendo —"¡Basta de ardiles!"
La cazó de los cuadriles
y ella ... también lo abrazó!

ESTANISLAO DEL CAMPO, *Fausto,* 1866.

Terminado el largo y abundante almuerzo y los brindis con que fuera cerrado, los comensales volvieron a la sala, Dick se topó, taza de té en la mano, con el padre Testa que sorbía café. Dick depositó la taza en el anchísimo marco de la ventana y, mientras prendía su pipa, por decir algo, le preguntó:

—Dígame padre, ¿los sentimientos religiosos... católicos, ser muy fuertes en este país?

—Questo dipendi de tante cose: bisognerebbe sapere a che strato sociale apartiene: se l'e un uom o una donna, dov'e che abita... A Córdoba la gente l'e molto religiosa, ma son piutosto le donne che pregano. Gli uomini si dedican a la política. A Buenos Aire la devozione non e tanto meravigliosa ma si conservano abitude civilizate.

—Como los amoríos del loco Sarmiento con la Aurelia Vélez, la hija de don Dalmacio. ¡Y los dos son casaos! —susurró don Cleto que se les había acercado en ese momento. Don Cleto, buen urquicista, no perdía oportunidad de denigrar a Sarmiento.

—E... cose come queste sucedono da per tüt. Ma, continuando, nei piccoli paesi comme Fraile Morto la devozione la va giü la scala sociale della gente. I gauchi sanno minga se fan mal o se fan ben. La frontera l'e difusa. La gente l'e manga ancha come disan qui.

—¿Manga ancha? —repitió Dick mostrando desconocer el significado de la expresión, aparte que le costaba muchísimo entender el dialecto milanés mezclado con castellano que hablaba el cura.

—Sí, manga ancha vuol dir guardar minga quello che la fa il vecino. Tutto sta ben. Per darli una idea: Urquiza, il ex presidente Urquiza, tuvo cantitá di figli naturali. Uno de Cruz López Jordán, cuñata de su fratello. La famiglia López Jordán e una dei principale de la citta del Uruguay. Cruz e mezza sorella del héroe entrerriano Francesco Ramírez. E il mismo Urquiza a tenuto due figli di piu con Juana Zambrano, di una familia molto conosciuta di Paysandú. Ma lo piu notevole e que il Congreso della Confederazione legitimó duodici figli naturali del attuale governatore dil Entre Río. ¿Cosa dice usté, señor Seymour?

—¡Qué raro! Yo pensar que, como los españoles, aquí ser muy religiosos —observó Dick.

—¡Y si le contara las andanzas del Fraile Aldao en Mendoza! —exclamó don Cleto.

—Le voy a decire di piu: il stesso Francesco Ramírez, cuando era gobernatore dil Entre Río quarante anni fa, viveva con una brasileira... eh... comme decirlo... una brasilera di vita non molto limpida.

—Una prostituta para decirlo mal y pronto —comentó don Cleto con una sonrisa en sus labios que aprisionaban un cigarro.

—E per quelle la che Pancho l'e morto (qui si dice Pancho a tutti i Franceschi) —siguió diciendo el sacerdote—. La Delfina, cosi si chiamava l'amante, fu presa dai soldati nemici non lungo di qui. Pancho, che scapava, I'e turna in dre per salvarla, ma fu amazzato dei cattori.

—La cosa fue así —dijo don Cleto—: Después que Ramírez se peleó con Estanislao López, el gobernador de Santa Fe, el ejército de éste perseguía al de aquél. Una partida 'e la tropa 'e Pancho Bedoya tomó de sorpresa a la brasilera y ¿qué se les ocurre que hicieron esos soldatos brutos? ¡La empezaron a desnudar! Ya le habían sacao el sombrero y la casaquita de terciopelo punzó, cuando los gritos de la Delfina, chillaba como marrana que era, fueron oídos por Pancho Ramírez. Este se vino a todo galope, sable en mano. Al acercarse, los santafesinos le dispararon y lo mataron.

—¡Qué imprudente! —observó Dick, quien luego preguntó: ¿Y a la Delfina, qué pasar después?

Don Cleto, poniéndose de puntas de pie, pues era petizo, se acercó al oído de Dick y, con sonrisa picaresca, le cuchicheó:

—La puta que te parió
Se vistió de colorao
Y asimismo siendo puta
La culearon los soldaos.

Casiana, que tras haber andado dando vueltas por la sala viendo que todos los invitados estuvieran atendidos, se acercaba en ese momento, alcanzó a oír los murmullos de don Cleto y le espetó:

—¿Qué anda diciendo usté don Cleto? Si no habla fuerte seguro que estará contando alguna indecencia —le espetó Casiana.

—¿Yo? ¿Una indecencia? ¿Cómo podés pensar eso de mí, m'hija?

—Sí, usté. Ya le he oído decir varias cochinadas —lo regañó Casiana—. Pero en cuanto a lo que le pasó a la Delfina, que no se vistió de colorao —enfatizó la última frase para dejar constancia que había alcanzado a oír el verso de don Cleto—, ella fue liberada por otros entrerrianos que venían atrás de su jefe. Cruzando por el Chaco, pudieron volver a su provincia. Y aquí viene lo extraordinario: Conociendo la novia de Pancho Ramírez lo que había pasao...

—¿Cómo? ¿La novia no ser la Delfina? —preguntó Dick, confundido.

—No, la Delfina era la amante, pero Ramírez tenía al mismo tiempo una novia, Norberta Calvento se llamaba...

—Ecco, sorella di Segunda Calvento, un 'altra amante di Urquiza chi lie fatto tre figli —interrumpió el Padre Testa, por lo visto, muy interiorizado de la complicada vida amorosa del primer presidente constitucional.

—Bueno, la cosa era que Pancho Ramírez se pensaba casar pronto con la Norberta —continuó diciendo Casiana—. Y cuando la Delfina llegó al Uruguay, ya muerto Pancho, Norberta la recibió en su casa. La Delfina, puede que de tristeza, murió al poco tiempo y entonces —dijo Casiana con un suspiro y entrecerrando los ojos, agregó—: Norberta la enterró con el mismísimo vestido de novia que ya no usaría. ¡Qué historia tan romántica, ¿no?

—Interesante —comentó Dick, sorprendido por la naturalidad con que las damas hablaban de amores ilegítimos. ¿Serían realmente damas?

Don Cleto se trenzó en una discusión con uno de los Vivanco sobre si eran ciertas las andanzas en Tucumán del mismo Belgrano con Dolores Helguera, aprovechando la ausencia del marido, que peleaba por los realistas. Vivanco enfáticamente negaba la veracidad de la versión, señalando, para comenzar, que Helguera no era realista.

Casiana se alejó, echando un párrafo acá y otro allá. Pronto la sala se llenó de humo de los cigarros y pipas que fumaban los caballeros. De haber sido Dick mejor observador, le hubiera llamado la atención un grupo de señoras que también fumaba, si bien con disimulo del que los abanicos eran cómplices. Éstos, en su febril agitación, dispersaban las huellas del delito.

Entre el fuego de la chimenea, la gente, el cognac y otros bajativos, el ambiente se tornó irrespirable. Alguien abrió la puerta y Dick vio que en el medio del patio estaban Casiana y Flor da Silva conversando junto al aljibe. Se desprendió de la compañía en la que estaba, trenzada ahora en una discusión sobre la complicada política cordobesa. Pasó al lado de Wheelwright que contaba sus experiencias ferrocarrileras en Chile. Por un instante pensó en quedarse para escucharlo, pero más pudo el atractivo de ir a conversar con las dos jóvenes. Salió al patio y se les acercó con alguna timidez. ¿Cómo me recibirán? se preguntaba, sobre todo al ver que cuando se acercaba, lo miraban y se reían.

—Consiguió zafarse 'e los vejancos, ¿eh? —le dijo Flor y Dick admiró su carnosa sonrisa, aunque sorprendido por la falta de respeto hacia los mayores.

—Sí —contestó Dick—. Ellos hablar de política cordobesa, de rusos, autonomistas federales, liberales y qué sé yo. Para mí ser chino.

Don Nazario se asomó por la puerta de la sale y gritó a Flor y Casiana:

—¡M'hijas, ¿por qué no vienen a tocar el piano y a cantarnos algo?

—¡Ay Tatita! ¡No se ponga cargoso con el piano y el canto! ¿quiere? Hace mucho calor y humo ahí dentro. ¿Por qué no les pide a la Proserpina y a la Claudina?

Don Nazario hizo un gesto de fastidio y volvió a entrar. Pronto en el patio se alcanzó a oír el piano y un desacompasado dúo femenino. Casiana y Flor rieron.

—¡Pobres, tener que oír a ese par de desentonadas! —comentó Flor, muerta de risa.

Dick no pudo menos que reírse también, sin poder sacar los ojos de las sinuosas formas de Flor. El encandilamiento de Dick no pasó desapercibido a Casiana.

—Vayamos pa'l fondo —dijo bruscamente Casiana— no vaya a ser que nos vuelvan a pedir que cantemos.

Dick empezó a preguntar el nombre de plantas y Flor, haciendo honor a su nombre, le informó prontamente, demostrando compartir el gusto de su padre por la horticultura y la floricultura. A Casiana el tema no pareció interesarle demasiado y, un tanto fastidiada, se alejó. No podía saber que Dick la prefería largamente aun cuando estuviera momentáneamente infatuado por los atributos verborrágicos y corporales de su amiga.

Mientras que el primer patio se mostraba razonablemente cuidado, el patio del fondo, al que daban la cocina y las habitaciones de la servidumbre, mostraba abundantes signos de dejadez: senderos de tierra desnuda (barro cuando llovía) y un alto pastizal en el resto quemado por las heladas, donde crecían algunos durazneros. En ese momento, una criada se les acercó cachacienta para avisar a Flor que su tío la esperaba para irse.

—¡Qué lástima tener que dejarlos! Mi tío tiene que atender un enfermo y tengo que ir con él. ¡El pobre está tan mal de su renguera! Por favor, no me acompañen. ¡Hasta luego!

Dick notó que el gesto sonriente de Casiana al despedirse de Flor desapareció de sus labios apenas ella se dio vuelta.

—Su amiga ser muy simpática —dijo acercándose.

—¿Le parece? —contestó ella sin mirarlo.

Dick optó por un prudente silencio y siguió caminando a su lado. Llegaron a una tranquera. Del otro lado había un pequeño lote con rastrojo de maíz.

—¿Qué haber más allá? —preguntó por decir algo.

—¿Qué va a haber? El río —contestó ella de mala gana.

—¡Oh, claro! Yo no darme cuenta.

Lo absurdo del diálogo hizo reír a Casiana y con la risa desapareció su fastidio.

—¿Le gustaría caminar hasta allá? No se vaya, ya mismo estoy de vuelta —dijo, sin esperar la respuesta. Corrió hacia el cuarto de Rosalía. Poco después Dick la vio reaparecer con una figura mucho más esbelta: se había sacado el miriñaque.

—Hay mucha planta y se me iba a enredar —explicó.

Más allá de la tranquera y del rastrojo comenzaba la barranca del río. Un sendero muy abrupto bajaba hasta la orilla. Dick se adelantó extendiendo la mano a Casiana. Esta la ignoró y empezó a bajar ágilmente, pero resbaló y para no caerse debió agarrarse del brazo de Dick.

—¡Qué refalón! ¡Perdón! —dijo riendo, y a partir de allí no soltó el brazo de Dick hasta llegar abajo.

Llegados al borde del río caminaron por entre los yuyos y bajo los espinillos y sauces que crecían al borde de las turbias aguas, cuidando de no clavarse las espinas. Iban callados. Casiana canturreaba una canción, y muy cerca uno de otro, por cuanto el sendero era angosto. Tan cerca caminaban que al bracear sus manos se rozaban. Dick se apartó la primera vez, pero luego se acercó más de modo que el roce fue casi continuo, sin que Casiana diera muestras de notarlo, aunque en realidad aceptó el juego. De tanto en tanto debían detenerse porque la larga pollera de Casiana se enganchaba en las ramas espinosas de los arbustos. Entonces, Dick se mostraba muy solícito en desenganchar a Casiana.

Al rato, entre unos paraísos desnudos que sólo exhibían sus pelotitas amarillas, vieron el edificio en construcción muy avanzada de la nueva iglesia del pueblo. Dick propuso entrar. La subida de la barranca, tan difícil como la bajada, animó a Dick a ofrecer nuevamente la mano a Casiana. Esta vez fue aceptada. Casiana notó que Dick apretaba la mano una pizca más de lo necesario. Al terminar la escalada, Dick registró que Casiana se había soltado con una décima de segundo de demora. El débil solcito invernal poco calentaba pero ambos se sentían como invadidos por una especie de sopor, fruto de la abundancia de comida y vino.

Había una entrada lateral al templo, pero la escalinata no estaba aún construida. Para que Casiana pudiera subir, Dick la tomó del talle, ella saltó un poco y él la alzó otro poco y la sentó en el borde de la plataforma. Él trepó luego de un salto y le dio la mano para que ella se incorporara. Al concluir Casiana intentó soltarla pero él la retuvo con decisión.

Al trasponer la puerta y entrar en la helada y semioscura iglesia a Casiana le dio un escalofrío. Dick, solícito, le pasó su brazo por el hombro y la atrajo hacia él, como para abrigarla. Ella dio vuelta la cara y lo miró a los ojos. Ojos caramelo en ojos acerados. La sangre latió en las sienes de Dick. Sin pensarlo, bajó la cabeza y sus secos labios se posaron en los pintados de Casiana. La estrechó suavemente. Ella pasó sus brazos por detrás del cuello de Dick y se colgó de él. De repente oyeron un ruido. Casiana se sobresaltó, ladeó la cara y aflojó sus brazos. Desganadamente Dick la soltó. Miraron hacia el lugar de donde había venido el ruido y alcanzaron a ver al padre Testa parado al fondo de la nave. Al entrar había tropezado con un tablón de madera, ¿Lo había hecho a propósito para anunciar su llegada a la pareja que había visto abrazada? ¿O nada podría haber visto por la escasa luz y había tropezado en forma casual? La pareja nunca lo sabría a ciencia cierta, aunque por la sutil sonrisa del padre cuando se dirigió a ellos, un observador sagaz hubiera apostado por la primera alternativa.

Con típica verbosidad itálica, el padre prolijamente describió la barroca decoración que tendría el templo, el arreglo del altar, las imágenes de santos, los altares laterales que proyectaba, todo lo cual pareció extremadamente ampuloso al inglés, acostumbrado a los más austeros templos anglicanos.

La joven pareja se despidió y salió por la puerta principal, que daba a un amplio terreno baldío, que sería luego la plaza mayor del pueblo.

Casiana miró entre sonriente y asustada a Dick y con voz cómplice le dijo:

—¿Se habrá dao cuenta? ¡Qué vergüenza!

Pero apenas terminó la frase, notó que la expresión de Dick había cambiado. Se mostraba serio, preocupado y distante. Tras un carraspeo, éste dijo en tono seco:

—Yo no saber —y tras un momento de hesitación, agregó: —Yo rogar su perdón doña Casiana por lo que pasar. Eh... Ser mi falta y yo haberla puesto a usted en una embarazada situación.

Casiana lo oía con mezcla de curiosidad y sorpresa. Nunca se le había ocurrido pensar que tras besar a una mujer, el hombre le pidiera disculpas y tuvo que reprimir la risa al escuchar las palabras finales ¡Embarazada por un beso! Tomando suavemente el brazo de Dick le dijo casi en forma maternal:

—Pero no, don Ricardo, no hay nada que perdonar. La culpa fue más mía que suya. Las cosas ocurrieron así... simplemente —y alzó los hombros.

Dick, siguió caminando muy envarado.

—No. La culpa ser mía, doña Casiana, sólo mía y hacerme sentir eh... (Dick no encontraba la traducción castellana de "ashamed", avergonzado) mal, muy mal.

Casiana no le contestó esta vez y le asaltó la duda de si no sería que ella tomaba lo ocurrido muy a la ligera.

"Si no fue más que un beso! Cierto que con un tipo al que apenas conozco. Pero el inglés me cayó bien... Ha de haber sido culpa de la sangría. Tomé por demás... ¡Y hacía tanto tiempo que nadie me besaba!

—Para peor, en una iglesia —siguió diciendo en tono monocorde, casi monologando, Dick.

—¡Pero no está terminada ni tampoco consagrada! —exclamó Casiana, que se encontraba de repente en la curiosa situación de ser ella, una mujer, quien debía calmar los escrúpulos de un hombre. "¡Pucha con el gringo mojigato!"

—Dicerme, ¿no ser usté católica?

—Sí, por supuesto. Todos somos católicos en este páis... Bueno Tatita es también masón, pero a veces va a misa, y ha contribuido para la nueva iglesia. Mamita ¡vaya que es creyente! Yo debo confesar que si bien creo... ¡Vaya a saber una lo que pasa por ahí arriba!

Ambos se sorprendieron ante esta confidencia. Casiana nunca se lo había dicho a nadie, pues hubiera sido muy mal visto, pero, curiosamente, algo la hizo franquearse ante el extranjero. Quizá pensando que por no ser católico, la comprendería mejor. Pero estaba totalmente equivocada.

—Yo no entender muy bien el catolicismo de estos lugares —dijo él con cierto fastidio. Masonería y papismo eran para él inconciliables. Las dudas de Casiana lo habían confundido aún más. Tiempo después escribiría a sus padres refiriéndose a los criollos:

"Cuando se llega a lo anímico, temo que la moral y sentimientos religiosos sean bastante más bajos que los de un ex presidiario cualquiera".

Caminaron en silencio, sin mirarse y a considerable distancia uno del otro, por las desiertas calles pueblerinas (todos siesteaban), hasta llegar a lo de Casas. Ella entró y esperó a que Dick la siguiera, pero viendo que él se quedaba en el portón, le preguntó:

—¿No pasa?

—No, gracias. Ser muy tarde y tener cosas que hacer. Por favor, dicer adiós a su padre y dar gracias por la invitación.

Dick dio la mano a Casiana quien, disgustada, la ignoró ampulosamente y se perdió en el interior de la casa. Rosalía le llevó el abrigo y la galera y él partió hacia la fonda.

* * * * *

No sabía qué pensar al volver a su dormitorio. Algo había salido mal. Primero de todo, ¿cómo se había dejado besar por ese gringo? Además, le había dicho inconscientemente algo que nunca se había dicho ni siquiera a sí misma. ¿Cómo es que le había dicho? Qué sé yo lo que ha de pasar ahí arriba? Repetí sin darme cuenta algo que oí en alguna parte. ¡Ya sé! En Córdoba, cuando llevé al teatro a mis tías Biviana y Urbana. Fuimos a ver la obra de Rivas "La Hermana de Caridad". Las tías no querían dejarme ir por el asunto del luto. "Pero si acaban de matar a tu finao maridito", me decían. Pero bastó que les leyera la crónica de El Eco de la que resultaba ser una obra piadosa para que aceptaran. En el fondo, porque también ellas querían verla.

Yo estaba a favor del médico que se había enamorao de la hermanita. La muerte de un soldao azotao algo más de la cuenta, la había enfermao. Un poco exagerao porque nadie se enferma tan seriamente por esto; pero, así era la obra... En fin, todo parecía andar bien cuando el cura ése se tuvo que meter y empezó con sus monsergas al médico para que desistiera 'e la hermanita de caridá. ¡Igualito al inglés, agora me doy cuenta! Le decía no sé qué cosas, le decía, acerca del alma y del corazón; que el alma debe calmar las pasiones 'el corazón, según creo haber interpretao. El médico le contestó muy bien con estos versos, sí, porque todo era en verso, ¡qué trabajo, pobre Rivas!

"¿Y qué me sirve tener
Con el corazón un alma,
Si ésta me quita la calma
Cuando aquél me da placer?

¡El alma y el porvenir
sacrificando el presente!
Y al fin... ¡Quién sabe..."

¡Detente! le había gritao el cura, impidiendo que el médico completara la frase diciendo: "Quién sabe lo que ha de haber ahí arriba". Aunque esto no rime. Debiera terminar en ir, como porvenir. Sacando arriba quedaría: "Quién sabe qué ha deber ahí". No, no creo que quede muy bien. ¿Cómo le habría puesto Rivas?

En fin, la cosa es que de tanto repetirme esos versos fui a decírselos al inglés. ¡Qué bárbara!

Casiana volvió a pensar en la obra de teatro. La había impresionado fuertemente, en parte, por haber sido la única que había visto en su vida. "¡Tan entusiasmada que estaba yo con el médico! Me había parecido regio de buen mozo. Me inquieté por la posible reacción del público cuando arremetió diciendo:

¿Qué es el vivir?
¿Para qué es el corazón
Si lo convierte en infierno,
Buen padre, la religión?

Yo había imaginao que el autor encontraría la vuelta para que la hermanita se curara, dejara los hábitos y se casara con el médico. Pero en Córdoba, donde todos son chupacirios, esa solución no podía andar. Mi frustración fue tremenda cuando el médico se arrepintió de su enamoramiento ante el cura y lloró como una vieja. ¡Maricón había resultao ser! Yo odiaría un marido así, que no supiera defender sus ideas y lo que tiene. Mi marido así lo hizo al defenderme de lo que él créia los avances de José. ¿El créia... o sus creencias podrían haber llegao a ser ciertas?".

Tendida en la cama, Casiana apartó de su cabeza esos pensamientos tan conflictivos y volvió al episodio de la iglesia. Allí había tenido su primera experiencia amorosa desde que había enviudado. ¿Cómo serán las próximas? No con Ricardo, por supuesto. El inglés parece cura. ¿Se volvería a casar? ¿Con quién? Zenobio Soto, ¿qué se habrá hecho de él? Me dio el primer beso, en las fiestas con motivo de la batalla de Cepeda. Yo era una mocosa de quince o dieciséis años. ¡El pueblo todo embanderao! ¡Tantos homenajes a Urquiza! Los mismos que después 'e Pavón se hicieron a Mitre. ¡Acomodaticios! ¿Tatita? Bueno, si bien estuvo en los homenajes a Urquiza, no fue tan ostentoso como los otros. ¿Y además qué podía haber hecho? Tampoco era cuestión...

* * * * *

En la noche estrellada, Dick fumaba apoyado en un árbol cerca de la fonda. Su confusión le impedía pensar en el frío. "Frank tenía razón, ¡más me hubiera valido ir con él a las cuadreras! ¿Cómo diablos terminé besándola a esa española? ¡Y nada menos que en una iglesia! Cierto que católica, pero Dios hizo notar su presencia a través de ese padre Testa. ¡No! Evidentemente que actué mal, muy mal. ¡Qué está haciendo este país conmigo! Si hubiera sido con una inglesa al menos. Bueno, no fue más que un beso. Tampoco se debe exagerar, pero debo cuidarme. ¡Esos compatriotas que vi en estancias entrerrianas viviendo en concubinato con españolas y nativas, qué disgusto! ¿No terminaré igual que ellos? ¡No! debo apartarme de ese camino. No dejé Inglaterra para corromperme con estas mujeres fáciles sino para hacer fortuna y poder casarme con Mary Elizabeth. ¡Cómo pude hacerle esto!

Dick volvió a pensar en el beso en la iglesia lo que le trajo a la cabeza un episodio similar, no en una iglesia en construcción sino en las ruinas de un castillo. Entre los edificios en construcción y los en destrucción hay una curiosa semejanza. Había sido en las ruinas del castillo de Beaudesert, cerca de Studley Castle, lo de los Goodricke. Era un grupo grande, tras una cacería. Mary Elizabeth estaba más linda que nunca con su ropa de montar. Primero habían visitado la iglesia normanda de Saint Nicholas y después los cimientos del viejo castillo, lo único que queda de él. Mary Elizabeth y Dick se habían metido entre el denso follaje, agarrados de la mano. Encontraron una especie de cueva y entraron. Estaba fresco y húmedo; igual que en la iglesia de Fraile Muerto.

"Mm! ¡Estoy tan cansado!" y Dick recordaba que había reclinado su cabeza en el pecho de Mary. Ella se había reído, rechazándolo, aunque sin muchas ganas. Después había empezado a acariciarle el pelo. Allí él la había abrazado e intentado besar.

"You're a naughty boy!" le había dicho Mary, empujándolo ahora con fuerza.

No insistí, siguió recordando Dick. ¿Porqué no? ¿No debí haberlo hecho? ¿Adónde hubiera llegado? Pero no, no se hacen esas cosas con chicas decentes como Mary. En el "White Swan", a la vuelta, yo había tomado cerveza por demás y debajo de la mesa había posado mi mano sobre la pierna de Mary. Ella me clavó las uñas hasta hacerme sangrar. Pero claro. Eso fue hace unos tres años. Mary y yo éramos chicos. Hoy ya somos grandes. Casiana también. ¡Y es viuda! Las cosas pueden ir lejos, más lejos, lo que con Mary Elizabeth jamás podría haber ocurrido. ¡No me debo dejar llevar por mis impulsos!

¡Buenos tiempos aquéllos! ¡Y qué lindo Warwickshire! Cada pocas millas un castillo, una antigua iglesia o un viejo pueblo. Granjas por doquier (las chozas de los campesinos convenientemente cubiertas por el follaje). Todo tan verde y bien regado. Con los restos del bosque de Arden, las colinas y las praderas. A apenas dos leguas de casa, Stratford-upon-Avon. Dos leguas más allá, Warwick, con su imponente castillo. En cambio, en este país uno anda leguas y leguas y siempre igual. Campo y más campo chato. Alguna laguna y, muy de tarde en tarde, algún pobre rancherío. ¡Está todo por hacer! Y éstas son justamente las oportunidades para un joven emprendedor y dinámico. Como yo, Richard Arthur Seymour.

Un balazo quebró el silencio de la noche y las ambiciosas reflexiones de Dick. Otro huésped de la fonda había disparado a alguien que a través de la ventana había tratado de arrancarle el saco que usaba como almohada mientras dormía. Dick alcanzó a ver al frustrado ladrón huyendo y se sumó alegremente a la persecución, que resultó infructuosa: las sombras lo habían tragado.

CAPÍTULO 13

Oh little did my mother think,
The day she cradled me,
The lands I was to travel in,
The death I was to dee.

Poco es lo que mi madre pensaba,
El día en que me acunaba,
Las tierras por las que yo viajara,
La muerte que me matara.

Cantinela folklórica inglesa.

Clergymen —particularly the rectors and vicars of country parishes— do become priviledged above other professional men.

Los clérigos, particularmente los párrocos y vicarios rurales, gozan de mayor prestigio que otros profesionales.

ANTHONY TROLLOPE: *Doctor Thorne,* 1858.

PARROQUIA DE KINWARTON

6 de agosto de 1866.

Mi queridísimo Dick:

No tengo buenas noticias para darte. Muy malas y muy tristes en verdad. Tu hermano Jack ha muerto en Agra. De fiebre según el escueto informe del ejército que me llegó ayer. Podrás imaginarte lo tristes que estamos. Tu madre, desolada y me preocupa su estado. Dice y repite que es por haberle permitido entrar tan joven en el ejército. Puede que no le falte razón. Yo mismo lo he pensado. Pero así es nuestro sistema. Es duro, lo reconozco, pero no hay mejor. Si no, que lo digan nuestros enemigos. También tu hermano Edward tenía catorce años cuando entró en la Marina, y de inmediato lo enviaron a la Guerra de Crimea. A los diecisiete estaba en la guerra de China. Y Sir Eric, tu tío, tenía once años cuando se embarcó en el Hannibal, en plena guerra contra Napoleón.

¡Pobre Jack! Muerto a los pocos días de cumplir la mayoría de edad. ¡Tan entusiasmado con la India que parecía estar! En fin, ha sido la voluntad del Señor. ¿Quién sabe qué motivos habrá tenido para decidirlo así? Espero saberlo en pocos años más, cuando me reúna con él, a quien Dios quiera recoger en su seno. Estoy tratando de conocer los detalles de su enfermedad y de cómo transcurrieron sus últimos días. Tan pronto los conozca te los transmitiré.

Tu madre está ahora preocupada contigo, sobre todo cuando supo de las incursiones de los indios. Durante el receso parlamentario es posible que Walter te visite. He hablado con Middleton acerca de su asociación con Frank y contigo. Parece dispuesto a aportar dos mil libras, de las que podría adelantar quinientas. Te daré más noticias apenas él tome una decisión.

¡Ten mucho cuidado, hijo mío! ¡Dios te proteja! Transmite mi afecto a Frank.

Te desea lo mejor,

Tu padre.

El reverendo Richard Seymour releyó la carta y dio un profundo suspiro al concluir. ¡Jack muerto! Parece increíble. ¡Tan joven! Levantó la mirada y a través de la ventana de su confortable escritorio vio la vieja iglesia normanda con su aguda torre de madera. Las hojas de los grandes olmos apenas permitían verla. Agra, la antigua capital de los emperadores mogoles. Allí yacía su hijo. El Fuerte Rojo, impresionante según escribía Jack. ¿O el Fuerte Rojo está en Delhi? Bueno, no sé. La verdad es que no importa mucho... La India, la misteriosa India, con todas sus riquezas, religiones y razas. A Jack le atraía mucho. Pero el reverendo no conocería los lugares exóticos que le había descripto su hijo. Dios había dispuesto que él siguiera otro camino. Y su querido Jack, no había muerto en ninguna sublevación, como la de los cipayos unos años atrás. Era lo que nos preocupaba a Fanny y a mí. Que se repitiera otra masacre como la de Cawnpore. Él no murió en ninguna masacre, ni en ninguna acción militar. No, el pobre, murió en un hospital, de fiebre según me informaron. ¿Qué fiebre habrá sido? En fin, ¿qué más da? Más importante es que haya muerto en la gracia de Dios. Que en sus últimos días y horas se haya puesto en las manos de Él... Seguramente que lo hizo. Tan buen chico que era. Me costará acostumbrarme a la idea de no volver a verlo. En esta vida, claro. Quizá no tarde mucho en verlo en la próxima.

Detuvo sus pensamientos para prender su pipa, tras lo cual volvió a recostarse en el respaldo del sillón. ¡Tan fuerte parecía Jack! Resistió los fríos del colegio de Radley pero no alguna maldita enfermedad tropical, con el perdón del Señor. ¡Cómo se quejaban él y sus hermanos de Radley! La calefacción nunca andaba y se morían literalmente de frío. Fanny se puso tan cargosa con ese asunto que finalmente los tuve que cambiar al colegio Charterhouse en Londres. Sí, fue por la insistencia de Fanny, porque yo, con esa manía que tenemos los ingleses de que nuestros hijos se hagan hombres... En fin... Voy a encargar una placa en memoria de Jack, para colocarla en la iglesia. “A John Le Marchant Seymour, muerto en Agra a los veintiún años de edad.”

El reverendo Seymour giró su mirada hacia la derecha, hacia el verde prado que termina en el río Alne. Algunas vacas lecheras pastaban alrededor del antiquísimo palomar.

Debía encargar a Tom, el peón, que recogiera los huevos de paloma. Tomó su diario y empezó a hojearlo. Se detuvo en la mención de la partida de Dick, el año anterior:

“15 de enero. Dick querido parte mañana de Liverpool... Salió de aquí hoy temprano. Walter y Edmund se fueron con él para verlo zarpar hacia Buenos Ayres en el Kepler. Fue una triste y terrible partida... Que vaya a estar en la compañía de Frank Goodricke es un gran alivio para nosotros. Quiera el Señor escucharnos con agrado y mantenerlo incólume contra la tentación.”

Jack, el menor, muerto. Dick, el penúltimo, expuesto a las invasiones indias. ¿Para eso abandonó University College en Oxford? Dijo que no tiene vocación por los estudios académicos. ¿Habrá sido porque no le daba el seso? ¡Pobre Dick! Tan formal y tan serio. Muy religioso también. Sin embargo, no quiso seguir la carrera eclesiástica. En cuanto a Walter, el mayor, un tarambana, aunque más inteligente que Dick. También él había abandonado el "college", Christ Church en su caso, sin llegar a graduarse. Había dejado Oxford para entrar en el Almirantazgo. Pero se había aburrido de los marinos. Entonces su primo, Sir Dennis Le Marchant, le había ofrecido ser contador en la Cámara de los Comunes. Y allí se había ido Walter muy contento. Yo había intentado disuadirlo. "¿Contador vos? Lo único que has contado en tu vida son las cartas de la baraja", le había dicho. Con todo, no lo hizo mal! Tanto simplificó las cosas que su jefe debió pedirle que se tomara las cosas con más calma, porque si no, no habría suficiente trabajo para los dos. Pero no sé cuánto le va a durar. Ahora se le ha metido en la cabeza ir a visitarlo a Dick, pensó su padre.

El Reverendo destapó su pipa, deteniendo por un instante sus pensamientos, y se entretuvo en tirar volutas de humo hacia el techo. Era un gesto característico. "Albert me imita a la perfección. Es el único que sigue mi carrera. Ya se graduó en Oxford. ¡Mi carrera! No gran carrera que digamos. Treinta años ha querido Dios que permanezca en este lugar donde ni siquiera pueblo hay. Muy caros me costaron mis simpatías de juventud con los unitarios. No estaba mal acompañado en realidad: tanto Milton como Newton enseñaron la subordinación de Jesús al Padre. Por eso a Newton se lo calificó de arriano. En esa subordinación creyeron los primeros cristianos, ya que el dogma de la Trinidad no aparece en los Evangelios, y se desarrolló con posterioridad, siendo sancionado por el Concilio de Nicea. En fin, no me puedo quejar. He podido hacer una buena obra aquí. He fundado el colegio de Great Alne y los feligreses me aprecian. Así lo dicen al menos, ¿por qué no creerles? Fanny es una muy buena mujer, un poco caprichosa a veces, como todas las de su sexo. El sueldo, tres mil libras, más la renta de la granja parroquial, más lo heredado de mis padres y suegros nos dan más que suficiente para vivir confortablemente. Hay excelentes vecinos: los Goodricke, los Throckmorton, aunque papistas estos últimos... Del Marqués de Hartford mejor ni hablar. Vive en París... pero quizá sean exageraciones... ¡No debo prestar atención a las murmuraciones! Pero es tiempo, más que tiempo, de cambiar. El colegio de Great Alne ya está bien encaminado. Me han hablado de ser canónigo en Worcester. Por lo menos, para terminar mi carrera con un cargo más expectable. Que Dios lo quiera. En fin, ya estoy viejo, con sesenta años encima, no me ha de quedar mucho tiempo en esta vida."

Se echó atrás, estiró los brazos hacia arriba y juntó las manos detrás de la nuca. "¡Pensando ya en el final de mi vida! ¡Tan rápido que se está yendo! Así, ¡tan de golpe, cuando menos se lo imagine uno, ¡zas! el final aparece al doblar la esquina! ¿La habré aprovechado bien? Creo que cumplí con mi deber de clérigo, esposo y padre". Y aquí recordó los versos del obispo Ken:

Teach me to live, that I may dread
The grave as little as my bed;
Teach me to die, that so I may
Rise glorious at the awful day.[1]

"Lo que acometí lo hice con diligencia y buenas intenciones, siguió pensando el clérigo. He sido un buen pastor, creo, de mi grey y la he aconsejado lo mejor posible en el camino de la vida. Quizá debí usar mejor mis relaciones para progresar, pero, ¡odio tanto estar pidiendo favores, usar influencias y meterme en esas intrigas de la Iglesia! En esas ocasiones nunca falta alguien que recuerde mis antiguas simpatías unitarias."

"No, no creo haber hecho las cosas mal. Pero uno debería tener tantas vidas para aprovechar la experiencia ganada. Porque cuando se es sabio, se es viejo y poco se puede aprovechar la sabiduría. ¿No estaré blasfemando? No, es tan sólo una idea fantástica. Por ejemplo, ahora yo debería ser suficientemente joven como para encarar otra actividad. Joven e intrépido. Y con ganas, claro. Podría irme a la India, con el Ejército. ¿Y Fanny? ¿Qué hago con Fanny, y con las chicas, Augusta, Ema, y Frances? No, la cosa no anda por este lado. No, uno debería de tener otra vida. Que Dios me perdone; no son más que ocurrencias de viejo. Otra vida donde uno naciera de veinte años, porque la niñez y la educación son muy aburridas. Eso: debería ser uno mismo como era a los veintiún años, cuando se llega a la mayoría de edad, a la edad de Jack, ¡pobre! Y allí empezar de nuevo, pero con toda la experiencia ganada antes. A ver, ¿qué alternativas tenía yo entonces? Sí, podría haber entrado en el Ejército. A papá no le hubiera disgustado nada. Todo lo contrario: aunque nunca me lo dijo, sé

[1]Enséñame a vivir, para que tema
la tumba tan poco como mi lecho;
Enséñame a morir, para que pueda
Levantarme glorioso el triste día.

que no estuvo demasiado contento con mi elección de la carrera eclesiástica. Otra posibilidad era la carrera política. Podría entonces seguir cualquiera de esas alternativas. Alternativas no: seguir la carrera militar, luego la política, etc. ¿Y uno se acordaría de sus experiencias anteriores? Porque si no, es como si hubiera existido nada más que una vez, como ahora." Aquí el Reverendo detuvo por un instante la corriente de sus pensamientos. Se llevó la mano a la frente y se percató que estaba propugnando la transmigración de las almas. "Sí, como forma de no abandonar esta vida a la que le tengo, por lo visto, demasiado apego. ¿Es que tengo miedo de enfrentarme a Dios en la venidera? ¿O es que flaquea mi fe?", se preguntó.

La comprobación lo atribuló seriamente. Había desvariado. Tentado por el demonio había caído en la herejía o peor aun, la apostasía. Por su mente desfilaron velozmente las figuras de los primeros herejes, empezando por Simón el Mago, el padre de todas las herejías, que había estado en Roma junto a Pedro y a quien sus adeptos le habían erigido una estatua sobre el Tíber. A Simonio Deo Sancto, como había sido bautizado. Simón viajaba con Helena, su "Primera Emanación", a la que había sacado de un prostíbulo. Por la mente del reverendo Seymour desfilaron luego Meandro, quien sostenía que el Creador lo había enviado para salvar la humanidad de eones invisibles y de sus poderes sobrenaturales emanados de los ángeles malvados y hostiles; los ebionitas; Arrio, que admitía que Cristo era divino, pero habiendo sido creado por su padre estaba subordinado a su creador; Cerinto, que sostenía que tras la Resurrección habría indulgencia ilimitada para las pasiones y los placeres. Recordó a Nicolás, de quien falsamente se decía que para desvirtuar la acusación de celar a su joven y atractiva mujer, la habría cedido a los Apóstoles tras la Ascensión del Señor, y de allí habría nacido la secta Nicolaíta, que practicaba la promiscuidad sexual. Había sido Clemente de Alejandría quien sostenía la falsedad de esta versión, el mismo que combatió a quienes ya por entonces criticaban el casamiento de los sacerdotes recordando que los apóstoles Pedro y Felipe habían tenido mujer e hijos.

Seymour pasó a recordar el caso de otro hereje, Carpócrates, cuyas abominaciones dieron lugar a la calumnia de que los cristianos practicaban el incesto con sus madres e hijas, así como el canibalismo. Esto último basado en que en la comunión se come, simbólicamente según nosotros (realmente según los papistas), el cuerpo de Cristo. Inmediatamente después vinieron a su memoria Montano, el Paracleto, y sus dos profetisas:

la virgen Priscila y Maximila, quienes en Frigia proclamaban la disolución de los matrimonios. Las dos se presentaron en su mente como atractivas rubias envueltas en túnicas romanas, o griegas, que dejaban ver un pecho. El clérigo rechazó terminantemente esta imagen que fue sustituida por otra mostrando a cantidad de mujeres que, abandonando a sus maridos, se unían a las huestes acaudilladas por Montano, Priscila y Maxi-mila. Montano y Maximila murieron ahorcados, recordó Seymour, debido a que un espíritu se adueñó de sus mentes, enloqueciendo.

"Pero, ¿habrá sido realmente así? Porque muchos herejes fueron matados por los cristianos. O supuestos herejes, como en el caso de los protestantes perseguidos por la Inquisición. Los protestantes tampoco estuvieron exentos de intolerancia. ¿No fue acaso Calvino quien insistió en que se quemara en Ginebra al español Miguel Serveto por ser unitario y negar, por ende, la Trinidad? No fue, por cierto, el único. Fausto Sócimo se salvó exiliándose en Cracovia y nuestro mártir anglicano, el obispo Cranmer, quien fue quemado vivo acusado de herejía cuando la restauración católica bajo la reina María, a su vez había mandado a la hoguera a arianos y anabaptistas unitarios. Tampoco, debo reconocer, fuimos los anglicanos demasiado generosos con los papistas cuando Isabel restableció nuestra religión: cincuenta sacerdotes ejecutados y cincuenticinco expulsados no son pocos. A los papistas se les prohibió practicar su culto, votar, ocupar cargos públicos y tener tierras, enseñar su religión y efectuar publicaciones."

"¡Qué terrible la intolerancia! Tratar de imponer a los demás lo que uno cree ser lo correcto y verdadero, de uniformar la vida y el pensamiento aboliendo el espíritu de innovación. Y lo peor es que quienes hacen acto de fe en oscuros e intrincados problemas teológicos y metafísicos al extremo de llegar al fanatismo y buscar el martirio son, a menudo, los menos preparados para adentrarse en esos laberintos."

Afortunadamente, los países europeos habían emergido definitivamente de esos lóbregos tiempos en los que la libertad de conciencia y opinión era negada, en los que se apelaba a la tortura y a la pena capital por los desvíos de lo que se creía verdadero, reflexionaba el Reverendo. Ello gracias a que el liberalismo y la razón se han impuesto definitivamente sobre el fanatismo y la incomprensión. La situación de los católicos había ido mejorando paulatinamente en Inglaterra, pues las leyes que los reprimían fueron aplicadas en forma cada vez más laxa. Sin embargo, treinta y tantos años atrás habían sido expresamente derogadas por el Parlamento.

"Con todo, hace apenas dos años todavía se estaba procesando por herejía a esos liberales, ¿cómo es que se llaman?, que escribieron contra el Movimiento de Oxford. Por suerte que el Privy Council los absolvió. ¡El Movimiento de Oxford! Ellos querían algún ancla para evitar la evolución de las ideas y la interpretación histórica de la Biblia. Primero, quisieron agarrarse de la infalibilidad de la Biblia, llegando a olvidar que sobre determinados hechos, hay diferentes versiones de los evangelistas. Continuaron sosteniendo que la Iglesia Anglicana es la continuadora de la antigua tradición católica del cristianismo. De tanto querer revivificar la tradición, Jack Newman y después Harry Manning apoyaron crecientemente al catolicismo terminando por pasarse al papismo. Y concluyeron, sobre todo Harry, sosteniendo la infalibilidad del Papa. Desde cierto punto de vista, a Harry no le fue mal: el año pasado el Papa premió su fidelidad sin límites designándolo Arzobispo de Westminster."

Al pensar en esto, al prelado se le dibujó una imperceptible sonrisa sardónica en la comisura de sus delgados labios. Pero pronto desapareció al comenzar a plantearse nuevos interrogantes.

"Debo reconocer que el libro de Strauss me provocó serias dudas. Pero, en definitiva, ¿serán realmente importantes esas sutiles disquisiciones que tanto apasionaron a nuestros antepasados y que provocaron guerras interminables, miles de muertos y destrucción en toda Europa, y también en nuestra isla? A esta altura de mi vida me inclino a concordar con el emperador Constantino cuando, al convocar al concilio de Nicea para concluir con las disensiones entre Arrio y Anastasio, las llamó 'una disputa sobre fruslerías y tontas diferencias verbales'." Aquí, el Reverendo se golpeó el pecho diciendo en voz alta: "¡Oh Señor, que esta reflexión no signifique, por segunda vez en pocos minutos, caer en la herejía!". El sacerdote tomó su libro de oraciones, el mismo preparado tres siglos antes por el obispo Cranmer, y leyó el Salmo 38: Domine, ne in furore. "No me castigues, Señor, en tu furor, no me corrijas en tu ira. Que tus saetas han penetrado en mí, y pesa gravemente sobre mí tu mano. Nada hay sano en mi carne a causa de tu ira. Nada íntegro en mis huesos a causa de mi pecado...".

El clérigo casi no leía, pues conocía el salmo de memoria. Además, estaba oscureciendo y apenas podía ver el perfil de la torre de la iglesia. "Agra", pensó nuevamente. Encendió la lámpara y concluyó su rezo mientras sin darse cuenta se preguntaba: "¿Volver a los veinte años y empezar la carrera militar? ¡Qué pereza! ¡Ya no tendría fuerzas!". Sintiendo su alma aliviada, se levantó de su sillón de cuero con algún esfuerzo, se acercó al escritorio, tomó la carta dirigida a su cuarto hijo varón, la firmó, la dobló cuidadosamente y la metió en un sobre, donde escribió con letra insegura:

Richard W. Seymour, Esq.
Estancia Monte Molino
Frayle-Muerto
Province of Cordova
River Plate
South-America

Metió el sobre en el bolsillo de su levita de terciopelo bordeaux y salió de la habitación. Iba a tomar una taza de té junto a su esposa Fanny. Súbitamente, le había venido a la cabeza la oración del matrimonio, del libro de Tobit: *"Mercifully grant that we may grow aged together"*.[2]

[2]Misericordiosamente, concédenos envejecer juntos.

CAPÍTULO 14

We set about building a good-sized house...

Nos pusimos a construir una casa de buen tamaño...

WALTER SEYMOUR: *Ups and Downs of a Wandering Life,* 1910.

Dick estaba agotado. Al tratar de levantarse se dio cuenta de que estaba envarado. ¡Claro, de tanto estar encorvado! Le costó estirarse. Descansó un poco tras lo cual volvió a la tarea de cortar ladrillos.

Hundir las manos unidas en el montón de barro, levantar un peso de treinta o cuarenta libras de barro, meterlo en el molde, cerrarlo, limpiarse una mano en el balde de agua y con ella alisar la superficie de los dos ladrillos, levantar el molde, limpiarlo... Dick miraba con envidia al cortador que hacía dos o tres mil ladrillos por día mientras que él a gatas llegaba a quinientos. Se irguió de nuevo con cuidado y se secó con el brazo el sudor de la frente. Se sentía como los hijos de Israel sometidos a cruel servicio por los egipcios, quienes les hacían "amarga la vida con rudos trabajos de mortero, de ladrillos y del campo, obligándolos a hacer cuanto exigían". Recordaba casi textualmente las palabras de la primera parte del Exodo. Y se sentía así redimido. ¿Redimido de qué? De su deseo por Casiana, obviamente. Porque aunque poco tiempo tenía para pensar en ella durante el día y, en todo caso rehuía esos pensamientos, la atractiva española se le aparecía en sueños, habiendo desplazado por completo a Clorinda. Sus lúbricos sueños terminaban en forma igualmente lúbrica.

"Cualquier hombre que padezca flujo seminal en su carne será inmundo", había informado Yavé a Moisés y Arón. "El lecho en que se acueste, el asiento en que se siente, será inmundo."

Dick recordaba las palabras de la Biblia leídas por su padre con voz ominosa durante aquellas tardes en las que se reunían en el confortable "sitting-room" alrededor del fuego en esos helados e interminables inviernos de Kinwarton. De chico, Dick confundía a su padre con Yavé. Por entonces no captaba el sentido de los mandatos del Señor, pero ahora le resultaban muy claros. Si bien le resultaba fácil lavar su cuerpo y su ropa tras esas ocurrencias como mandaba el Señor, el sentido del sacrificio de los dos pichones de paloma le resultaba más oscuro, y entonces lo sustituía por la agotadora tarea de cortar ladrillos. Por otra parte, al espíritu práctico de Dick no se le escapaba que era mucho más útil cortar ladrillos que andar capturando pichones y sacrificarlos. Al cortador y a su peón había que pagarles nada menos que treinta chelines por mil ladrillos cortados, más carne y yerba. De modo que su penitencia le ahorraba, de paso, algo de dinero, aunque mucho menos de lo que había imaginado.

Dick miró a su alrededor, y vio a Lisada sentado en una pila de ladrillos trenzando tientos para una rienda.

—¿Y? No se le anima, Gume —le gritó.

—No... que viá meterme en ese trabajo, patrón. No sé hacerlo.

—Vamos, no ser difícil. Además, poder ganar unos reales extra.

—No, no, 'chas gracias. Ya estoy medio bichoco p'andar aprendiendo, ¿vio? y además, de verdá que preciso estas riendas.

"¡Ni en pedo me meto en eso! Es trabajo 'e gringo", pensaba Gumersindo, mientras ojeaba de tanto en tanto al encorvado Dick que había reanudado su penitencia. "¿A santo de qué trabajará tanto este inglés con todos los patacones que tiene?, se preguntaba. Y además, ¡qué trabajito se jué a buscar! ¡Si es como pa' deslomar al más pintao! El Fran aflojó denseguida, pero éste ¡dale que dale! Si podría estar corriendo cuadreras en el Rosario, o en Fraile Muerto, como hace su hermano Walter no bien llegó el mes pasao, o enamorándola a esa Casiana, que no parece esquivarle al bulto." Y aquí los pensamientos de Lisada rumbearon hacia la gordita Pancracia, sus encantos y lo muy bien que lo había pasado esas noches en Fraile Muerto. Aunque no tan bien, mucho menos bien, lo habían tratado los naipes. Había vuelto a la estancia sin los encargos y sin un cobre, lo que le impidió retar a su mujer por haberle birlado parte del dinero que había proyectado llevar.

Los ladrillos eran para la nueva casa que los estancieros de Monte Molina habían decidido construir. El asunto había surgido del comentario de Walter, el hermano mayor de Dick, al llegar de visita a Monte Molina, tal como lo había anunciado su padre.

—¡Qué tiempo de mierda! No ha parado de llover desde hace cinco días, cuando salimos del Rosario. ¿Siempre es así en este maldito país? —había preguntado Walter al llegar empapado, desde la estancia del teniente James Trotten.

—No. Al contrario. El tiempo es muy bueno, mucho mejor que el de Inglaterra, sin duda alguna. Pero a veces viene lo que llaman temporal. Tuviste mala suerte. Fui a buscarte a Fraile Muerto y te esperé hasta el jueves y como no llegabas y el tiempo se estaba poniendo malo, decidí volver —dijo Dick.

—¡Y nosotros llegamos el mismo jueves! ¡Qué desencuentro! Por suerte que nos encontramos en el tren con Jimmy Trotter, que nos propuso ir a su estancia (dijo "estancia" en castellano), en "Monte de la Leña" —Walter pronunció con gran dificultad este nombre—. Por suerte o por desgracia, no sé, porque lo de Jimmy es un rancho de mala muerte y el agua se metía por todos lados. Mejor nos hubiéramos quedado en el pueblo.

—¡Ah sí! Esto es un palacio al lado de lo de Jimmy. ¿Pero por qué no se vinieron para acá? —preguntó Frank—. A ratos la lluvia paraba o al menos pasaba a llovizna.

—Porque los peones de Jimmy decían que andaban indios. Hoy ya no pude más y convencí a un peón que me hiciera de guía. Y para peor tuvimos que nadar para cruzar el río, que está crecidísimo con tanta lluvia. Y no hace mucho calor que digamos para meterse en el agua.

Mientras Walter se frotaba con una toalla, Dick le preguntó por Hume Kelly.

—¿Yo lo conozco a Hume Kelly? —preguntó Frank.

—Hume remaba conmigo en el ocho de Christ Church en Oxford. ¡Lo debés haber conocido en casa! —Dick recordó a Frank.

—Hume está histérico —dijo Walter—. Todo le parece espantoso y no hace más que maldecir el momento en que aceptó acompañarme. La verdad es que tres días en ese rancho lo sacan de las casillas a cualquiera. Fijate que faltaban camas y el piso estaba mojado. Tuvimos que dormir arriba de unos bancos estrechísimos. ¡Horrible, realmente horrible! Por eso preferí correr el riesgo de encontrarme con indios a quedarme un minuto más allá. Mañana lo voy a ir a buscar al pobre Hume. Espero que la lluvia haya terminado.

Walter se interrumpió, miró lo que hacía de livingroom de la casa de hierro, que se debería transformar en dormitorio de Hume Kelly y él, y dijo:

—Les voy a confesar que esto es un poco mejor, pero no mucho mejor. ¡Ustedes se van a volver peor que los cafres si siguen viviendo en estas condiciones! ¡Y vos que has vivido en Studley Castle! —añadió, mirando a Frank.

—Viví dos años en un rancho de paja. Parecía un nido —contó Frank, quien luego preguntó, sin poder disimular cierta ansiedad en su mirada: Decime, Walter, ¿supiste algo de los viejos?

—Los vi hace un tiempo. Cuando supieron que venía para acá, tu madre me entregó una carta, que quedó con mi equipaje en lo de Jimmy Trotter.

—¿Y papá?

—Eh... no lo vi, pero creo que está bien. Sí, tu mamá me dijo que está bien —contestó Walter con cierta trabazón.

Frank quedó callado, apesadumbrado, y los Seymour respetaron su silencio. Pero pronto reaccionó y con una sonrisa dijo:

—Esto está lejos de ser Studley Castle, y también de la casa de ustedes que, si quieren que les diga la verdad, me gusta más que el presuntuoso castillo que hizo el viejo —mientras rememoraba la por cierto más modesta pero confortable casa parroquial de Kinwarton, toda de ladrillo colorado—. Pero para hacer una casa se necesita ganar mucha plata con la lana y las cosechas. Aquí la construcción es muy cara, no hay piedra ni madera. Sólo barro y paja, y los albañiles ganan fortunas.

—Yo les traigo la solución: traigo quinientas libras de Middleton. Finalmente aceptó asociarse con ustedes. Y conmigo, si me aceptan de socio, van a tener otras quinientas —anunció Walter.

Los nuevos aportes fueron bien recibidos, aunque la inversión de parte de ella en la construcción de una nueva casa fue resistida por Frank.

—El rancho de quincho donde vivía en Entre Ríos es muchísimo peor que esta casa de lata y bien podría vivir otro par de años más aquí hasta que ahorremos la plata necesaria para construir una casa —argumentó Frank.

—¡Vamos! ¡La hacemos entre todos! Hume y yo incluidos. ¡Les digo que no pueden seguir viviendo así! —insistió Walter.

Dick cedió primero y, luego, cuando Hume Kelly, ya más conforme con el país, también pidió asociarse con otras quinientas libras, la resistencia de Frank se derrumbó. Con mil quinientas libras adicionales bien podían darse ese lujo. Tuvieron entonces largas discusiones acerca del tamaño y el estilo. Sobre esto último primó la inveterada práctica del constructor italiano, un simple albañil, que sólo sabía construir casas de azotea. Los ingleses insistieron en que fuera de dos plantas, con dos habitaciones en cada una. Además, convinieron en agregar un pequeño cuarto arriba que hizo, también, de mirador o atalaya. A Frank le habían encantado los miradores montevideanos y el inquietante peligro latente de un regreso de los indios decidió ese agregado que debería dar a la casa el aspecto de un pequeño rascacielo en medio de la planicie pampeana. Atrás de la casa se erigirían la pieza de los peones, la despensa y cocina, el granero, la carpintería y herrería, un galpón y el gallinero, todo lo cual enmarcaría un patio cerrado con una verja de hierro con un portón. En el centro del patio estaría el aljibe, provisto de una bomba de mano. El frente de la casa, con vista al jardín, tendría una galería y el conjunto estaría rodeado del correspondiente foso protector.

La nueva casa se alzaría a unas diez cuadras del emplazamiento primitivo, en un terreno más alto pero a la vez más cercano al río. Ese cambio mejoraría el casco de la estancia, permitiendo trazar un buen jardín y quinta. Muy importante, bajo tierra había una napa de agua dulce. Para construir la casa fue menester hacer los ladrillos y acarrear madera desde Villa Nueva.

Construir una casa del tamaño de la planeada fue bastante más trabajoso y costoso de lo imaginado en un primer momento. La promesa de Walter Seymour de colaborar con su amigo Hume Kelly resultó ilusoria, como debieron haberlo imaginado Dick y Frank, conocedores del humor inconstante de aquél. En efecto, Walter, siempre seguido por Hume, fueron a comprar caballos al norte de la provincia. Luego el primero se metió en un negocio de vender cedro paraguayo en Rosario. Para transportarlo desde el Alto Paraná, junto con cinco socios ingleses compraron un velero. Pero una tarde tormentosa el fuerte viento hizo derivar a la nave hacia las islas y la quilla quedó atrapada en un árbol hundido. Días después un barco que pasó cerca los vio y dos de los socios-tripulantes se embarcaron en éste con el propósito de regresar con auxilios. Pero casi tres meses debían transcurrir antes de que volvieran. En el ínterin, Walter y sus dos compañeros debieron alimentarse de carpinchos y bagres. En una oportunidad, pescando en la canoa del barco, consiguieron sacar un enorme dorado, pero como aún fuera del agua no se diera por vencido y se corría el peligro que lograra saltar la borda y regresar al agua, Walter optó por liquidarlo a tiros de revólver. Poco faltó para que todos, el dorado inclusive, fueran a dar a las aguas del Paraná, pues la frágil embarcación, taladrada por las balas, estuvo a punto de hundirse.

Poco antes de iniciar la construcción de la casa, los cuatro socios tuvieron una discusión con los Talbot y su padre, el Honorable Gerald C.

Talbot, que había venido de Inglaterra para visitarlos. Este último consideró peligrosa la situación de las dos estancias en vista de la drástica reducción de los efectivos militares en los fortines. Talbot padre insistió en que deberían trasladarse más al norte, para estar a salvo de las correrías de los indios. Pudo convencer a sus hijos, que compraron un campo a siete leguas de Las Rosas, en Santa Fe.

—Más adelante, cuando haya concluido la guerra del Paraguay y la frontera esté más protegida, podrán volver aquí —reflexionó el señor Talbot.

Pero los de Monte Molina se empecinaron en quedarse. Pensaron que era una cobardía ceder frente a unos "darkies" sucios, miserables y mal armados. Se imaginaron guardianes de un puesto avanzado del Imperio o, al menos, de la creciente colonia británica que se estaba estableciendo en los alrededores de Fraile Muerto.

Por otra parte, no les sobraba el dinero como para comprar otro campo en una zona mucho más cara. La construcción de una casa nueva mostraría a todos, y a los propios indios, que no temían sus lanzas y que estaban allí para quedarse.

Los trabajos iniciados en Monte Molina fueron juntando cantidad de gente. A pedido de Dick, su padre envió cuatro agricultores de Alcester, atraídos por los altos jornales ofrecidos. A ellos se agregó el puestero Harry, a quien se le confió una majada de mil doscientas ovejas. Harry se instaló a una milla de la nueva casa. Había sido marinero en barcos mercantes ingleses primero, y en la armada de los Estados Unidos luego. Algunos albañiles italianos llegaron para la construcción de la casa y, en la primavera, lo hicieron esquiladores criollos.

El heterogéneo conjunto no era del agrado del prejuicioso Dick que lo comparó al ejército del rey David, al que se le unían quienes desertaban de sus amos. El inglés tuvo que ceder definitivamente terreno al castellano como lingua franca de Monte Molina. Más que castellano, fue el dialecto gauchesco el que se impuso. Los propios patrones debieron habituarse al mismo y pronto incorporaron a su idioma varios vocablos camperos.

Los peones recién arribados de Inglaterra no podían creer en la abundancia de alimentos que había en estas regiones. "Este es un buen lugar para vivir: hay mucha carne de vaca y de oveja, abundan las aves, patos y pavos. ¡La libra de carne apenas cuesta uno o dos peniques! A menudo pienso en la pobre gente de Inglaterra cuando veo dar puntapiés a la carne por las calles del pueblo" —escribía uno a su familia. "El suelo es blando y puedo cavar aquí antes del desayuno tanto como en todo un día en Inglaterra. Tenemos algunos rábanos en el jardín de dieciocho pulgadas de largo por veinte de circunferencia. ¡Nunca en mi vida he visto monstruos semejantes!" —escribía otro. "Créeme que hubiese querido venir aquí muchos años antes. Es un hermoso país para gente de trabajo. ¡Se pueden conseguir tantas cosas! Huevos hay en cualquier cantidad. El otro día fui a buscar algunos para el desayuno y traje una canasta entera. Hay una cosa que no puedo hacer: comerme un huevo entero de avestruz, pues me resulta demasiado grande, aunque me guste mucho" —informaba un tercero a su parentela.

CAPÍTULO 15

...Trapalanda, la mística ciudad adonde los indios de ese gran océano de pasto que es la Pampa, imaginan que irán. Debe ser allí donde el pasto crece siempre fresco y verde, el agua nunca falta y los caballos que los espíritus de los indios montan, nunca se cansan. No son necesarias las espuelas ni el rebenque para hostigarlos, porque pueden galopar con las alas de la fantasía, y desde el Arbol de Gualicho hasta Patagones, sin un alto para aflojar las cinchas, o volver sus cabezas hacia el viento.

ROBERT CUNNINGHAME GRAHAM: *Los Caballos de la Conquista,* 1930.

Frank metió dos dedos en su boca y pegó un agudo silbido.

—¡Viene gente! —gritó— ¡De allí! —e indicó hacia el Norte, mientras corría hacia Dick y Gumersindo con tres rifles. Estos dos interrumpieron su tarea de sacar tierra de la cara para identificar tres cadáveres semicubiertos de tierra, que habían encontrado en el foso de Monte Llovedor, la estancia de Pearson y Edwards, cuyo rancho habían encontrado incendiado.

—¡Metámonos en el rancho! —dijo Dick mientras salía del foso agarrándose del lazo que le había tirado Frank. Después salió Lisada y Frank tomó el largavista y lo enfocó hacia el lado de la polvareda.

—¿Ves algo? —le preguntó Dick, inquieto.

—Se ve poca cosa... con tanta polvareda... Esperá, ahora parecería que vienen más despacio, al tranco... Y dos tipos vienen para acá al galope corto. Parece que están reconociendo el terreno.

—¿Pero son indios o no? —preguntó Dick, mientras se comía las uñas.

Lisada, que no precisaba de largavista para ver, entendió la pregunta, hecha en inglés, y contestó:

—Indios no han de ser. Tienen sombreros y les faltan lanzas.

—No, no son indios, tienen barba —confirmó Frank—. ¡Son gauchos!

—Pero esperá —dijo Dick agarrando a Frank del brazo y evitando así que saliera del rancho incendiado, como había sido su intención—. Asegurémonos. Pueden ser gauchos alzados, que a veces ayudan a los indios según dicen.

Lisada, que no había entendido estas últimas palabras, se subió a la pared de adobes medio derrumbada y agitó su sombrero. Los que venían hicieron lo mismo. Poco después el grupo de los recién llegados había desmontado. Era una treintena de gauchos, milicos y vecinos de la zona reunidos por el comandante don Nazario Casas, quien los capitaneaba. Estaban equipados de variadísima forma, viejas carabinas, escopetas a munición y mohosas espadas. Muchos de ellos eran más que maduros, otros adolescentes, pues muchos de los jóvenes estaban en el ejército del Paraguay. Había también algunos ingleses de estancias vecinas, los únicos bien armados, junto con Casas. Eso sí, todos montaban sus mejores fletes, listos para escapar apenas aparecieran los indios, según pensó Frank, quien había oído acerca del terror que las ululantes cargas de éstos producían en los gauchos.

—Buenas. ¡Qué sorpresa! ¿Qué andan haciendo ustedes por acá? —preguntó Casas.

—En la orilla del Saladillo encontramos la tapa de un libro con las iniciales de Pearson junto con muchas otras cosas tiradas allí. Pensamos que los indios habrían atacado su estancia y nos vinimos para investigar. —Desgraciadamente fue así —explicó Frank.

—Ha sido una gran imprudencia. Vean si se hubieran topado con el malón —los regañó Casas, sus dos manos apoyadas en el extremo de su grueso talero chapeado en plata.

—Con estos rifles los habríamos mantenido a distancia —replicó Frank con aire sobrador, acariciando su Enfield. Una imperceptible sonrisa se dibujaba en sus labios.

—Pues que se lo digan sus compatriotas —dijo el comandante, señalando un tanto despectivamente los tres cadáveres que sus soldados estaban sacando del foso.

—¡Compatriotas! —exclamó alarmado Frank. De su cara se había bruscamente borrado la expresión anterior—. Pensábamos que serían indios. Al menos, así lo deseábamos —agregó con desaliento.

—Son Edwards y dos peones ingleses —informó secamente Casas, mientras desmontaba de su bayo. Luego añadió: Sí, desgraciadamente —como para poner una nota de comprensión al drama.

—¡Edwards! ¡Pobre Edwards! Y sus peones eran muy buenos muchachos, también —añadió Frank pesaroso—. ¿Y Pearson y Mulligan?

—Pearson se salvó. Está en el Rosario. Mulligan llegó cuando ya los habían matao a éstos. Contó que venía de la estancia de ustedes —aquí el comandante se detuvo para ver la reacción de Frank y Dick, quienes asintieron, por lo que continuó diciendo: —Dijo que apenas había alcanzao a ver algo raro cuando una docena de indios se le fue encima. Por suerte poco antes había cambiao de monta, al subirse al caballo que les había comprao a ustedes —aquí, nueva pausa de Casas para dar tiempo a los montemolinenses a que ratificaran lo de la compra del caballo. Al percibir el asentimiento de Dick, el comandante retomó nuevamente su relato: Por haberlo tráido del cabresto, venía más descansao, además de ser pingo muy ligero. Fue así que pudo escapar a la estancia de Stow, tras pasar la noche escondido en un cañadón.

—Y él avisarle a usté, don Nazario —imaginó Dick.

—En realidad, quien avisó primero fue otro de los peones, un criollo al que los salvajes dejaron escapar muy lastimao y casi desnudo. Llegó a lo de don Eduardo el día antes que Mulligan —siguió relatando Casas, quien señaló a Edward Stow—. Él nos mandó un chasqui ayer y por eso es que vinimos —agregó Casas.

Se tomaron su tiempo, pensó Frank. Para dar tiempo de escapar a los indios.

—¿Y qué haber pasado según el peón? —preguntaba Dick en ese momento, con tono que trasuntaba impaciencia y angustia a la vez.

—Él contó que estaban preparando la cena cuando llegó la indiada. Como doscientos eran según el paisano. El lenguaraz les pidió que salieran y les entregaran todas sus pertenencias. Así no los habían 'e matar. Edwards los malició y contestó que se llevaran todo lo que había fuera 'e la zanja, pero que si intentaban cruzarla los balearían. Lástima que la chambonearan tan fiero al cavar la zanja. Tiraron la tierra 'el lado de afuera, y esos montones de tierra —el comandante los señaló con su rebenque— sirvió 'e protección a los indios. Pa peor se había hecho oscuro y algunos de ellos consiguieron tirarse a la zanja escapando 'e los disparos de los de la estancia. Desde la zanja esos brutos empezaron a meter paja bajo el alero 'el techo 'el rancho...

—¿Cómo pudieron hacerlo? El techo está muy lejos —preguntó Frank.

—Con sus lanzas. Ser muy largas —contestó Edward Stow.

—Sí, y después le prendieron fuego a la paja. ¡Hij'una gran siete! —exclamó el comandante que retomó el papel de informante—. Y claro, los defensores tuvieron que salir medio sofocados por el humo y la calor,

¿vieron? El pobre Edwards y los dos peones ingleses fueron lanceados y muertos. Los dos criollos alcanzaron a meterse ellos también en la zanja y allí los agarraron. Al más grande empezaron a lancearlo también, pero un gaucho alzao, que los acompañaba y que había andao espiando días antes, pidió que lo perdonaran por haberlo conocido, y así se salvó. Fue el que llegó a la madrugada siguiente a lo de don Eduardo Stow. Al más joven se lo llevaron con ellos, cautivo —concluyó don Nazario, que había contado todo el episodio con sus dedos pulgares metidos dentro del grueso cinturón de cuero de carpincho, el rebenque colgando de su muñeca derecha.

Frank se apartó un tanto del grupo y se acercó a los muertos, contemplándolos. Un saco de huesos y carne, eso somos. ¡Pobre Edwards, tan animoso que era! ¡Con tantas ilusiones de progresar y hacerse rico en esta tierra! En Inglaterra la había pasado tan mal... Y ahora ¿en qué habrá quedado todo eso? El ser humano es un conjunto de recuerdos que se proyecta al futuro. Sí, una especie de archivo que mire adelante. Y de repente... ¡trac! se terminó todo... ¡pschhh! se pincha como un globo al que se le escapa el aire... y allí van los recuerdos, las experiencias, todo lo sabido y aprendido, todos los esquemas planeados sobre qué hacer al día siguiente... al mes siguiente... al año siguiente. Quizá ideas brillantes, geniales. Y todo se esfuma, como por encanto. Algún día se va a inventar una máquina que registre todo eso, para que no se pierda, para que perdure, y pueda ser aprovechado y realizado por otros. Para que todo ese bagaje de conocimientos duramente aprendidos pueda ser transferido, inyectado directamente a algún otro... o algunos otros. Sí, porque de lo contrario, cada uno de nosotros tiene que empezar de cero, hacer su propia experiencia y cometer los mismos errores. Hay poca experiencia acumulada. Poco es lo que se aprende en los libros. Es como oír o leer relatos de viajes, aun los ilustrados. El que oye o lee se da una pálida idea de la realidad. El aprendizaje verdadero es el que hacemos cada uno de nosotros. En cambio, no damos importancia a lo aprendido por otros. Esa máquina, que nos inyectaría las experiencias de otros como si las hubiéramos vivido nosotros mismos, sería formidable. Equivaldría poco menos que hacernos eternos. A quien se destacara en filosofía, le insuflaría la lógica de David Hume; al poeta, la inspiración de Lord Byron; al economista, las ideas de Adam Smith; al científico, la agudeza de Charles Darwin.

Dick se acercó también, se agachó sobre los muertos y les hizo la señal de la cruz en sus frentes cubiertas de polvo mientras murmuraba: "In the midst of life we are in death"[1] y luego, pensando más en él y sus compañeros que en los muertos, agregó:

> *"From lightning, from tempest;*
> *from plague, pestilence, and famine;*
> *from battle and murder;*
> *and from sudden death, Good Lord deliver us".*[2]

Al escuchar las oraciones dichas por Dick, los pensamientos de Frank se volatilizaron de la misma manera en que habían desaparecido las de los muertos. En parte, él también moría.

Entretanto, un milico había empezado a pasar el mate. Un cielo gris y un frío y fuerte viento sur hacían más inhóspito el cuadro. Una detonación estremeció el ambiente.

—¿Qué fue eso? —preguntó Casas, sobresaltado.

Un soldado muy joven, un chico, en realidad, mostrando su obsoleta carabina aún humeante, con voz insegura explicó:

—Nada, mi comandante. Se me disparó un tiro... No sé cómo ¿vio?

—No sé cómo, no sé cómo... —repitió don Nazario moviendo la cabeza en señal de profundo desagrado—. Y a usté, don Ricardo, ¿la bala no lo tocó?

—No, para nada. Por suerte.

Don Nazario volvió su mirada hacia el soldado y le dijo con voz amenazadora:

—De haberle tocao un pelo al señor Seymour, un solo pelo ¿entendés? te volaba la tapa 'e los sesos, te lo aseguro. Sabelo pa otra vuelta.

Pasado ya el susto y calmado el comandante, uno de la partida, rascándose la cabeza por debajo del sombrero, señal de pensamientos profundos, conjeturó:

—¿Y no habrán sido los dos peones criollos quienes asesinaron a los ingleses pa robarles? El que salió lastimao se habrá ido a lo de Stow pa ser curao e inventó tuito el cuento 'el malón y el otro habrá juido con lo robao.

[1]En el medio de la vida, estamos en la muerte.

[2]Del rayo y la tempestad;
de la plaga, pestilencia y hambruna;
de la batalla y el asesinato;
de la muerte súbita, líbranos Señor.

—Es lo que nosotros pensar al comienzo. Pero después Dan Mulligan aparecer, y él sí haber sido corrido por indios verdaderos. Entonces, resultar que el paisano había decido la verdá —explicó Ed Stow.

En eso estaban cuando otro milico se acercó al galope y rayó su pingo cerca de donde conversaba el grupo.

—¡Permiso mi comandante! —dijo al llegar.

—Sí, decí nomás, Castro —respondió Casas desganadamente.

—Por allá, en ese pajonal, encontramos dos indios. Uno está más muerto que vivo. El otro tiene varias balas en las patas.

—Preguntale de qué tribu es, cuántos eran y pa dónde seguían —instruyó don Nazario en forma rutinaria, ya que por entonces la información era de poco valor.

Al rato volvió el mismo quien reportó:

—El indio no sabe cristiano y no nos entiende.

—Y bueno..., vamos a llevarlo de vuelta con nosotros.

—¿Y al que está más jodido? Tiene la cabeza partida por un hachazo, tiene la cabeza partida ¿vio?

—Y a ése, pues remátenlo de un tiro. Que se vaya al trapal donde nunca le faltará buen pasto ni agua, y donde su pingo nunca se va a cansar, según creen ellos.

Luego, dirigiéndose a los ingleses, un poco incómodo por su arranque poético, les dijo:

—El único indio bueno es el indio muerto, ¿saben?

Todos, criollos e ingleses, concordaron con movimientos de cabeza.

El milico se alejó al galope hacia el pajonal.

Poco después se oyó un disparo: un indio bueno más.

CAPÍTULO 16

Fumar cigarros es muy general entre hombres, mujeres y niños —excepción sea hecha de las señoras de buena familia— aunque no falta quien asegura que, en secreto, se permiten el lujo de un cigarro. Espero que las murmuraciones sean falsas. Una dama fumando sería tan ultrajante a mis sentimientos británicos que el entusiasmo que profeso por las criollas quedaría muy mermado.

UN INGLÉS: *Cinco años en Buenos Aires,* 1820-25.

I can very easily leave it off, as I did smoking, when I see it to be getting a habit.

Puedo muy fácilmente abandonarlo, como hice con el cigarrillo, cuando veo que se hace un hábito.

Diario de Jane Welsh Carlyle, 1855 Y 1856.

Esa mañana fue muy agitada en Monte Molina. Un chasque proveniente de la estancia Los Chañaritos había llevado la noticia de que las carretas cargadas con trigo recién cosechado que se dirigían a Fraile Muerto habían sido atacadas por indios. Así lo informado por uno de los carreteros, que había arribado herido a dicha estancia. La primera reacción fue que los dos socios, Dick y Frank, junto a un par de peones, fueran a inspeccionar el lugar. Pero al segundo se le ocurrió una idea que, tras cierta discusión, prevaleció.

—¿Para qué ir tantos? Si realmente andan indios no conviene desguarnecer la estancia. Me voy yo solo junto al chasque en los caballos más ligeros. Si vemos algo raro, disparamos hacia Los Chañaritos, que está a apenas una legua del lugar del asalto.

Frank tomó a Ned, el zaino con el que había ganado una carrera en Roldán. Le dio al chasque el tordillo de Lisada previo permiso, dado de mala gana, por éste, los hizo ensillar con livianas monturas inglesas (haciendo caso omiso de la protesta muda, en este caso, del chasque). La liviandad fue sacrificada, sin embargo, en haras del armamento, ya que no vaciló en llevar el rifle Enfield y el revólver Colt. Su acompañante ya portaba una pistola. Tras todos estos aprestos arrancaron con el sol ya bien alto. Era un caluroso día de diciembre.

Como a las dos horas, con el monte de Los Chañaritos al fondo, el peón dijo que se alcanzaban a ver las carretas, y las señaló con el brazo extendido del que colgaba el rebenque. Frank fijó allí su mirada, pero no vio nada. Detuvo su caballo, puso su mano como visera, nada tampoco. El fuerte calor provocaba espejismos en el pasto y todo temblaba. Pero ni rastros de carretas. Se decidió entonces a apelar a sus prismáticos y recién entonces adivinó formas que con buena voluntad podrían ser de carretas. Continuaron avanzando al galope corto. El criollo le dijo que veía caballos. En efecto, a través de los largavistas alcanzó a ver algunos jinetes entre los carromatos dispuestos en círculo defensivo. Frank propuso dar un rodeo para llegar a Los Chañaritos sin acercarse a las carretas, cosa de poder disparar hacia esta estancia caso de que fueran indios quienes estaban junto a las carretas. Una medida de precaución, aunque le parecía altamente improbable que un pequeño grupo de indios permaneciera tantas horas en el sitio del asalto. El peón asintió con entusiasmo, pues ninguna gana tenía de exponerse. Cuando ya estaban cerca del monte de la estancia, un jinete salió dirigiéndose hacia ellos al galope.

—Es Venancio —dijo el peón, ahora tranquilizado.

Venancio, capataz de Los Chañaritos, les informó que el comandante Casas y su tropa eran quienes estaban junto a las carretas. Había sido avisado del ataque por un segundo chasque y había llegado poco antes que Frank y su acompañante. Frank abandonó entonces a éste y se dirigió hacia allí a todo galope.

Cuando se aproximaba, vio que entre los allí congregados, alrededor de una docena, uno parecía un chico por su tamaño y por ser lampiño. Se apercibió luego que se cubría con un más bien ridículo sombrerito hongo. Pronto se le hizo evidente que se trataba de una mujer cuya apariencia iba mejorando en sentido inverso a la distancia que los separaba.

Cuando Frank saltó de su caballo se dirigió hacia el comandante, quien, tras el saludo, le hizo notar que los asaltantes habían tratado de incendiar las carretas, tras haber sacado lo poco de valor que encontraron en las mismas. Pero el fuego se había apagado sin dañar los pesados vehículos ni su carga. En una de las carretas, Frank vio chamuscada una caja donde Salomé, la esposa de Lisada, había puesto un gatito barcino, regalo a una amiga del pueblo. El animal había podido escapar puesto que no se veían rastros de él.

Los asaltantes, supuestamente indios, habían desuncido los bueyes y se los habían llevado junto con los caballos. También se habían llevado a los carreteros, salvo uno de ellos que, aunque lastimado, había podido esconderse tirándose en un pastizal alto, según relató.

—Este asunto me huele mal —confió Casas a Frank—. Sospecho que aquí no anduvieron indios sino que fue un robo 'e los mismos carreteros. Voy a interrogar cuidadosamente al que se escapó. Usté me entiende, ¿no? —agregó, con un gesto cuyo significado Frank no alcanzó a comprender plenamente.

Luego, al ver a la joven que había llamado la atención de Frank, don Nazario dijo dirigiéndose a Frank:

—¡Ah! Ésta es mi hija Casiana. No sé si la conocía.

—¡Qué valiente haber venido a un lugar donde se dice que anduvieron indios! —dijo Frank mientras tomaba la mano de Casiana.

—Debo decir que nunca creí en esa historia —musitó don Nazario, mirando a su hija con cara de padre orgulloso.

—Los indios andan por todas partes hoy en día, don Francisco —dijo ella con ligera tonada cordobesa—. Con esa forma 'e pensar yo no podría salir nunca 'el pueblo. Pero me siento muy segura con Tatita y sus soldaos —agregó, devolviendo la mirada de su padre con una sonrisa.

Frank se sorprendió de que alguien, menos una mujer, pudiera sentirse seguro con esa mal armada y desarrapada tropa, que confirmaba la muy pobre impresión recibida en lo del pobre Edwards.

Don Nazario se alejó pretextando vigilar la tarea de uncir los bueyes que había traído, para que las carretas pudieran seguir viaje a Fraile Muerto. En el fondo, quería dar una oportunidad a su hija viuda de trabar amistad con el inglés.

Casiana seguía diciendo que esas salidas le daban oportunidad de romper la monotonía de la vida pueblera.

—¡Fraile Muerto es tan aburrido! —recalcó.

Casiana se sentó en el piso del pescante de una carreta, las piernas colgando. Allí se sacó el sombrero y el pañuelo blanco que cubría su cabello oscuro y enrulado, que se desparramó abundante sobre sus hombros. Frank, que se sentó en el pasto a la sombra de la carreta, aprovechó para observarla mejor. No estaba pintada ni lo necesitaba: el calor y las seis leguas de cabalgata la habían acalorado y su rostro mostraba las huellas del sol, que avivaba algunas pecas.

—¿Por qué le resulta tan aburrido el pueblo? —preguntó Frank.

—Y... hay poco que hacer, ¿vio? —dijo ella mientras hurgaba el bolsillo de su grueso cinturón de cuero.

—Dígame qué hace allí con su vida.

—Que qué hago... —aquí Frank vio con sorpresa que lo que Casiana buscaba era papel y tabaco con los que comenzaba a armar un cigarrillo.

—Bueno, la ayudo a la directora del colegio y enseño a los más chicos a leer y escribir. Tejo, hago mi ropa y además me reúno con amigas para hacer ropa pa los soldaos que están en el Paraguay. También organizamos loterías de beneficencia ¿vio? Toco el piano, aprendo guitarra, jugamos a los naipes y a veces acompaño a Tatita a la estancia —y aquí Casiana pensó, pero no dijo: siempre que no vaya la Claudina, ¿podrá ser cierto eso que me dijo Flor de que es la amante del viejo?—. Y además, en casa siempre hay cosas que hacer: las compras, la cocina. La gente de servicio ya no es la de antes, ¿sabe? Está muy soliviantada. Es lo que cuenta mamita comparando cuando ella era joven. Claro, entonces todavía quedaban esclavas.

Frank se interesó en la esclavitud y su abolición, primero, y a partir de 1813, de los hijos de esclavas, y, al sancionarse la Constitución de 1853, de los pocos que aún quedaban, según le explicó ella.

Aquí Casiana puso el cigarrillo entre sus labios, tomó el yesquero, lo prendió y aspiró una larga bocanada, los ojos mirando hacia el cielo. Luego lo alcanzó al sorprendido y a la vez admirado Frank. Toda la operación le pareció vagamente erótica. Había visto fumar a Salomé y a sus amigas de Saladillo, pero no esperaba que lo hiciera una mujer de la clase decente. Y lo que normalmente le hubiera parecido degradante, la forma en que lo hizo Casiana le resultó no sólo divertida sino atrayente. Recordó, además, aquellos rumores de que Meg, su tía favorita, fumaba a escondidas.

—¿Le gusta leer? —atinó a preguntar Frank, por decir algo.

—¿Leer? —preguntó inútilmente Casiana, que había entendido perfectamente la pregunta. —Sí, me gusta —respondió luego poco convencida. Pero percibiendo que le convenía mostrarse del tipo intelectual, con más énfasis, agregó: —Me gusta mucho.

Frank desconfió de los gustos literarios de la criolla, y para ponerlos a prueba le preguntó acerca de sus autores favoritos.

Un milico interrumpió oportunamente el diálogo para ofrecer mate, lo que volvió a dar tiempo a Casiana para pensar la respuesta. ¿Le cuento que me encantan los folletines del Eco y del Correo del Domingo? No, no creo que quede bien. ¡Ya sé! Le viá hablar 'e los libros que menciona Sarmiento en Mi Defensa, ese bodrio que Tatita me obligó a leer vez pasada. Y de tal modo, muy suelta de cuerpo, Casiana recitó:

—Me encantan los románticos: Alejandro Dumas, Victor Hugo, Lamartine, nuestro Sarmiento, por supuesto y... ¿cómo es que se llama el autor de Madame Bovary? —libro este último del que le había hablado don Cleto del Campillo, quizá con la secreta esperanza de que Casiana imitara a Emma.

Frank se sintió frustrado de que sus conocimientos sobre la literatura del Continente fueran tan escasos como para poder controlar lo dicho por Casiana (también distaba de ser un experto en literatura inglesa). Entretanto, muy satisfecha del devastador efecto de su respuesta que había dejado sin habla a su interlocutor, la criolla pasó al ataque preguntando:

—Bueno, ya le he contao mi vida 'e pueblera, ¿no? Agora hábleme de usté. ¿Cómo encuentra nuestro páis?

—Eh... me gusta; sí, me gusta. Lo encuentro muy atractivo... la pampa, el desierto. El desierto sobre todo, tan opuesto a lo que es Inglaterra, donde hay tanta gente, pueblos y ciudades tan cerca unos de otros. Aquí todo está por hacerse, es un desafío. Hasta la amenaza de los indios. Eso me gusta y, además, creo que es un páis (Frank hablaba castellano con entonación rioplatense) con gran futuro.

Esta declaración satisfizo el orgullo de la criolla. ¿Cómo no le ha de gustar este páis si allá la gente vive unos encima de los otros? reflexionó.

—¿Y la gente, las mujeres, qué le parecen las mujeres? —volvió a preguntar Casiana, con voz un tanto insinuante.

Frank pasó directamente a contestar la segunda parte de la pregunta, porque la primera le habría dado más trabajo.

—Muy bien, las encuentro muy atractivas, con mucho charme. Y en promedio, superior a las inglesas —contestó francamente.

—Dígame, ¿y cómo es que se decidió a venir acá, tan lejos de Inglaterra? Porque ha de estar a una punta 'e leguas, ¿no es cierto? Y siendo usté tan joven.

—No, no tan joven. Ya tengo veintitrés años —y luego agregó, con timidez: Hoy los cumplo —y sonrió, con aire de sentirse un hombre hecho y derecho.

—¡Su cumpleaños! ¡Justo hoy! ¡Hay que celebrarlo! —e hizo ademán de saltar a tierra desde el pescante.

Frank se levantó presto y la detuvo sujetándole un brazo mientras le pedía que no se molestara. Se sentía muy a gusto con ella y no quería que se interrumpiera el diálogo.

—Ya hace cerca de tres años que estoy en la Argentina. Dos en el Entre Ríos y más de un año acá.

—Y no nos habíamos conocido... ¡Qué vergüenza! Culpa suya que no vino a un almuerzo al que lo invitamos este invierno. Ahora me doy cuenta por qué habla tan bien el castellano. Y su familia... ¿dejó toda su familia allá, en Inglaterra?

—Sí, a mi madre. Mi hermano mayor murió hace unos años. Y mi padre... digamos que con mi padre no me llevaba del todo bien —reconoció Frank con un típico "understatement" dicho con voz queda, mientras tiraba manojos de trigo que se había desparramado de una bolsa rota a unas torcazas que crrucrruteaban alrededor.

—¿Por qué? —y apenas hizo la pregunta, Casiana se arrepintió de haberla hecho. ¡Qué indiscreta!

—¡Ah!..., es una historia complicada... sería muy largo contarlo —dijo Frank, eludiendo la respuesta. —Otra vez, cuando tengamos más tiempo y nos conozcamos mejor se la cuento —prometió con una sonrisa incierta entre su espesa barba rojiza.

—Bueno, espero que eso ocurra pronto —contestó ella con una sonrisa, e, intentando que el diálogo no se apagara, preguntó si él, al igual que Dick, había estudiado en la universidad. Efectivamente, Frank había estudiado en Cambridge, pero no mucho tiempo.

—¿Por qué, qué le pasó?

—Había mucha disciplina, ¿sabe? Demasiada para mí. A poco de llegar tuvimos una pelea en el refectorio, donde nos tiramos con carbones encendidos, platos y cuanto encontramos a mano. Me hice amigo de un grupo muy bravo. Una noche prendimos fuegos artificiales y, de paso, pusimos un petardo en la puerta del rector. La tercera fue la vencida. Había nevado y nosotros habíamos tomado un poco de más. Se nos ocurrió que las estatuas del patio tendrían mucho frío. Entonces las entramos y para calentarlas las acercamos muy cerca de una gran chimenea. Demasiado cerca, porque se resquebrajaron. Fui expulsado —concluyó Frank alzando los hombros.

—¡Qué bárbaros! De ahí la pelea con su padre.

—Y, sí. Mi padre se enojó. Él quería que yo me graduara en Cambridge lo mismo que él. Y que fuera político, lo mismo que él. Es miembro del Parlamento. Pero la pelea grande con mi padre no fue por eso. Fue por algo bastante más serio —dijo Frank, mirando el suelo. Quedó en silencio un momento y luego, como con esfuerzo, dijo: Pero, y ya que estamos en tren de confidencias, supongo que usté debe haber sufrido mucho, doña Casiana. Me refiero a la muerte de su marido.

—Sí, desde luego —contestó Casiana poniendo cara de circunstancias. —Sobre todo por la forma en que ocurrió, ¿sabe? ¡Un accidente tan desgraciao! Y por una zoncera. En fin...

Viendo que se acercaba el milico con mate, Casiana añadió:

—Otra vez vamos a hablar también de esto. Si usté quiere, claro.

—Sí, por supuesto que quiero —se apresuró a decir Frank—. Sólo le quiero decir ahora que tenemos algo en común: dos balazos equivocados.

En ese momento el milico le ofrecía mate a Casiana, que tuvo que refrenar la enorme curiosidad despertada por la enigmática frase del inglés. Para alejar al soldado, le pidió:

—Froilo, ¿no sabe si Tatita trajo la cantimplora con ginebra? —Ante el gesto afirmativo de éste, ella agregó: ¿Por qué no se la pide? Es pa festejar el cumpleaños del señor —dijo señalando a Frank—. Y dígale que después venga también él.

Obtenido el propósito de quedarse nuevamente a solas con Frank, Casiana lo miró como instándolo a ser más explícito, pero, por alguna razón desconocida, éste consideró que ya había hablado lo suficiente, se levantó y simuló interesarse en los problemas que provocaba un buey a quien trataban de uncir en otra carreta. Para peor, el vago "después" dicho por Casiana, se transformó de hecho en un "enseguida", ya que don Nazario se acercaba trayendo personalmente, no una cantimplora sino un frasco lleno. Su segundo y el cabo lo seguían y, de tal modo, Casiana se quedó sin poder aclarar lo dicho por Frank. Hubo en cambio felicitaciones, apretones de mano, abrazos y hasta algún tirón de orejas mientras el frasco circulaba entre los presentes. Vino luego un tardío almuerzo consistente en cordero asado. Terminado éste las carretas reanudaron la interrumpida marcha hacia el pueblo. Luego vino la infaltable aunque corta siesta y Frank no consideró adecuado acostarse demasiado cerca de Casiana. Al despertar, el comandante consideró que ya era hora de ir volviendo. Frank comentó en ese momento que la nueva casa de Monte Molina estaría parcialmente terminada poco después y que planeaban dar una fiesta con motivo de su inauguración el día de Año Nuevo.

—No sabe el gusto que mi socio y yo tendríamos si su señora, doña Casiana y usté nos acompañan esa noche —dijo Frank.

—Como no, 'chas gracias. Puede contar con nosotros dos, ¿cierto m'hija? En cuanto a mi mujer, le diría que no. Ella está en Córdoba. Es delicada 'el pecho, ¿sabe? —y don Nazario se tocó el suyo como si fuera el enfermo.

Tras esto, el comandante junto con su hija y su tropa, salieron hacia el pueblo. Frank, junto con una escolta de dos soldados que había debido aceptar debido a la insistencia de aquél, partieron en sentido opuesto.

* * * * *

A poco de haber comenzado el camino de vuelta, don Nazario comentó a su hija:

—Corajudos los ingleses, ¿no? Haberse ido a poblar tan cerca 'e la frontera. ¡Si es que se puede hablar de frontera hoy en día!

Casiana contestó con monosílabos, y su padre quiso saber qué impresión le había hecho Frank y, para mayor detalle, si Frank le había caído mejor que Dick o viceversa. Como ocurre en estos casos, Casiana no quiso asumir ningún compromiso y respondió que los dos le resultaban muy simpáticos. De haber sido más sincera con su padre, en ese momento se habría inclinado por Frank, desconcertada como estaba por la extraña actitud de su socio tras el beso en la iglesia. Frank parecía más directo y franco. ¿Porqué se habrá peleao con su padre? ¿Por esa razón se habrá venido para acá? Pero la pregunta que más le rondó por la cabeza fue la concerniente a los dos balazos equivocados; mejor dicho, el de Frank, porque el otro, que había matado a su marido, lo conocía de sobra.

Ante la poca disposición de Casiana para franquearse con él, a don Nazario le comenzaron a dar vueltas en su cabeza las viejas cuestiones relacionadas con la forma en que enviudó su hija, las habladurías que según su mujer corrían en Córdoba acerca de las buenas razones de los celos del finado marido para con el antiguo novio, razones que no lo incentivaban a tratar de convencerla de que se fuera a la capital de la provincia. Quizá más adelante debiera irse al Rosario. Allí el asunto no se ha de conocer y, de cualquier manera, los rosarinos sólo piensan en los patacones.

* * * * *

Cuando Frank vadeó el Saladillo, el sol se adentraba en un horizonte brumoso. Ya era posible mirar la gran bola de fuego sin enceguecerse. Muy lentamente, se fue poniendo en la línea perfectamente recta del horizonte. A poco de que el disco desapareciera tragado por la pampa, se pudo ver en lo alto una pálida media luna que ostentaba un halo de santidad a su alrededor.

—¿Irá a llover? —preguntó Frank a uno de sus escoltas, señalando el satélite.

—Puede que sí, pero ¿quién sabe? —contestó el milico con esa típica imprecisión criolla que provocaba desesperación a los ingleses.

Tras la perrada, Salomé salió a recibirlos cuando llegaron.

—¿Sabe patroncito que los bueyes 'e las carretas se volvieron pa la querencia? Ya maliciaba yo que no eran indios quienes maloquiaron las carretas. Porque los ranqueles no son chambones, ¿vio? No los habrían dejado escapar así no más y los habrían arreao sierra adentro, ¿sabe?

Tras esta buena noticia, Frank encontró a Dick recostado en una silla tijera en la galería, un vaso de whisky en la mano y el fresco en el suelo, a su lado. Aquél lo informó de lo ocurrido, lo que tranquilizó a su socio, tras lo cual le dijo:

—¡No me habías dicho nada de lo linda que es la hija del comandante, ¿eh, Dickie?

En efecto, Dick había sido bastante parco respecto de Casiana y, sobre todo, nada había dicho acerca de su aspecto estético.

Frank siguió diciendo:

—No sé quién opinaba que las españolas no tienen la "loveliness" de las inglesas, pero al menos en este caso, Casiana poco tiene que envidiarles. No es que sea muy bonita, pero tiene algo... no sé qué, que la hace muy atractiva —concluyó Frank sin poder encontrar la palabra precisa—. Me cayó muy bien: es simpática y viva —añadió mientras se servía un vaso, recordando lo bien que había eludido lo concerniente a sus gustos literarios, que Frank seguía sospechando no ser tan definidos como los había descripto la criolla.

—Yo ya te dije que vos ya la conocías; que era la que iba en la diligencia que seguíamos cuando fuimos a Córdoba a comprar el campo. ¿No te acordás? —replicó Dick que comparó fugazmente la cada vez más desdibujada imagen de su admirada Mary Throckmorton con la de Casiana, y ésta no salía mal parada. La primera quizá tuviera una belleza más altiva, pero más fría al mismo tiempo.

—Sí, bueno, ¡pero entonces ella iba con tanto trapo negro! Ahora la pude ver muy bien y te digo que una mujer así no se encuentra fácilmente.

No sólo aquí, sino en la misma Inglaterra. La invité a la inauguración de la casa. Con el viejo, inevitablemente.

—¡Espléndido! Brindo por Casiana y por el comandante principal —exclamó Dick levantando su vaso de whisky. Su animación delataba que ya había tomado más de uno.

—Su madre no viene porque está en Córdoba. Es delicada del pecho —agregó Frank en castellano, imitando burlonamente al comandante.

—¡Brindo también por madame Casas y porque no pueda venir, así podremos propasarnos con su hija! —y Dick se tomó el contenido de otro vaso, que había llenado previamente.

—Estás borracho —le dijo Frank, que venía observando el comportamiento de su amigo—. No sé por qué, pero algo me dice que tuviste algún problema con ella. En aquel almuerzo, seguramente.

Dick había querido contarlo desde hacía meses, pero su natural reserva más el hecho de no haber considerado correcta su conducta, lo había contenido hasta ahora. El alcohol le soltó la lengua. También probablemente el que la luna apenas alumbrara y casi no pudiera ver la cara de Frank. Los católicos ya habían descubierto que no ver al confesor facilita la confesión.

Frank se molestó porque Dick se le hubiera adelantado con la criolla. "¡Qué zonzo no haber querido ir a ese almuerzo", se recriminó. Por suerte, Dick no quería seguir con la aventura. Le sorprendió la importancia que asignaba a un episodio para él divertido y relativamente intrascendente. Sabía que Dick era un fervoroso creyente y conocía su estricta moral victoriana, pero aún así le llamaron la atención los remordimientos de su amigo.

—Bueno, tranquilizate. Al fin y al cabo no fue más que un beso... y con una española —le dijo.

—Es justamente lo que tengo miedo... meterme con una española.

—¿Por qué? Podés tener un "affaire" con una nativa hasta que te casés con Mary. Hay que arreglarse lo mejor posible, qué le vas a hacer —aconsejó Frank con sentido práctico. Apenas dado el consejo, se reprendió: "Qué estoy diciendo, mejor que la olvide y me deje el campo libre".

Dick no siguió la conversación. Sabía que este tipo de discusión con Frank terminaba fatalmente en la existencia o inexistencia de Dios y no se sentía con ganas ni en condiciones para afrontar un debate de este tipo. Había hablado por demás. El consejo de tener un "affaire" con una española le parecía casi aberrante. Recordó el mandato de Yavé respecto de las cananeas: "no contraigas matrimonio con ellas", y el lanceamiento del hijo de Israel y de la madianita Cozbi por Finés en razón de haberla introducido aquél entre sus hermanos, muertes que Yavé había justificado.

Frank había entrado para lavarse y vestirse para la comida. Dick, entretanto, siguió bebiendo de a pequeños sorbos. La cabeza le daba vueltas.

CAPÍTULO 17

De los gustos sin pecar
Sólo hay uno conocido:
El cagar sentadito
Con un cigarro encendido.

DICHO POPULAR, citado por Robert Lehmann Nitsche: *Textos eróticos del Río de la Plata.*

Un revoltijo en las tripas la despertó. Abrió los ojos y se encontró en la sala de la nueva casa de Monte Molina. Varias mujeres dormían en el suelo sobre cueros de oveja y cubiertas con sábanas solamente, por el calor. Sentía una revolución en su barriga. Tanta mezcla de vino, sangría y ginebra y, sobre todo, tanta molleja y chorizos le habían caído mal. Debía ir sin tardanza al excusado. Abrió su baúl, sacó un vestido blanco de muselina, se lo puso apresuradamente y, antes de salir, alcanzó a tomar su bolso.

Afuera, el sol ya estaba bastante alto. Cruzó a paso rápido —no fuera que se hiciera encima— las cincuenta varas que separaban la casa de la casilla. Entró y se sentó justo a tiempo ¡Mm! ¡Qué alivio! ¡No aguantaba más! Sacó un cigarro de su bolso. Lo prendió y, mientras fumaba, pensó en la fiesta de anoche. Sí, lo había pasao bien. Primero había bailao un buen rato con Frank, que era un buen bailarín de polca y mazurca. No tanto de vals. Muy simpático Frank. ¡Cómo me apretaba! Debo reconocer que es muy agradable el sentirse una bien agarrada por un hombre joven y buen mozo. Eso sí, medio en pedo. Pero no tenía mala bebida. Estaba muy divertido. ¡Y el desgraciao se aprovechó de lo lindo al plantarme ese soberano beso cuando el reló tocó las doce! A esa hora ya todos los ingleses estaban mamaos. ¡Santo cielo, chupan como esponjas estos ingleses! Joe Askworth no podía ni moverse y se pasó con la pobre Flor, a quien trató de besuquear. Aunque a la Flor no le ha de haber disgustao. Sí, porque Joe es regio! Guillermo Kemmis, ¡ése sí que baila bien el vals! ¡Y qué divertido ese Mac no sé cuánto! Con su ridícula pollerita a cuadros y tocando la gaita. Yo nunca la había oído ¡y ahí todos se pusieron a bailar y brincar como locos! Yo no tenía idea de que a los ingleses les gustara tanto la música, cantar y bailar. Hasta el viejo que tocaba el violín estaba animadísimo. Yo los créia más bien aburridos y formales pero nada que ver, cuando están de juerga saben realmente divertirse. El rarote 'e Dick se pasó charlando con don Cleto al principio. Después bailó un poco con esas insulsas Melrose. ¿Cómo le pueden gustar? Desgarbadas, pecosas y la menor granujienta para peor. Bueno, al fin y al cabo no son más que unas gringas chacareras, pensó Casiana, inconscientemente orgullosa de su vieja prosapia cordobesa. Conmigo Dick sólo bailó en una cuadrilla, al cambiar de pareja. Me tomó el talle como con miedo. ¿Será maricón? No, sin duda que no. En la iglesia demostró que le gustan las mujeres, yo al menos. ¿Pero por qué se muestra tan seco conmigo? ¿Timidez? Yo le retribuí de la misma forma. ¡Ya va a ver el gringo ése! ¿Se habrá créido que soy una cualquiera? A Frank le pregunté sobre la pelea con su padre cuando estuvimos afuera. Él empezó a contarme que Goodricke no era el verdadero apellido de su padre. Una historia muy complicada. Como estaba hecho se le trababa un poco la lengua y yo entendí la mitad. No pudo terminar porque el pesao de don Cleto vino a sacarme a bailar. ¡Ese viejo verde me mira con unos ojos! ¡Me ha de tener unas ganas!

Bueno, ya terminé. El mosquerío se está poniendo pesao. Arrojó el pucho, se limpio con papel, tiró de la cadena y salió. Justo en ese momento se topó con Dick que pasaba arrastrando una carretilla cargada con plantas, seguido de varios perros.

Él se paró, y mientras meditaba: "Pensar que estas mujeres tan lindas también mean y cagan", muy cortésmente le dijo:

—Buen día, doña Casiana.

—Buenos días, don Ricardo —contestó ella, con un esbozo de sonrisa, un tanto molesta por haber sido sorprendida justo al salir de ese lugar. Se sorprendió al verlo vestido con calzoncillos y chiripá, y exclamó:

—¡Qué raro usté vestido así!

—¡Ah! Para el verano ser más cómodo. Más fresco ¿no? —explicó Dick.

Casiana se fijó en el extraño calzado de tela de Dick, con suela como de paja trenzada.

—¿Y eso? —preguntó.

—Yo comprar en el Rosario. Ser zapatos vascos. Ellos llamar algrapatas o algo así —explicó él, quien luego preguntó —¿Cómo usté pasar la noche, doña Casiana?

—Bien, muy bien, gracias. Hacía tiempo que no bailaba tanto. Con mi luto, usté sabe...

—Yo ser alegre de oír eso —comentó Dick.

—¿Qué lleva ahí? —preguntó ella señalando la carretilla.

—Unos saucitos. Yo plantar a ellos cerca del río.

—¿Pero usté no sabe que hoy es día de fiesta? ¿Que no se trabaja?

—Sí, claro. Ser la Circuncisión del Señor —informó Dick algo incómodo por el motivo de la celebración.

—La Circuncisión... —repitió Casiana un tanto extrañada, pues pensaba que la fiesta era por el nuevo año—. ¿Y eso, la Circuncisión, qué es?

—Eh... ser complicado para explicar —eludió Dick la respuesta, al tiempo que decía para sí: ¡Qué ignorancia, mi Dios! ¡Y esta gente se dice cristiana...!

—No es época 'e plantar árboles. Hay que plantarlos en invierno —indicó Casiana dejando de lado el tema de la fiesta.

—Yo saber. Pero si haber humedad, el sauce prender también en verano —contestó Dick, retomando las manijas de la carretilla y empezando a caminar despacio en dirección al río, que quedaba a unas cuantas cuadras.

—Va a quedar todo esto muy lindo cuando crezcan los árboles —dijo Casiana señalando la cantidad de arbolitos plantados alrededor de la casa, mientras seguía a Dick. Se la veía muy atractiva con su vestido blanco y su larga cabellera suelta. No había tenido tiempo de ponerse el miriñaque, lo que la hacía más estilizada. Siguieron caminando despacio, sin que Dick hubiera invitado a Casiana a acompañarlo y sin que ella le hubiera dicho nada en ese sentido. Pero juntos se fueron alejando. Cruzaron el ancho y profundo foso por un puente de madera levadizo. Casiana levantó un palo que estaba en el suelo. Un fox-terrier manchado que los seguía empezó a brincarle.

—¿Qué le pasa? —preguntó Casiana.

—Él querer usté tirar a él el palo —le indicó Dick.

Casiana lo arrojó y el fox-terrier salió corriendo a buscarlo y se lo trajo moviéndole la cola para que se lo tirara de nuevo.

—¡Qué monada! ¿Cómo se llama? —preguntó ella, tirándoselo otra vez.

—Spot. Una amiga regalar a Frank en el Rosario.

Ese Frank ha de ser un mujeriego..., pensó ella, quien señaló a otro perro con manchas blancas en los ojos preguntando con la mirada por su nombre.

—Cuatrojos. Y ese cuzquito blanco llamar China, la más mimada por todos nosotros. Ese grande ser Trick.

—Lo llaman bull no sé cuánto, ¿no? —preguntó ella.

—Tener usté razón. Llamarse bull-mastiff —contestó él, halagado al comprobar el interés de Casiana por los perros, lo que no era habitual entre los criollos—. Querer dicer perro de toros; críado para pelear los toros. Yo comprar en el Rosario en un circo donde perros morder un toro. Y también un burro con mono arriba.

—¡Con mono! Qué cosa tan rara.

—Sí, estar una salvajisma. Yo comprar Trick por lástima. El toro lastimarlo con su huampa. En Inglaterra eso ser prohibido.

—Y si está prohibido, ¿para qué crían entonces los perros? Lo habrán prohibido hace poco, ¿no, don Ricardo? —preguntó ella con tono ligeramente irónico.

—Hacer mucho. Antes yo nacer.

—Bueno, pero usté todavía es joven, de modo que puede que no haga tanto. A menos que piense que todo lo pasado antes de su nacimiento ha ocurrido muchísimo tiempo atrás.

—Es verdad, si yo no existir, poco importar ser treinta o trescientos años atrás —él dijo.

Casiana no quedó muy convencida del razonamiento de Dick, pero no encontró argumentos para rebatirlo.

Dick se comenzaba a sentir contento con la compañía de Casiana. Tanto bailar con Frank la noche anterior le había dado celos, aunque se negara a reconocerlo conscientemente. Por su parte, Casiana estaba también más a gusto al haber depuesto Dick su anterior carácter reservado, casi hosco. Y aunque se preguntaba todavía qué es lo que hacía siguiendo a ese gringo que después de haberla besado se había esfumado, en el fondo se sentía bien caminando esa soleada mañana junto al distinguido y buen mozo inglés.

—Dejemé ayudarlo con la carretilla, que ha de estar ya cansao —le dijo ella al rato.

—No, qué viá estar cansao —replicó él adaptando su splanglish al hablar de ella.

—Vamos, hombre, prestemelá que no parece pesada.

—Por eso ser que no cansarme. Si ser pesada, yo haberle pedido que llevarla usté —replicó él, chanceando por primera vez, lo que divirtió a Casiana.

—¡Ah sí! ¡Vaya qué caballero! —exclamó ella siguiendo la broma.

Que sí, que no, al final llegaron a un arreglo: cada uno agarraba una manija. Los perros olfateaban alrededor levantando perdices que se alejaban con su típico silbido. Una liebre se les cruzó, se detuvo mirándolos con sus grandes ojos oscuros, y salió disparando, inútilmente corrida por los perros.

—¿Y eso qué fue? —preguntó Casiana.

—Una liebre. Nosotros traer de Inglaterra. Tener muchos cachorros ya.

Dick comentó lo raro que le había parecido celebrar Navidad y Año Nuevo con tanto calor.

—En la última Navidad que pasar en mi casa caer gran nevada —recordó.

También pensó con nostalgia en su primita Jane, que al concluir la fiesta había cantado ese Christmas carol:

God rest you, merry gentlemen,
Let nothing you dismay,
For Jesus Christ our saviour
was born on Christmas-day.

Casiana, siempre curiosa por conocer la historia del apellido del padre de Frank, que éste había dejado trunca la noche anterior, le pidió a Dick que la contara. Este relató lo que sigue:

El apellido del padre de Frank era Holyoake. A su hijo mayor lo había bautizado con el nombre de su íntimo amigo Sir Harry Goodricke. Ambos gustaban enormemente de la cacería del zorro y Sir Harry era el "master of the horn".

—¿Master de qué? —interrumpió Casiana.

Dick explicó que maestro del cuerno de caza era la forma como se designaba al dueño de la jauría de quince o veinte perros, encargado de la costosa tarea de alimentarlos y adiestrarlos. Era quien dirigía la cacería indicando su presencia soplando el gran cuerno de caza que envolvía su torso.

Al morir súbitamente Sir Harry en su castillo de Ribston Hall, en Yorkshire, cuando setenticinco cazadores esperaban el comienzo de la primera cacería, se reveló que había nombrado heredero de su gran fortuna a su amigo Holyoake. Y siendo soltero, quiso que éste se quedara también con su apellido. Para completar su transfiguración, el ex Holyoake, que había aceptado herencia y nombre muy contento (sobre todo la primera) también obtuvo el título de baronet, pasando así a llamarse Sir Francis Goodricke. Dick debió aquí explicar a Casiana que "sir" es un título de nobleza.

—La Gran Bretaña ser monarquía y tener títulos como duques, condes y baronets. Aquí, cuando ser colonia española, ustedes también tener, yo creer.

—No. Aquí nunca hubo duques ni condes que yo sepa.

—Entonces porque pobladores estar plebeyos —supuso Dick, ante el disgusto de Casiana, que sólo atinó a replicar:

—Lo que pasa es que nosotros siempre tuvimos espíritu republicano y los que tenían títulos de nobleza se los han de haber quitao.

Dick no le creyó y mantuvo su creencia. Los colonos del Río de la Plata no los suponía mejores que los convictos con que se pobló Australia. Como ya habían llegado cerca del río, el relato de la historia se interrumpió una vez más, con la consiguiente contrariedad de Casiana cuyo verdadero interés era llegar al asunto del balazo equivocado. Dick, olvidando el tema, se puso a cavar un pozo. La sierra estaba húmeda. Casiana, cuyos pies le dolían una barbaridad apretados por los ridículos zapatitos de baile que había tomado a la apurada esa mañana, aprovechó para descalzarse pretextando que así podría romper con los pies los terrones de sierra húmeda.

—¡Usté embarrarse toda! —la retó Dick inútilmente pues ella no le hizo caso.

El sol ya estaba alto y empezaba a calentar fuerte. Dick se arremangó sus calzoncillos para no embarrarlos y se sacó el chiripá para estar más fresco. Casiana se levantó la pollera un tanto con el cinturón con igual propósito para no embarrarla, dejando así sus tobillos expuestos a la impúdica mirada de Dick. Se recogió luego el largo y ondulado cabello con un pañuelo de modo que hizo recordar a Dick cuando la había visto en su casa de Fraile Muerto, con la toalla de turbante. Mientras cavaba, él se acordaba de ese momento, y también de la caminata por el otro río, el Tercero, la entrada en la iglesia oscura, el beso... la inoportuna aparición del cura. Ahora, a pleno sol, veía todo divertido y ridículos los arrepentimientos que el episodio le había provocado. Era natural, normal, pensaba ahora.

Estaban plantando los últimos sauces cuando Casiana sintió una fuerte picazón en sus piernas. La causa era una cantidad de hormigas coloradas que se le subían por los piernas. Estaba parada justo sobre un hormiguero. Empezó a sacárselas con las manos pero pensó que sería más fácil sacárselas si metía las piernas en el río. Era, además, un excelente pretexto para refrescarse, pues el calor apretaba. Y mientras decía bajito mierda, carajo, hormigas hijas de su madre, corrió hacia la villa.

El río corría a pocas pulgadas por debajo de la pequeña barranca. Ella no se quiso sentar en ella para no embarrar el vestido blanco. Con un pie pisó el borde de la barranca y dobló la pierna para poder meter la otra en el agua. Pero la sierra cedió y la arrastró en su caída al agua. Casiana pegó un grito que alertó a Dick. Ella hizo pie en el fondo de tosca. El agua le llegaba al pecho. Mientras se seguía sacando hormigas, pues submarinamente seguían mordiendo, Dick se acercó a la barranca, se puso en cuclillas muy cerca del agua y tendió una mano a Casiana para ayudarla a salir.

—Tomar mi mano —dijo ofreciéndosela.

Casiana vio de golpe la oportunidad de vengarse de su reticente actitud tras el beso en la iglesia y agarrándole la mano, tiró bruscamente para abajo. Dick perdió el equilibrio y ¡splash! también fue a dar al agua con un fuerte panzazo. Al hacer pie, Dick vio que Casiana lo miraba y que apenas podía aguantar la risa.

—Así que usté tirarme a propósito, ¿eh? ¿Parecerle gracioso?

Casiana no aguantó más y largó la carcajada. A Dick le dio rabia ver cómo se burlaba de él. Pero también vio el vestido mojado que se pegaba a sus pechos y marcaba claramente sus pezones. Con mezcla de rabia y excitación se le fue acercando, tirándole agua y repitiendo:

—Parecerle gracioso, ¿eh?

Ella le respondió del mismo modo, pero, al ver que él seguía aproximándose, tomó barro de la villa y cuando estuvo bien cerca se echó sobre él y se lo zampó en la cara.

—¡Ah no, esto estar demasiado! —exclamó Dick que sin perder el tiempo en sacarse el barro, sujetó las muñecas de Casiana, quien reía a más y mejor viéndolo con la cara llena de barro. Dick frotó entonces su cara contra la de ella, que quedó igualmente embarrada. Y para que dejara de reír, no se le ocurrió nada mejor que buscarle la boca con su boca, lo que logró espaciadamente pues ella le torcía la cara. Entonces le soltó las muñecas y le tomó la cara con sus dos manos, logrando así su objetivo pese a los golpes de puño que Casiana le propinaba, con fuerza al principio, pero debilitándose luego hasta que sus manos se abrieron, los brazos se elevaron y manos y brazos rodearon el cuello de Dick, apretándolo contra su cuerpo. Las manos de él no perdieron el tiempo y empezaron a desabrochar los botones de la espalda del vestido y, luego, el gancho del corpiño.

—¿Qué está haciendo, don Ricardo? —preguntó Casiana, haciendo un desvaído esfuerzo para evitar la maniobra de las manos de Dick, que, cuando concluyeron, pasaron rápidamente de la espalda al pecho o, más precisamente, a los pechos, que tomaron. Casiana se sintió incapacitada de pensar, invadida de un súbito sopor. Sólo sentía y quería sentir más. Él la besaba y sentía su cuerpo mojado recorrido por la mano de Dick, lo que le producía como escalofríos de placer. El sol la encandilaba. Un par de macás pitaban gravemente y un bichofeo se zambulló muy cerca pero ninguno de los dos les prestó la más mínima atención. De repente ella salió de su desvarío.

—¡No! ¡Eso no!

Y al exclamar eso lo rechazó con energía y se arregló rápidamente la ropa diciendo como para sí:

—¡Qué vergüenza! ¡Cómo dejé que esto ocurriera!

Dick comenzó a proferir disculpas en inglés y castellano. El agua fresca del río tuvo un efecto balsámico en la joven pareja. Una vez salida del río Casiana siguió diciendo:

—¡Qué vergüenza! No sé qué me pasó. ¿Qué pensará usté de mí? Y ya es la segunda vuelta.

—No, no. La culpa estar sólo mía. Yo perder la cabeza —contestó Dick.

—Yo lo empujé. No sé por qué lo hice. ¡Virgen Santa!

—Pero ser yo quien besarla —se inculpó Dick.

—Y vea cómo estamos, empapados. ¿Qué vamos a decir? ¿Que nos refalamos? —preguntó Casiana. Y contestándose a sí misma, dijo: No, digamos que el trabajo de plantar los arbolitos nos hizo sudar terriblemente y que decidimos refrescarnos en el río. Es normal —y alzó sus hombros.

Dick asintió, no muy convencido de la rectitud de la explicación, y se dedicó a concluir con la plantación, sin decir esta boca es mía.

Entretanto, Casiana se acostó al sol en el pasto pensando que así el vestido se secaría más rápido. Se sentía molesta de verlo tan compungido. ¡Vuelta a lo ocurrido después del beso en la iglesia! Pero esta vez peor, ¡mucho peor! Dick la había tocado toda. ¡Qué locura! Rosalía sabe por qué me dice que debo buscar nuevo marido.

Por la mente de Casiana pasaron las escenas de sus noches matrimoniales, penosas al principio pero gradualmente más y más agradables. Lo miró a Dick, que habiendo terminado ponía la pala sobre la carretilla. Él le devolvió la mirada con ojos de perro al que se le ha pegado un reto y no pudo menos que sonreír. "Vamos", le dijo ella, tomándole el brazo, aunque lo soltó de inmediato pensando: "mejor no tocarlo porque el inglés éste arde como yesca". Él la miró, viendo de nuevo sus pechos claramente marcados por el vestido aún mojado. Ella, sintiéndose examinada por Dick pero mirando a su vez los calzoncillos bordados de él, dijo por su parte, con maliciosa sonrisa:

—¿Qué mira? No se crea que usté está menos mojao.

Él se dio cuenta y se puso el chiripá. Y agarrando las manijas de la carretilla comentó:

—En el camino nosotros seguir secando.

Volvieron lentamente, hablando muy poco, ella deteniéndose para sacarse los abrojos que se le pinchaban en los pies desnudos, a ratos tirando algún cardo seco para que lo buscara Spot. Tanto abrojo terminó por decidirla a sentarse en la carretilla, ahora vacía, siendo así llevada por él, que seguía muy serio debido a los remordimientos de conciencia.

Cuando llegaron a las casas, todavía húmedos, fueron recibidos con sorpresa por algunos y con malicia por otros. Aunque sin saber por qué, Frank imaginó que algo parecido al episodio de la iglesia había ocurrido. "La española se me escapa", pensó. Las inglesitas, si bien no fueron tan lejos por falta de imaginación, fruncieron la nariz pensando que bañarse en el río una pareja a solas era "very improper". A los criollos, en cambio, no les llamó la atención pues era muy común que hombres y mujeres se bañaran juntos en el río Tercero. Pero don Nazario, que intentaba vanamente imponer el baño separado para los sexos, conforme a los principios victorianos que se abrían paso en la logia masónica de Fraile Muerto, se sintió un tanto mortificado y anunció que partirían por la tarde, después de la siesta. Casiana notó que Frank trataba de hablarle a solas, pero habiendo tanta gente, no logró su propósito, que ella no facilitó en nada ya que el episodio del río la había confundido.

CAPÍTULO 18

"...la lucha actual de la República Argentina lo es sólo de civilización y barbarie".

DOMINGO F. SARMIENTO: *Facundo,* 1845.

Casiana se miró en el espejo y notó con disgusto que tenía picaduras de mosquito. Se rascó la espalda y la cola. Estaba también picada por bichos colorados. "Acostarse en el pasto y al lado del río no es lo más adecuado", pensó con cierta malicia. En ese momento oyó lejanos golpes del llamador de la puerta de calle.

—¡Rosalía! —gritó.

—¡Qué quiere, niña! —oyó la distante y ronca respuesta de la negra desde el segundo patio.

—¡Cuántas veces te viá a tener que decir que ya no soy más niña sino misia! ¡Andá abrir la puerta 'e calle, querés! —volvió a gritar Casiana.

Casiana oyó los pesados pasos de Rosalía por el patio y sus murmullos de protesta. Poco después entraba al cuarto de Casiana anunciando:

—Está el naciones ese que vino vez pasada.

—¿Qué naciones que vino vez pasada? —preguntó Casiana, aunque se imaginó perfectamente a quién se refería la morena—. ¿No podés ser un poco más precisa? En el pueblo hay cada vez más naciones, como vos decís: franchutes, alemanes, ingleses.

—El señor rubio ése, que parece estar muy interesao en usté, niña. Simuló algo por el estilo.

—¡Seymour! Don Ricardo Seymour. Al menos tratá de oír bien los nombres. Bueno, hacelo pasar a la sala. Decile que ya voy. ¡Ah! Che Rosalía, y prendé las lámparas... todas.

—No sé pa qué, puesto que todavía hay luz... —se fue protestando la negra, arrastrando las chancletas.

Casiana, que estaba descalza, sacó de su ropero unos zapatitos de tela con tacos muy altos y se sacó su vestido de entrecasa para ponerse otro. Me pongo el vestido crema escotao, que me queda tan bien y la chalina negra, pensó. Y a este inglés ¿qué bicho lo habrá picao? La otra vez desapareció cantidá de tiempo, como seis meses. Agora pasaron pocos días y ya está de vuelta. Claro que la primera vez no había sido más que un beso, mientras que agora fue algo más, pensó maliciosamente Casiana, sonriendo y sin pizca de arrepentimiento.

Entretanto, se emperifollaba con pulseras, prendedores, aros. Se pintó las mejillas y los labios y se perfumó. Examinó su escote para ver si se le notaban las picaduras. Por las dudas se puso un poco de cold cream. Con dificultad por la abundancia de pelo, se pasó el peine, y tras una última mirada en el espejo, salió satisfecha de sí misma al patio y entró en la sala. Ahí estaba Dick, muy elegante con una levita de algodón color crema, chaleco negro y pantalón blanco, un chambergo pajizo negro sobre las rodillas. No verlo con el típico atuendo negro usado por los argentinos, aun en verano, impactó a Casiana.

—¡Vaya qué sorpresa! —le dijo ella con voz melosa, avanzando hacia él y tendiéndole las dos manos, como hacía con su pretendiente la heroína del novelón que estaba leyendo.

—¿Cómo no avisó que venía para esperarlo como la gente? Va a tener que comer lo de todos los días.

—Yo preferir dar una sorpresa a usté —contestó él, con una desenvoltura a la que no estaba acostumbrado—. Apenas llegar a la fonda, refrescarme, cambiarme y venir p'acá sin mandarle mensaje antes.

—Para acá —lo corrigió ella, riéndose de su lenguaje agauchado, que le resultaba muy gracioso—. Bueno, entonces nos va a acompañar. Está mi abuelo que vino 'e la estancia. Él vive allá, en Paso 'e las Barrancas, ¿sabe?

Sí, Dick lo sabía porque allí lo había conocido.

Poco después llegó don Nazario seguido por su padre, don Benigno. Durante la comida se habló del campo y Dick comentó que ese invierno habían comenzado a plantar durazneros.

—¿Sabe lo que decirnos Lisada, nuestro peón? ¡Pá qué plantarlos, don Ricardo! Cuando dar frutas usté quizá ya no estar por aquí —recordó Dick, mientras comentaba la poca visión del futuro y la falta de prolijidad de los gauchos.

Aquí Dick se detuvo recordando que la estancia de don Nazario no era por cierto un modelo de prolijidad. Pero don Nazario no pareció darse por aludido porque dijo:

—Es la típica dejadez del gaucho. No hay que aflojarle la rienda porque si no es capaz de hacer cualquier cosa. O de no hacer nada por vago, que para el caso es también malo. Vea don Ricardo, a esta gente hay que civilizarla a la fuerza. Usté habrá visto el reglamento 'e policía que dicté...

—No. Yo no conocer—contestó Dick mientras observaba las dificultades de don Benito para masticar la carne. El viejo casi no tenía dientes.

—Pensé que lo habría visto. Está pegao en la paré 'e las pulperías. A ver m'hija querida —dijo a Casiana— ¿porqué no me trái un reglamento, quiere? Está en el cajón izquierdo 'e mi escritorio.

Casiana se levantó para cumplir con el pedido de su padre, no sin dejar de mostrar cierto disgusto a juzgar por la expresión de su cara.

—He tomao algunas cosas del reglamento dictao por don Nicasio Oroño cuando era jefe político del Rosario —siguió explicando don Nazario, sin alcanzar a confesar que su reglamento era una virtual copia.

Casiana volvió con un papel impreso en la mano que entregó a su padre.

—'chas gracias, m'hija —le dijo don Nazario, quien examinando el reglamento comentó a Dick: ve don Ricardo. En el artículo primero se prohíbe el uso del cuchillo en el pueblo. Usté ha de saber que cuando los gauchos chupan son amigos 'e sacar a relucir el facón por cualquier pavada. Ya Rosas había prohibido el facón en sus estancias, una de las pocas cosas acertadas que hizo. Ocho días de trabajo en las obras públicas o cuatro pesos fuerte para los infractores, pero si lo saca en una pelea, un mes de cárcel aunque no hiera al contrario —leyó don Nazario.

—No lo cumple naides—Don Benito murmuró en el oído de Dick.

—Todos andan con facón en el pueblo, todos andan. Y ustedes, los ingleses, pior, porque andan con revólver y carabina.

Dick iba a reconocer que era cierto, aunque sólo los usaba al llegar del campo o al salir hacia allá, pero don Nazario había seguido leyendo su reglamento, sin hacer caso de los comentarios de su padre.

—...y aquí se prohíben los juegos de envite o azar. Ocho pesos de multa a los infractores.

—Vaya a las pulperías a comprobar si eso se cumple —volvió a decir en tono confidencial don Benito a Dick, con una risita sardónica—. Y además, ¿a qué pegar el reglamento en los boliches si naides sabe leer? Mi hijo es un teórico, pobre.

Entretanto, don Nazario seguía sin interrumpir su lectura:

—...se prohíbe entrar al pueblo a las carretas y las tropas de arrias. Usté no se imagina cómo era antes cuando entraban las tropas —comentó don Nazario.

—Total, con el ferrocarril ya no ha de haber más ni carretas ni arrieros —observó don Benito, con nostalgia.

—...cuatro patacones o la pérdida del caballo a quien galopee dentro del pueblo, a no ser el médico. Por este otro artículo se prohíben las malas palabras.

Esta mención no pudo dejar de hacer sonreír a Dick que, examinando el papel por encima del hombro del dueño de casa, le preguntó:

—¿Por qué prohibir los bailes, reuniones y velorios?

—No se prohíben. Necesitan permiso 'e la policía. Es para vigilar por si hay algún desorden. Una medida 'e precaución ¿vio?

La atención de Dick se vio atraída por el artículo 42 que rezaba: "Se prohíbe la antigua y perniciosa costumbre de bayles y otras diversiones en las yerras y cosechas y si algún hacendado o agricultor quiere proporcionar alguna diversión será con la venia del Comisario del Distrito que corresponda; quedando uno y otro responsable de cualquier grave desorden que tenga lugar en ella".

—Para el baile con que nosotros inaugurar nuestra nueva casa nosotros no pedir autorización —comentó Dick.

—Pero por donde están ustedes no hay ninguna comisaría... Imaginesé, en esa soledá... Y además me habían invitado a mí y al concurrir les di tácitamente permiso —dijo don Nazario guiñando un ojo, y agregó: Aquí se prohíbe a los chicos a andar por la calle durante las horas de clase en las escuelas. Es para evitar la chupina. Porque donde más tenemos que esforzarnos es con la muchachada, para que salgan derechos desde chicos. A la gente grande es más difícil enderezarla ¿vio? Por eso es que doy tanta importancia a la instrucción pública. He abierto escuelas hasta en los pueblos más chicos del departamento.

—Sí. Llamarme atención que haber escuela en Saladillo —observó Dick—. Y también que mujeres saber leer.

Don Nazario quedó muy satisfecho con el comentario. Ya habían terminado el postre de dulce de zapallo y tomado su té de menta Casiana, carqueja Dick, mate los demás.

—Los viá tener que dejar porque mañana tengo que madrugar —anunció don Nazario—. Salgo para Paso 'e las Barrancas apenas aclare.

Tenga muy buenas noches, don Ricardo. Hasta mañana m'hijita —y dio un beso a Casiana.

Don Benito asimismo se despidió y padre y abuelo se retiraron. Cuando cruzaban el patio camino a sus habitaciones, don Benito observó a su hijo:

—Te parece bien dejarlos así, solos.

Don Nazario se alzó los hombros al responder:

—Casiana ya no es una niña. No se olvide, Tata, que es viuda.

—Aún así —siguió mascullando don Benito mientras se retiraban.

Los dos jóvenes se quedaron solos, muy a gusto por la rápida partida de los mayores. Casiana sacó una botella de anís del aparador y sirvió dos copitas.

—Salú —dijo y chocó su copa con la de Dick.

—"Cheers" —contestó él y ambos bebieron—. ¡Ah! Hace tiempo que yo querer preguntar una cosa —comentó Dick— . ¿Cuál estar el origen de Fraile Muerto?

—Según cuentan, hace muchísimo tiempo andaba por acá un fraile que arrastraba el ala a una mujer del pueblo, a la que terminó enamorando. Parece ser que como venganza la familia de ella lo mató. ¡Vaya una a saber si es cierto! Pero en verdá, el nombre oficial del pueblo no es Fraile Muerto sino San Jerónimo —explicó Casiana—. Aunque nadies lo llama así.

La joven pareja estaba muy contenta. A ella la satisfacía hacer de dueña de casa, que tan poco tiempo había podido ejercer durante su matrimonio. Se sentía la "femme fatale" que tenía el rol principal del folletín que leía en el Correo del Domingo. Le tomaba un poco el pelo a Dick por sus errores de lenguaje y sus ingenuidades. Hablaron de sus respectivas y no distantes niñeces. Del helado colegio de Radley y del generoso uso de la caña que hacían los profesores en los traseros de los alumnos. "Mami me enseñó a leer en el catecismo", recordó Casiana. De lo que les gustaba y disgustaba comer. Durante la comida habían tomado sangría un poco más de la cuenta. "¿Vamos a la sala?" propuso Casiana y cuando ella se dirigía hacia allá, Dick la abrazó desde atrás, besando su espesa y rulienta cabellera castaña, casi negra, que le impedía alcanzar el cuello.

—Sosiéguese —le pidió ella. —Nos van a ver las mucamas que vienen a levantar la mesa.

Ella se sentó al piano y tocó una mazurca, pero él, que se sentó a su lado, empezó a ponerle sus manos encima de las de ella, jaraneando. Casiana abandonó protestando sus intentos musicales y se sentó en el sillón de caoba negra y terciopelo colorado, donde él la siguió. Medio a escondidas se tomaron de la mano. Con la mano libre ella se abanicaba nerviosamente, él tenía la pipa que se la alcanzaba a ella para que chupara un poco.

Cuando no se oyeron más los ruidos de quienes circulaban por el patio llevando los platos y cubiertos del comedor, comenzaron a besarse, suavemente al comienzo, afiebradamente luego. Dick había bajado la llama de la lámpara de kerosén.

Al rato murmuró en el oído de Casiana:

—Nosotros ir a su cuarto.

—¿Qué dice? —preguntó ella en otro murmullo.

—Que nosotros ir a su cuarto —urgió él, con voz ansiosa.

—¿A mi cuarto? ¡Pero usté está loco! ¿A santo de qué se ha créido que lo viá llevar a mi cuarto? —inquirió ella en forma un tanto brusca al tiempo que lo apartaba—. ¿Acaso es mi marido? —preguntó.

—No. Pero usté atraerme terriblemente —replicó Dick, sabiendo que lo que decía no era razón suficiente en Inglaterra, aunque quizá sí en Fraile Muerto, alias San Jerónimo.

—Pero eso no es motivo para que lo lleve a mi cuarto. Al menos aquí en la Argentina. Puede que las costumbres sean diferentes en su páis —dijo Casiana, dando inconscientemente vuelta al pensamiento de Dick—. ¡Qué lógica tan especial que tienen los hombres! Yo créia que usté era distinto, pero ahora creo que es como todos —agregó ella, repitiendo ese viejo argumento femenino, absolutamente inexacto por otra parte, porque a ellas no les gustan esos hombres distintos.

Pero lo que en el fondo era un elogio, Dick lo tomó como una crítica. Se apartó un poco de Casiana y comenzó a pedir excusas.

—Perdón, pero no sé qué pasar a mí. Usté hacerme perder el control. Ha de estar culpa de la calor. Yo rogarle su perdón.

En eso apareció la cara de Rosalía, negra como tinta, asomando por entre la puerta del patio.

—Misia Casiana ¿quiere algo más?

—No, nada más. Gracias Rosalía. Podés irte a dormir.

Y cuando Rosalía desapareció, Casiana con una sonrisa le dijo a Dick:

—¿Vio cómo me cuidan? Aunque quisiera ¿cree que podría llevarlo a mi cuarto? Además, en verano dormimos todos en la galería. Y agora mejor que se vaya; ya es tarde.

Y levantándose, puso el sombrero de Dick en una mano y le tomó la otra para que él la siguiera a través del patio. Abrieron la puerta de calle y allí, bajo la pálida luz de la luna que atravesaba un velo de altas nubes, Casiana le dio un rápido beso en los labios y dándose vuelta, se metió adentro cerrando la puerta tras sí.

Dick salió caminando, despaciosamente hacia la fonda, las manos en los bolsillos, la mirada clavada en el piso. Un millón de estrellas lo observaban. A Casiana sólo la conquistaría casándose con ella. Es lo que ella le había dicho muy claramente. De modo que estas neoespañolas rioplatenses no eran tan fáciles como solía afirmar Frank. Claro está, Frank seguramente se refería a las chinas de Saladillo.

El esquema es aquí el mismo que en Inglaterra: las mujeres decentes son virtuosas y las otras no lo son tanto o no lo son nada. Tanto las hijas de los peones ingleses como las chinas de por acá. En una palabra, las mujeres decentes son decentes y las otras son indecentes. Pero ¿se puede catalogar a Casiana como decente? Una mujer que anda a caballo a horcajadas y que fuma según le había contado Frank, que participa de conversaciones picarescas, que se saca los zapatos para apisonar barro, que se deja besar en una iglesia. Bueno, una iglesia papista. ¡Pero ella es papista! Que además, se mete en los ríos con hombres donde se deja besar y tocar.

Llegó a la fonda, entró en la vagoneta-dormitorio vela en mano y se acostó entre los sonoros ronquidos de los otros pasajeros. Previamente constató que Frank había llegado antes que él y dormía. Habían llegado juntos al pueblo pero Frank se había negado contundentemente, con gran alivio de Dick, a ir a lo de Casiana ("qué voy a hacer yo allí? Andá vos que es a quien ella espera") habiendo preferido al reñidero de gallos.

Dick recordó una vez más la pregunta de Casiana: "¿Acaso ser usté mi marido para llevarlo a mi cuarto?" ¿Estaría pensando en que él querría casarse con ella? ¡Qué disparate! ¡Él, casándose con una nativa! Se sonrió ante la insólita suposición de Casiana y se durmió. Se durmió pero no descansó. Casiana se presentó en sus sueños una y otra vez. Las escenas eróticas se repitieron con igual periodicidad pero, en todos los casos, con resultados frustrantes. Una vez fue el cura Testa, otra la negra Rosalía. En una tercera oportunidad, era Frank quien se interponía en el momento culminante. Luego era el turno del cacique ranquel que había visitado Monte Molina, quien, además, se llevaba a Casiana en las ancas de su caballo. Estaba visto que Dick no podía conocer, en el sentido bíblico, a Casiana ni tan siquiera en sueños.

CAPÍTULO 19

La burguesía, debido a la rápida mejora de todos los instrumentos de producción, los inmensamente facilitados medios de comunicación, conduce a todas las naciones, hasta las más bárbaras, hacia la civilización. Los bajos precios de sus productos son la artillería pesada con la que derrumba las murallas chinas, con las que fuerza a capitular al obstinado odio de los bárbaros hacia los extranjeros.

KARL MARX Y FRIEDRICH ENGELS: *Manifiesto del Partido Comunista,* 1848.

Proteged al mismo tiempo empresas particulares para la construcción de ferrocarriles. Colmadlas de ventajas, de privilegios, de todo el favor imaginable, sin deteneros en medios...¿Son insuficientes nuestros capitales para esas empresas? Entregadlas entonces a capitales extranjeros. Dejad que los tesoros de fuera como los hombres se domicilien en nuestro suelo. Rodead de inmunidad y de privilegios el tesoro extranjero, para que se naturalice entre nosotros.

JUAN BAUTISTA ALBERDI: *Bases y puntos de partida para la organización política de la República Argentina,* 1852.

Frank se despertó temprano en su catre de la fonda de Fraile Muerto. Vio que Dick dormía profundamente y decidió no despertarlo. Total, iba a ir a la estación y volvería enseguida. Se vistió y se fue a lavar al pozo. No se sorprendió de no ver al peón Cabrera, que los había acompañado. ¿Dónde habrá pasado la noche? se preguntó. Pidió al peón de la fonda que le buscara su caballo, tomó un ligero desayuno y tras ensillar, se dirigió luego sin apuro a la estación a verificar si habían llegado unas encomiendas. El ferrocarril ya llegaba a Fraile Muerto. Gracias a los ingleses, por supuesto. ¡Qué sería de este país sin nosotros! Sin nuestra iniciativa, nuestros capitales. Así iba pensando Frank en la grandeza de Inglaterra y de los ingleses cuando, al salir del puente, tropezó con Cabrera que apurado se dirigía hacia el pueblo. Tras las consabidas disculpas del gaucho, Frank le pidió que lo acompañara.

Una abigarrada cantidad de carretas inclinadas y sin sus bueyes rodeaban la estación que, siendo en ese momento punta de rieles de la línea que arrancaba en Rosario y que llegaría a Córdoba, se había convertido en el punto de trasbordo de todas las cargas que desde el Norte y Cuyo iban hacia al litoral y viceversa. Los doscientos kilómetros de ferrocarril ya representaban una importante reducción de fletes y el comercio crecía en consecuencia. De "arriba" llegaba vino, carne, azúcar, frutas secas, mineral de oro, plata, cobre, plomo y antimonio. Del litoral venían productos importados. El contraste de la apacible estación inglesa con las primitivas carretas era notable. No era menor con los troperos de las distintas provincial, con su colorida vestimenta. Quince días les llevaba el viaje a Córdoba, mes y medio a Cuyo, dos y tres meses a Tucumán y Jujuy. Algunos descansaban en grupos charlando y mateando. Otros trabajaban en la carga y descarga de sus carretas, que yacían inclinadas hacia adelante, sus bueyes desuncidos pastando ahí cerca.

Cabrera estaba melancólico. Pronto el Central Argentino habilitaría el tramo Fraile Muerto-Villa María. Entonces, adiós carretas y carreteros, adiós tropas de mulas y troperos, conducidos por gente de todas las provincias. Deberían contentarse con ver pasar veloces trenes conducidos por maquinistas ingleses.

Frank entró en la flamante estación de ferrocarril, estilo estación de ferrocarril. Estaba charlando con el jefe compatriota suyo cuando entró un milico, muy agitado, con su gastada chaqueta militar mojada.

—Los indios han maloqueao la estancia 'e don Nazario y lo han lastimao! —exclamó, agregando luego: ¡Vamos a llevar el carro playero que está ahí ajuera pa tráirlo! El comandante está pasando Tres Cruces pero de esta banda 'el río.

—¡No, vamos a buscarlo en la zorra! Va a ser más rápido —dijo el jefe de estación.

El jefe de estación se fue en la zorra. Frank y Cabrera lo siguieron a caballo, a todo galope. Atrás los seguía el milico que porfiadamente había decidido llevar el carro, desconfiando de la zorra. Un comedido se ofreció a dar aviso a Casiana y al médico don Bartolomé Da Silva. Debido a su renguera, era superfluo pensar que este último fuera adonde estaba el herido.

Tras galopar fuerte cuatro leguas, Frank y Cabrera llegaron adonde estaban don Nazario y sus compañeros, adelantándose por poco a la zorra. A la sombra de un monte de algarrobos, lo encontraron tendido sobre su recado. Le habían rasgado la camisa para hacer un vendaje que le tomaba todo el pecho, pues un lanzaso le había lastimado el costado derecho. Una gran mancha de sangre mostraba el lugar de la herida. También había sangre en la rodilla derecha.

—No fue más que el susto. Podría haber seguido a caballo perfectamente —decía don Nazario con forzada suficiencia.

Pero era evidente que el hombre no las tenía todas consigo. Lo empezaban a trasladar con gran cuidado hacia la zorra; la vía del ferrocarril corría cerca, cuando muy retrasado llegó el milico con su carro. Se planteó entonces una larguísima discusión: carro o zorra. Los ingleses a favor de ésta, los criollos por aquél. En el carro, el herido podría ir acostado, argumentaban los criollos, La zorra va por lo liso y evita los barquinazos, hacían notar los ingleses, y, además, había probado ser más rápida.

Don Nazario debía decidir. Su primera intención fue elegir el espacioso carro. Más vale malo conocido que bueno por conocer, pensó. Pero la zorra y el ferrocarril representaban el progreso. Esta consideración se impuso llevándolo a fallar a favor de la zorra, con gran decepción de los milicos.

Mientras acomodaban a don Nazario en la zorra, su asistente describió lo ocurrido:

—Ibamos llegando a las casas 'e la estancia. Estaríamos a no más de diez cuadras, cuando del lao 'e montar vimos una polvareda que levantaba la hacienda ¿vio? No sabíamos quién la arreaba. El terragal no dejaba ver nada. Y redepente salen a todo galope de entre el monte 'e las casas como veinte o más indios con esos gritos que le yelan la sangre a uno. Pegamos la güelta y don Nazario gritó ¡Vamos p'al río! Nuestros pingos estaban medio aplastaos porque como el comandante había querido llegar temprano habíamos galopeao juerte ¿vio? y los salvajes se nos iban acercando. Vi que el patrón se quedaba un poco atrás y sofrené mi mancarrón pa ponerme junto a él. En ese momento un indio se le estaba apareando y le tiraba un lanzaso en el costillar. Diga que apenas lo alcanzó porque si no, no cuenta el cuento ¿vio? Don Nazario casi se cayó 'e su overo, pero se agarró 'e la crin. Yo saqué mi pistola y cuando el indio ya le estaba por dar el segundo lanzaso, le disparé, casi a quemarropa, por encima 'el anca 'el overo e don Nazario. El golpe por suerte se desvió y fue a dar a la rodilla mientras el indio cáiba herido. Ya llegábamos a la barranca 'el río. Le pegué flor de rebencazo al overo 'el patrón pa que se desbarrancara y se zambullera en el agua. Mi pingo lo siguió y yo alcancé a agarrarlo a don Nazario y prendidos 'e las colas, los caballos nos cruzaron. Los otros ya habían llegao a la otra orilla y empezaron a disparar a los indios que llegaban a la barranca. Estos gritaron no sé qué cosa en su lengua y pegaron la güelta. Nosotros volvimos pal pueblo, pero nos paramos acá porque don Nazario no daba más.

—¿Qué habrá pasado con la gente de la estancia? — preguntó Frank.

—Vaya uno a saber. Asigún uno de mis compañeros le pareció ver el techo 'e la casa grande tuito negro, como si la hubieran quemao.

La zorra estaba por arrancar. Desde el pueblo llegaban más jinetes. Resultaron ser Casiana con cinco milicos. Casiana se preocupó por el estado de su padre. Frank tenía otras preocupaciones. La primera era acerca de Lisada, quien había salido de Monte Molina dos días antes, junto con su hermano Estanislao, hacia Fraile Muerto. Bien podía haber tropezado con el malón, pues no había llegado al pueblo. La segunda, lo ocurrido a los habitantes de la estancia Paso de las Barrancas, de Casas. La tercera, lo que podría haber pasado en la estancia "Las Playas", de David Melrose, a poco más de una legua de lo del comandante.

Frank pidió a los soldados que habían llegado con Casiana que lo acompañaran a la estancia de su jefe. De muy mala gana y gracias a la severa mirada de Casiana, aceptaron. Los nuevos rifles Snider a retrocarga que llevaban Cabrera y él, más sus prismáticos, completaron los argumentos para que los acompañaran.

—Cuídese Frank, cuídese —le pidió Casiana tomándolo del brazo y mirándolo con sus grandes ojos color miel.

Frank y los suyos, a los que se había agregado uno de los soldados que habían acompañado a Casas, avanzaron despacio junto al río, para no cansar más a los pingos. Al llegar a la altura de la estancia, lo vadearon por el paso al que le debía su nombre y anduvieron escondidos entre los algarrobos y sauces que poblaban sus villas. Los soldados indicaron un lugar donde el pasto estaba muy pisoteado. Allí había caído el indio que antes había lanceado a Casas, que debía haber sido recogido, pues no había rastros de él, salvo el pasto revuelto que sólo los milicos alcanzaban a ver. Desde allí Frank observó con sus prismáticos el casco de la estancia. Pudo ver claramente que el techo de la case principal estaba completamente quemado y aún humeaba. Pero ni rastros de indios, de gente o de hacienda alguna. Se fueron acercando con precaución, que resultó inútil pues los indios ya se habían ido. El espectáculo que vieron fue lamentable. El capataz negro de don Nazario yacía en la entrada de la casa principal, su cuerpo acribillado a lanzasos. Tres peones más estaban igualmente muertos adentro, donde seguramente se habían defendido. Una mujer mulata, la mujer del capataz, estaba muerta, con la ropa toda desgarrada.

—La han de haber violao antes 'e matarla. ¡Indios 'e mierda! —comentó Cabrera.

Un poco más lejos, dos criaturas, una negra y otra blanca, de unos tres o cuatro años jugaban en el barro, indiferentes a lo que había ocurrido. Unos perros más realistas, que proferían aullidos lastimeros, completaban el macabro escenario.

—A sus hermanos mayores se los han de haber llevao cautivos, hij'una gran puta reflexionó uno de los milicos.

Cargaron con los chicos y se dirigieron hacia lo de Melrose. Pese a las precauciones, los milicos estaban muy asustados.

—Aquí estamos lejos 'el río si se nos viene la indiada —pensó en alta voz uno de ellos.

Frank reconoció que tenía razón. Observó con sus prismáticos las casas de la estancia de Melrose. Vio hacienda y caballos. Quizá los indios estuvieran allí, pensó.

—¡Rajemos que se nos vienen! —gritó uno de los acompañantes, que ya daba vuelta su caballo.

En efecto, unos jinetes salían de las casas hacia ellos a todo galope.

—¡Esperen que son menos que nosotros! —gritó imperativamente Frank que seguía mirando con sus anteojos—. Dos segundos más tarde gritó: ¡Es Melrose! —y empezó a hacer señas con ambos brazos mostrando que tampoco él llevaba lanza. Los saludos fueron contestados y poco después se reunían.

—Se acercaron para atacarnos pero los rechazamos a balazos. Estábamos alertados por el humo que salía de lo de Casas. Herimos a dos por lo menos. No sólo eso, sino que los corrimos a caballo y tanto se asustaron que abandonaron nuestra hacienda —explicó David Melrose.

El escocés fue informado de la triste suerte de sus vecinos y de lo ocurrido a Nazario Casas. Frank le pidió que se hiciera cargo de los dos chicos y agradeció pero no aceptó la invitación a pasar la noche en Las Playas. Quería informar sobre lo ocurrido en la estancia de Casas y saber cómo estaba éste. Él y sus acompañantes retornaron a Fraile Muerto, donde llegaron cuando el sol se ponía.

Frank se dirigió directamente a lo de Casas. En la calle se veían varios caballos atados a los palenques de la vereda. La puerta estaba abierta. Entró y fue recibido en el patio por Casiana. Don Nazario había sido curado y dormía, le dijo. Un lanzaso había interesado un pulmón. El otro, una rodilla. Frank hizo el relato de lo que había visto. Los que estaban en la casa, Dick Seymour entre otros, lo rodearon para escucharlo.

La muerte del capataz y de su mujer hicieron llorar a Casiana. El cautiverio de los hijos mayores del matrimonio la sumió en mayor desesperación aún.

—¡Indios 'e una gran siete! ¡Cuándo podremos terminar con ellos! ¡Pobres chicos! ¡Qué destino le espera a Remeditos! —se lamentaba Casiana.

Cuando se calmó, Frank le informó acerca del robo de toda la hacienda. Casiana no le dio mayor importancia, lo que no dejó de sorprender a los ingleses, que al rato se fueron.

Cuando al día siguiente Frank y Dick desayunaban en la fonda, inesperadamente entró Estanislao Lisada, alias Tani, el hermano menor de Gumersindo. Muy preocupado les relató que cuando se dirigían de Monte Molina hacia el pueblo, se habían desviado unas leguas hacia "arriba" (al oeste) siguiendo huellas de vacas bagualas. En eso estaban cuando se les aparecieron como treinta indios que los persiguieron. Tani, montado en un flete muy ligero, que justamente llevaba a Fraile Muerto para correr en las cuadreras, pudo huir, pero vio que los indios se acercaban a su hermano. Tani se refugió en la estancia "Los Alfonsitos" a cuatro leguas del pueblo, donde había pasado la noche y el día siguiente a la espera que se fueran los indios. Esa madrugada siguió viaje a Fraile Muerto, donde acababa de llegar. Temía que los indios se lo hubieran llevado cautivo a su hermano o que lo hubieran matado y sus patrones compartieron sus temores. Pero al poco rato, nueva y agradable sorpresa: Gumersindo apareció. sucio, sin tirador ni sombrero ni pañuelo.

Gumersindo relató que viendo que los indios lo alcanzaban, se entregó. El lenguaraz, que resultó el mismo que había estado vez pasada en Monte Molina, reconoció a Lisada y le pidió que les hiciera de guía. Su intención era atacar Monte Molina, pero Gumersindo les mintió diciéndoles que toda la hacienda había sido robada recientemente por gauchos matreros. Los indios hicieron un largo consejo en lengua mapuche, tras el que pidieron a Lisada que los condujera a la Esquina de Ballesteros y así, por defender la estancia de sus patrones, los indios terminaron asaltando Paso de las Barrancas, la estancia de Nazario Casas. Lisada había quedado atrás con varios indios y vio de lejos el ataque, oyó disparos y, finalmente, vio la humareda del incendio de las casas, que indicaba que había ocurrido lo peor. Al rato pasó por allí un pobre paisano que al ver a los indios, disparó. Fue perseguido y bastante rato después lo trajeron preso. La persecución había enardecido a los salvajes, quienes bajaron al cristiano de su caballo, lo hicieron arrodillar y le ataron las manos. Una vez en esa posición, lo lancearon hasta matarlo. Lisada tuvo que contemplar todo y no sólo eso, sino que, antes de comenzar el tormento, el infeliz gaucho le pidió un cigarrillo. A la muerte de éste, Lisada supuso que le llegaba su turno, pero el lenguaraz le dio una agradable sorpresa: le agradeció sus servicios, le dio un matungo viejo, le estrechó la mano y le deseó feliz viaje. Lisada se sintió resucitado y dio con gusto sombrero, espuelas, rastra y tirador que pidió el lenguaraz. Temiendo nuevos encuentros con otras partidas de indios, cruzó el río Tercero y la vía del ferrocarril, hizo un amplio rodeo por el norte y tras dormir al raso acababa de llegar sano y salvo, con evidente alegría de Dick y Frank que habían cobrado aprecio al hombre. Tanto que en un raro gesto de irreflexiva generosidad, el primero metió la mano en su bolsillo y le entregó dos relucientes libras esterlinas para que se comprara ropa, prometiéndole más para el tirador y los arreos de su caballo, todos de plata, que habían sido el lujo de Gumersindo y su único capital.

A la tardecita del mismo día, Dick volvió a lo de Casas. La puerta estaba entreabierta y consideró inútil llamar. Casiana, que estaba en el dormitorio de su padre, lo vio en el patio, salió a saludarlo y le dijo chanceando:

—¡Qué confianzudo! ¿eh? Ya se mete como Pedro por su casa. ¿O es que le tiene miedo a la Rosalía?

Dick que no entendía muy bien el humor criollo, contestó muy serio:

—No. Yo ver la puerta abierta y no quise molestar llamando.

—Ya sé, ya sé. No me haga caso.

—¿Y su padre? ¿Cómo ser él?

—Está mejor, 'chas gracias. Se acaba 'e despertar 'e la siesta. Pero mañana me lo llevo al Rosario para que lo vean médicos de verdá. Don Bartolo es muy bueno, pero... Él mismo me recomendó que lo llevara. —Luego, cambiando su tono por otro más animado, agregó: Nos vamos en tren.

Mi primer viaje, ¿se da cuenta? Estoy muy inquieta. Imagínese, viajar a esa velocidá. ¿No saltará e' las vías?

—¡No! ¿Por qué descarrilar? Los trenes correr hace cuarenta años en Inglaterra y no pasar nada... —replicó Dick.

—¿No quiere un mate?—preguntó Casiana recordando las reglas de urbanidad y, sin esperar la respuesta, gritó:

—Rosalía, traé mate ¿querés? —luego, retomó el hilo de la conversación diciendo: Pero allí hay más experiencia, saben más de estas cosas. En cambio acá... si poco más de diez años atrás ni diligencia teníamos por estos pagos, y agora, de golpe y porrazo, pasamos al ferrocarril.

—No haber ningún peligro. Todo ser traído de Inglaterra y los ingenieros ser también ingleses —la tranquilizó Dick.

—¿No es que Wheelwright es norteamericano y no inglés? —preguntó Casiana, con un dejo de ironía.

—Sí. Pero la empresa haber sido organizada en Londres, la mayor parte del capital venir de allá como las locomotoras, vagones, rieles. Hasta muchos obreros estar ingleses.

—También es el primer viaje de Tatita. Fíjese que me dijo que está contento de los chuzazos que le dio el indio aquel porque le dan pretexto para tomar el tren. ¡Pobre! Pero me da miedo que el traqueteo del vagón no le vaya a hacer mal. ¡A esa velocidad!

—Nada le va a pasar. El vagón casi no moverse. Y ser apenas ocho horas. Tendría razón si ir en la diligencia. Dos días saltando sobre baches y pozos. Pero ahora, gracias a nosotros, su padre llegar al Rosario cómodo y sin cansarse —concluyó Dick con una sonrisa triunfal, al tiempo que hinchaba el pecho.

—Sí, sí. Ya sé —dijo Casiana molesta por los aires de superioridad de Dick, mientras le alcanzaba el mate de plata que acababa de traer Rosalía.

—Gracias a ustedes, los ingleses. ¡Qué bien! ¡Qué geniales! Pero cuando nosotros los argentinos tengamos los miles de años de historia que ustedes tienen...

—Cientos, no exagerar —rectificó Dick, a lo que Casiana no hizo caso, pues siguió diciendo:

...ya van a ver cómo los dejamos atrás. Alguna muestra de lo que podemos hacer se vio en los años seis y siete. Ya se lo anduvo contando Proserpina Reinafé ¿no? —preguntó con ironía.

Dick había escuchado la reacción de Casiana con una sonrisa condescendiente en sus labios. Cuando concluyó, se le acercó y dándole golpecitos en los hombros, le dijo:

—Bueno, bueno, no enojarse.

—Sáqueme la mano de encima que no soy caballo. Y además, al ferrocarril fuimos nosotros quienes lo quisimos. Sepa que antes de Wheelwright ya otros habían tenido la idea. Y nosotros, los argentinos, conchabamos a quienes lo pudieran hacer mejor y le dimos todas las facilidades para eso, las tres leguas a cada lao 'e la vía y tantas otras cosas. Igual que cuando uno llama a un carpintero para que le haga una mesa ¿vio?, o ustedes cuando llamaron a quien les hicieran ladrillos para la casa nueva o, más claro todavía, cuando le pido a Rosalía que me cebe un mate. Igualito. De modo que ustedes simplemente hicieron bien, supongo, lo que nosotros les pedimos que hicieran.

El argumento no le gustó demasiado a Dick, que se quedó callado un momento. Después, prefiriendo no seguir la discusión, dijo en tono levemente sobrador:

—Y bueno, si usté estar más feliz, yo no contradecir a usté. —Tras lo cual se acercó a ella y le propuso con voz sugestiva: ¿Vamos a caminar?

—No, no puedo. Me tengo que quedar con Tatita —respondió ella, con la sangre en el ojo por la discusión.

—Él poder quedar con Rosalía un rato. Usté ir mañana al Rosario y... —insistió Dick con voz quejumbrosa, dejando la frase inconclusa.

Ella estuvo tentada de aceptar, pero cambió de idea. "Vamos a ver qué se las trae", se dijo, y le contestó:

—Y si tiene algo que proponer, dígalo, hombre.

Él no atinó a decir nada. No estaba preparado para proponerle nada. Muchos menos con Rosalía allí cerca. Sí lo estaba para reanudar sus jugueteos amorosos en el espeso monte que bordeaba las empinadas barrancas del río Tercero, adonde había imaginado llevarla. Pero en cuanto al fondo de la cuestión, sus dudas continuaban sin cambio alguno. Ante su silencio, Casiana se enterneció súbitamente, le tomó ligeramente la mano y dijo:

—Le agradezco don Ricardo, pero no. Y agora lo dejo. A mi vuelta 'el Rosario nos vemos ¿eh? ¿Me promete?

Dick lo prometió solemnemente, tras lo cual, como recordando dando algo muy importante que había olvidado, Casiana le dijo:

—¡Ah, dígame! ¿Y Frank, por qué no ha venido con usté?

—Se quedó en la fonda. Él tener una partida de naipes. Frank ser loco por los naipes.

—Tatita ha estao preguntando por él. Le quería agradecer por haberse animao a ir a la estancia. ¡Estuvo tan valiente!

—Bueno, ¿qué otra cosa poder haber hecho él? —comentó Dick, algo celoso, quitando importancia a lo hecho por Frank.

—¡Pues no ir! O ir más tarde, cuando estuviera seguro de que los indios ya se habían ido. Le digo que nadies acá hubiera ido. ¡Con el julepe que le tienen a los indios!

—Sí, ya haberlo notado. Hasta los oficiales de los fortines habérmelo reconocido.

—Entonces le ruego que le agradezca a Frank, en nombre 'e tatita y de mí misma. ¿Se lo va a decir?

—Sí, por supuesto.

—Y dígale también que trate de pasar por acá mañana temprano, antes que nos vayamos pa'l Rosario.

—Yo pedir, aunque dudo que lo haga. Frank estar poco sociable.

Se despidieron. Dick le deseó buen viaje y una pronta mejoría al herido, y se fue para la fonda. Secretamente, hubiera deseado haber estado en el lugar de Frank el día anterior.

CAPÍTULO 20

Depuis 1853, Rosario a grandi considérablement et des nombreuses maisons de commerce s'y vent établies. En 1859, il a reçu deux cent cinquante batiments d'outre-mer... De nombreux bateaux à vapeur, venant de tous les ports de la Plata, de l'Uruguay et du Parana, y touchent chaque jour.

Desde 1853 Rosario ha crecido considerablemente y numerosas firmas comerciales se han establecido allí. En 1859 entraron doscientos cincuenta barcos de ultramar... Numerosos vapores procedentes de todos los puertos del Plata, Uruguay y Paraná arriban cada día.

MARTIN DE MOUSSY: *Description de la Conféderation Argentine,* 1864.

Nere, la mujer del fondero, una muy bonita vasca, había informado a Dick que don Nazario Casas y su hija habían vuelto de Rosario unos días antes. Dick, por su parte, había ido al pueblo a buscar importantes refuerzos para Monte Molina. En primer lugar, otros campesinos ingleses que venían de Warwickshire enviados por su padre y como los anteriores, atraídos por los altos jornales que les ofrecían y las noticias atractivas que recibían acerca de Monte Molina. También habían llegado junto con el personal algunos carneros para mejorar la calidad de los ovinos.

La noticia del regreso de Casiana dio vueltas en la cabeza de Dick durante toda la tarde, en la que se había ocupado en organizar el traslado de todo en carretas hacia la estancia. En forma un tanto fatalista, había dispuesto salir la madrugada siguiente, cosa de no poder quedarse en Fraile Muerto por más tiempo. Durante la ausencia de Casiana, él había seguido con sus dudas, reforzadas por su alejamiento. Si no me quiero casar con ella ¿a qué entonces seguir viéndola? Es una pérdida de tiempo o, peor aún, si sigo con este juego no vaya a ser que me encuentre un día viviendo con la española casado o sin casar y con hijos.

Una extraña ansiedad se había apoderado de él en esa calurosa y particularmente húmeda tarde de marzo en que recorría las diez cuadras que separaban el pueblo de la estación, del otro lado del río. ¿Qué haría? No podía dejar de visitar por cortesía a don Nazario, por supuesto. Pero ¿y Casiana? En fin, debía ir de todos modos.

Hacia la hora de la oración y tras lavarse y cambiarse de ropa rumbeó hacia lo de Casas, con cierto aire de resignación. No se sentía muy dueño de decidir su destino.

En la galería del patio encontró al "tout Fraile Muerto" mateando. Saludó con formalidad a cada uno de los presentes y la negra Rosalía le dijo que podía ver al señor en su habitación. Allí, en una gran cama de caoba, estaba recostado, vestido, don Nazario Casas, acompañado por su sobrina Claudina Casas y Proserpina Reinafé ex Queenfaith/Kennefick. Por la cabeza de Dick pasó como un rayo el desagradable pensamiento: ¿cómo traducirían al castellano mis hijos o nietos argentinos el apellido Seymour?

—Me vine a recostar porque estaba un poco cansao. Con tanta gente que me visita ¿vio? —comentó el comandante, quien señalando la rodilla, agregó: Resultó peor la herida acá que en las costillas. Parece que viá quedar con la pierna tiesa. ¡Qué se le va a hacer! Al menos estoy acá vivo y no como la gente 'e la estancia, que quedaron todos tendidos o cautivos.

La conversación siguió. Casas preguntó por Frank y reiteró su agradecimiento por haberse arriesgado a ir a su estancia cuando todavía podrían haber estado los ranqueles. Luego informó que parte de la hacienda robada había vuelto a la querencia, escapando del arreo de los indios. Dick lo escuchaba mientras pensaba: Debería irme aprovechando que Casiana no está. Pero no, sería muy poco educado irme cuando acabo de llegar.

Rosalía entró ofreciendo pastelitos de dulce de membrillo, que llevaba en una bandeja de plata. Dentro de la habitación, la atmósfera era irrespirable. A Dick le faltaba el aire. "El verano no se termina nunca en este país", pensó. Tras Rosalía, otra sirvienta entró con granadina y limonada apenas fresca. Dick tomó con avidez un vaso de limonada. Un trueno seco se oyó a lo lejos.

—Parece que vamos a tener tormenta. También con esta calor... —comentó Casas. Pero él no parecía sentirlo. Su cara se veía fresca sin rastros de sudor.

—Una lástima. Los indios se robaron ovejas servidas por el carnero merino que había comprao hacía poco, y muchas debían estar preñadas — se lamentaba el dueño de casa.

El ingreso de don Cleto del Campillo hizo variar la conversación.

—Ya se habilitó el tramo del ferrocarril hasta Villa María. Gracias a ustedes, el páis se va integrando.

Don Cleto continuó con uno más de sus habituales discursos en los que elogiaba a los ingleses y europeos del norte y denigraba la pereza y dejadez de los nativos, el paisanaje sobre todo.

—Como dice mi siempre bien ponderao amigo don Juan Bautista Alberdi con este clima benigno y un suelo tan fértil, a quien no quiera trabajar nunca le ha de faltar algo 'e comer. Y la poca dedicación al trabajo es culpa 'e los godos que nos hicieron vagos legalmente, según dice el mismo Alberdi. ¿Cómo fue eso? —se autopreguntó don Cleto, quien de inmediato se autorrespondió: Muy sencillo, durante tres siglos nos prohibieron producir todo aquello que España podía vendernos a cambio del oro y la plata del alto Perú. Fue así que se nos obligó a consumir tan sólo las manufacturas que nos mandaban desde España. ¡Se nos obligó a ser vagos!

—Eso era en teoría. El contrabando se encargó de modificarla en la práctica. Claro que con la consiguiente corrupción de los funcionarios, que se vendían al mejor postor. Es lo que siempre pasa: hecha la ley, hecha la trampa. Para evitar la trampa es que se hizo la revolución de Mayo. Bastó con liberar el comercio. Así de simple —dijo don Nazario.

—Pero eso no era fácil. A los funcionarios corruptos, todos gallegos, les convenía mantener el esquema mercantilista —observó don Cleto.

Una nueva vuelta de bebidas y pastelitos interrumpió la charla.

—Ingleses, alemanes, suizos, ¡ésos son los inmigrantes que precisamos! —dijo Cleto del Campillo al retomar la palabra.

—Los vascos no son mala gente tampoco —señaló don Nazario.

—Son muy trabajadores, pero muy brutos —comentó Claudina.

—Es que no saben el idioma, m'hija. Si no hablan más que esa endiablada lengua de ellos —contestó su tío, quien agregó: Puede que esté viniendo demasiao gallego.

—Y tanos, don Nazario, y tanos. Como ese Luiggi que trabaja en la fonda, que según dicen no tiene empacho en reconocer a quien quiera oírlo que fue bandolero en Italia y que por eso tuvo que venirse para acá. ¿Para qué precisamos nosotros gente como ésa? —preguntó don Cleto.

Se vio de repente una fuerte luz y enseguida un fuerte trueno hizo estremecer la casa. Dick aprovechó para anunciar su partida antes de que lo agarrara el agua, pero mientras estrechaba manos se largó a llover y casi enseguida apareció la figura de Casiana con su bamboleante miriñaque.

—¡Ufa! ¡Qué suerte! Conseguí llegar justo antes que se viniera el agua —dijo agitada, y al verlo a Dick, se dirigió a él con un alegre: Buenas Ricardo ¿Cómo le ha ido?

A Claudina no se le escapó la visible alegría que se manifestó en la cara de Casiana al saludarlo al inglés y que lo trataba sin anteponer a su nombre el "don" de rigor, y ello le hizo tejer toda clase de conjeturas poco favorables a su prima Casiana.

A don Nazario tampoco se le escaparon esas exteriorizaciones, pero ellas lo alegraron, por cuanto el inglés le caía bien. Para él, por otra parte, todo lo que hiciera su hija era correcto.

La lluvia hizo que otras personas dejaran el patio y la galería y entraran en la habitación, con lo que el calor, que había disminuido con la lluvia, volvió a aumentar. Dick, semisofocado, prefirió las salpicaduras de la lluvia y salió a la galería decidido a partir apenas amainara. Una necesidad angustiante por partir lo embargaba, aspiró el aire fresco y húmedo y pronto se hizo sentir la inquietante presencia de Casiana a su lado.

—Y ¿qué tal? —preguntó ella, rozando con su mano ligeramente la de él.

Él la miró intensamente con mirada celeste y le dijo, sin reflexionar, perturbado por su compañía:

—Bien... —y sin poder evitarlo, agregó: —Yo extrañarla. —Mucho, estuvo a punto de agregar, pero pudo contenerse. ¡Pucha, esta mujer me hace perder el control! se reprochó y, con voz más impersonal, le preguntó: —¿Qué le pareció el Rosario?

—¡Ah! el Rosario me gustó muchísimo. ¡Tanta actividá! ¡Tanto movimiento! ¡Todo tan moderno! ¡Tanto extranjero! Un ambiente... ¿Cómo es que se dice? Cosmopolita, ¿no? Apenas si se oye hablar cristiano —exageró.

—¿Cristiano? —preguntó extrañado Dick.

—Castellano —se corrigió Casiana de inmediato—. ¡Y él río! ¡Es enorme! Nunca me lo hubiera imaginao tan grande. El Tercero es una pobre cañada a su lao. ¡Lo que ha de ser entonces el mar! ¿Y sabe lo que me encantó? Los veleros. Todos los barcos en general, pero más los veleros, con sus grandes velas... Parecen... este... bueno, no sé lo que parecen, ¡pero me encantan! ¡Sí, ya sé, inmensas alas parecen!

Dick escuchaba con agrado los comentarios de Casiana, pero pronto su otro yo empezó a pensar: ¡Qué provinciana! ¡La primera vez que ve barcos! ¡Y qué poco viajada! Y velozmente desfilaron por su cabeza imágenes de sus viajes con sus padres por Francia, Bélgica, Holanda, Alemania y Suiza. Él era, evidentemente, un hombre de mundo. En cambio ella...

—¡Cómo me gustaría viajar! Conocer Europa... viajar con una persona a la que se quiera y que la quiera a una —siguió hablando con ensoñación Casiana, mientras reclinaba su cabeza en el hombro de Dick.

Ambos se imaginaron en la cubierta de un barco, en una noche tibia, estrechamente abrazados contemplando el mar y el firmamento lleno de estrellas. Ella esperaba que él le respondiera: "Viajar juntos, usté y yo", pero en cambio, fiel a su principio de evitar compromisos, apenas se atrevió a decir con voz más bien fría:

—Sí... ¡qué bueno sería! ¿no es cierto?

Aunque ligeramente contrariada por la falta de correspondencia de Dick, ella preguntó:

—Cuénteme Ricardo, ¿cómo es Europa, Inglaterra?

Dick recién percibió aquí que ella lo llamaba simplemente por su nombre, familiaridad que lo inquietó un tanto. También lo molestó el que ella tácitamente incluyera a Inglaterra en el continente sin entender la enorme diferencia entre una cosa y otra. Pero renunció a explicarla, total, ella no entendería nada, y comenzó a describir la campiña inglesa, Londres, Oxford, Alcester y la zona en la que él había vivido.

Como siempre ocurre con las descripciones de viajes y lugares, la visión que Casiana se hacía de lo que contaba Dick poco y nada tenía que ver con la realidad. Así, la casa parroquial en la que había vivido Dick, de tres plantas y ladrillo a la vista, la imaginaba como la vieja casa de azotea y ladrillo sin revocar del cura de Fraile Muerto; la esbelta iglesia gótica de Kinwarton la visualizaba parecida a la iglesia barroca de Rosario puesto que jamás había visto construcción alguna de ese estilo; cuando Dick le hablaba de la residencia campestre de los Throckmorton, Casiana veía el edificio urbano de la Universidad de Córdoba, pero lo que le resultó absolutamente imposible de imaginar fue la inmensidad de Londres con su millón de habitantes.

Por otra parte, y como también es común en estas situaciones, largos tramos de las descripciones de Dick las perdía pues se distraía imaginándose en un viaje con él, en el compartimento acolchado del coche dormitorio de un tren que cruzaba un paisaje boscoso y montañoso, tal como había visto en la ilustración de un libro puesto que los vagones del Central Argentino carecían aún de esas comodidades). Dick descorchaba una botella de champagne, brindaban, bebían y jaraneaban. Luego, él comenzaba a abrirle los infinitos botones de su chaqueta de terciopelo rojo, mientras la besaba en la boca.

La descripción de Dick y la ensoñación de Casiana fueron interrumpidos por dos nuevos visitantes que atravesaron el patio corriendo bajo la lluvia. Casiana se apartó de Dick, quien interrumpió su discurso para saludar a los recién venidos, que entraron en la habitación del comandante.

—¡Pucha con la gente! —se quejó Casiana—. Desde que hemos vuelto del Rosario la casa está así, convertida en un clú. Y, además, mamita está llegando de Córdoba —agregó, confesando inconscientemente que constituía un inconveniente adicional.

—¿Su madre? —preguntó Dick, que nunca había pensado en que la madre de ella tuviera existencia real.

—Sí, mi madre. Salgo mañana en tren a buscarla a Villa Nueva, de donde volvemos juntas para acá. Va a ser para ella su primer viaje en tren. ¿No le parece fantástico?

A Dick no le parecía nada fantástico y se sentía frustrado. Otras impresiones de Casiana acerca de su viaje a Rosario fueron oídas distraídamente. La aparición en escena de la madre de Casiana acrecentaba sus inquietudes. Tenía la certeza de que de alguna manera le molestaría. La gran libertad de Casiana había sido muy cómoda para él, ya que su padre no había significado ningún estorbo.

—¿Por qué no se viene conmigo en el tren mañana? Dormimos en Villa Nueva en lo de mi tío Melitón y volvemos con mamita al día siguiente. No son ni dos horas de viaje. Un paseo. Nos vamos a divertir ¡A mis tíos y primos les gusta la juerga! ¿sabe?

La reacción de Dick fue sentir como que Casiana quería enredarlo con su familia, con su madre. Se asustó y se negó apresuradamente:

—No puedo. Yo tener que volver a Monte Molina con gente y cantidad de cosas que mi padre enviar de Inglaterra. Por qué no venir usté a visitarnos a Monte Molina la otra semana? Poder ir con señor Melrose y sus hijas, ellos también ir.

—No me hace ninguna gracia viajar con esas inglesitas amigas suyas —contestó Casiana con voz ácida y cortante.

—Escocesas, no inglesas —corrigió Dick, en el mismo tono.

—Da igual.

—No, no da igual. Escocia ser otro país. Usté comenzar a aprender la diferencia.

—¿Y por he de ir aprendiendo la diferencia? —pensó Casiana en voz alta, y sin decirlo, también pensó: ¿Es que el tipo este tiene algún plan que me quiera notificar?

Sin contester, él insistió en preguntarle si iba a ir.

—No puedo, en serio. No, imposible. Tatita se va a quedar unos pocos días acá y después nos vamos todos para Córdoba. Mamita lo ha convencido de que tiene que ir allá porque la situación política está muy complicada ¿sabe? Parece que Luque, el gobernador, está apoyando a los montoneros de Cuyo, La Rioja y Catamarca.

—Yo esperar no haber otra revolución.

—Quién sabe. Mami quisiera que mi padre fuera miembro 'e la legislatura. Una manera de tenerlo allá. Mamita está mal 'e los pulmones y el clima de Córdoba le sienta mejor que el de acá ¿vio? Por eso es que vive en Córdoba y que lo quiere llevar con ella (ha de haber escuchao rumores de su amistá con la Claudina, pensó Casiana). Lo que mami quisiera es que Tatita llegara a ser gobernador, ¿vio?

—¡Ojalá que lo sea! En tal caso yo suponer que su padre va a mandar más soldados y, sobre todo, armas para pelear la indiada. Yo no entender cómo ustedes pelear unos contra otros y dejar el campo libre a los indios.

—Y sí... ¡Qué le va a hacer! Aunque a ustedes tampoco le disgustan las guerras, ¿no?

—Bueno, desde las guerras con Napoleón casi no tener y, por otra parte, no tener indios salvajes en nuestras narices. —Tras decir esto, Dick preguntó con una voz que no dejaba de trasuntar cierta ansiedad: ¿Ir por mucho tiempo a Córdoba?

—¿Quién sabe?—contestó vagamente Casiana—. Puede que me quede allí para siempre. Así lo dejo tranquilo, ¿qué le parece?

Él, como toda contestación, lanzó un suspiro. Se quedaron en silencio, ella frustrada ante la indefinición de Dick, viendo como la lluvia caía en el patio. Se habían formado charcos en los desagües de los techos, que se unían y corrían siguiendo el suave declive hacia el río Tercero. De allí al Paraná, al Plata y al mar. Las hojas mojadas de la frondosa higuera reflejaban la tenue luz de los candiles de aceite de yegua que iluminaban la cocina.

Se había formado un clima de desánimo en la pareja. Dick, temeroso de caer en las redes de la familia Casas. Casiana, a su vez, decepcionada al verlo a Dick poco positivo ante su propuesta de viajar a Villa Nueva a buscar a su madre. En el fondo, ambos estaban disgustados al comprobar que se iban a alejar nuevamente y, para peor, por tiempo indefinido.

La lluvia había ido mermando entre tanto, y finalmente cesó. "Una meadita 'e gato", murmuró en forma casi ininteligible Casiana. Un pamperito barrió la tormenta y refrescó. Dick aprovechó para anunciar que se iba. Se despidió del dueño de casa y, en general, del resto de la concurrencia, recogió su sombrero de copa y cruzando el patio se dirigió al portón. Casiana lo acompañó. Lo hubiera querido besar pero desistió al verificar que había gente en la galería, y no tuvo más remedio que darle la mano.

—Será hasta... hasta su vuelta —dijo Dick con voz que trasuntaba su frustración y, a la vez, cierta emoción.

—Sí, hasta mi vuelta y hasta que nos volvamos a encontrar —respondió ella con igual tono al tiempo que lo empujaba fuera suavemente con su mano izquierda.

Dick se alejó sorteando los charcos que la lluvia había hecho en la calle de sierra, ahora de barro. Hacia el norte se veían los refusilos de la tormenta que se alejaba.

* * * * *

Casiana sentía una sensación de frustración. Parecida a la que siguió después de aquel primer beso, en la iglesia. Como entonces, algo había salido mal. Pero ahora aquella sensación era más profunda. Sí, porque en aquella ocasión apenas lo conocía a Riki, pero ahora la relación se había estrechado. Ya existía un lazo entre ellos, tácito, nunca hablado, pero algo había sin duda. ¡Riki estuvo tan tímido! Se le metió en la cabeza no acompañarme a Villa Nueva a buscarla a mamita. ¿Por qué se habrá puesto así? Parecería que se hubiera asustao de ella. ¿Así, sin conocerla? ¿Alguno le habrá hablao de mamita? No creo. En realidá, de haberla conocido, habría tenido buenas razones de asustarse. La vieja es jodida. Acida. Amarga. Y si alguien le cae mal, ¡mucho peor! ¡Cómo lo maltrataba a José! ¡Y a mí por culpa de él! O por culpa de que él me gustara. A José, como buen caradura que era, no le importaba. Pero a mí sí. Puede que en el fondo, haya sido mejor que Riki se negara a ir a Villa Nueva. ¡Qué habría pensao la vieja si me ve aparecer sola con un tipo que ni conocen! ¡Y tras haber viajado juntos en el tren! Le da un soponcio. 'ta bien que a la vieja pueda no haberle gustao, pero que él no haya querido ir, eso me molestó. Sí, claro que me molestó. El tipo ése es un rarote. A veces parece que se muere por mí. Después se asusta y anda con el rabo entre las piernas. Con estos gringos nunca se sabe. ¡Tienen una forma 'e pensar tan distinta! No se sabe lo que quieren. Ni lo que piensan. Le di pie para que me dijera que yo soy la persona con la que soñaba viajar. Pero nada. Ni por mera cortesía. Se enojó porque no sabía distinguir ingleses de escoceses. ¿Cómo es que dijo? Es hora que usté vaya aprendiendo la diferencia, con esa ridícula forma de hablar que tiene. ¿Y por qué tengo yo que aprender la diferencia le contesté. Casi le pregunto si es por si me caso con él. Debí preguntárselo, qué zonza, para ver qué cara ponía y saber de una vez por todas qué es lo que está pergeñando esa cabeza suya. Si es que pergeña algo. No sé por qué pero me parece que perdí el tiempo con él. Más me hubiera valido dedicarme a su socio, Fran. Ese tipo me apretó sin remilgos cuando valseamos en la fiesta 'e fin de año. Y es muy simpático. Y valiente. ¡Cómo se animó a ir a la estancia enseguida después 'el malón de los indios. Que bien podían haber estao allá entuavía. Pero al Fran se lo ve poco. No me dio muchas oportunidades en realidá. Dicen que juega mucho a los naipes, a las cuadreras y a los gallos. Y que anda con chinas, según el chismoso de don Cleto. Riki se enoja porque a mí me da igual que sean ingleses o escoceses mientras me sigue diciendo que soy española. ¡Ya me tiene hasta acá con eso! ¡Si supiera la inquina que les tenemos a los gallegos! La cosa es que una nunca sabe donde está parada con ese inglés. ¿Pensará que me va a llevar a vivir con él a Monte Molina? ¿Sin casarnos antes? Eso yo nunca lo haría, no. Aunque según Tatita, Urquiza nunca se casó como corresponde con la Dolores Costa. Pero la gente 'el Litoral es distinta. ¿Tan distinta? Se casó acaso la Micaela Calzada con Nicolás Taboada? No que yo sepa. Oí decir que porque él ya se había casao de muy joven. Claro, se fueron a vivir allá, por Santiago 'el Estero. Y Fraile Muerto, ¿es acaso muy diferente? Y yo ni siquiera viviría en el pueblo, sino a trece leguas, perdida en el campo, en la frontera con el desierto. ¿Y la vieja? La vieja se moriría del disgusto. ¡Que se joda! Total, ella va a estar en Córdoba. Además... además no ha de vivir mucho más, la pobre. Don Bartolo me confesó que lo que tiene es tisis. Yo ya lo sospechaba. Con esa tos que tiene. ¿Y Tatita? Con Tatita es más jodido. ¿Qué diría? El viejo es menos expresivo, pero las mata callando. Perjudicaría mucho su reputación. ¿Pero a qué me pongo a pensar en todo esto? Ni siquiera me lo ha propuesto Riki, ni insinuao tan siquiera. Cierto que estas cosas no se proponen. Ni se discuten. Ocurren, simplemente. Pero antes tiene que pasar algo, supongo. Sí, acostarme con él. ¿Sin estar casada? No lo podría hacer. Podría haber ocurrido el primero de año, en la villa del Saladillo. Pero a último momento, no quise. No pude. Como tampoco pude con José. Y ése sí que fue insistente. Parecía un mangangá. ¡Tenía un camote! Y yo para qué te voy a contar. Claro, entonces yo era virgen. Y tenía todos los miedos a los hombres, de cómo sería la cosa. Y además, el miedo a quedar preñada. ¿Y si quedara preñada de Riki? Puede que eso lo decidiera. O no. De todos modos, no sería pecao. Supongo, porque las monjas nunca nos lo dijeron directamente. Siempre nos hablaban que teníamos que cuidarnos de los manoseos. Y los curas por el estilo, siempre dando vueltas. Aunque no las andan con tantas en sus propios asuntos. Según dicen al menos. Tampoco dicen nada los Diez Mandamientos: no matar, no robar, no mentir, no desear la mujer 'el prójimo. Pero éste no nos concierne a nosotras. O sea que podemos desear los hombres de otras sin pecar. ¿Desearlos solamente? A ver... ¿y qué otros mandamientos hay? El de no levantar falso testimonio. Va junto al de no mentir. Había otro... ¿cómo era? ¡Ah, ya sé: no fornicar. Pero nunca nos dijeron qué quería decir. De modo que no hay ningún mandamiento que diga: ¡no coger! Entonces no ha de estar tan prohibido. O ha de ser un pecao venial. ¡Pero dale con pensar en esto! Con ese tipo yo no viá ninguna parte. ¡Tan presumido! ¡Tan sobrador! Como buen inglés, porque ellos se consideran los mejores del mundo en todo, los más perfectos. Que nosotros esto y nosotros aquello. Pienso que después 'e sacarnos las ganas, nos llevaríamos a las patadas. Seguro que sí. Agora me voy a Córdoba, veo cómo están las cosas por allá y... por ahí... ¿quién sabe? Sería la mejor forma de sacármelo 'e la cabeza.

Así monologaba Casiana, sentada en el segundo patio y gozando del fresco que había traído la tormenta.

—Niña, ¡qué hace ahí sin abrigo! ¿no ve que ha refrescao? Le viá traer un chal pa que se lo ponga sobre los hombros.

—No, dejá, Rosalía, dejá. No tengo frío. Traeme una granadina en cambio, ¿querés? Estoy muerta 'e sed.

* * * * *

Algo salió mal esta noche. Muy mal. Ahora aparece en escena la vieja, iba pensando Dick camino a la fonda, saltando los charcos dejados por el chaparrón veraniego. ¡Y Casiana que me propuso ir con ella en tren a buscarla a Villa Nueva! ¡Qué locura! Y quedarnos allá en lo de un tío. ¿Cómo se llama? Melitón, ¡qué nombre! Hice bien en no ceder con el pretexto de llevar los carneros que me mandó papá. Y también los peones venidos de Alcester con el señuelo de los enormes salarios que se pagan en este loco país. También, si llego a caer en la trampa de la vieja... Una joda la vieja, porque el comandante, aunque un poco grotesco con su rídicula banda de seudosoldados, no molestaba, pero la vieja debe ser de lo más desagradable. Como esas viejas que vi en Córdoba, siempre de negro. Luto por el padre, o el tío, o el primo, o el sobrino cuarto. ¡Luto y más luto! Y yendo a la iglesia cubiertas por trapos, tules y crespones negros. Bueno, no tan distinto a Inglaterra. Pero no sé por qué, parece más lóbrego acá. Puede ser debido a la infaltable escolta de sirvientas negras. Además, Casiana estuvo muy desagradable. Negándose a ir a Monte Molina con las Melrose. "No me hace ninguna gracia viajar con esas inglesitas pecosas amigas suyas", como si ella no tuviera también algunas pecas, y siempre confundiendo Escocia con Inglaterra. Sí, y para peor me preguntó por qué tenía que aprender la diferencia, como negándose a mejorar su cultura. ¿Cultura? ¡Incultura! Sí, porque esta gente es de lo más atrasada del mundo. Hasta que fueron al Rosario nunca habían andado en tren y ella tenía miedo que descarrilara. ¡Qué absurdo! ¡No había visto en su vida un barco! Y admirada además, por el tamaño del río Paraná. Recién ahora me doy cuenta que nunca ha visto el mar. Entre ella y yo hay un abismo cultural que nos separa. Un verdadero mar. Menos mal que me he dado cuenta. Más vale tarde que nunca. No sé cómo me pudo gustar. ¡Y qué calor en el cuarto del viejo! También con toda la gente que lo fue a ver. El viejo siempre agradecido a Frank por haberse atrevido a ir a la estancia después del ataque de los indios. ¡Valiente cosa! ¡Los indios ya debían estar a no sé cuántas leguas de distancia! Y Casiana igual, siempre ponderando lo corajudo que estuvo Frank. ¿No le gustará más que yo? En la noche de Año Nuevo estuvo meta bailar con él. Sí, pero al día siguiente, allí, junto al río, fue conmigo, no con él. Y al fin y al cabo, ¿él qué hizo? Entrar en la estancia cuando los indios ya se habían ido... En fin, creo que me la saqué de encima. ¡Mejor que no vaya a Monte Molina! Ahora que se vaya a Córdoba con su viejo que parece que va a quedar con una pata dura y que se va a entretener en tratar de ganar una banca en la legislatura. El gobernador de turno ayuda a las montoneras. Este país parece destinado a vivir en medio de revoluciones. Mejor hubiera ido a Australia. Los ex presidiarios son más serios. Claro, aunque convictos, son británicos. En realidad, ni siquiera debí ir a la casa. ¿Para qué me habrá avisado la mujer del fondero —qué buena está— que Casiana y el viejo habían vuelto del Rosario? Y de haber ido, debí haber saludado a don Nazario e irme enseguida, antes de que Casiana llegara. Me dejé estar como un gil. En el fondo, tenía ganas de verla. Porque la española me tiene mal. Me tentaba carnalmente. Corría el peligro de pecar. Si fuera una cosa fácil y pasajera, todavía. Aunque en sus sermones papá decía que era tan pecaminoso como una relación permanente. Con Molly, la tambera, la cosa no fue tan pasajera en realidad. Creo que por eso papá echó al padre y a toda la familia. Alguno le debe haber ido con el cuento. Aunque él nunca me dijo nada. Yo era muy chico entonces, porque, ¿cuándo fue? Ya sé: cuando Jack entró en el ejército, en el 60, ¡hacen ya cinco años! ¡Pobre Jack, qué mala suerte, morir a los 21 años! En fin... la cosa es que creo que Casiana pretende casarse conmigo. ¡Qué ridículo! ¡Casarme con una native yo! Papista. Viuda. No virgen por lo tanto. Y que según dicen, andaba con el ex novio estando casada con el difunto marido. En fin, me la saco de encima. Mejor así.

CAPÍTULO 21

The most we can say of it (the Colon Theatre) is that its ugliness is not so ugly as that of many such buildings.

Lo más que podemos decir de él (del Teatro Colón) es que su fealdad no es tan fea como la de muchos de esos edificios.

RICHARD F. BURTON: *Letters from the battlefields of Paraguay,* 1870.

—La cosa es que Tim Doolan y Bert McCraith estaban rociando su renovada amistad con abundante ingestión de carne —contaba Walter Seymour—, cuando en el patio entró un tipo con quien Tim tenía cuentas que arreglar. Y al verlo en carne y hueso, entró corriendo para buscar su revólver. Bert y yo le gritamos entonces al que llegaba que se fuera si tenía aprecio por su vida, lo que así hizo. Además, para calmar los ímpetus de Tim, nos pusimos en la puerta para impedirle el paso, pero al verla bloqueada, saltó por la ventana, salió a la calle y vació el cargador sobre su enemigo en retirada. Afortunadamente para éste, la caña le había afectado la puntería. Entonces aconsejamos a Tim que saltara sobre su caballo sin demora y se escapara al campo, porque el otro ya debía estar dando aviso a la policía. El consejo fue acertado. Cuando Tim montaba, en la esquina aparecía su enemigo seguido por tres milicos. Tim los saludó sacándose el sombrero cortésmente y escapó a todo galope. Estuvo ausente del Rosario un par de semanas, esperando que el asunto se olvidara.

Walter también contó el caso de Hynde, el frustrado duelista, salvado del duelo por su mujer que le sonsacó la noticia del encuentro al notar que no podía dormir. La linda irlandesa avisó al jefe de policía quien a la mañana siguiente prendió a los duelistas, a sus padrinos y a los curiosos, pudiendo Walter escapar por escaso margen.

Walter pasó a relatar luego los combates entre los obreros del fe-rrocarril y los serenos de la policía.

—¡Qué raro la cantidad de cosas que te han ocurrido! A mí Rosario me parece tan tranquilo como Warwick—comentó Dick interrumpiendo a su hermano.

—¡Como Warwick! Pero escuchame, si a Bob Acres y Jim Winkle los asaltaron unos gauchos que salieron de entre el cardal que hay frente a la estación!... Claro, si sólo te ves con el pastor Carter, vas al café de Orispe a averiguar las cotizaciones de las monedas, al teatro La Esperanza y te acostás a las diez, el Rosario que conocés te va a resultar tan tranquilo ya no como Warwick sino como Alcester —replicó Walter con voz burlona.

—Sobre todo estando tus pensamientos están monopolizados por Casiana Casas, puede haber una revolución sin que te des cuenta —agregó Frank, también burlón.

—Casiana Casas, ¡por Dios, cuéntenme quién es Casiana Casas! —imploró Walter, devorado por la curiosidad, pues gozaba con los chimentos.

—La hija del comandante de Fraile Muerto —informó Frank.

—¡Ah, la hija de don Nazario! Me recuerda otro episodio, ocurrido no en Rosario sino en Fraile Muerto. En el tiroteo que se armó cuando buscábamos a los asesinos de McPherson, el comandante mató a uno que nada tenía que ver en el asunto. El mismo hermano de McPherson casi me liquida por error esa noche. ¡Qué frío hacía! —Tras una breve pausa, Walter agregó—: Pero no sabía que el comandante tuviera una hija. ¿Cómo es, díganme? Como hermano mayor debo velar por Dick.

—Es muy bien. Es lo que me parece a mí al menos —respondió Dick, de mala gana —y agregó: físicamente.

—Sí, está muy buena —confirmó Frank haciendo un círculo con el pulgar y el índice.

—Y bueno, felicitaciones, aunque vas a tener que cuidarte de su viejo. Aquí dicen que hay que hacerse amigo del juez, lo que significa que no hay que hacerse enemigo del comandante —dijo Walter.

—El problema parece estar en que la dama no es fácil de jaquear, salvo que se vaya por los carriles legales —confió Frank—. ¿No es así Dick?

—¡Ajá! ¿Cómo es eso? —preguntó Walter, cada vez más divertido.

—Yo no me quiero meter con una nativa. Es así de simple. He visto varios compatriotas nuestros viviendo con nativas en Entre Ríos y la verdad es que me ha disgustado —dijo Dick, tratando de rehuir el tema.

—¡Ésas eran chinas! —aclaró Frank—. Casiana es española y haría muy buen papel en la misma Inglaterra.

—Sí, la verdad es que las españolas del Plata son muy atractivas. Sobre todo si se les saca esa cantidad de polvo que se ponen que las hace parecer como "apple-pies" —observó Walter—. Pero, aparentemente, ni ella ni vos quieren las vías de hecho.

—Quizá Dick no haya insistido demasiado... —sugirió Frank, al tiempo que pensaba: ¡Si yo la hubiera descubierto antes y estuviera en el lugar de Dick! En el baile de fin de año ¡si la habré apretado bailando vals! Y ella no parecía disgustada. Pero al día siguiente Dick volvió a interesarse en ella, y creo que la perdí. ¿Qué habrá pasado realmente durante ese baño en el río?

—No insistí porque no quiero hacerlo. Ya dije por qué —dijo Dick, un poco tenso.

Estaban afuera, en la galería de la nueva casa de Monte Molina tendidos en sendas sillas tijera. Era una noche sin luna y los tres ingleses contemplaban las estrellas que por millones pueden verse en el incomparable cielo pampeano. No había viento y el aire estaba tibio. Los negros cascarudos chocaban torpemente en su vuelo contra las columnas de la galería y caían pesadamente al piso enladrillado con ruido seco. Los mosquitos eran ahuyentados con bosta quemada. Alrededor de la lámpara de kerosene, miles de bichos voladores formaban un halo y varios sapos aprovechaban el festín. Los agudos grititos de los murciélagos en vuelo rasante se dejaban oír de tanto en tanto. Una lechuza chistó, pero los grillos no le hicieron caso.

Frank tomó un corto trago de ginebra, dejó el vaso en el suelo y dijo, dirigiéndose a Dick:

—Estás metido en un brete, viejo. No podés estar sin ella. No te querés casar con ella y ella no quiere ser tu amante, ni vos estarías contento que lo fuera. Creo que deberías reexaminar porqué no te querés casar con Casiana.

—¿¡Casar!? ¡Epa! Ése es un verbo de difícil conjugación —comentó Walter que, a los 27 años, se estaba convirtiendo en el solterón empedernido que resistió el casamiento hasta cumplidos los setenticuatro—. ¡Cómo le estás proponiendo a mi tierno hermano que lo haga! —se quejó a Frank, mitad en serio, mitad en broma.

Dick se sacó la pipa de la boca y habló:

—Frank, yo ya te lo he dicho, pero parecería que no lo querés entender. Ella no es inglesa. Es católica para peor e ignora la Biblia. Además, ¡cómo vive esa gente! La casa del pueblo vaya y pase, pero deberían haber visto la estancia. ¡Si no es más que un rancho! ¡La imagen de la dejadez y la desidia; con animales muertos pudriéndose y un olor espantoso!

—Bueno... varios de nuestros compatriotas viven así por acá —observó Frank.

—Viven así porque recién llegan, como vos en Gualeguaychú y nosotros en la casa de fierro —replicó Dick.

—He visto a más de uno viviendo en ranchos miserables desde hace años y no por falta de plata —insistió Frank.

—Así vivirían allá en Inglaterra. Hay que reconocer que muchos campesinos viven allá en forma parecida, pero apuesto a que vos no estarías dispuesto a casarte con la hija de alguno de ellos. Por otra parte, y sin querer sugerir que Casiana sea una loca, su moralidá no es... eh... muy estricta que digamos...

—Si faltó a la moralidá habrá sido por culpa tuya. Las viudas ya lo probaron y no son tan estrechas... —acusó Frank.

—¿Así que la española es viuda...? —preguntó Walter, muy interesado en el tema—. Me recuerda al caso de Jorge IV: a los veintidós años se enamoró perdidamente de una católica y viuda, Mary Anne Fitzherbert. Como no quiso convertirse en su amante, el futuro rey debió casarse secretamente con ella.

—Pero el casamiento fue declarado nulo por no haber tenido el consentimiento del rey. Y de haberlo tenido, Jorge habría perdido el derecho a suceder en el trono a su padre —recordó Dick.

—De acuerdo, pero aún así, al morir Jorge IV y descubrirse que tenía en el cuello la miniatura de Mary Anne, corroborándose que nunca había dejado de amarla, Guillermo IV se conmovió tanto que la consideró legítima viuda de su antecesor y le ofreció un ducado. Quiero decir con esto que pese a ser católica fue tratada con enorme respeto, que por cierto no gozó su protestante y adúltera segunda esposa —expuso Walter.

—Gran respeto... y sin embargo el casamiento fue anulado —dijo Dick con sorna.

—¡Pero se trataba del heredero a la corona! ¡Aprendé a ponerte en tu lugar! —explotó Frank—. Escuchame Dick, su padre está forrado. El viejo Casas debe tener más de cien mil acres, es jefe político y comandante de la zona, y su familia es de las más antiguas de la provincia.

—Por el calor que ponés en tus argumentos, si Dick no la quiere, la viuda parece tener otro candidato asegurado —apuntó Walter, con sorna, observación que silenció a Frank por un momento.

—El viejo no es mal tipo, debo reconocer. Pero es gente muy muy primaria, pueblera. El único verdadero caballero de Fraile Muerto es don Cleto del Campillo —sostuvo Dick.

—Por cierto que el comandante no es un lord —admitió Walter, dando razón a su hermano menor.

—Pero Dick no se va a casar con don Nazario ni con don Cleto —le respondió Frank. Y luego, dirigiéndose a Dick, volvió a la carga diciendo:— Mirá, si planeás asentarte en este país, casarte con una española como Casiana es perfectamente coherente. No será la duquesa de Kent, pero tampoco sos vos el duque —recordándole, indirectamente, que era un segundón.

—Te agradezco tus consejos, Frank, pero yo veo las cosas así: primero, no sé todavía si me voy a asentar para siempre en este país. Más bien diría que no. Unos años, para probar fortuna, están bien, pero no puedo pensar en que sea definitivo. Y en segundo lugar, aunque quisiera quedarme a vivir aquí, bien podría casarme con una inglesa que sin ser la duquesa de Kent, fuera de buena familia, como la mía —replicó Dick, pensando en Mary Elizabeth Throckmorton.

Se hizo un silencio. "En verdad no sé qué estoy haciendo tratando de persuadir a Dick acerca de la conveniencia de que se case con Casiana. Mejor sería que él desistiera de la idea y de ella, así me deja el campo libre", pensaba Frank, mientras miraba las estrellas, entre sorbo y sorbo de ginebra. Empezó a murmurar:

—Twinkle, twinkle little star
How I wonder what you are!
Up above the world so high.[1]

[1]Titila, titila, estrellita,
¡Quería saber qué eres!
Tan lejos del mundo allá arriba.

Un murciélago pasó rasante y Walter interrumpió a Frank diciendo a su vez:

—Twinkle, twinkle litte bat
How I wonder what you're at!
Up above the world you fly.[2]

Los otros rieron de la ocurrente parodia de Walter, sin conocer su origen, que éste se guardó de decir. Luego, Frank que seguía escudriñando el firmamento, preguntó:

—¿Se verá aquí la estrella Algol? —y añadió: —Un hermano de mi bisabuelo, estudiando las estrellas variables, descubrió el período y la ley de los cambios de Algol a los dieciocho años. Fue premiado y elegido "fellow" de la Royal Society; catorce días más tarde moría, teniendo mi edad. ¡Un genio. Qué mala suerte haber muerto tan joven. Con la cantidá de viejos inservibles que hay.

—¿Era un Holyoake? —preguntó Walter.

—No. Un Goodricke y, por lo tanto, no fue en realidad hermano de mi bisabuelo, sino del abuelo de sir Harry Goodricke, a quien le debemos nuestro apellido y papá su título de sir —explicó—. Sir Harry nos mejoró el pedigree —agregó con una risa forzada.

—Además —volvió a decir Dick un poco extemporáneamente—, ¿cómo le caería a papá que me casara con una española? ¿Se la imaginan tomando el té con papá y mamá? ¡¿Y qué diría la harpía de Augusta?!

—Bueno... preocuparse de la opinión de Augusta... en fin... —dijo Walter hablando consigo mismo. El monólogo lo interrumpió al pegarse una bofetada en la cara. Se miró la palma de la mano y comprobó con satisfacción que había matado un mosquito.

—¡Y además papista! —exclamó Dick.

—No recuerdo que tuvieras tantos problemas con Mary Elizabeth, —dijo Frank, con sorna.

—¡No vas a comparar! Los Throckmorton serán papistas, pero es una familia antiquísima —protestó Dick con un razonamiento poco coherente.

[2]Titila, titila, murciélago,
¡Querria saber en qué estás!
Tan alto del mundo volás.

—Yo he estado haciendo algunas averiguaciones acerca de los Casas. Don Cleto me informó que el primero de la familia en llegar aquí vino con los conquistadores, trescientos años atrás dijo Frank.

El dato no mereció ser tomado en cuenta por los Seymour y Walter, pensando aún en los Throckmorton, dijo:

—¡Buenas personas los Throckmorton! ¡Papistas y todo! Lo que ya no importa demasiado en estos tiempos. ¡Tan sociables que Bran! ¿Saben cuánta cerveza se consumía en Coughton Court?

—Mm, ¡no me hables de cerveza! —dijo Dick juntando las manos y mirando al cielo.

—¡Diez mil barriles al año! Me lo contó Willie Throckmorton —dijo Walter, quien comenzó a hacer cálculos, probando que su estadía en la contaduría de los Comunes no había sido inútil: Eso equivale a veintisiete galones por día. Un cuarto de galón por persona; no tanto para la centena de peones, jardineros, caballerizos, guardaparques y cualquiera que con cualquier motivo fuera a la casa.

—Sir Robert era una excelente persona —recordó Dick—. Fue el primero que me llevó a cazar. Porque lo que es papá...

—A mí me llevó tu padre —recordó Walter dirigiéndose a Frank—. Me llevó junto a tu hermano Harry. Éramos íntimos amigos. ¡Pobre Harry! Yo estaba a su lado cuando se ligó esa bala perdida. Me pudo haber herido a mí —comentó Walter.

—No exactamente perdida. Papá le disparó a un ciervo que pasaba cerca pero se la metió al pobre Harry. ¡Una imprudencia terrible! que, al fin, mató a Harry —aclaró Frank, que se había puesto muy nervioso.

—¡Y pensar que se había recuperado tan bien! Había vuelto a jugar al cricket y todo. ¡Qué mala suerte, tan gran tipo que era! —rememoró Walter.

—A papá no le afectó demasiado, sin embargo. Siguió dedicado a la caza como si nada hubiera ocurrido —dijo Frank, dando rienda suelta a su antiguo resentimiento contra su padre.

Por su cabeza pasó vertiginosamente la discusión con su padre:

—Vos no lo quisiste a Harry. Seguramente porque te recordaba demasiado que todo lo que tenés se lo debés a sir Harry. Hasta el apellido. Por eso vendiste Ribston Hall y construiste Studley Castle, para cortar el cordón umbilical. ¡Te sentías un impostor, sí! y la muerte de Harry, le habías puesto Harry por sir Harry,...

Un rugido de sir Francis impidió a Frank completar la frase diciendo "te alegró".

—¡Cómo podés imaginar esas horribles cosas de tu padre! ¡Tenés la mente podrida para pensar así! —había gritado sir Francis, rojo de rabia, quizá porque las suposiciones de su hijo no eran del todo inexactas—. Mirá, mejor que te vayás de acá lo antes posible y no vuelvas a pisar esta casa hasta pedirme perdón, ¡desgraciado!

El cabeza dura de Frank se negó rotundamente a pedir perdón pese a los ruegos de su madre, y con unas pocas libras que le dio a escondidas, se había ido a criar ovejas a Entre Ríos.

Frank ahuyentó esos pensamientos, y para retomar el curso de la conversación, le dijo a Dick:

—Volviendo a tus dudas respecto de Casiana y la religión, si nunca se las planteás, nunca vas a conocer las respuestas.

—Mm... puede ser. ¿Pero mirá si acepta hacerse anglicana? Porque a estos nativos la religión no les interesa demasiado por lo que pude ver. Pero el problema es mucho mayor que el de la religión. Son todos los factores sumados que comenté. Ya he decidido, justamente por eso, olvidarla, sacármela de la cabeza —informó Dick, quien, como para ratificar su determinación, tomó un largo trago de whisky. —Yo que vos me iría a Buenos Aires, me pasaría una temporadita allí hasta que se me pase el camote, y haría un poco de sociedad con la colonia inglesa. En Buenos Aires vas a encontrar a más de una chica, inglesa o porteña, que te haga olvidar a Casiana. Total, acá, hasta la cosecha de maíz poco hay que hacer. Y en cuanto a Casiana...—, e interrumpiendo la frase, Walter miró a Frank con intención.

Frank entendió perfectamente la alusión de Walter. Voy a dejar pasar un tiempito y después me voy a hacer una escapada a Córdoba —pensó.

La propuesta de Walter parecía razonable a Dick. Fue así como se trasladó días más tarde a Fraile Muerto y allí tomó el tren a Rosario previo pago de siete pesos fuertes.

Dick no gustaba perder el tiempo. El tiempo es oro. De modo que en el tren aprovechó para leer la Biblia. ¿Qué mejor forma de aprovechar el monótono viaje? ¿Y qué pasajes de la Biblia leía Dick? Los relacionados con las viudas. Pudo comprobar que tanto el Antiguo como el Nuevo Testamento aconsejan piedad para con las viudas. Dios es su defensor según los salmos, quienes a su vez definen como impío a quien da muerte a una viuda. Cristo a su vez se apiadó de las lágrimas de la viuda de Naím al punto de hacer resucitar a su marido, según cuenta Lucas.

Sí, muy bien, pero no hacía tanto que había muerto el marido de Casiana; entonces, habiéndolo querido a éste ¿cómo podía ella cambiar de sentimientos tan rápido pasando ahora a quererlo a él? Pero, ¿a qué pensar en todo esto si, de todos modos, he decidido olvidarla? ¡Basta, desapareció, murió para mí! Sin embargo, para olvidarla es necesario contar con buenos argumentos, pensaba el muy racional inglés. Lástima que para estos fines no hubiera conocido las ideas divulgadas pocos años antes por Augusto Comte, el fundador del positivismo, contra el nuevo matrimonio de viudos y viudas.

Dick dejó la Biblia y estos pensamientos y se enfrascó en la lectura de *The Economist,* cuyos últimos números los había retirado de la estación. Tomó el ejemplar del 26 de enero y fue derecho a la sección "Wool in Liverpool". "There has been a very quiet market this week", informaba el semanario. Pasó al número siguiente, que daba cuenta de los remates de lanas de la India: "Although the competition is not very spirited prices are about on a par with those realised at the last October sales". ¡Maldición! ¡No pensarán volver a subir esos precios! pensó Dick, tras lo cual, recordando las enseñanzas de los grandes economistas, se dijo: El problema no debe alarmarme, pues se ha de arreglar por sí mismo con el transcurso del tiempo por el simple imperio de la ley de la oferta y la demanda. Pero lo que es una locura inconcebible es que el gobierno argentino cargue un derecho de exportación del quince por ciento. Sobre todo cuando el precio está en baja, como ahora. Lo que va a conseguir es aplastar la mayor industria del país con esa medida, que contraría los más elementales principios de la economía política. Aunque, bien visto, el peligro de los malones más que el de la caída del precio de la lana es lo que nos empuja a la agricultura. Los cuarenta acres sembrados de trigo han rendido más de lo esperado, sobre todo teniendo en cuenta que la primera cosecha en campos vírgenes rara vez es muy buena. Los noventa acres de maíz prometen muy buen rinde y creo que este año vamos a cubrir los gastos. Si es que no viene la langosta.

Dick retomó The Economist y pasó al artículo "The farming of Leicestershire grassland". La edición del Economist era de cinco semanas atrás. ¡Qué fantásticas las comunicaciones actuales que le permiten a uno estar al día, aun en un remoto lugar de un remoto país sudamericano! pensó.

En Rosario, Dick tomó el vapor norteamericano Edward Everett, que prefirió al de bandera argentina Luján, comandado por su compatriota, el capitán Davies, por cuanto siendo ambos excelentes, el primero cobraba nueve pesos fuertes por un pasaje de cámara contra casi una onza de oro el Luján. La fuerte competencia en el tráfico fluvial a apenas quince años de liberada la navegación de los ríos, estaba haciendo bajar rápidamente las tarifas. Barcos de todas las banderas y con tripulantes de cualquier nacionalidad habían sacado de una larga siesta a las poblaciones ribereñas. El pasaje en el Edward Everett incluyó excelentes almuerzo y cena, aparte del desayuno (café, cognac y bizcochos). Dick habría gozado más las comidas de no ser por la molesta costumbre de los pasajeros argentinos de pasársela alargando sus manos para disputarse las aceitunas y pickles diseminados en platitos sobre la mesa.

Al día siguiente llegó al Tigre, donde atracaban los barcos fluviales para evitar el trabajoso desembarco en el mal llamado puerto de Buenos Aires: del vapor a una chalupa y de ésta al muelle. En días de marejada, el primer trasbordo era difícil y de estar el río bajo, de la chalupa era menester un segundo trasbordo a un carro y de éste al muelle.

De allí el desembarco en el Tigre, donde Dick tomó el sucio Ferrocarril Norte de Buenos Aires, lleno de tamberos italianos y vasco-franceses. Tras larga hora y media de viaje entre los parlanchines y escupidores pasajeros, el tren lo dejó en la Estación Central. De allí se fue caminando, seguido de un par de changadores, al Hotel L'Universelle, 25 de Mayo entre Piedad y Cangallo, donde se hospedó. Tras un necesitado baño en las modernas instalaciones de la planta baja, Dick fue a almorzar al Café de París en la calle San Martín.

En el corto trayecto pudo verificar las dificultades, y hasta peligros, inherentes al "footing" en las calles porteñas. Las veredas eran estrechas y tan irregulares como siempre. Estaban, además, plagadas de pozos que en sus profundidades contenían desechos de dudoso origen y hasta restos de animales. Finalmente, su altura respecto del desnivelado empedrado de la calle era vertiginosa. "Imposible caminar borracho por acá", pensó.

Ya en el lujoso restaurante y mientras esperaba que le sirvieran el pejerrey que había ordenado, ojeaba en La Nación Argentina el programa de espectáculos teatrales. Era bien nutrido por cierto: "Bouffes Parisiennes" en el Franco-Argentino; "La Paz en la Aldea", por una compañía dramática española, en el Victoria; un sainete: "El Congreso de las Brujas", en el Recreo; "El Novio en Mangas de Camisa" en el Roma; el "Fausto", la ópera de Gounod en el Colón, a cargo de una compañía francesa. En eso estaba cuando se le acercaron unos ingleses que había conocido en el vapor que lo había llevado a Gualeguaychú. Uno de ellos, al enterarse del interés de Dick en el teatro, le ofreció una entrada para ir al Colón, en razón de que había tomado otro compromiso.

—No es una entrada muy buena pues está en el paraíso, pero es lo único que había conseguido —le explicó.

Dick aceptó agradecido. Terminada su comida y pagado su precio, que halló exorbitante, —tres veces más de lo que habría pagado en el mejor restaurant de Londres— hizo diversas diligencias, comenzando por la visita al Banco de Londres para atender su estado financiero. Ya oscurecía cuando se dirigió a la Plaza Mayor sobre la que quedaba el teatro. Le llamó la atención ver las mujeres, aún las de clase decente, caminando sin compañía alguna. Faltaban pocos minutos para las siete y media, hora del comienzo de la función y al acercarse al teatro cantidad de gente hacía lo mismo que él, no sólo a pie, sino también en carruaje y no pocos a caballo. Subió no sin dificultad, debido a la multitud, las largas y empinadas escaleras, y finalmente se acomodó en su asiento. El tamaño del teatro lo sorprendió. El paraíso estaba poblado por un abigarrado conjunto no precisamente de la clase acomodada porteña. Muchos franceses e italianos y no faltaban algunos paisanos con sus típicas vestimentas. Las luces comenzaban a apagarse cuando uno de éstos se deslizó entre los asientos para sentarse en el vecino al del inglés. Antes de hacerlo echó mano a la parte trasera de su tirador para sacarse el facón que le hubiera incomodado al apoyarse en el respaldo.

—¡Cristo mío! —exclamó el gaucho —¡pero si me lo han refalao! Y claro, con tanta gente en este corral, algún gringo como luz pa la uña ha de haber sido. ¡Y no haberlo yo sentido! —Y dirigiéndose directamente a Dick, agregó:— También con tanto arrempujón. Vea usté, si hasta el calzoncillo me han deflecao... y las botas parecen picadillo.

Dick no acostumbraba a hablar con desconocidos. Menos aún con un nativo, sobre todo siendo gaucho, pues en este aspecto se comportaba con la habitual altanería de los británicos que contrastaba con la extrema cordialidad de los criollos. Se había, además, sentido alcanzado por la referencia a la honestidad de los gringos, por lo que optó por hacerse el desentendido. Pero ello no impidió a su vecino atosigarlo durante toda la función con observaciones y comentarios totalmente desatinados a juicio del inglés, muy molesto por ese atentado a su privacidad. Durante un entreacto, el criollo le dio su nombre y apellido. Dick alcanzó a enmendar el primero: Anastasio, y que había ido a Buenos Aires para vender una lana.

—Pero con el cuento 'e la guerra andan matreros los cobres. Vamos a morir de pobres los paisanos d'esta tierra —confió el hombre a Dick.

Tan sólo allí el inglés encontró un tema de conversación: la cría de ovejas y lo preocupante que era la baja en el precio de la lana. Dick explicó que la baja no era motivada por la guerra del Paraguay, como creía don Anastasio, ya que su precio había caído en todo el mundo, en parte, debido a un fuerte arancel que había cerrado el mercado norteamericano, y en parte también, por la crisis económica en Inglaterra y Europa.

Esa noche le costó dormirse a Dick. Repensando la ópera, le dio por comparar el amor del doctor Fausto por Margarita con el suyo por Casiana y la conclusión obvia para él fue que ambos eran pecaminosos. La diferencia de edad entre Fausto y Margarita era equivalente a las diferencias de religión, nacionalidad y cultura entre Casiana y él. Bien es cierto que Dick no necesitaba del celestinaje demoníaco pero, aunque en una forma no tan manifiesta como en la ópera ¿no estaría acaso el demonio igualmente presente tras Casiana? Y, si bien él no entregaba su alma para ganarla a Casiana, abandonar sus principios ¿no significaría algo semejante?

Pese a la activa vida social desarrollada por Dick, y sus objeciones intelectuales, el principal objetivo de su viaje a Buenos Aires: desplazar a Casiana de su pensamiento y de su corazón, fracasó totalmente.

CAPÍTULO 22

Alice knocked and rang in vain for a long time... "Where's the servant whose business it is to answer the door?".

Alicia golpeó y tiró de la campanilla largo tiempo... "¿Dónde está el sirviente encargado de abrir la puerta?".

LEWIS CARROLL: *Through the Looking Glass,* 1872.

Toc, toc, toc.

Frank Goodricke pegaba aldabonazos a la pesada puerta de madera del caserón cordobés. Tuvo que insistir un par de veces antes que la puerta se abriera con un fuerte chirrido.

—¿Qué desea mi señor? —preguntó amablemente una vieja criada negra.

—¿Es lo de Casas? —preguntó Frank.

—Sí señor, lo de don Nazario Casas.

—Quería saber si está doña Casiana.

—¡No mi señor! Ña Casiana se jué pa Fraile Muerto, cosa 'e cuatro o cinco días atrás. A la estancia Paso 'e las Barrancas, sí, p'allá se jué.

¡Mierda, mierda y mierda! pensó Frank, al mismo tiempo que decía con forzada naturalidad:

—Nos hemos cruzao entonces, porque de Fraile Muerto estoy viniendo yo —tras lo cual preguntó: ¿Usted sabe si se va a quedar mucho tiempo por allá?

—¡Vaya una a saber! Pero por lo que he escuchao, habrá de ser por un par de semanas o algo así. Es lo que me dijo mi hija Rosalía, que acompañó a Misia Casiana. Pero si quiere hablar con la señora mayor...

—No, no, muchas gracias —se apuró a contestar Frank, a quien al igual que a Dick, la madre de Casiana provocaba oscuros e irrazonables temores—. La veré a doña Casiana allá cuando yo vuelva. Muchas gracias y adiós —agregó.

—Tenga muy buenos días, mi señor.

Y la puerta se cerró con un sordo retumbar.

¡Qué suerte perra! Es que me dejé estar. Debí haber venido hace un mes. Y yo que dejé de ir a lo de Melrose para la prueba del arado a vapor, que tanto me interesaba ver. Seguro que si Casiana está en Paso de las Barrancas, también va a ir. Tengo que volver enseguida para allá.

¡Qué macana! La demostración es mañana y yo ya no llego. Espero que la curación de Dick en Las Rosas demore un poco más. No vaya a ser que la historia entre esos dos recomience, y que yo me quede afuera, como hasta ahora.

CAPÍTULO 23

Be ye doers of the word, and not hearers only, deceiving your own selves. For if any be a hearer of the word, and not a doer, he is like unto a man beholding his natural face in a glass. For he beholdeth himself, and goeth his way, and straightway forgetteth what manner of man he was. But whoso looketh into the perfect law of liberty, and continueth therein, he being not a forgeful herear, but a doer of the word, this man shall be blesssed in his deed. If any man among you seem to be religious, and bridleth not his tongue, but deceiveth his own heart, this man's religion is vain. Pura religion and undefiled before God and the Father is this, To visit the fatherless and widows in their affliction, and to keep himself unspotted from the world.[1]

Dick seguía distraídamente la lectura que hacía el reverendo Coobe de la Epístola de Santiago, 1.-22, pero al oír la palabra viuda (widow) prestó bruscamente atención.

Releyó la frase en su "Common Prayer Book:

"Visitar a los huérfanos y viudas en su aflicción".

[1]Para una mejor comprensión del texto, damos a continuación una traducción literal de la versión inglesa, y no la versión castellana, de la parte de la Epístola de Santiago citada al comienzo de este capítulo.

"Sed hacedores de la palabra y no tan sólo sus escuchas, frustrándoos a vosotros mismos. Puesto que quien escucha de la palabra, y no es un hacedor, es como quien contempla en un espejo su rostro. Porque él se advierte a sí mismo y sigue su camino, y derechamente olvida qué clase de hombre era. Pero aquel que inquiere la ley perfecta de la libertad, y continúa en ella, no siendo un escucha negligente, sino un hacedor de su tarea, este hombre será bendecido en su obra. Si cualquiera entre vosotros parece ser religioso, y no refrena su lengua, pero frustra su propio corazón, su religión es vana. La religión pura e inmaculada ante Dios Padre es ésta: visitar a los huérfanos y a las viudas en sus tribulaciones, y mantenerse sin mancha en este mundo."

Leyó los dos párrafos anteriores y se quedó pensando. ¿De modo que ésa es la religión pura, eh? ¿Y quien engaña a su propio corazón practica una religión vana?

Se acarició su fina barba rubia y, mientras el clérigo seguía el oficio leyendo el Evangelio según San Juan, 16.23, Dick releyó toda la Epístola, con atención creciente.

Cuando terminó, se rascó la cabeza. ¿No estaré yo frustrando mi propio corazón al tratar de negar mi amor por Casiana? En tal caso, mi religión es vana. Yo debería ser de los que hacen el mundo en libertad y no limitarme a escuchar. Envuelto en dudas, no hago nada, niego mi corazón y transformo mi religión en nada. ¿Y qué es la pura religión ante Dios? Apoyar a los huérfanos y a las viudas. Sí, a las viudas. ¿Y qué hago yo con Casiana? ¿La apoyo acaso, jugando con ella al gato y al ratón? ¡Basta de dudas entonces! ¡Basta de dudas y a hacer! Hacer en libertad significa visitar, ayudar, apoyar a Casiana, amarla, eliminando todas esas dudas en las que he estado envuelto, que me han impedido hacer, cumplir con la palabra.

Al llegar a esta conclusión, un escalofrío recorrió el cuerpo de Dick. Ha sido un mensaje divino, perfectamente claro que me ha hecho ver la verdad, siguió reflexionando, mientras el misionero concluía la lectura del Evangelio.

Dick miró a su alrededor. Un grupo de unos cincuenta británicos se había congregado en la estancia "Los Algarrobitos", de los hermanos escoceses Thomas y Farkhar Paul, a mitad de camino entre Fraile Muerto y Monte Molina. Participaban piadosamente del servicio religioso que el misionero William Coobe llevaba a cabo conforme a lo que había convenido con Dick Seymour al pasar éste por Rosario en su viaje de vuelta a Monte Molina. Su amigo Tom Carter, el pastor metodista que dirigía la nueva Escuela Inglesa, le había comentado la llegada de Coobe, un ministro anglicano enviado a Rosario por la South American Society.

—Si el medio millar de británicos del Rosario tiene ahora un ministro, éste bien podría trasladarse una vez al mes a Fraile Muerto para atender espiritualmente a cien fieles más —había argumentado Dick ante Coobe.

El clérigo había aceptado la idea. De paso, podría oficiar servicios también para los ingleses de Cañada de Gómez y Las Rosas.

Ahí nomás convinieron que el domingo subsiguiente, quinto después de Pascua, sería buscado en la estación de Fraile Muerto para que oficiara su primer servicio en alguna estancia vecina, que resultó ser "Los Algarrobitos".

Terminado el servicio y tras tomar el té, pues aquél había tenido lugar por la tarde, Dick partió con varios otros de los concurrentes hacia lo de Melrose para ver la demostración del arado a vapor que tendría lugar al día siguiente y que había despertado gran curiosidad a Dick. Algo le decía, no sabía por qué, que Casiana estaría allí. Idea bastante extraña por cierto, en razón de haberse ella ausentado con sus padres a Córdoba por un plazo indeterminado y presumiblemente largo.

De encontrarse allí con Casiana, Dick actuaría frente a ella siguiendo los dictados del corazón, sin contrariarlos más, tal como lo quiere la religión pura. Así lo había decidido, siguiendo las enseñanzas del apóstol Santiago.

CAPÍTULO 24

I had a dream which was not all dream.

Tuve un sueño que no era todo sueño.

BYRON, *Darkness,* citado por Mansilla: *Una excursión a los indios ranqueles,* 1870.

There are still laws to prevent such fearful distress as would be brought about by such a marriage.

Aún hay leyes que prevengan tan serios inconvenientes como los que traería aparejado un matrimonio tal.

ANTHONY TROLLOPE: *Doctor Thorne,* 1858.

Hacía frío. El viento húmedo del Sudeste se colaba silbando por entre las hendijas que dejaban las costuras de nervio de ñandú en los cueros de yegua del toldo, o daba vueltas en el catre sin poder dormirme. Tronaba continuamente y la luz de los refusilos era seguida por la oscuridad de la noche. El ruido de la fuerte lluvia golpeaba ruidosamente el techo pajizo. Tenía un poco de frío pese a estar bien abrigada envuelta en pieles de guanaco. Pero en verdad, lo que no me dejaba dormir era que todo lo ocurrido se me venía encima de golpe. La entrada de Dick en el toldo, la discusión, y todo lo que pasó luego. Conseguí dormitar un poco. Me vi en el aire despedida del caballo. La brusca caída me volvió a despertar, como si el sueño fuera real. La imagen pálida y poco saludable de mami se me apareció: su cara flaca y afilada enmarcada por retinto y estirado pelo negro, en el que aparecían alguna que otra cana, semicubierto por la capota.

—Me han dicho que has estao afilando con un inglés, Casianita. ¿De ande lo sacaste, decime? ¿Sabés quién es, algo 'e su familia? —ella me preguntó secamente.

—Ha poblao una estancia. Allá sobre el Saladillo. Su padre tiene una estancia en Inglaterra —yo le había contestao, refiriéndome a la granja 'e la parroquia. Yo esquivaba decirle de entrada que el viejo era ministro anglicano. Una media verdad. Una media mentira.

—Una estancia... una chacra dirás, diminuta como son las europeas ¿Vos creés que se vienen para acá porque son ricos? Allá se mueren de hambre —me volvió a decir con ese tono agrio que nadie tiene mejor que ella. Cuando quiere, claro.

—Dice que es más bien grande: cuatrocientos acres.

—¿Y eso cuánto es?

—Como trescientas cuadras —dije, sabiendo que era mucho menos.

—¡Pero no es nada! ¡No te digo yo que ha de ser un pelafustán!

—En Inglaterra es una extensión grande; la tierra vale muchísimo más que acá. Y da mucho más también. Usté lo sabe muy bien, mami.

Cierto. Mami lo sabía, por lo que optó por cambiar de línea de ataque. Pero antes tuvo un fuerte acceso de tos. La vieja está peor, pensé.

—¿Y de qué religión es? —preguntó la vieja, una vez recuperada del ataque.

—Protestante. La familia es muy religiosa. Y él también lo es —demasiao, estuve a punto de añadir.

—¡Muy religioso! —exclamó ella alzando los hombros en señal de desprecio—. ¡Muy hereje dirás! Tosió brevemente y luego agregó con voz insinuante:—Decime m'hija, ¿y te ha dicho algo, te ha hecho alguna proposición?

—No, si nos hemos visto unas pocas veces —le mentí.

—¿Unas pocas veces? Pero si hasta has ido a su estancia. Bueno, también tu padre... yo no sé cómo... si yo hubiera estao... Miralo cómo está. Con esa pata dura ya no... —siguió diciendo como para sí, con frases sin terminar, mientras miraba severamente a tatita, que dormía como un tronco en el incómodo asiento de la saltarina galera que nos llevaba rumbo a Córdoba. Creo que estaba secretamente contenta de que la renguera le permitiría colocarlo bajo su ala. Después siguió diciendo:

—Tanto se han visto que todo el pueblo habla de eso. Si hasta en Villa Nueva, en lo de tu tío el Melitón, me lo han comentao —agregó.

—Lo que ocurre es que en estos pueblos la gente no tiene nada que hacer sino hablar mal de los demás —repliqué como con rabia.

—Lo de mal lo decís vos, no ellos. Y has de saber por qué —dijo con intención mi madre, que siguió perorando —Ya te dije cuando andabas noviando con ese José Ferrando que vos no sos una cualquiera. Los Casas son una de las familias fundadoras de Córdoba.

Las monsergas de la vieja empezaban a secarme.

—Será muy antigua pero no ha dao a nadies que se haya destacao en algo. Ningún prócer, ningún gobernador... —le largué.

—Porque no se han querido ensuciar metiéndose en política. Pero agora, tu padre se candidatea pa la legislatura. No sé si hace bien —añadió como si hablara para sí misma. Yo tenía ganas de decirle que era ella la que empujaba a tatita a esa candidatura como una forma de tenerlo en la ciudad. Entretanto, mami siguió diciendo: —Y esa idea de que tu familia no se ha destacao seguro que te la metió en la cabeza ese mal nacido 'e José Ferrando. ¡Asesino! ¡Si debieran haberlo fusilao! ¡Legítima defensa! ¡Le daría yo al juez ese que seguro lo han de haber coimeao! ¡Ojalá que los paraguayos le den su merecido!

Un nuevo ataque de tos provocado seguramente por los nervios impidió que continuara con sus improperios.

—Ese disgusto me enfermó y si me provocás otro me vas a matar —alcanzó a decir en medio de sus expectoraciones. ¡Siempre haciéndose la martir! ¡Cómo me revienta! Todo lo que le ocurre es culpa mía.

Poco a poco se le fue pasando. Sacó un pañuelo de la manga de su blusa y se lo pasó por la boca. Ya compuesta, con voz de persona ultrajada, pasando del voceo al usted, me dijo:

—Yo no sé m'hijita cómo es que usté repite esas cosas que ha de haber escuchao de boca de quien mató a su marido.

No respondí porque la presunción era cierta. La vieja tiene como un sexto sentido.

Tras una pausa, siguió diciéndome con ese aire maestro, que no aguanto:

—Tampoco entiendo cómo puede estar perdiendo el tiempo con un gringo que naides sabe quién es, ni de ande habrá salido, y dando así que hablar a la gente.

¡Dale con eso otra vez! Tomé ánimo para contestarle con brusquedad:

—Le aviso, mamita, que tiene muy buen aspecto y que hizo en la estancia una azotea 'e tres pisos que se la quisieran muchos, Paso 'e las Barrancas entre otras. Y además, la gente bien es bien en todas partes.

La vieja se encrespó y con ese aire de santa indignación que sabe representar tan bien, contestó:

—M'hijita, no me hable con ese tonito petulante que soy su madre y sé mucho más que usté lo que le conviene.

—Pero mamita, ¡si a todo el mundo se le cae la baba por los ingleses menos a usté! ¡Tanto se les cae la baba que a usté le pusieron Victoria por la reina! —contraataqué, repitiendo sin saber por qué la conjetura hecha por Fran la noche de Año Nuevo.

—¡Qué disparate! Me pusieron Victoria porque nací el día en que se supo el triunfo sobre los brasileros en Ituzaingó —refutó ella, que a continuación se preguntó en voz alta: —¿De ande habrá sacao esta chica esa idea?

—De todos modos, ¡qué me viá poner a averiguar acerca 'e la posición social de él si no se me ha declarao! —dije perdiendo la paciencia. Que la vieja hubiera tenido razón en el asunto 'e su nombre me había sacao 'e quicio.

—Para saber qué le habrá 'e contester su padre cuando la pica —replicó ella con esa manera de pensar que tiene.

—¿Lo que ha de contestar tatita? ¡Eso sí que me hace gracia, qué quiere que le diga mamita! Esa costumbre ya pasó 'e moda —le contesté. ¡Mirá si el viejo va a decidir con quién me he de volver a casar!

—Eso es lo que vos te creés —dijo ella enojada, lo que la hizo volver al voceo—. Sabete que no hace tanto don Pedro Nis, cuando era alcalde 'e primer voto en Córdoba, apoyó la negativa de unos tíos míos a dejar casar mi prima Nicolasa con ese Anastasio Arellano. Don Pedro reconoció que la desigualdá de condición es un obstáculo pa 'l casamiento . Y muy bien hecho, porque el Arellano ése resultó ser un sabandija.

—Ésas han de ser historias del tiempo 'e Ñaupa. Seguro que de antes de Caseros, mami. Si hasta esclavos quedaban por entonces. Pero la Constitución ha cambiao muchas cosas.

—¿Cambiao? Qué sabrás vos si cambiaron. Eras una mocosa 'e cinco años.

—Pero me lo han contao...

—Y si han cambiao ha sido pa pior. Con Quebracho López había al menos orden en la provincia. Agora, no hay gobernador que cure —se lamentó.

La vieja siguió perorando a favor de los tiempos de antes y protestando sin parar contra el desorden del nuevo orden de cosas. Yo quedé con la imagen de mamita grabada en mi cabeza, pero luego empezó a desvanecerse. Mamita, mucho más jóven entonces, me llamaba: "Casianita, Casianita, vení". Y yo, que era una chiquilina de pocos años con el pelo rubio (¿por qué se me habrá oscurecido tanto?), con largos rulos en tirabuzón como me cuenta Rosalía que era, corría hacia mamita que me alzaba y besaba.

Creo que allí me quedé dormida. Pero no por mucho tiempo. Ese horrible trueno me hizo saltar 'el catre. El rayo ha de haber cáido por aquí nomás, recuerdo que pensé al tiempo que la voz aguardentosa del ülmen preguntaba no sé qué cosa. No me pude volver a dormir, porque me puse a pensar en la aparición de Riki.

—Te vengo a buscar —me decía cubriéndome con esa mirada acerada que a veces tiene, tan fría y altanera.

—Me venís a buscar. Agora. ¿No te parece un poco tarde? —recordaba haberle contestao mientras le mostraba mi barriga. El pobre nada pudo haber visto, porque la verdá es que no se me notaba nada. ¡Qué diálogo tan espantoso! ¿Cómo es que habían pasao las cosas? Sí... Fue tatita que me pidió que fuera a la estancia. Seguramente me daba un pretexto pa continuar viéndolo a Riki Seymour, quien le cáia bastante bien. Pero él no me lo dijo. Nunca se hubiera metido en éso. Lo conozco muy bien.

Apenas justificó su pedido diciéndome:

—Te lo tengo que pedir a vos, porque con el cuento 'e sus estudios 'e matemáticas e ingeniería tu hermano Nazarito aprovecha pa sacarse el lazo de estas cosas. ¡Ojala pronto termine esta maldita guerra pa que vuelva el otro. ¡A Ricardo sí que le gusta el campo! Siempre que no lo maten —agregó lúgubremente, mientras caminaba con gran dificultad, culpa del lanzaso en la rodilla.

¡Cómo se puso mamita cuando supo que yo me iba! Pero la oí como se oye llover. Fue el pobre viejo quien la tuvo que aguantar. Yo me apuré a tomar la diligencia a Villa María, y de allí en tren hasta Paso 'e las Barrancas. El tren paró frente a la estancia 'el otro lao 'el río. ¡Qué gaucho el maquinista! Me la llevé a Rosalía. Yo estaba contenta de poder volver a ver a mis amigas de Fraile Muerto pero mucho más por poder encontrarme de nuevo con el inglés, a quien no había podido olvidar, pese a mis esfuerzos. En Córdoba no apareció nadies que valiera la pena y que me lo hiciera olvidar.

Apenas llegada a la estancia, mi vecino David Melrose fue a visitarme, preguntó por la salú 'e tatita y me ofreció su colaboración. Y en la charla, entre mate y mate, el escocés comentó que iba a hacer una demostración 'e la potencia del nuevo arado a vapor que había traído 'e Inglaterra, de vuelta de una visita a su familia en Escocia.

—¿Por qué no viene doña Casiana? Después habrá fiesta. Y por áhi, ¿quién le dice que usté no salga comprándose un arado? En tal caso me avisa, porque yo soy agente de ... —y me mencionó no se qué nombre gringo.

Y mientras seguía explicándome las virtudes de la nueva máquina, yo pensaba en la fiesta que habría luego. ¿Iría Riki? Y si no se decide, me voy a dedicar al Fran. Ese no parece andarse con vueltas.

La estancia Las Playas se veía muy linda. Ya estábamos en mayo y aun así había muchos macizos de flores. ¡Estos ingleses siempre tienen que estar haciendo algo! Hasta las flores las tienen lindas, yo había pensao. Junto con algunas viejas acacias negras y algarrobos, Melrose había plantao cantidad de paraísos; tienen la ventaja de que sus hojas no son atacadas por la langosta. También había árboles que yo nunca había visto.

Mucha gente se había congregao en el lugar, alguna venida hasta 'el Rosario. Reconocí la volanta de don Cleto y, entre la peonada que mateaba cerca de donde estaban ataos los pingos, alcancé a verlo a Lisada, señal que estaría Riki. A menos que hubiera ido el Fran. Me imaginé la cara más bien redonda, enmarcada por esa espesa barba colorada y apretados rulos en su frente que tiene el Fran. Me miraba intensamente con sus alegres ojos mientras girábamos enloquecidamente valseando la noche de Año Nuevo. Tanta vuelta me había mareao y no sé cómo no me cái.

—Güenas, ña Casiana —me dijo Gume mientras se sacaba el sombrero dejando ver su blanca frente y su revuelta pelambre oscura. Me dio la mano. Es decir, apenas rozó la mía, de esa manera que tienen los paisanos de rozarse —no estrecharse— las manos.

—Qué dice usté, Gumersindo. ¿Cómo anda Monte 'e Molina? —yo le había preguntao. No quería preguntar ni por Riki ni por Fran.

—Muy lindo. Hemos sacao una güena cosecha 'e máiz— contestó y, como si adivinara mi interés, agregó—: Y aquí nos tiene: don Ricardo quiso ver cómo trabaja el arao de don Melrose ¿vio? Y don Francisco se jué pa Córdoba.

¿Pa Córdoba? ¡A qué habrá ido? ¡Justo cuando yo vengo p'acá! yo me preguntaba mientras me dirigía a las casas. Hice un esfuerzo pa saludar a la mujer de Melrose y sus hijas. Creo que ellas hicieron lo mismo, pues me tinca que no les caigo bien. ¡A mí me importa bien poco! Mientras ponderaba las flores, pispiaba con disimulo hacia los grupos de hombres para ver si lo descubría a Riki. Pero nada. Finalmente anunciaron que la demostración pronto comenzaría. Fue allí finalmente donde lo ví. Él estaba revisando la máquina. ¡Enorme! Una especie 'e locomotora. De la máquina salía un grueso cable de acero que iba al arao, como a doscientas varas de distancia, y seguía un poco atrás hasta una vagoneta, que, según explicaba Melrose, actuaba como ancla. Cuando la máquina empezara a funcionar, tiraría 'el cable que a su vez arrastraría el arao hacia la máquina. Muy complicao y no entendí ni la mitá. Yo me hacía la que me interesaba y me acerqué, hasta que Riki me vio al fin.

—¡Buenas, Casiana! Pensaba que estaría en Córdoba aunque, entre nosotros yo sospechaba que usté vendría. ¿Cómo está? —dijo Dick apretándome la mano más efusivamente que de costumbre. Aunque es un tipo que una nunca sabe lo que piensa.

—Si hubiera preguntao por mí, o si me hubiera escrito, lo sabría —recuerdo que le dije con intención.

Él explicó que había andao de la Ceca a la Meca. Que había viajao también a Buenos Aires, y que en lo de Kemmis había estao casi un mes enfermo de fiebre tifoidea. Había aprovechao p'aprender castellano. ¡Con razón notaba yo que ahora hablaba mucho mejor! ¡Ya era hora! Entonces yo le respondí con esa poesía que dice así:

Supieras lo que te quiero
y el cariño que t'he tomao,
que al rato que no te veo
pienso que me has olvidao.
Tuviera un tintero de oro
buscara un papel de plata,
todo mi afición pusiera
en escribirte una carta.

Me acuerdo que se la dije mirando fijo a esos ojos celestes que él tiene. Al pobre tipo lo dejé todo confuso, cortao y sin saber qué hacer. Pero debo reconocer que pronto se sobrepuso y me contestó, con una sonrisa un tanto sobradora con otro verso dicho en inglés que, por supuesto no entendí nada. Entonces él agarró un lápiz y lo escribió. Decía así:

I took it in my head
To write my love a letter
But alas! She canna read,
And I like her a'the better.[1]

Cuando me la tradujo, salté diciéndole que qué se había pensado, que yo sabía leer. Pero después me di cuenta, ¡qué burra soy! que me había llamao mi amor. Y allí me ablandé toda. Le tomé la mano, y entonces él me dijo:

—En cuanto a su poesía, muy linda, le agradezco el cariño que me tiene...

—Yo le agradezco lo de mi amor —repliqué.

—... lo que pasó es que no encontré tintero de oro ni tenía papel de plata y aunque por eso no le pude escribir, para nada la olvidé —siguió diciendo él.

—Me alegra oírlo —yo le dije, apretándole la mano—. Y dígame, ¿cómo le fue en Buenos Aires?

Fue así como él me contó su viaje a la ciudad. Yo lo escuchaba con atención y envidia.

—¡Cómo me gustaría conocer Buenos Aires! —le dije, poniéndome sentimental. ¡La pucha que soy zonza!

Pero el inglés no me interpretó, como de costumbre, y también como de costumbre se largó a criticar Buenos Aires: que las calles son demasiao angostas, que son zanjas que se llenan de agua cuando llueve, que las rejas de las ventanas hacen parecer cárceles a las casas, y qué sé yo. Que el Rosario le parecía más lindo y moderno. Después me dijo que había andao comprando muebles para la casa nueva. Y que había buscao molduras de un león y un unicornio para ponerlas en el frente 'e la casa 'e la estancia.

—¿Unicornio? ¿ Y qué bicho es ése? —yo le había preguntao.

—El unicornio y el león son los símbolos del Reino Unido 'e Inglaterra y Escocia. El león es el de Inglaterra y el unicornio el de Escocia. Es un caballo que en la frente tiene un cuerno —explicó él, haciendo un gesto para mostrar de dónde salía el cuerno.

[1]Se me metió en la cabeza
Escribirle una carta a mi amor
¡Pero caramba! Ella no sabe leer,
Y así yo la quiero aún mejor.

—No me va a engrupir diciéndome que en Inglaterra hay un animal así, fabuloso.

—Puede que él nos vea fabulosos a nosotros —dijo él, sonriendo.

—Pero un caballo cornudo... yo sabía que había hombres cornudos, ¡pero que haiga caballos! —le había dicho yo con picardía. Era para ver si lo sacaba de su postura siempre tan envarada. Y creo que lo conseguí plenamente.

—Pues sí que hay unicornios, aunque son difíciles de encontrar —bromeó él—. ¿Sabe cómo los cazan? Se pone una virgen en el medio de un bosque, el perfume de la virgen atrae...

—¿Las vírgenes tienen un perfume especial? No lo sabía —lo interrumpí.

—Sí, lo tienen —afirmó Riki—. Al menos las vírgenes inglesas. Ese olor atrae al unicornio que se acerca mansito a la mujer. Y allí lo agarran cazadores escondidos. Dicen que el cuerno y su olor tienen propiedades mágicas.

—¡Lo que tiene olor a cuento es lo que me está contando! ¿Usté me tome por zonza? Pero no me lo viá tragar, no señor.

—Ningún cuento. Es todo cierto, se lo aseguro —había insistido él, haciéndose el serio.

—Sí, ¡juá juá! muy cierto. ¡Mire que había sabido ser embustero, ¿eh? Pues si es cierto que anduvo buscando un unicornio, habrá también encontrao una virgen p'atraerlo, ¿no?

—Sí. La busqué en un baile al que me invitaron unos compatriotas. Fue en la estancia Los Sajones, como a veinte leguas al Sur de la ciudá. ¡Qué estancia! La casa de Las Rosas no tiene nada que hacer al lado de la de Los Sajones.

—¿Y qué tal el baile? —yo le pregunté. Reconozco que estaba curiosa por conocer sus andanzas en Buenos Aires.

—Bien. Estuvo muy lindo. Una orquesta muy buena...

—¿Y la gente?

—Bien también. Muchos ingleses. La dueña de la estancia es inglesa. Pero también había españoles.

—Dale con los españoles, ¿cuándo va a aprender que no somo españoles? Ar-gen-ti-nos y a mucha honra —le dije. ¿Y las porteñas?

—Debo reconocer que había porteñas muy atractivas —siguió diciendo Riki—. Sí, muy atractivas —repitió.

—Pero... ¿y la virgen? ¿La encontró? —le pregunté, queriendo volver al tono 'e broma.

—Sí que la encontré. Era una inglesa.

—¿Ah sí? ¿Quién es? ¿Cómo se llama?

—Miss Doublehead. Caroline Doublehead —dijo él, inventando. De eso estaba segura.

La conversación se interrumpió porque empezaba la demostración del enorme aparato, que empezó a bufar y echar humo por todos lados. Parecía que iba a estallar en cualquier momento. Al enrollar el cable, que se puso tenso, con gran esfuerzo puso en movimiento al arao que empezó a andar, levantando grandes terrones de tierra. En poco tiempo dio vuelta la tierra de dos cuadras y ahí nomas el señor Mendoza ordenó a Melrose una máquina igual. Todo un éxito. "Cosa 'e mandinga" me acuerdo que había sido el comentario 'e Lisada al ver cómo trabajaba la máquina.

Tras la demostración hubo cuadreras, una ganada por Riki, corridas de sortija, riña de gallos, guitarreada y payadas.

A la noche, tras un gran asado, comenzó el baile. Las mujeres nos habíamos cambiao en un galponcito, especialmente arreglado para ese fin, con cantidá 'e espejos. Pa los hombres habían arreglao otro cobertizo.

La orquesta atacó una polka e inmediatamente Riki me sacó a bailar. A las polkas siguieron mazurcas y luego fue el turno del vals. Allí descubrí que Riki lo bailaba divinamente. Me sentí en el aire en un vuelo sin fin.

La música se interrumpió para dar lugar a bailes criollos, comenzando por los Aires.

> Aires y más aires,
> Una güeltita en el aire,
> Aires, aires, aires

cantó el guitarrista, que indicó a continuación: relación pa la mujer. Varias mujeres entraron entonces en el ruedo, bailando y cantando:

> Son dos hermosos despojos,
> Tus ojos:
> Mil ansias me provoca,
> Tu boca
> Dos cristales soberanos...

En ese momento le pregunté:

—¿Cómo era el asunto de la Carolina esa que anduvo contando esta tarde?

—¡Ah sí! Miss Doublehead. Caroline Doublehead —dijo Dick, fingiendo recordar.

—¡Eso! Carolina Doblejé —le dije yo, pronunciando el apellido mal a propósito, aunque se me ocurre que siempre pronuncio mal los nombres ingleses.

—Doublehead. Quiere decir Cabeza Doble en castellano.

Que sirven p'atormentarme,
Bastan pues pa matarme
Tus ojos, pies, boca y manos,

seguían cantando las mujeres.

—¿Cabeza Doble? Un monstruo ha de ser —yo le había dicho, riéndome—. Igual al unicornio.

—No, para nada. Es muy bonita... muy femenina. Anda a caballo como mujer, no como otra que yo conozco... (lo decía por mí). Un poco más rellenita que usté (yo siempre me quejaba por ser demasiado flaca) y un poco más baja (yo tiraba a alta). —Luego, Riki, soñadoramente, siguió diciendo:

—Tiene ojos grandes, enormes...

—Como los míos —le dije, siguiendo la broma.

Una güeltita en el aire,
Aires, aires, aires

vociferaban ahora hombres y mujeres a coro.

—No, dije grandes... y así, todos rasgados —decía Riki mientras se estiraba los ojos.

Sos tan bonita y tan fiel
Como la flor del durazno.

Vos sabés que yo te quiero,
¿Qué tenés qu'estar dudando?

cantaban los hombres.

—Y una boquita chiquita —seguía describiendo él, frunciendo sus labios.

—¡Mm! ¡Qué fea!, como upite —me atreví a decir, sabiendo que él no entendería.

—¿Como qué?

—No, nada —dije siempre riendo por mi inconveniencia—. Bueno, ¿y qué hicieron?

A la carquejita que me diste
Se le cayeron las hojas,
¿Cómo querés que te quiera
Si tu querida se enoja?

cantaban las mujeres.

—Nosotros conversamos... ella, Caroline, es muy conservadora —explicó él.

—Como los viejos —le dije.

—Conversadora quise decir —se corrigió Dick.

—¡Ah! Seguro que es una charlatana; una charlatana insoportable —le dije.

—Nada de charlatana. Tiene una conversación muy interesante. Es una intelectual... es... una poetisa —aseguró él.

—Sí, usté ya dijo que es petiza.

La banderita del fuerte
Flamea a tu paso...

—Petiza no, dije poetisa —insistió Dick, marcando la o. —¡Ay, qué romántica! Y qué más.

A vos solita te quiero;
De las demás no hago caso.

concluían en ese momento los hombres.

—Bailamos vals... ella, Caroline, baila como un trompo.

—Usté le habrá destrozao los pies a pisotones. ¡Pobre chica! Dígame Riki, y la Carolina... ¿le hizo caso?

—¡Por supuesto! —dijo advirtiendo el sobrenombre que ella le había puesto.

—¡Vamos, che! Si como dice usté es tan linda, poetisa, baila divinamente y qué sé yo qué otras cosas, seguro que lo ha de haber largao duro.

—¿Largao duro? ¿Qué es eso?

—Pues que no le hizo caso.

—Usté se equivoca. No sé si hago bien en decírselo, pero ella está perdidamente enamorada de mí —me dijo, despacito.

—Eso sí que es difícil creerlo —le dije—. Una mujer con todas esas cualidades enamorándose de usté.

El me puso cara de que así era.

—En fin, ¡hay mujeres con un gusto! Pero entonces han de haber ido a buscar al unicornio. Aunque usté me dijo que no lo había encontrao. Es que la Carolina no ha de ser tan virgen como usté créia —conclui yo.

Él se vio liberado de defender la discutida virginidad de Caroline Doublehead por cuanto don Cleto del Campillo me invitó a bailar un gato. Mientras bailaba, yo lo miraba de reojo y véia esos ojos de zonzos que ponen los hombres cuando miran a una mujer que les gusta.

Casiana bailó y giró; tantas vueltas dio que, rendida finalmente, se durmió. La lluvia caía ahora mansamente sobre la paja del techo.

CAPÍTULO 25

A Corrientes et dans diverges parties de l'interieur, les paysannes montent a califourchon comme les hommes, et vient capables de faire le meme service qu'un peon d'estancia. Ces violents exercises au grand air, cette vie simple et frugale, maintiennent la santé robuste de ces pasteurs: mais si le corps s'en trouve bien, la culture morale reste singulièrement en arrière, et ce n'est pas là qu'il faut chercher des examples d'évouement et de vertu.

En Corrientes y en distintas partes del interior, las paisanas montan a horcajadas como los hombres y son capaces de hacer el mismo trabajo que un peón de estancia. Estos ejercicios violentos al aire libre, esta vida simple y frugal, mantiene la salud robusta de estas pastoras; pero si el cuerpo se encuentra bien, la cultura moral queda notablemente atrasada, y no es ahí que hay que buscar ejemplos de devoción y de virtud.

MARTIN DE MOUSSY: *Description de la Confédération Argentine,* 1860.

To the lips, ah, of others
those lips were press,
and others, ere I was,
were clasped to that breast.

A los labios de otros
se han unido esos labios,
y otros, antes que yo,
se recostaron en ese pecho.

MATHEW ARNOLD: *Parting,* 1853.

—Está más gordita —le había dicho Dick cuando la había tomado de de sus axilas para ayudarla, innecesariamente, a bajar del caballo.

Casiana y él habían estado corriendo ñandúes, tratando inútilmente de bolearlos. De esa forma se habían ido alejando del grupo que, tras haber salido temprano de lo de David Melrose y almorzar a orillas del río Tercero a mediodía, se había quedado descansando. El día había amanecido despejado y templado pero después del picnic la brisa del Este había comenzado a acumular nubes. La pareja vio unas gamas y repitió el intento con resultado igualmente negativo, aunque sí muy positivo en cuanto al logro de un gran distanciamiento de sus acompañantes, objetivo principal, pero no declarado, de tanto galopar.

—¡Mm! ¡Qué cansada estoy! —exclamó ella, tras tirar por última vez las boleadoras a un venado que escapó a gran distancia.

—Sí, yo también. Vamos a ese montecito a descansar un poco —propuso Dick señalando un bosquecito de algarrobos. Recogió las bolas y comentó—: Esto me recuerda la cacería del zorro.

Y Dick entró a describir el desigual deporte en el que diez, veinte o más jinetes y una jauría de perros se confabulan para perseguir y matar a un pobre e indefenso zorro.

—Aquí sería imposible porque ni los caballos ni los jinetes saben saltar —concluyó.

—Aquí no se salta porque no hay necesidá. Ni hay zanjas ni los campos están cercados. Si hubiera cercos se saltarían porque no hay mejor jinete en el mundo que el argentino —contradijo Casiana.

—Bueno, bueno. Para empezar, no podrían saltar con estos enormes y pesadísimos recados. Y los paisanos son buenos jinetes en cuanto al dominio del animal...

—Y en que caen siempre paraos —interrumpió ella.

—... pero en cambio no saben amansar bien, ni enseñan a sus caballos y más todavía, ni siquiera los quieren. Si ni nombre les dan y los aporrean siempre a rebencazos y lastiman con esas enormes espuelas que usan.

La discusión siguió sobre los méritos y deméritos de los criollos como jinetes hasta que llegaron al montecito. Era un tibio y soleado día del mes de mayo, pocos días después de la demostración del tractor en lo de David Melrose.

—Está más gordita —observó Dick al tomarla con sus manos, como ya se relató antes.

—Sí, pude engordar un poco en Córdoba, porque allí no hay nada que hacer, a menos que a una le interese la política. Aunque eso es cosa de hombres, según dicen. Pero acá, con estos galopes, pronto viá perder las pocas libras que había ganao. Una lástima.

Y mientras esto decía Casiana, Dick seguía tanteándola para verificar el aumento de peso.

—Bueno, che, agora ya me puede ir soltando que no me viá caer —dijo ella, empujándolo para sacárselo de encima.

—¿No?—preguntó él, al tiempo que iba buscando los labios de Casiana con los suyos.

—Salga, déjeme. No sea cargoso —dijo ella mientras interponía su mano entre ambos pares de labios—. Dígame una cosa ¿quién está más rellenita, la Carolina Cabeza Doble o yo?

Te voy a dar yo con tanto Caroline Doublehead, pensó Dick, mientras contestaba:

—Creo que ella. Pero aquí tengo dudas —refiriéndose a los senos de Casiana, que había tomado con sus dos manos.

—Cht. Saque esas manos de allí —ordenó ella, tras lo cual preguntó:

—¿Y ella sabe besar?

—¡Sí! ¡Unos besos de fuego! Así —y la besó largamente.

Cuando terminó, ella le dijo:

—¡Qué mal besa! ¡Y qué cortito!

Allí él la había besado de nuevo y la conversación ya no se reanudó. Pronto estuvieron tendidos en el suelo, sobre los pellones que Dick previsoramente había sacado de los recados para sentarse y descansar. El beso no se interrumpió al reclinarse y pronto las manos de Dick comenzaron a moverse activamente, soltando los innumerables botones de la chaqueta de amazona de Casiana y deshaciendo nudos y moños, mientras seguía diciendo para sí: ¡Ya te voy a dar Caroline Doublehead a vos!

Ella lo dejó hacer. En sus dos meses de aburrimiento cordobés había previsto una y otra vez, casi exactamente, lo que estaba ocurriendo. Pero no sólo lo dejó hacer, sino que a su vez desabrochó los botones del chaleco de Dick, tiró a un costado el reloj y la cadena de oro, desanudó el moño del cuello. Más aún, levantó su pelvis para permitir que él pudiera bajar su amplia pollera y colaboró nuevamente para que pudiera levantar su enagua y para que ésta pasara por su cabeza y brazos.

Sacar los largos calzones fue más trabajoso, porque se atascaron irremediablemente en sus botas. Aquí ella tuvo un shock al ver su pubis desnudo expuesto a la escrutadora mirada de Dick mientras le sacaba las botas. Richard Seymour no se inhibió definitivamente como su contemporáneo John Ruskin al observar igual parte del cuerpo de su recién esposada Effie Gray. Dick, si bien puritano y cerebral también, no era un inexperto "urbanite" sino que, al contrario, había vivido en el campo y había tenido experiencia en el tema, por supuesto que no con Mary Elizabeth (jamás lo hubiera ni siquiera imaginado, aunque sí soñado).

La reacción de Casiana al ver su pubis examinado por Dick fue tomar lo primero que tuvo a mano y taparse. Tuvo también un impulso de interrumpir todo pero su bajo vientre se rebeló y se limitó a pedir a Dick, sin chaqueta ni chaleco y con la camisa abierta:

—Por favor, ¡no me mire así!

Dick, obedeciendo, se tendió al lado de ella, y recomenzó sus caricias. El prestigio del empirismo, en las ciencias naturales especialmente, estaba muy alto y Dick no pudo resistirse a actuar como experimentador, analizando las distintas reacciones de Casiana a sus exploraciones corporales que se fueron adentrando en zonas pilosas, oscuras, húmedas, cavernosas y olorífícas, por las que tanta predilección tienen los dedos de los hombres en ciertas circunstancias. Reacciones en verdad no muy distintas a las de Molly, la tambera de la "glebe farm", la granja de la parroquia de su padre, o de Jane, la sirvienta de la case de su tía Rosemary, o también de Ingrid, la fornida camarera de la posada de Coblenza, en ese viaje que había hecho por Alemania con sus padres. Aquí, el repertorio de experiencias anteriores se le había agotado, por lo que siguió filosofando acerca de que, en verdad, en esta materia al menos, las inglesas, alemanas y españolas, perdón, argentinas, eran similares. ¿También lo serían las de negras, indias u orientales?

Ocurrió que sus pensamientos se vieron distraídos cuando Casiana también quiso experimentar y hacer comparaciones con su difunto marido y, quizás hasta cierto punto, con su ex novio. La barba de Dick es más suave y es menos peludo en el pecho. Huele distinto, verificó Casiana, en esa época en que los baños distaban de ser diarios y en que no había antitranspirantes. Los pensamientos de ambos se enturbiaron por completo poco después, cuando Casiana imploró y urgió "¡Vení!"

A partir de aquí los amantes sintieron escalofríos, se sintieron humores viscosos, jadeantes, vieron el cielo y el infierno y, muy sobre todo, se sintieron íntimamente juntos y hechos el uno para el otro después de casi un año de desearse. Dick creyó oír un grito, ¿Casiana o una pirincha? Luego todo negro y silencioso. Por un rato, pues luego, las cosas comenzaron a revivir, a moverse, lentamente al principio, más agitadamente luego hasta que el ritmo se afiebró y enloqueció. Ella, ahora arriba, era para él un pulpo con mil tentáculos que se contorsionaban. Parecía esa deidad hindú, ¿cómo es que se llama?, de la que le había escrito su difunto hermano Jack, con muchos pares de brazos que se bamboleaban a un compás que se le antojaba divino. Luego, nuevamente escalofríos, la muerte y la vida. Una y otra vez, ahora diciéndose "mi amor", "te quiero" y frases similares hasta que prevaleció la muerte por extenuación.

Se ahogaba. Un peso enorme que tenía sobre su pecho no la dejaba respirar. Hizo un esfuerzo y se lo sacó de encima. Aspiró hondo, entreabrió los ojos y lo vio a su lado, que también despertaba.

—¡Ah, eras vos!

—Sí, ¿quién creía que era?

—No sé. Estaba dormida. No me dejabas respirar —explicó ella, mirándolo ahora con ternura—. Finalmente pasó ¿eh? —agregó tras un momento.

—Mm. Pasó. Sí, pasó lo que debía pasar... y pasó muy bien, extraordinario, ¿no es cierto? —mirándola fijo a los ojos, y acercándose luego para besarla brevemente en la boca. Después se tendió nuevamente, la cabeza sobre las manos cruzadas

—Y pasó muy bien ¿no? —repitió Casiana remedando la pronunciación de él, mientras le hacía cosquillas en la cara con una pajita para obligarlo a abrir los ojos. En verdad, con su marido no recordaba haber hecho tan bien el amor.

—Mm-mm —asintió él—. ¿Y usté? ¿Mejor de lo esperado?

—Mm-mm —imitó ella—. Aunque en realidá, nunca había pensado en esto —dijo con una sonrisa que mostraba a las claras que lo que decía no era cierto.

—¡Mentirosa! ¡Si se le notaba a la legua que se moría por hacerlo!

—Imaginación tuya. Con el cuento 'e boliar ñanduces, me boliaste a mí, que es lo que querías.

—No sé quién bolió a quién —dijo él desperezándose. Se apercibió vagamente que ella lo tuteaba y pensó: ¿Sólo los amantes se tutean en este país? Yo no aprendí a tutear. ¿Cómo haré?

—¿Y agora? —preguntó ella mientras le acariciaba y besaba la mejilla. ¡Un barrito! Te lo viá a sacar —y al decir esto, se precipitó sobre la mejilla de Dick.

—¡Ay, duele mucho! —se defendió él, pataleando. Pero ella ya estaba encima, apretando el presunto barrito con sus filosas uñas.

—No era un barrito. Es un lunar —declaró ella frustrada—. Y aquí tenés otro en el cogote, otro más en el pecho. A ver... —y lo empujó para que se diera vuelta—. ¡Uy! en la espalda tenés cantidá! Estás lleno 'e lunares. Te parecés a Spot. Dicen que quienes tienen perros terminan pareciéndose a ellos.

—Spot —repitió Dick mirando como si estuviera descubriendo algo. —Spot. I'm spotted. And I should have kept myself unspotted, unspotted from the world![1] —exclamó alarmado. Había súbitamente recordado la última frase de la Epístola de Santiago que había dejado de lado frente a las otras recomendaciones de no traicionar el corazón y apoyar a las viudas. ¡Me he manchado, los dos nos hemos manchado, manchado, al haber hecho lo que hicimos! ¿Cómo explicárselo a Casiana? ¡Ella no entiende nada de estas cosas religiosas! —pensó vertiginosamente Dick, mientras Casiana le preguntaba extrañada:

—¿Qué dijiste?

—No, nada, estaba recordando algo sobre Spot. Un verso —explicó él con sonrisa forzada.

—¿Sobre Spot? ¡Qué raro! Estar pensando en tu perro. Podrías pensar en mí, en nosotros. Decime una cosa, Riki: ¿qué pensás de nosotros? —preguntó Casiana con voz seria, pero sin dejar de acariciarlo.

Dick no contestó. Parecía absorto en algo lejano: en la Epístola de Santiago.

—¿Qué pensás de nosotros? ¿Qué vamos a hacer agora, eh? —insistió ella, y ante su continuado silencio, urgió: ¡Che! ¡Te estoy hablando! ¿O es que te volviste sordo?

—¿Cómo de nosotros? —preguntó Dick, tratando desesperadamente de ganar tiempo para lo cual ayudó la operación del encendido de un cigarrillo.

—Sí, de nosotros, de vos y yo —insistió Casiana, algo irritada, mientras comenzaba a vestirse.

—Y... ahora... ahora vamos a tener que pensarlo —respondió vagamente él, con una actitud totalmente distinta a la que había tenido hasta entonces. Era, nuevamente, el Dick prevenido, reservado.

—¿Cómo? ¿Que no has pensao nada sobre nosotros? ¿Nunca? ¿Con todo el tiempo que ha pasao? Si ya va a hacer un año desde que me besaste por primera vez en la iglesia. Seis meses desde que nos cáimos al río.

—Desde que usté me tiró, dirá —corrigió él, con una sonrisa un tanto forzada, y tras un momento de reflexión, agregó: Sí, claro que he pensado, Casiana. Mucho más de lo que cree. ¿Y qué ha pensado usté, vos?

[1]Mancha. Estoy manchado. ¡Y yo debí mantenerme sin mancha, inmaculado del mundo!

—Yo te pregunté primero. Decí vos —insistió ella, mientras se ponía el corpiño.

—Yo he pensado... eh... he pensado que la cosa es complicada y que debemos... eso es, pensarlo mucho, seriamente.

—¡Ah, no! ¡Me estás tomando el pelo! ¡Has pensao que hay que pensarlo! Muy brillante tu pensamiento. Deberías escribirlo pa que no se te olvide —replicó ella, con sorna y enojo a la vez al tiempo que tomaba el cigarrillo de entre las manos de Dick para darle una pitada.

—Es que las cosas no son tan fáciles. Usté es argentina, yo inglés.

—¡Vaya descubrimiento! Seguí, qué más.

—Usté es católica y yo protestante.

—Eso no me molesta. Ya te he dicho que no veo la diferencia. ¿No somos todos cristianos acaso?

—Pero hay muchas diferencias, e importantes entre católicos y protestantes—. Usté no se da cuenta porque no sabe mucho de religión, estuvo a punto de agregar—. Para mí la religión importa mucho. No se olvide que mi padre es sacerdote. Y... y yo tengo "mixed feelings" ... eh... como se dice... ideas contradictorias... —Iba a decir: sobre casarme con una papista, pero se contuvo al recorder que no había tenido ningún escrúpulo con Mary Throckmorton, y siguió diciendo: Además, usté no habla inglés y nunca ha hecho ningún intento serio por aprenderlo.

—¡Por Dios, eso no es tan importante! Si vivo en este páis no veo por qué he de aprender otro idioma. Donde fueras haz lo que vieras, dice el refrán. Entonces, si yo fuera a Inglaterra estaría obligada a aprender el inglés, como vos tuviste que aprender el castellano acá.

—Y... y nosotros somos distintos de culturas diferentes —concluyó Dick, con aire de cosa que no se puede solucionar y sin haber prestado atención a los comentarios de ella.

Se hizo un silencio.

—Se te olvidó decir que somos de distinto sexo —ironizó ella,

Él no contestó, molesto por la observación. Tras un momento, como haciendo un esfuerzo, dijo:

—Además sos viuda.

—¿Y eso qué? ¿Qué culpa tengo yo de que se me muriera mi marido? ¿Que lo mataran? ¡Ah, ya sé lo que te molesta! ¡Que no fuiste el primero! ¿eh? Pero tampoco yo fui la primera para vos. Me pareció, al menos.

—No, nada de eso —mintió en parte al menos, Dick. Lo que no entiendo es que si usté quiso a su marido ¿cómo puede ahora querer a otro, quererme a mí?

Al decir esto, Dick recordaba aquellos versos de Hamlet:

In second husband let me be accurst!
None wed the second but who killed the first.

Y los que siguen:

A second time I kill my husband dead When second
husband kisses me in bed.

—¡La pucha que habías sido retorcido vos! —replicó ella, casi a gritos—. Las promesas que se hacen cuando una está metida viven mientras vive el metejón. Y con la muerte de mi marido murió mi amor por él. Así es la vida, como nos hizo Tata Dios, ¿qué le vas a hacer? A rey muerto, rey puesto.

So think thou wilt no second husband wed.
But die thy thoughts when thy first lord is dead.[2]

La realista réplica del rey-actor a los anteriores argumentos de la reina-actriz, réplica que se parecía mucho a las razones expuestas por Casiana, vinieron a la memoria de Dick. Entretanto, con voz lastimera, sin mirarlo y como monologando, ella siguió diciendo:

—Yo ya sé lo que te pasa. Vos no me querés. Reconocelo Riki, porque es la pura verdá. Entonces, ¿a santo de qué tanto discutir? Todas esas du-

[2]La traducción de Salvador de Madariaga de los versos de Hamlet es la siguiente:
Con segundo marido nada quiero;
Quiere al segundo quien mató al primero.
A mi primero mato nuevamente
Siempre que a mi segundo doy mi lecho.
No casar con primero, ya tu idea
morirá cuando muera tu primero.

Una traducción menos poética, pero más literal, sería la que sigue:
¡Déjame maldecir un segundo marido!
Nadie case el segundo salvo quien mate el primero.
Yo mato por segunda vez a mi marido muerto
cuando el segundo marido me besa en la cama.
De modo que piensa que no casarás un segundo marido,
Pero mate tus pensamientos cuando el primero haya muerto.

das son porque no me querés. Si me quisieras, si me quisieras realmente, no las tendrías.

—Sí, yo la quiero Casiana, no puedo estar sin vos —dijo Dick con cierta emoción, lo que no le impidió alegrarse de haber podido colocar el "vos".

—Te atraigo, físicamente, pero nada más. Y ya te diste el gusto, ¿no es cierto?

—Más que eso, mucho más. Vos sabés bien. Pero eso no quita que nosotros tengamos que pensar bien nuestros próximos pasos.

—Debiste haberlo pensao antes de traerme acá —dijo ella, ahora con algo de enojo en su voz.

—Sí, puede ser. Seguro. Vos también debiste pensarlo.

—Me trajiste engañada, sí engañada y... y yo cái como un chorlito —dijo Casiana, con típico razonamiento femenino. Su voz quejumbrosa dejó bruscamente paso a la irritación: ¡Hay que pensarlo! Lo seguirás pensando vos, desgraciao, porque lo que soy yo ya lo tengo bien decidido, sabételo bien. —Y mientras se ponía la enagua agregó amenazante: ¡No me vas a ver nunca más, ni el polvo me vas a ver! Y al fin y al cabo, vos, con tantas y tantas dudas, que yo esto, que yo aquello, ¿quién te has créido que sos? Pobre inf...

—¡Chst! ¡Cállese! —urgió Dick al tiempo que, alertado por cierta intranquilidad de los caballos, apoyaba una oreja en el suelo—. ¡Parece ruido de galope! —y empezó a vestirse rápidamente.

—Será que nos están buscando. Si hemos estao acá qué se yo cuánto tiempo. ¿Y todo para qué? —preguntó ella, con voz angustiada.

Dick caminó entre los árboles mientras se abrochaba la camisa y el pantalón, pero volvió saltando entre el pasto alto para buscar sus anteojos largavistas y se alejó nuevamente hacia el borde del monte. Allí se paró, oteó el horizonte con sus anteojos y volvió corriendo.

—¡Rápido! ¡Vístase! Parecen indios por las lanzas. ¡Y yo que no traje el rifle! ¡Qué chambón! Sólo tengo el revólver.

Dick había visto un grupo de indios, alrededor de una docena, que se dirigían hacia el monte al galope largo. Estaban como a media milla. Casiana terminó de vestirse volando y Dick puso los pellones y cinchó los pehuales. Luego intentó ayudarla a montar pero ella lo rechazó, aunque tomó el cabresto del caballo de Dick.

—Voy a mirar para ver hacia dónde rumbean y vuelvo —dijo él.

Volvió pocos segundos más tarde, corriendo.

—Vienen derecho para acá. Salgamos por el otro lado. ¿Qué querrán buscar justo en este monte?

Dick no podía saber que un indio bombero los había visto entrar en el monte y había ido a buscar refuerzos. Uno de los que había visto era una mujer, según había alcanzado a ver el bombero, y las mujeres blancas eran piezas preciadas por los indios.

Él montó de un salto y ambos salieron al galope, quebrando ramas secas caídas. El bosquecito se interponía entre ellos y los indios y la pareja ya volaba por la llanura cuando los indios rodearon el monte y la vieron huyendo. La persecución se inició. Varias cuadras separaban a perseguidores y perseguidos. Con esa ventaja Dick confiaba en poder llegar a lo de Melrose, a dos leguas de distancia. Sus pingos eran ligeros y habían descansado mientras Casiana y él hacían lo opuesto. Fue así que los indios no pudieron acortar distancias, pero al llegar a una cañada el gateado de Casiana se negó a cruzarla, empacándose. Dick tuvo que retroceder, colocarse atrás y con un "¡Vamos!" y un fuerte rebencazo, animarlo. Pero para desesperación de ambos el gateado quedó empantanado y le costó salir. La demora había acortado considerablemente la ventaja sobre los salvajes. Su ulular estridente ahora se oía claramente y mostraba a los fugitivos que ya estaban encima. Casiana escuchó un silbido que se acercaba e inmediatamente después se sintió catapultada en el aire, cayendo al suelo dando una vuelta carnero. Allí se desmayó.

CAPÍTULO 26

El indio que tiene un pingo
que se llega a distinguir,
lo cuida hasta pa dormir;
de ese cuidado es esclavo—
Se lo alquila a otro indio bravo
cuando vienen a invadir.

Por eso habrán visto ustedes
si en el caso se han hallao,
y sinó lo han oservao
téngalo dende hoy presente—
que todo pampa valiente
anda siempre bien montao.

JOSÉ HERNÁNDEZ: *La vuelta de Martín Fierro,* 1879

Whatever happens, we have got the Maxim gun and they have not.

Cualquier cosa que pase, nosotros tenemos la ametralladora Maxim y ellos no.

DICHO INGLÉS POSTERIOR A LA INVENCIÓN DE LA AMETRALLADORA MAXIM EN 1883. *Citado por William Manchester, The Last Lion,* 1983.

—¡Cómo tardan! ¿No les habrá pasado algo? —preguntó la señora de Melrose, refiriéndose a Casiana y a Dick.

—Dijeron que iban a bolear ñandúes. Tratar de bolearlos, mejor dicho. Ya van a venir —dijo Frank, tratando de no dar importancia a la demora.

Pero en el fondo, él también estaba preocupado. Ellos ya habían vuelto una hora larga atrás. ¿Qué estarán haciendo? No pudo evitar ser poseído por la envidia imaginando lo que podían estar haciendo. ¡No haberla encontrado en Córdoba! Siempre estoy atrasado. ¿Pero lo haría Dick, tan mojigato como es, y con todos sus prejuicios contra los nativos?

Quien más quien menos, todos hacían en sus fueros internos similares conjeturas a las de Frank.

—¿Los seguimos esperando o sirvo el té? —volvió a inquirir la dueña de casa.

La decisión unánime fue no esperar más, pues la cabalgata había abierto el apetito del grupo de jóvenes. Poco después aparecieron bandejas con té humeante, scones y budín, que fueron puestas sobre una frazada escocesa extendida sobre el pasto del jardín, frente a la casa de "Las Playas".

Al rato, alguien dijo:

—Deben ester volviendo. Se oyen caballos.

Frank se levantó y subió a la azotea. En efecto, lo vio a Dick volviendo a todo galope hacia el corral. Y más lejos un grupo que lo seguía. ¿Lo seguía o lo perseguía? ¿Quiénes podrían ser? ¿Indios? Sí, efectivamente lo eran: Frank ya podía oír sus gritos. ¿Y Casiana? Sin más pensarlo, dio el grito de alarma y bajó corriendo las escaleras en busca de su cartuchera, su carabina y la de Dick. Ya los otros hombres estaban haciendo lo mismo y David Melrose cruzaba el foso corriendo hacia el corral con su arma en la mano. Los demás lo siguieron. Dick llegaba en ese momento al alambrado y se tiraba más que se bajaba de su caballo.

—¡Darkies! ¡Darkies! —gritó al ver a los suyos.

A todo esto los indios, cuatro o cinco, se detuvieron a unas doscientas yardas y quedaron observando, indecisos. Melrose ya había montado su caballo nochero y arreaba el resto de la tropilla hacia la manga, donde fueron rápidamente agarrados y sumariamente ensillados. Dick, a quien Frank le había alcanzado su rifle, apuntó hacia uno de los indios y disparó. Por el gesto que hizo Dick concluyó que lo había herido. El indio y sus compañeros azuzaron sus caballos y huyeron a todo galope y tras ellos salieron los cristianos, ingleses y argentinos, ocho en total, algunos montados en pelo. Los papeles se habían trocado. Los perseguidores se convirtieron en perseguidos.

Frank se apareó al caballo de Dick y le preguntó a gritos:

—¿Y Casiana?

—La bolearon. ¡Vamos a ver si la alcanzamos!

—¡La bolearon! Decime, ¿y la agarraron?

—Pienso que sí —contestó Dick.

—¿Cómo? ¿Vos no estabas con ella? —preguntó Frank, no pudiendo creer en lo que era obvio.

—Herí a uno pero al disparar, el caballo se me espantó y cuando lo sujeté la vi rodeada de indios mientras esos otros se me vinieron encima. Tuve que escapar. ¡Qué iba a hacer!

—¡Qué cagada! —exclamó, más para sí, Frank, que siguió pensando: ¡Cómo la pudo abandonar! ¡Qué boludo! ¡Ya se la deben estar llevando! ¡Este Dick no deja cagada por hacer!

Frank siguió con este género de meditaciones, mientras perseguían a todo galope a los indios. Ya habrían hecho cerca de una legua, cuando Dick, gesticulando con los brazos, gritó:

—¡Estamos cerca! ¡La bolearon del lado de acá de esa cañada!

Frank alcanzó a ver unos juncales que los indios cruzaban al paso. Aprovechó que la distancia se acortaba para disparar, tras rayar a su caballo.

—Me parece que le pegué al "darkie" hijo de puta —murmuró—. Aunque no se cayó.

Pero mientras espoleaba su tordillo para retomar velocidad, Lisada empezó a señalar a un costado, donde se alcanzaba a ver una polvareda que tapaba a sus autores pues el viento venía del mismo lado. Hacía mucho que no llovía y los animales levantaban mucha sierra. Frank detuvo nuevamente su caballo y miró con sus anteojos de campaña. Apenas pudo ver algunos jinetes, cuyo número era imprecisable.

—Por el terragal que levantan han de ser unos cuantos —comentó Lisada.

Dick aprovechó la detención para tirarle al último de los indios que recruzaba la cañada. Frank enfiló sus anteojos hacia allá.

—Erraste —le informó.

Pero Dick no lo pudo oír pues su picaso nuevamente se había espantado con el disparo. Cuando consiguió volver tras un amplio círculo tranquilizando a su animal con palmaditas en el cuello sudado, Frank le informó de su fallido tiro y, mucho más grave, que no se veían rastros de Casiana.

—Vayamos a recorrer el borde de la cañada, a ver si la encontramos. Podría haber quedado herida de la rodada y haber sido abandonada por los indios —conjeturó, esperanzado, Dick.

—¡No! Volvamos a las casas que se nos viene encima el otro grupo de indios —dijo Melrose con firmeza, señalando hacia la polvareda.

—¿Pero cómo sabés que son indios? —preguntó Frank.

—¿Y qué nos pueden hacer con esto? —añadió Dick, mostrando su flamante carabina de retrocarga Snider. Esta tenía incorporadas las mejoras del fusil Dreyse que había sido el factor decisivo en el reciente triunfo de los prusianos sobre los austríacos, éstos aún armados con lentos rifles de avancarga. Por ello es que había sido adoptada por muchos de los colonos británicos de Fraile Muerto.

—Dentro de un ratito ya oscurece y las carabinas no nos van a servir de mucho, don —dijo un peón de Melrose. El susto le había hecho entender lo que discutían los británicos.

—Los que vienen de aquel lao son indios. Se les alcanzan a ver las lanzas —informó a todo esto Lisada.

—¡Volvamos! —reiteró Melrose mientras daba vuelta a su caballo.

—Yo no voy a abandonar a mi familia —agregó.

—¡Cagón de mierda! —murmuró Dick, con rabia.

—¿Cagón yo? ¿Y vos, tan valiente, que abandonaste a la española, eh?

—Yo no la abandoné. Le disparé a uno de los indios que nos perseguían y mi caballo se espantó —insistió Dick con su explicación—. Igual que recién.

—Sí, y no paró hasta llegar a la estancia —comentó burlonamente David Melrose—. ¡Vamos! —gritó, espoleando su caballo.

Todos lo siguieron, menos Dick, Frank y Lisada. Este último volvió a mirar hacia la cañada.

—Sólo se ven por allá unos juncos volteados —observó, pero nada más.

Dick volvió a mirar con sus anteojos hacia los juncos despeinados.

—No, no se ve nada —dijo desanimado.

Más lejos escapaban los indios, sanos y heridos, que antes lo habían perseguido, en dirección al grupo recién llegado que ahora se lo veía claramente avanzar al galope corto. A la derecha, el sol se hundía en el horizonte en medio de un manto de nubes.

—Vamos que nos van a achurar —propuso Frank, con voz suave, para no presionar demasiado a su amigo.

Dick trató de imaginar en qué andaría Casiana a esa hora crepuscular, pero no pudo.

—No, yo no vuelvo. Váyanse ustedes si quieren. Yo me quedo —dijo Dick, como chico encaprichado.

Frank disparó su revólver para llamar la atención al grupo de Melrose, que se alejaba. Estos se detuvieron, y al ver las señas de Frank, volvieron.

—¿Qué pasa ahora? —gritó Melrose malhumorado.

—Dick no quiere volver —explicó Frank.

—Que se quede él. Así como la dejó a Casiana, nosotros lo dejamos a él. Son sus reglas del juego, ¿no? —y ya se disponía a irse nuevamente.

—¡Esperá! Los indios no son tantos —dijo Frank, señalando al nuevo grupo que ya estaba a unas quinientas yardas—. Aprovechemos para meterles bala y hacerles un buen escarmiento.

Melrose dirigió su mirada hacia los indios y antes de que pudiera contestar, se oyó un cornetazo, los indios se abrieron y cargaron con furia.

—¡Bajémonos! —gritó Melrose, que, por lo visto, aceptaba la propuesta de Frank—. ¡Cada uno apunte un indio, pero no disparen hasta que yo dé la orden! —gritó.

Ya se oía el ulular de la indiada. El grupo de cristianos los esperaba, rodilla en tierra algunos, parados atrás los otros, listos para colocarse en círculo si los indios empezaban a girar a su alrededor. Los caballos estaban atrás agarrados por un peón. Frank apuntó a uno de los atacantes. Veía claramente su fea cara pintada y su mano que tapaba rítmicamente la boca interrumpiendo su agudo grito. Las riendas sueltas, su soberbio zaino frente blanca avanzaba hacia él. Ya está muy cerca. ¿Qué espera Melrose para dar la orden?

En ese momento el indio pegó un salto, cayó corriendo y se agarró de la cola de su caballo. Simultáneamente, Melrose gritaba ¡Fuego! Frank quedó sorprendido. Entre las manos y patas del rosillo alcanzaba a ver las piernas del indio, medio corriendo medio arrastrado por su corcel. Oía los disparos de sus compañeros. ¿Tirarle yo a un caballo? Pero se tuvo que decidir. Apuntó a la cabeza y apretó el gatillo. La frente blanca se convirtió bruscamente en roja y el animal se derrumbó. Entre el humo negro de la pólvora vio que el indio, al no poder frenar su corrida caía encima del caballo. Mientras se levantaba, Frank recargaba su arma y lo buscaba con su mira. Pero otro jinete le estiró la mano y el indio saltó al anca de su caballo que se alejó a todo galope. Frank miró a su alrededor en busca de otros blancos más propicios pero vio que los indios se retiraban, ya fuera del alcance de su Snider.

El campo de batalla presentaba un aspecto lamentable: varios caballos más estaban tendidos, algunos arrastrándose lastimosamente en dos o tres patas, otros estirándolas espasmódicamente; dos indios heridos sangraban profusamente y se quejaban, uno de ellos tratando de alejarse caminando en cuatro patas; un tercero yacía muerto. Frank tuvo que alejar su mirada de él. La bala le había entrado por un ojo, que había quedado convertido en una sustancia gelatinosa de la que manaba sangre y masa encefálica. El ataque había sido rechazado sin un rasguño de los defensores. Pero Frank distaba de estar satisfecho. La muerte del caballo, veía nuevamente la escena, había desgarrado su conciencia más, mucho más, que si hubiera matado a cien indios. ¡Y el espectáculo que acababa de ver distaba tan diametralmente de las gloriosas descripciones de batallas que con tanto placer había leído de niño!

La indiada se reagrupó lejos del alcance de los Sniders. La eficacia de éstos comparada con la de las viejas carabinas de avancarga, que usaban inestables balas redondas y cuya recarga les daba tiempo de lancear a sus portadores, los había sorprendido desagradablemente. Hubo nuevos toques de corneta. Mientras algunos indios quedaron frente a los cristianos, dos grupos se desprendieron para ir colocándose a cada costado de éstos. Al ver esa maniobra, Melrose dijo a los suyos:

—Bajamos a unos cuantos. Ya se habrán dado el gusto, ¿no? Ahora piquemos a las casas. No vaya a ser que uno de esos grupos vaya a atacar la estancia en nuestra ausencia.

Ésa era, justamente, la intención del jefe de los indios, un hombre joven grandote que, montado en un vistoso tobiano, se había colocado al frente del grupo colocado a la izquierda de los blancos. Su plan se hizo manifiesto cuando vio que los cristianos emprendían la retirada hacia la estancia, pues entonces pasó del trote al galope largo.

—¡Vamos con todo! —gritó Melrose—. ¡Los "darkies" quieren llegar a las casas antes que nosotros!

Aquí comenzó una loca carrera entre los cristianos y los dos grupos de indios.

—¡Adelantate vos con tu picaso, que ayer me limpió cien patacones! —gritó Tom Purdie a Dick, que sofrenaba un tanto su caballo oscuro para no dejar atrás a sus compañeros. Tom se refería a las cuadreras del día anterior, en las que el pingo de Dick le había ganado a su rosillo.

Dick espoleó a su caballo que empezó a tomar ventaja sobre el resto. Le seguían Tom Purdie y Frank Goodricke quienes tenían la ventaja de montar en pelo. Pero del lado de los indios de la izquierda comenzó a adelantarse el tobiano montado por el cacique. Conforme a la regla del mejor desempeño de la caballada india, éste fue acortando la distancia que lo separaba del picaso, un tanto cansado tras tanta carrera. Pero Dick, el jinete de este último, ya se acercaba a la alambrada del corral, lo que decidió al indio a lanzar sus temidas boleadoras, las mismas que habían boleado al caballo de Casiana. Pese a la gran distancia, nuevamente tuvo éxito. El picaso rodó y el indio se acercó a Dick, que estaba caído, con la lanza en alto. Cuando ya iniciaba el golpe que debía ser fatal, se oyó un disparo. La bala atravesó el brazo que lanzaba el arma. Ello la desvío lo suficiente como para tan sólo desgarrar el costado de Dick. El tiro lo había disparado Frank desde cincuenta yardas. El indio herido hizo una mueca de dolor que permitió ver un diente roto, y soltó la lanza. Al ver que Dick desenfundaba su revólver, pegó media vuelta, pues había quedado sin armas, y huyó hacia los suyos, escapando de los disparos de aquél, Frank y Tom.

Dick corrió hacia la casa pero no necesitó dar la alarma pues la señora de Melrose y sus hijas habían oído los disparos y ya estaban en la azotea con sendos rifles, con los que disparaban a los indios más próximos. Dick se les unió y pronto lo hicieron Frank y Tom, que habían levantado el puente sobre el foso. En cambio, los demás, que se habían demorado, habían debido bajar por segunda vez de sus caballos para hacer frente al resto de la indiada. Caminando se fueron acercando a las casas. Viendo los indios que sus esfuerzos eran inútiles, tras un último cornetazo, emprendieron la retirada hacia el Sur, con sus heridos a cuestas. Más allá iba la hacienda robada... y Casiana. Ya estaba oscureciendo.

CAPÍTULO 27

The rabbit-hole went straight on like a tunnel for some way, and then dipped suddenly down, so suddenly that Alice had not a moment to think about stopping herself before she found herself falling down a very deep well.

La cueva del conejo fue derecho como un túnel durante un tramo, y luego bruscamente se hundió, tan bruscamente que Alicia no tuvo un momento para pensar en detenerse antes de encontrarse cayendo en un pozo hondísimo.

LEWIS CARROLL: *Alice's Adventures in Wonderland,* 1865.

Aquel desierto se agita
Cuando la invasión regresa
Llevan miles de cabezas
De vacuno y yeguarizo,
Pa no afligirse es preciso
Tener bastante firmeza.

JOSÉ HERNÁNDEZ: *La vuelta de Martín Fierro,* 1879.

Sentía gotear. Algo le corría por la cara, se juntaba en la punta de la nariz y goteaba, poco a poco. Estaba tirada boca abajo, sobre el pasto, y podía oír el ruido de la gota que una a una caía: plim... plim... plim. ¿Dónde estaba? Oyó pasos que se acercaban. Debía ser su padre que venía a levantarla porque recordó en ese momento haberse caído del caballo. Sí, era chica y su padre le enseñaba a andar y le decía:

—¡Pero m'hijita! ¿Cuántas veces te he dicho que cuando galopiés te tenés que poner a horcajadas. Es muy peligroso andar de costao sin montura 'e mujer. Por eso es que te cáiste. Bueno, no es nada. Agora te vuelvo a subir.

Pero las voces no eran de su padre, y ella no entendía nada lo que decían. ¿Dónde estaba? ¿Qué había ocurrido? Hizo un gran esfuerzo por recordar, ubicarse, pero sin éxito. Sintió unas manos que la daban vuelta.

Abrió los ojos. Vio dos caras cobrizas y chatas que la observaban con atención. Tenían pintura arriba y abajo de los labios y en las mejillas. Lampiños. Pelo lacio y largo sujeto con vinchas de lana con vivos colores. Uno de ellos con sombrero pajizo. Ambos muy sucios y polvorientos.

—El caballo rodó y yo me caí —explicó Casiana al tiempo que rechazaba al indio que empezaba a lamerle la sangre de la mejilla y la nariz.

—El caballo rodó y yo me cái —seguía repitiendo maquinalmente una y otra vez Casiana, mientras se esforzaba por explicarse qué había pasado, por qué estaba ella ahí y qué hacía ese par de indios con ella.

Se incorporó un poco y vio muy cerca su caballo que se estaba levantando con las manos pero tenía dificultades con las patas. Y también vio que la causa eran las boleadoras que las abrazaban. ¿Pero ande estoy? ¿Qué estaré haciendo acá? seguía pensando Casiana. Uno de los indios sacó las boleadoras de las patas y las enrolló alrededor de su cintura, debajo del poncho pampa que llevaba. Luego recogió del suelo el más bien ridículo chamberguito hongo de amazona de Casiana y se lo puso. El otro lo miró y se rió y el primero lo imitó, mostrando un diente roto. De repente, Casiana sintió como si el velo que cubría su mente se descorriera de golpe. Recordó todo lo ocurrido y se puso de pie. Miró a lo lejos y alcanzó a ver varios jinetes que corrían a todo galope sus lanzas horizontales. Imaginó más allá a otro jinete perseguido por éstos. Riki, sin duda.

—Cobarde, hij'una gran perra. Me ha abandonao a los salvajes —murmuró Casiana.

Uno de los indios, al ver que se había levantado sin dificultad, le habló y le hizo señas de que se subiera a su gateado diciendo "cauellu, cauellu". Ella montó y vio que los indios eran como treinta. A un indio malherido lo subían a un caballo, lo acostaban sobre el lomo, la cabeza sobre la cruz, lo amarraban con el lazo y así lo llevaron. El del diente roto ordenó a dos indios mayores que condujeran a Casiana y al herido. Uno de éstos empezó a atar con un tiento los pies de Casiana entre sí, debajo de la panza de su caballo, pero el jefe le indicó que no lo hiciera. Entonces un indio marchó al frente llevando del cabresto al caballo del herido y el otro lo siguió junto con Casiana. Los demás se alejaron al paso hacia la izquierda, para dar tiempo a ser alcanzados por los perseguidores de Dick.

El grupo de Casiana galopó fuerte hacia el Sur. Había comenzado el largo viaje hacia las tolderías. Como a la hora, Casiana alcanzó a ver a la distancia una gran polvareda y, después, a quien la levantaba: un gran arreo de vacunos, yeguarizos y lanares conducido por indios. Casiana y sus escoltas se juntaron a un grupo de jinetes. Además de indios, había cuatro cristianas, dos de ellas llevando chicos en ancas. Habían sido cautivadas esa mañana en estancias cercanas a Villa Nueva, según explicaron a Casiana, tras haber matado a sus maridos, padres o hermanos.

Éste no es mi caso, pensó Casiana con ánimo plomizo. Por mí nadie murió.

La marcha continuó a paso algo más lento, por el arreo, aunque los indios evidentemente se apuraban por temor a la —improbable—reacción de los desguarnecidos cristianos. Trote y galope, galope y trote, rumbo Sur. La noche, que pronto llegó, no los detuvo y sólo tras un tiempo que a Casiana se le hizo eterno, descansaron. Ella estaba agotada y hambreada. En la oscuridad alcanzó a ver cómo unos indios carneaban ovejas. Uno de ellos se acercó con un cacharro y lo ofreció a las cautivas. Estas lo rechazaron con asco: era sangre aún tibia. El indio volvió con tiras de carne cruda, pues ya fuera para no delatar su presencia o ya fuera para no perder tiempo, como en este caso, no hacían fuego durante sus malones. Algunas mujeres también la rechazaron pero otras, aunque con repugnancia, las tomaron y comenzaron a masticarlas. Casiana dudó, pero pensó que si no comía iba a desfallecer. Tomó un pedazo venciendo su aprensión y se lo metió en la boca. La carne fibrosa era difícil de masticar y le dio asco. Decidió no comer más. Se tiró en el pasto. Le dolía todo el cuerpo. Tan molida estaba que poco pudo descansar. Más que cansada, preocupada. ¿Qué le harían los indios? Aunque poco le costaba imaginarlo. ¡Malhaya con el inglés hij'una gran siete! La vieja no estaba mal rumbeada cuando me habló mal de él. ¡Qué mala suerte la mía! En la oscuridad oyó llantos. Se acercó. Eran otras cautivas que, como ella, se lamentaban, pero en alta voz. Casiana se contagió con el llanto, pero pronto se contuvo y trató de consolarlas:

—Los indios no parecen tan malos como dicen. Pronto nos han de rescatar. El rescate es lo único que les interesa.

Tuvo algún éxito. Las mujeres se calmaron y dejaron de llorar. Pero ella no estaba demasiado segura. ¿Será realmente así? se preguntó a sí misma. Tatita tiene influencia y me va a sacar. ¿Me va a sacar? Recordaba casos de mujeres hechas cautivas y que nunca se había vuelto a oír de ellas. Pero también sabía de otros con resultados inversos.

Estaba en esas cavilaciones cuando los indios les gritaron "cauellu". Casiana subió a caballo. Las demás mujeres la imitaron y la marcha se reanudó, aunque a ritmo más descansado. Los montados estaban algo aplastados y el arreo era difícil de conducir de noche. Algunos animales escapaban para volver a su querencia. Los arrieros no se preocupaban demasiado en impedirlo. ¿Y si lo mismo intentaba yo? No, el indio aquél nos tiene marcadas y lo notaría. Un cuarto de luna daba poca claridad a través de un cielo entoldado. Las cautivas se lamentaban: ¡Dios mío! ¡Qué será de nosotras! Algunas sollozaban.

Comenzaron a cruzar terreno guadaloso. En esos bañados se perdía el río Cuarto y, a su vez, nacía el Saladillo. No lejos estaba Monte Molina. ¿La habrían maloqueado? se preguntaba Casiana.

—P'arriba está El Sauce, p'arriba está —dijo a Casiana una mujer madura, bastante achinada, indicando al Oeste— y p'allá el fortín Las Tunas —continuó, señalando hacia el Este.

—¿A cuántas leguas? —preguntó Casiana.

—Y... han de ser como diez leguas, pienso.

—¿No vendrán por nosotras? ¿A rescatarnos? —preguntó Casiana.

—¡Ojala! —contestó la china, pero tras un momento, agregó: —Pero quién sabe. Mi pobre maridito, que hoy lo hicieron finao, me había dicho que en El Sauce no han dejao a los pocos milicos que quedaron más que unas carabinas herrumbradas. ¡Todito se lo han llevao pa'l Paraguay! Por culpa de esa maldita guerra lo han matao y agora yo me encuentro cautiva... —y empezó a sollozar.

¿Y si me tiro 'el caballo en algún juncal y me escuendo? Se dice escondo, se autocorrigió Casiana. Monte Molina no ha de estar a más de cuatro leguas que bien las puedo caminar, pensaba. Pero no, cómo me voy a presentar a la casa de ese hij'una gran puta. Prefiero seguir como cautiva. Además, buena criolla al fin, la oscuridad la aterraba. Y hacía frío, y meterse en el agua... Y si el indio que anda por allí vigilándome me descubre, ¿no me lanceará? En estos pajonales sabe haber leones. ¿No me pisará la hacienda que viene atrás? Pero si no lo hago agora no viá tener oportunidá después. Que sí, que no. Que en la próxima cañada. Hasta que no hubo más cañadas. El terreno ascendió y algo después se detuvieron. Caballos y hacienda estaban cansados de tanto caminar y hundirse en el terreno pantanoso, sobre todo las menos caminadoras ovejas. Éstas eran utilizadas para dar de comer durante la marcha, más que para ser llevadas a las tolderías.

Casiana se tendió sobre los cojinillos de su recado. Tengo que tratar de dormir, se dijo. Pero no pudo. ¿Qué me harán estos salvajes? Me van a dar como mujer a algún indio, sin duda. Pero yo no me viá dejar, aunque me maten a palos. Tenerlo encima mío a alguno de estos brutos... ¡qué horror! Pero a la larga, quién sabe si podré evitarlo. Pensaba y volvía a pensar en escenas de indios lascivos arrojándose sobre ella. Finalmente, sin darse cuenta, se durmió. No supo cuánto tiempo había transcurrido cuando el ruido de hacienda en movimiento y unos gritos la despertaron. Debía reanudar la marcha. La luna se había puesto y siguieron al paso y al trote, en la mayor oscuridad. Casiana se sentía en un estado de sopor. No sabía si dormía o velaba, si trotaba o si galopaba. Notablemente, no se cayó cuando dormitaba. El húmedo viento del Este la enfrió y empezó a sentir el dolor de los golpes sufridos en su caída al ser su caballo boleado. Había podido digerir la magra ración de carne cruda y el hambre aguijoneaba de nuevo su estómago. "Virgen santa ¿qué ocurrirá conmigo?", oía murmurar cerca de ella. Un par de mujeres rezaban el rosario.

Hacia la izquierda quiso comenzar a clarear. Los indios apuraron la marcha, temerosos de algún ataque de los milicos de los fortines. Las cautivas también lo esperaban esperanzadas. Pero ni unos ni otros pudieron ver señal alguna, para desconsuelo de las cautivas, pues una espesa neblina envolvía todo. Cuando la mañana avanzó y la neblina comenzó a disiparse, tampoco se vio rastro de tropas que vinieran a rescatar el botín de mujeres y animales que los indios se llevaban Tierra Adentro.

La marcha se detuvo a media mañana. Los indios desmontaron y desensillaron e hicieron señas a las cautivas de hacer lo mismo. Un indio de a caballo se acercó y se llevó el gateado de Casiana para juntarlo con la tropilla. Casiana se despidió así de su excelente aunque agotado pingo, regalo de su padre.

Pasaron nuevamente el cacharro con sangre tibia. Esta vez Casiana probó y no le pareció tan mala. El calor en el estómago le venía bien debido al frío de la mañana. Algunas cautivas la imitaron. También pudo comer un poco más de carne cruda. Se acostó sobre el recado y quedó inmediatamente dormida. Se despertó cuando le trajeron un mancarrón con apenas un cuerito y le sacaron su recado. La columna se puso en marcha. Los indios daban rienda a sus caballos pero sin apurarlos. Cada uno andaba al ritmo de su montado y, así, la caravana se iba disgregando. Las cautivas dejaron de ser vigiladas. Total, en esa soledad ¿qué posibilidad de escapar tenían?

Un par de horas más tarde llegaron a una laguna y cerca de allí, en un monte de chañares, había más indios. Chusma. Era la base de abastecimiento del malón, fuera ya de la línea de desguarnecidos fortines.

Desmontaron y las cautivas fueron examinadas con curiosidad por la indiada. Los salvajes comentaban animadamente, se reían y burlaban.

"Huinca", era la única palabra que entendía Casiana, a menudo acompañada de gestos despectivos. Casi todos eran chicos o viejos, pero había también algunas indias jóvenes y fuertes, seleccionadas como arrieras. Los viejos y chicos vestían escasas prendas: poncho y chiripá. Algunos lucían pieles de guanaco, venado, oveja o zorro. Ninguno usaba sombrero, sólo vincha, e iban descalzos, salvo botas de potro algunos. Una china se acercó a Casiana y tras arrancarle de un tirón la fina cadena de oro de la que pendía una medalla, trató de desabotonarle la chaqueta de lana con la obvia intención de quedarse con ella. Casiana se resistió. La noche anterior había descubierto su gran utilidad. Se armó una gresca. Las dos mujeres se tiraron del pelo, se arañaron y hasta se mordieron, rodando por el piso. La indiada las rodeó, azuzándolas. Una segunda india acudió en ayuda de la primera y entre las dos finalmente pudieron inmovilizar a Casiana en el suelo. Comenzaron entonces a desabotonar la ansiada chaqueta pero en ese momento apareció un viejo que las echó a rebencazos, frustrando así el intento.

Una chica rubia y gordita de unos quince años, también cautiva, se acercó a Casiana para felicitarla por la forma en que se había resistido. Allí le preguntó por su cara lastimada: el pómulo izquierdo y el mismo lado de la nariz estaban ensangrentados consecuencia de la rodada, pero ahora, la mejilla derecha mostraba tres rayas sanguinolientas producidas por otras tantas uñas de la india. Luego, la muchacha le preguntó con angustia:

—¿Qué cree que nos harán, mi señora, qué nos harán?

—¿No te imaginás? ¿Nunca te contaron qué hacen los indios con las cautivas? —le preguntó Casiana, un poco cínicamente.

—Nos hacen sus mujeres, asigún dicen. Pero conmigo no han de poder, no señora, no han de poder.

—Habrá que ver —replicó Casiana con tono de duda—. Al ver la cara de desesperación de la chica, para tranquilizarla añadió: —Pero quizá no sean tan fieros como dicen. Dios lo quiera. Ya viste que a esas dos no las dejaron salirse con la suya.

El olor a carne asada les aguijoneó el estómago. Se acercaron. Los indios comían y ellas no se atrevían a acercarse. Uno les tiró un pedazo al pasto. Varias cristianas corrieron a agarrarlo, en medio de las risotadas de los mapuches, que empezaron a tirarles más. Casiana, sintiéndose perro, pudo agarrar uno, al que le hincó el diente. Era carne mal asada con gusto dulzón. "Carne e'yegua", dijo una mujer mientras no dejaba de morderla. Un indiecito trajo el consabido cacharro con sangre, de yegua esta vez. Casiana tomó un trago y consiguió agarrar luego unas costillas que empezó a comer como si fuera un manjar. Después se tiró en el pasto, el estómago ya no lo tenía vacío y a poco se durmió.

Una suave llovizna la despertó. Empezaba a oscurecer y estaba refrescando. Casiana, su ropa húmeda, tiritaba. Vio que se acercaba al campamento un grupo de jinetes que llevaban sus largas lanzas empenachadas con plumas de avestruz. Venían muy bien montados con recados completos y de lejos parecían gauchos. Cuando se acercaron clavaron las lanzas en el suelo y desmontaron. Unos chicos agarraron sus caballos y los recién llegados charlando y riendo se dirigieron derechamente hacia las cautivas. Las fueron mirando con atención. Un indio se destacaba entre ellos porque vestía como gaucho rico. Mientras pasaban entre las mujeres saludaban diciendo: "Mari-mari, mari-mari". Alguno las manoseaba impúdicamente, hacía algún comentario y los demás reían. Casiana vio con inquietud que se le acercaban. Reconoció al que parecía el jefe como el indio que le había lamido la sangre de la mejilla y la nariz. Éste le dijo con gesto afable:

—¡Mari mari ñaña! ¿Cumele caimi?[1]

Ella se dio cuenta que la saludaba y le contestó con un "buenas tardes". Los indios se rieron y Casiana, contagiada, sonrió. El supuesto jefe la miró fijo con sus ojos oscuros y le dijo:

—Huinca matén. —Luego agregó, señalándose con el dedo: —Inché Mañkethrüz.[2]

Casiana comprendió y poniendo a su vez el dedo en el pecho, dijo:

—Casiana. Yo Casiana.

El indio se sorprendió que ella se nombrara, ya que los araucanos creían que ello las hacía caer muertas. Pero como así no ocurriera, la miró con admiración. Luego observó con atención las lastimaduras que mostraba la cara de la cautiva y siguió caminando, seguido del resto, hacia un indio joven ataviado de forma bastante ridícula a juicio de Casiana. De la vincha colgaban dos grupos de campanitas, uno sobre cada oreja, y tenía una especie de cuerno en la cabeza, que parecía un mate invertido. Era el machi, mezcla de sacerdote, arúspice y curandero. Su contoneo evidenciaba su condición de homosexual, algo común en los machis, salvo cuando eran mujeres pues, a diferencia de religiones supuestamente más civilizadas, la de los araucanos no discrimina contra las oficiantes del sexo femenino.

[1]¡Hola muchacha! ¿Estás bien?

Al llegar los recién llegados, el machi se arrodilló cerca del fuego y comenzó a rezar a Kachauentrú, el dueño y dominador de la gente, el dios bueno de los ranquilches.

—Mari marl Kachauentrú. ¿Cómo te va, gran Cabeza de Oro? Por ti estamos buenos, de los males nos libraste, Gran Chao. Siempre estamos sobre la sierra porque tú lo quieres. Eres padre y madre para nosotros. Siempre te hemos agradecido por regalarnos el fuego, por habernos mandado el alma de un antepasado que nos enseñó a hacer una ruka[3] y a usar el fuego para cocinar.

Mientra el machi rezaba, Casiana pensó en que debía hacer saber a los indios quién era ella o, mejor dicho, quién era su padre. "Así no me han de tratar como a una cualquiera", pensó. "Cómo se los digo, porque, por lo visto, no hay lenguaraz. Pero de alguna forma se lo he de decir", se dijo.

El machi continuó con sus oraciones de agradecimiento por el éxito del malón, en el que no faltó el pedido de protección contra los intrusos huincas. A su término, se sacrificó un cordero en homenaje al Gran Padre, y el machi quemó hierbas aromáticas para congraciarse con Walichu, el espíritu del mal y ahuyentar al choñchoñ, la lechuza de mal agüero.

Concluida la ceremonia, el machi, seguido por Mañkethrüz, se dirigió hacia Casiana y, a la luz de una antorcha, le miró sus lastimaduras con más atención. Un viejo le trajo un cacharro de cobre con una infusión caliente y, al tiempo que canturreaba, las lavó con un pañuelo. Casiana dejó hacer y, más aún, mostró al machi los moretones del hombro y la mano hinchada. La confianza que mostró en el machi conquistó la buena voluntad de éste para con ella. Casiana no se percató de que la mano de Mañkethrüz que la había rozado en ese momento, contenía la cola de una lagartija, lo que significaba un pase mágico para ganar su amor.

Con la misma infusión, el machi lavó una herida redonda, obviamente de bala, que atravesaba el antebrazo del que era evidentemente el cacique o ülmen. Era la herida producida por el balazo disparado por Frank y que desviara el lanzaso de Mañkethrüz a Dick. Obviamente, Casiana no podía conocer el origen de la herida. La misma operación hizo el machi en una herida de una bala de los Snider ingleses que ostentaba en un muslo un acompañante del capitanejo.

[2]Cristiana linda. Yo soy Mankethrüz (mañke = cóndor; thrüz = cazador).
[3]Casa.

—Pen kulé kayai, fücha huenei[4] —dijo Mañkethrüz, al despedirse con una sonrisa que dejó ver dos hileras de dientes bien alineados, uno del frente partido.

—Le quiero decir una cosa —le dijo ella—. Mi padre es el jefe político e' Fraile Muerto —y viendo que el cacique la miraba con aire de no entender, repitió la oración vocalizando con cuidado: Mi padre, mi tata, es jefe político 'e Fraile Muerto; el comandante principal 'e la Guardia Nacional. ¿Entiende?

Mañkethrüz no entendió. Emitió una carcajada, que fue imitada por sus acompañantes, dio media vuelta y se dirigió al asador, seguido del resto del grupo.

—No le entendió nada, no le entendió el indio ése —le dijo la rubia gordita que estaba cerca—. Es que son unos brutos que ni hablar saben.

—Cierto, no entienden ni jota 'e cristiano. Son unos bestias —confirmó Casiana.

—Pero lo que sí, parece que usté le gustó —añadió la rubia.

—Y vos le gustaste al otro —replicó Casiana de mal humor, refiriéndose a un indio que había estado tocando el pelo de la rubia.

A la madrugada siguiente reanudaron la marcha que a partir de ahora sería mucho más lenta. Duraría cinco días más. El paisaje fue cambiando de a poco, haciéndose más duros los pastos y los montes más numerosos; aparecieron médanos y lagunas y, en los dos últimos días, fríos pero soleados, la llanura se vistió de grandes bosques de caldenes. Era la selva ranquelina, donde los indios tenían sus tolderías. Y efectivamente, empezaron a aparecer míseros toldos hechos con cueros de yegua, colgados de palos, de donde salían chinas de a caballo para ver mirar pasar la caravana, muy disgregada por cierto.

Ese mismo día fueron alcanzados por una cincuentena de indios de pelea que habían quedado a retaguardia cubriendo un eventual intento de los cristianos de recuperar el botín. El grupo iba totalmente disgregado también, sin respetar jerarquías. Algún indio llegaba a su toldo donde era recibido con alegría por su china, hijos y flaquísimos perros. El indio allí quedaba, abandonando a los demás. Después recibiría su parte del botín.

En Trenel el número de indios que abandonaba la partida aumentó. El mermado grupo finalmente llegó al aduar de Mañkethrüz. Estaba en una amplia abra del bosque. Allí pastaban yeguarizos y vacunos. Al fondo y cerca del límite del abra se veía un toldo mucho mayor y mejor construi-

[4]Hasta pronto, gran amiga.

do que los muy precarios vistos hasta entonces. Era como un rancho grande pero cubierto por cueros de yegua. Un cráneo equino adornaba su entrada, para apartar a Walichu. Había varias lanzas clavadas junto a él, al frente, con sus plumas de avestruz flotando al viento. Cerca del toldo grande había varios toldos menores. De todos ellos comenzó a salir gente, la misma chusma de antes, pero en mayor número.

Los indios de pelea comenzaron a hacer demostraciones con sus caballos. Se lanzaban a todo galope y los paraban en seco; se pechaban; se tiraban del caballo en plena carrera y se volvían a subir; otros cabalgaban arrodillados sobre el lomo de sus caballos; uno se paró encima y lo hizo trotar haciendo equilibrio con ayuda de su lanza; otros más hacían bailar a sus parejeros. Todo en medio de los gritos "aaah" interrumpidos por golpes dados con la palma de la mano en la boca. Los alaridos asustaron a las cautivas al principio, haciéndoles recordar las escenas de sus capturas: pero luego siguieron con interés el espectáculo. Sonó una corneta y se reunieron todos en parlamento. Comenzó luego el reparto del botín según instrucciones que impartía Mañkethrüz. En cuanto al ganado, se repartiría más adelante, en proporción al número de caballos, y por lo tanto, de hombres de pelea, que había puesto cada jefe de familia. La mayor parte de los vacunos sería vendida a la tribu hermana de los pehuenches, que los pasarían a Chile el siguiente verano por los bajos pasos cordilleranos del Neuquén para ser vendidos a hacendados de ese país.

Terminado el reparto de los escasos bienes capturados durante el malón: alguna ropa, bebidas alcohólicas, cabezadas y recados, el mismo grupo de guerreros que se había acercado a las cautivas días antes, fue hacia ellas. Cada uno tomó el cabresto del caballo que montaba la que le había correspondido según el arreglo oportunamente hecho y se fueron alejando en distintas direcciones. "Suerte" se deseaban, aunque ninguna creía en ella.

Fue así como Mañkethrüz se acercó a Casiana, y le señaló el toldo grande, hacia donde se dirigieron. Chinas, chicos y perros los observaban, sobre todo las primeras con expresiones de antipatía y algún grito hostil. El ánimo de la cautiva estaba por el suelo. ¿Volvería a ver a sus compañeras de desgracia? ¿O quedaría sola y aislada en medio de esos salvajes? Tuvo ganas de llorar pero consiguió contenerse: no quería que su amo la viera débil. Y decidió, una vez más, hacerse conocer. Ante la falta de lenguaraz, lo hizo directamente a Mañkethrüz, a quien dijo:

—Quiero que sepa quién soy yo: la hija de don Nazario Casas, el comandante y jefe político 'e Fraile Muerto —y lo repitió más fuerte, casi a los gritos, por si algún otro entendía castellano.

Pero no tuvo mejor suerte que en la oportunidad anterior. El cacique, ni tampoco los demás que la oyeron, dieron señas de haber entendido. Todo lo contrario, los gritos hostiles aumentaron y Mañkethrüz apuró el tranco de su caballo.

Cuando llegaron al toldo grande desmontaron y Mañkethrüz confió Casiana a una india vieja a quien le dio instrucciones. Ésta condujo a la cautiva hacia un toldito cercano al principal, también de paredes y techo hechos de cueros de yegua perfectamente estirados y cosidos con nervio. Adentro había un catre con pieles de carnero y guanaco, un caldero y una tinaja con agua. De los travesaños del rancho colgaban cabezadas, lazos, boleadoras y otros aperos. El ambiente estaba impregnado del típico olor a cuero sobado y sudado. La vieja hizo indicación a Casiana de lavarse. Ella se fue desnudando y la india observó los magullones y verificó que tenían costras ya secas, inclusive la del pómulo izquierdo de la cara. No se percató, en cambio, que la mano derecha estaba todavía hinchada.

Casiana se lavó cara, manos y cuerpo y luego la india la envolvió con una manta de lana azul. "Chamal tulú" indicó la vieja con énfasis, para que Casiana recordara el nombre. El chamal fue prendido con broches sacados de un saco, uno en un costado del pecho y otro en la cadera. "Tupu" dijo la vieja mostrando los broches, largas agujas con un gran disco redondo como cabeza, todo de plata. Después la vieja hizo inclinar a Casiana y le tiró agua en el pelo que luego peinó con una escobilla de paja brava, con mucha dificultad, dada su abundancia. Tras eso le hizo dos trenzas de tres guedejas cada una y le puso una vincha de lana con motivos geométricos y con incrustaciones de cuentas de distintos colores y bolitas de plata. "Trarülonco" explicó la india. Como estaba fresco, le puso luego un manto de lana que prendió en el cuello. Luego le colgó de las orejas dos grandes chapas de plata más o menos cuadradas que llamó üpül. Siguió poniéndole una gargantilla de agujas que denominó trapelacucha y concluyó colocándole pulseras y brazaletes de plata en muñecas y brazos, llamados trarügug, y en los tobillos: trarünamún. Finalmente le dio unas zapatillas de cuero de vaca con el pelo para afuera. "Tranu", le dijo.

Casiana, con típica curiosidad femenina, había seguido con atención todo el proceso de peinado, vestimenta y alhajamiento, sobre todo lo último. Las piezas de plata le habían parecido muy elegantes. Miró su imagen reflejada en un plato muy liso de plata. "No me sienta nada mal este arreglo", sentenció. Claro que se daba cuenta que todas esas atenciones se explicaban porque pasaría a ser la mujer del capitanejo. Pero ese pensamiento lo mantuvo aprisionado en el subconsciente, sin dejarlo aflorar porque, en definitiva ¿qué podía hacer para impedirlo?

Terminada de vestir y alhajar, la india indicó a Casiana que se acostara y ella se sentó, impasible, en el suelo. Casiana siguió las instrucciones, aunque previamente se sacó las piezas que le molestaban para dormir. Luego se tendió sobre los pellones colocados sobre los tientos estirados de cuero de yegua y se envolvió con las pieles. Tras tantos días de dormir al rave en el suelo y muerta de frío, el duro catre le pareció más blando que cama provista con los mejores elásticos y las mal curtidas pieles más abrigadas que edredón de plumas.

Casiana se dio cuenta que la hora de la verdad se acercaba. Ya sabía a quién había sido adjudicada. Recordaba lo desagradable que le había parecido cuando lo vio por primera vez luego de su caída. Pero tras tantos días de no ver más que indios, se fue habituando a ellos y empezaron a parecerle más normales. Muy parecidos, al fin y al cabo a tantos cristianos aindiados que había en la provincia de Córdoba. Pero de allí a tener que acostarse con uno de ellos... No, no lo he de permitir, se dijo. Pero no se hacía ilusiones. ¿Cómo lo impediría? ¿Huir? La hallarían pronto o debería entregarse muerta de hambre y de sed.

El calor de las pieles le fue dando una sensación agradable que la tranquilizó. Los ronquidos de la vieja acostada a los pies del catre, le dieron una curiosa sensación de seguridad. No, no han de ser tan fieros como los pintan. Y por primera vez desde su cautiverio, se durmió sin acordarse de la madre de Riki.

CAPÍTULO 28

Mes baisers sont légers commes ces éphémères Qui caressent le soir les grands lacs transparents, Et ceux de ton amant creuseront leurs ornières Comme des chariots ou des socs déchirants.

Mis besos son ligeros cual los de las estrellas que acarician de noche los lagos transparentes; pero los de tu amante cavarán sus huellas cual los de una carreta o de un arado hirientes.

CHARLES BAUDELAIRE: *Femmes damnés; Les Fleurs du Mal,* 1856.

Las voces y gritos que provenían del toldo grande la despertaron. Eran gritos, risas y frases dichas en alta voz, en araucano. Por hombres y mujeres, obviamente borrachos. "Yapayú, yapayú", gritaban y se reían a carcajadas. Casiana conocía la inclinación de los indios por el alcohol y se dio cuenta de que festejaban la vuelta del malón. "Yapayú" era el "jusq 'au fond" ranquel, el brindis que obligaba a vaciar el contenido del vaso de chicha, caña o ginebra. Casiana se inquietó. Trató de dormirse de nuevo pero no pudo. Los gritos demostraban que la orgía se acrecentaba y, con ello, sus temores. Las mujeres eran las mas ruidosas. Chillaban, reían y bramaban. Las voces de los hombres daban cuenta de que entre trago y trago pretendían cosas que provocaban las reacciones femeninas, quizá no del todo negativas.

"Todo por culpa de ese inglés desgraciao. ¡Cómo me pudo abandonar así a los salvajes! Tan calculador para todo, ha de haber pensao que no valía la pena arriesgar el pellejo por una criolla."

Así pensaba y repensaba Casiana cuando oyó que alguien se acercaba al toldo que ella ocupaba, cantando con voz de borracho. Era la voz de Mañkethrüz que, de repente, entró al toldo, trastabillando. Al verlo, la vieja que dormía en el suelo se levantó y salió sin hacer ruido. El indio seguía su canción que decía:

—Vengo, ay hermana, de noche, pues he llegado a esta tierra; como ánima llegué. Para quedarme he regresado como püllomeñ (mosca azul, sagrada para los mapuches). Por amor volví, ñaña; por tu amor he venido.

El efecto de estas sentidas estrofas sobre Casiana fue nulo, pues nada entendió. Más que nulo, fue contraproducente—: muy asustada, saltó de la cama y se puso lo más lejos posible del bardo. Este se le fue acercando en la muy tenue luz lunar que entraba por la puerta y terminó por arrinconarla. "Tufei mi, tufei mi", dijo el cacique, ofreciéndole un cuerno de vaca. Casiana estaba aterrada. No alcanzaba a discernir lo que se le ofrecía. Lo rechazó de un manotazo y sintió con asco un líquido con fuerte olor a alcohol que se derramaba en su pecho. Mañkethrüz se rió y entre risas la abrazó y empezó a acariciarla. Ella trató de sacárselo de encima, pero el indio era grandote y poco podía hacer ella por apartarlo. Olía su aliento alcohólico cuando intentaba besarla. Consiguió desprenderse y trató de correr hacia la puerta del toldo, pero él alcanzó a manotearla y la llevó abrazada hacia el catre, donde cayeron. La acarició y Casiana le mordió la mano. Él gritó colérico y con la otra mano le pegó un chirlo en la cara. Después le aprisionó la mano derecha, todavía hinchada por la rodada. Fue ella entonces quien gritó de dolor. El indio la soltó y siguió con sus caricias, cada vez más excitado. Le arrancó el chamal y le tomó un pecho. Ella le encajó un rodillazo que hizo encolerizar de nuevo al indio, quien le pegó una fuerte bofetada. Casiana no se amilanó y siguió resistiéndose a mordiscos, codazos y rodillazos. Cuando ella intentó apretarle los testículos, el indio perdió la paciencia. Se levantó, descolgó una guasca y empezó a rebenquearla. Casiana se atajaba como podía con manos y pies, mientras lo insultaba a gritos, hasta que Mañkethrüz consiguió tirarla al piso boca abajo, se sentó sobre su espalda y pudo así rebenquearla a discreción en su trasero hasta que ella cesó de insultarlo y abandonó sus esfuerzos por liberarse. El indio tan sólo oyó sus quejidos tras cada golpe. Entonces cesó el castigo, se levantó, la tomó de los brazos y la tiró al catre, tendiéndose él a su lado. Ambos respiraban agitadamente y, además, Casiana comenzó a sollozar. Entonces Mañkethrüz empezó a acariciarla y susurrarle palabras incomprensibles, dichas en el mismo tono de voz con que se trata de calmar a un caballo. Casiana ya no se atrevía a resistir. Su moral se había derrumbado y, además, prevaleció un dejo de espíritu práctico y dejó hacer a su captor, tal como si hubiera escuchado el consejo que supuestamente dan las madres inglesas a sus hijas para el caso de violación: "relax and enjoy it". Y efectivamente, trató de no pensar y se fue relajando. Pronto fue poseída por el indio, pero para ella, el "enjoy it" no llegó. Mientras el indio hacía, ella rabiaba contra Riki, quien había precedido al indio una semana antes. "Seguro que si yo me hubiera resistido no hubiera podido hacer lo del indio", pensó despreciativamente Casiana.

Tras su orgasmo, Mañkethrüz quedó profundamente dormido. Casiana consiguió salir debajo de él y se levantó. Se asomó a la puerta. En el toldo grande el cahuiñ, la bacanal, continuaba. Podría escapar pero ¿adónde? ¿y en qué?

Resignada, entró y empezó a buscar a tientas la tinaja. La encontró y se lavó. "No vaya a quedar preñada de este animal", pensó. Pero también recordó que no se había lavado tras haber hecho el amor con Riki. ¿Cuántas veces? Cuatro, recordó con cierta lascivia. Pero enseguida reaccionó. ¡Cómo pensar bien del inglés cobarde! ¡Gringo tenía que haber sido! ¡Ningún criollo de ley me hubiera abandonao como él lo hizo! ¡El y sus eternas dudas! ¡Ya se va a acordar de mí! ¡Todo esto es por su culpa! ¡Ya me la va a pagar!

Dolorido el trasero por los rebencazos, se acostó de costado lo más lejos posible de Mañkethrüz, que dormía como un plomo, y se tapó con las pieles. Se sentía abatida, abandonada en ese medio hostil y salvaje, donde le había tocado vivir. Pensamientos lóbregos la invadieron y despacito, muy bajito, empezó a sollozar. No supo cuando pasó del llanto al sueño.

Se despertó inquieta. Mañkethrüz la observaba con atención.

—¡Kimei gñe nieimi! (¡Qué lindos ojos tenés!) —él le dijo.

Le tomó la cara y miró el pómulo lastimado y dijo unas palabras que ella interpretó como que decía que estaba mejor. Estaba amaneciendo. Allí el indio recomenzó sus caricias y, esta vez sin resistencia por parte de Casiana, la volvió a poseer. Al rato, se vistió y salió. Ya era de día. Casiana repitió sus abluciones de la noche anterior y luego se vistió y también salió. En la enramada que rodeaba el toldo grande vio unas indias que tejían en unos grandes telares. Otras se peinaban y otras más se sacaban los piojos. Chicos corrían a su alrededor. En ese momento llegó la india vieja quien le hizo señas de seguirla. Tras una corta caminata por el monte, bordearon un médano en cuya cima vio al machi en actitud de reverenciar al sol. De haber conocido los ritos mapuches, habría sabido que como todas las madrugadas, el machi saludaba a Antü, el sol naciente y símbolo o intermediario del Gran Hombre Fücha Uentrú. La vieja y la cautiva pronto llegaron a una laguna bastante grande que se extendía al pie de las dunas, en la que totalmente desnudo se bañaba Mañkethrüz pese al frío de la mañana. La vieja hizo señas a Casiana de meterse, pero ella se negó. Insistió la vieja, metiéndose ella misma en el agua, tras desnudarse. "No sabía que los indios fueran tan limpios", pensó ella. Se alejó de Mañkethrüz, se sacó el chamal y dándole la espalda, empezó a meterse caminando. El agua estaba helada y sentía en los tobillos como que se le clavaban agujas. ¿Pero qué podía hacer allí toda desnuda? Se tiró. Oyó las risas del indio. "¡Chuy, chuy!" (¡Qué frío, que frío!), le gritaba. "¡Indio animal!", pensó Casiana por su parte. Salió rápido y en ese momento varias indias se acercaban también a bañarse. Una de ellas empezó a vituperarla y a tirarle arena. En Ranquelandia, como en todas partes, los extranjeros no eran muy queridos, pero si eran mujeres que, además, se quedaban con los maridos ajenos lo eran mucho menos. Quien la zahería y amenazaba era la esposa de Mañkethruz, adquirida en legal forma a sus padres. Era joven como Casiana y no mal parecida. Mañkethrüz le pegó un grito y su esposa calló, aunque siguió murmurando entre dientes.

La infidelidad conyugal era también, como en otras partes, común entre los ranqueles. Y también como en todas partes, su valoración era inequitativa: aceptada entre los hombres pero pasible de terribles sanciones, incluso la muerte, para las mujeres. Los indios ricos solían tener varias mujeres aparte de la legítima, aunque a ésta se le reconocía cierto ascendiente sobre el manejo de la casa y de los hijos. Puesto que como es normal el número de mujeres era casi igual al de hombres, la poligamia de unos, los más ricos, significaba el celibato forzoso de otros, los pobres de la chusma que no tenían con qué comprar mujeres. Pues la compra a los padres era el método para casarse legítimamente (en los casos de rapto, una alternativa admitida, había que pagar mucho más). La consecuencia inevitable era que cierto número de hombres podía comprar más de una mujer y que, inversamente, cierto número de indios no se casaba por falta de recursos y de mujeres. Entre estos últimos la homosexualidad era generalizada, sobre todo cuando abandonaban la toldería para salir a bolear durante meses. Durante su soltería, las indias parecían tener total libertad sexual, según lo informado a Mansilla durante su excursión. Los mapuches, sabiamente, se preocupaban por la infidelidad futura y no por la pasada.

Tras su rápido baño, Casiana se volvió a vestir y la vieja la llevó de vuelta hacia el toldo donde había pasado su primera y agitada noche en la tribu de Mañkethrüz. ¿Qué diablos haría allí, aparte de satisfacer las apetencias del indio? ¿Qué es lo primero que hacen los recién nacidos? se preguntó. Abrir los ojos bien grandes e imitar todo lo que ven. Y aún antes, aprender a reconocer quiénes los protegen. Aquí, su primer protector era su captor y violador. Mientras anduviera bien con él, su pellejo estaría salvaguardado. Casiana, poco afecta a las cuestiones metafísicas, no se planteó la cuestión de si valía la pena vivir sometida a los deseos de un salvaje. Se sentía joven, fuerte y tenía la certeza de que su cautiverio sería corto. "Tatita me ha de rescatar", se decía. Y. puesto que hasta que eso ocurriera debía comunicarse con el ülmen y el resto de la tribu, debía aplicarse a aprender la lengua mapuche. Tomadas estas decisiones mientras la vieja la peinaba y le hacía trenzas, comenzó a preguntarle por señas el significado de las cosas que la rodeaban.

Comenzaba de tal modo el no fácil proceso de inserción de Casiana Casas en la cultura mapuche.

En general, la sociedad mapuche tenía muy pocas trabas y de esa libertad se vanagloriaba. Ella atraía a algunos gauchos pobres, como Fierro y Cruz, hartos de ser maltratados por jueces y comisarios de campaña aunque menester es aclarar que los indios entre los que buscaban refugio no siempre los trataban tan mal como a ellos. Por el contrario, de saber ganarse la confianza de los mapuches, los cristianos renegados o, si se prefiere, exiliados, se integraban a la tribu llegando a ser autorizados a participar en los malones. Cierto es que esa condición: ganarse la confianza de los indios, no era fácil de obtener: tres siglos de guerras y matanzas, y de traiciones mutuas eran impedimentos no fácilmente superables. Y aún aceptados por la tribu, los cristianos siempre corrían el peligro de ser víctimas de sus anfitriones durante sus frecuentes borracheras.

Ejemplo célebre de feliz integración entre los ranqueles fue el del coronel Baigorria. Huyendo de las persecuciones de los rosistas, el liberal Bai-gorria junto con un grupo de seguidores (su amante, una tal Jofré, entre ellos), se refugió entre los ranqueles con quienes vivió veintiún años, llegando a ser cacique, lo que le permitía votar en los parlamentos donde todas las decisiones importantes, incluso los grandes malones, eran debatidas. Durante esa larga permanencia, Baigorria, rebautizado Lautrantán (carancho petizo), casó con una hija del cacique Pichún. Ya vuelto a San Luis, su provincia, reincidió en el matrimonio con una hija del cacique Coliqueo, de donde ambos caciques fueron sucesivamente sus "chescüi" (suegros). Todo ello no le impidió casarse en 1862 con una cristiana, Lorenza Barbosa, tras declararse soltero. Sus anteriores casamientos a la usanza india no los consideró válidos...

Pero junto al amor a la libertad, también el miedo y la desconfianza predominaban en la sociedad mapuche. Los dimes y diretes, los chismes, el espionaje, causaban daños serios a los cristianos que vivían en las tolderías;

muy sobre todo el rumor de haberse querido comunicar con el exterior, es decir, con sus odiados vecinos del otro lado de la frontera. Los indios temían ser invadidos por los argentinos y para dificultarlo mantenían el mayor secreto sobre la geografía de su vasto imperio: ríos, aguadas, sierras y bosques eran considerados material clasificado. Igualmente consideraban traidor a quien hiciera conocer sus principios religiosos a los blancos.

Era así cómo, pese a haber sido vecinos durante siglos, las dos razas se conocían muy poco y muy mal.

En esa sociedad la habían introducido a Casiana con el título de concubina y favorita del capitanejo Mañkethrüz. Éste era un ülmen o cacique de segunda, o, como los llamaban los criollos, un capitanejo. La tribu de Mañkethrüz era relativamente grande, compuesta de unas cuarenta familias, con trescientas personas en total. Reunía unos ochenta indios de pelea, es decir indios robustos entre 16 y 50 años. Los demás: mujeres, chicos y viejos formaban la chusma.

La tribu estaba establecida en Trenel, al nordeste de lo que es hoy la provincia de La Pampa, veinte leguas al este de Leuvucó, donde reinaba el cacique de la confederación de tribus ranquelinas Panguithrüz Guor (Cazador de Zorros), llamado Mariano Rosas por los cristianos. Era hijo del famoso Painé Guor, fundador de la dinastía de los Zorros.

CAPÍTULO 29

"Forward the Light Brigade!"
was there a man dismay'd?
Not tho' the soldier knew
Someone had blunder'd:
Theirs not to make-reply,
Theirs not to reason why,
Theirs but to do and die:
Into the valley of death
Rode the six hundred.

"¡Adelante la Brigada Ligera!"
¿Hubo alguno intimidado?
No aunque sabían los soldados
Acerca del grueso error de quien fuera:
No a ellos corresponde cuestionar,
No a ellos el porqué razonar,
Sólo a ellos pelear y hacerse matar:
Hacia el valle de la muerte
cabalgaron los seiscientos.

ALFRED TENNYSON: *The Charge of the Light Brigade,* 1855.

Eran seiscientos... montados en briosos corceles... Veíamos los espectadores avanzar una nube de denso polvo, preñada de rumores, de gritos, de blasfemias y carcajadas, apareciendo de vez en cuando caras más empolvadas todavía, entre greñas y harapos y casi sin cuerpos... Todo el mal de mi país se reveló de improviso entonces: ¡la barbarie!

DOMINGO F. SARMIENTO: *Obras completas.*

Nilamón Romero era un típico personaje de la frontera. Pulpero y jefe de postas de La Carlota, también llamada El Sauce. Una posta poco transitada por entonces, por temor a los indios. Tenía también su ganado que, curiosamente, los indios nunca robaban. Don Nilamón les compraba a vil precio (los indios, a la inversa, consideraban que lo estafaban) ponchos pampa, plumas de avestruz y de flamenco, piezas de plata labradas por el cacique orfebre Ramón y les pagaba con los "vicios" que tanto apreciaban los ranqueles: azúcar, yerba, tabaco, caña, y, además de chiripás, hasta ponchos tejidos en Manchester, muy buscados por sus colores chillones. A veces, los indios sabían caer con cautivas para rescatar y don Nilamón intermediaba con la parentela. Necesidades más sofisticadas de los indios, como medicinas, se orientaban hacia puntos fronterizos más importantes como río Cuarto o San Luis.

Los indios en estos negocios eran representados por Guenei, cuyas operaciones mercantiles encubrían otra más vital para los indios: el espionaje o, si se prefiere el eufemismo: la inteligencia. Ella vivía en su toldo a la villa del río, no lejos del rancherío, y su trabajo la obligaba a conversar frecuentemente con don Nilamón. En éstas y otras conversaciones, la china se enteraba de alguna tropa de carretas o arria de mulas procedente de Cuyo con algún cargamento interesante, vino por ejemplo, que se aventuraba imprudentemente por el camino del sur; o qué estancias estaban bien pobladas de ganado y mal defendidas. Guenei, por su parte, alguna vez esbozaba vagamente la posibilidad de algún malón y ni lerdo ni perezoso, don Nilamón ponía a buen resguardo su hacienda y advertía de ello a sus amigos.

Claro está que estas informaciones se daban como quien no quiere la cosa. No fuera que a don Nilamón se lo acusara de complicidad con los salvajes, algo peligroso, aunque, por ese tiempo, como lo observara el coronel Lucio V. Mansilla al hacerse cargo de la comandancia de río Cuarto tres años más tarde, la disciplina y la moral estaban bastante alicaídas del lado cristiano. Pero aun así, no era cuestión de exagerar.

Más todavía, mucho más, debía cuidarse Guenei del riesgo de ser acusada de entenderse con los odiados huincas. Los indios eran terriblemente desconfiados. Los argentinos, tan abiertos a partir de Caseros hacia los extranjeros, europeos por supuesto, trataban de desentenderse de la existencia de los indios. De esos indios molestos que deambulaban y robaban y mataban en esa especie de segundo patio al que los dueños de casa rara vez van. Los argentinos y sus antecesores españoles nunca entendieron a estos nómades belicosos y tuvieron poco interés en hacerlo. El esfuerzo de Mansilla fue casi único. Cuando se preocuparon, no de ellos, sino de sus tierras, optaron por destruirlos. Muerto el perro, se acabó la rabia.

En ese marco de odio por un lado e incomprensión del otro, que dio como resultado tres siglos de incesantes luchas, matanzas y traiciones, el trabajo de don Nilamón y el de Guenei era por demás delicado y debían hacer uso de los mejores recursos de la diplomacia en esa frontera tan caliente. La india hacia honor a su nombre que significa “Zorra Astuta”. De más está decir que Guenei entendía y hablaba discretamente el “cristiano” y que don Nilamón hacía lo propio con el mapuche.

En carta que Dick dirigió a don Nazario Casas relatando cómo había caído su hija en cautividad, y que por cierto mucho le había costado escribir, le hacía saber que pensaba entrar en contacto con los indios por intermedio de Gérard Duprez, el boticario de Lo Cuarto, que, según le habían informado en Fraile Muerto, era compadre del cacique Mariano Rosas, con quien intercambiaba regalos frecuentemente.

La carta fue enviada a Córdoba, donde, como se recordará, estaba radicado don Nazario, envuelto en la agitada vida política de la ciudad; era el momento en que los liberales, entre los que se incluía Casas, acusaban al gobernador Luque de apoyar las revueltas federales en las provincias andinas.

En su escueta —casi telegráfica— y severa contestación, que dejaba traslucir una indignación mal contenida con Seymour, don Nazario le prevenía contra Duprez. Las razones eran de dos tipos: la primera, grave a los ojos del liberal don Nazario, era que el boticario había sido no sólo rosín, pecata minuta por aquel entonces, sino además y mucho más grave, informante de la mazorca. La segunda, que antes había que averiguar en manos de quién estaba Casiana y encauzar la negociación directamente con él, pues para los indios el rescate era un negocio particular: comprar algo —la propia Casiana— a quien la poseía. La propiedad era respetada por los mapuches (la de ellos, no la de los cristianos), y ni siquiera el cacique principal Mariano Rosas podría quitarle ese objeto.

“De modo que —escribía don Nazario— la actuación del cacique Mariano en nada facilitaría el trato. Mejor que el franchute Duprez hubiera servido de intermediario el Coronel Manuel Baigorria, que tantos años vivió con los salvajes, pero yo prefiero, al menos en esta etapa, a don Nilamón Romero, jefe de postas y pulpero del Sauce, viejo amigo mío, quien muchos favores me debe. También él hace tratos con los indios y nos será mucho más útil en esta situación que el sabandija de Duprez. Véalo de mi parte y dígale que en cuanto la rodilla me permita montar, iré yo a conversar personalmente con él. Anexo van unas líneas que le dirijo. Léaselas porque don Nilamón no sabe leer”.

Así concluía la respuesta de Casas, quien explicaba que por continuar medio tullido, delegaba en don Ricardo la negociación.

Fue entonces como Dick, acompañado de Lisada, salió de madrugada quebrando la escarcha hacia La Carlota. Ya de noche cerrada, los últimos días del otoño son cortos, arribaron a una estancia próxima al pueblo sobre la villa del río Cuarto. Con mucho resquemor, dada la hora, fueron atendidos por el capataz y su mujer. Mientras comían carne asada, el capataz les relató cómo, no mucho tiempo atrás, el antiguo dueño de la estancia, don Victorino Ordóñez, y su antecesor en el cargo de capataz, habían muerto en manos de los indios.

—Los salvajes jueron vistos no lejos 'el pueblo y don Victorino, que también comandaba el fortín, reunió unos cincuenta milicos y peones. Y con ellos salió a atacar a los indios, que eran muchos más. Como en el entrevero llevaba las de perder, don Victorino hizo tocar a retirada. Pero entre los alaridos de los indios, oyó la voz de su capataz que estaba en medio 'e los salvajes. Don Victorino pegó entonces la güelta y se jue hacia donde estaba su capataz. A puro sablazo se abrió paso, se abrió, y se le juntó, no pudiendo en cambio escapar. Al día siguiente, habiéndose ido la indiada, jueron encontrados los dos, ya dijuntos, tirados uno junto al otro, acribillados a lanzasos. ¡Corajudo don Victorino!

Dick escuchó con atención el relato del gaucho, sin interrumpir por ello la masticación y deglución de la carne asada. Gume le lanzó un par de rápidas miradas, para observar su reacción. ¡Noble gesto el de Victorino Ordóñez! pensó Dick. Yo, en cambio... Pero, inútil, tanto como la sublimemente inútil carga de la Brigada Ligera en Balaklava, ¿cómo justificar que el jefe abandone su comando y su tropa para lanzarse a un rescate imposible? No de un alto oficial. Tampoco del abanderado con su bandera, sino de un simple soldado. Fracasó en su empeño de salvar a su capataz y no sólo murió éste sino el mismo don Victorino. En cambio, Casiana y yo estamos los dos vivos, y yo tratando de rescatarla, pensó, haciendo un paralelo con su caso. Si, como supongo, podré hacerlo, mi solución va a ser mucho más exitosa". Esa noche, atormentado por las pulgas y chinches que pululaban en el rancho, Dick pensó en lo que hubiera ocurrido si su caballo no se hubiera espantado con el disparo permitiéndole volver adonde estaba caída Casiana. ¿La hubiera abandonado huyendo él al acercarse los demás indios? ¿O se habría quedado junto a ella, defendiéndola y, posiblemente, muriendo los dos? Reconoció que lo más probable es que la segunda hipótesis habría tenido lugar. Pero las cosas no ocurrieron así. ¿Para qué plantear hipótesis y preocuparme sobre cómo hubiera reaccionado? Lo ocurrido dista de ser agradable, ya lo sé... Más de uno, también lo sé, piensa que no me comporté como un valiente. Cobarde, ¿por qué no reconocerlo? ¿Qué habría opinado yo de un episodio similar ocurrido a algún otro? Sí, posiblemente también lo habría acusado de cobarde. Pero en mi caso ocurrió la espantada de mi caballo. Fue, en realidad, lo que me impidió protegerla a Casiana antes de que llegara el resto de los "darkies". Una suerte. Nos hubieran matado a los dos. Y ahora, ¿qué le habrán hecho? No fue culpa mía que se le empacara y empantanara su caballo. Pero, ¿y lo ocurrido antes? Sí, lo ocurrido antes de la ocurrencia de lo ocurrido después. ¿Mis reticencias y la reacción de Casiana? Y... sí... se puso agresiva y violenta. No quiso escuchar mis razones. Quiso forzarme a hacer promesas para las que yo no estaba preparado. Y ahora... ¿ahora lo estoy? En verdad no. ¿Por qué apurarse? Sobre todo en estas circunstancias. Hay que ir por partes. Lo primero es rescatarla, luego ya se verá. "First things come first."

A la mañana siguiente los viajeros llegaban a La Carlota. Ni el nombre de pueblo merecía. Más chico aun que Saladillo... y eso era decir bastante. Lo que llamaban fortín, era un foso y del lado de adentro un cerco de palo a pique y tunas, en las esquinas una pequeña fortificación de barro con un canónico en cada una. El todo encerraba unos pocos ranchos. Fuera de la fortificación, otro corral, también de palo a pique, para los caballos de la guarnición, entonces reducida a unas pocas decenas de milicos. Alrededor del fortín que daba al río Cuarto, unos pocos ranchos más, esparcidos en forma desordenada, como era común en los villorrios pampeanos.

Dick encontró la posta y pulpería a pocas cuadras del fortín y rancherío. Un mostrador enrejado daba a la galería, donde se juntaban unos paisanos que charlaban y bebían. Un gaucho dibujaba con el facón la marca de su patrón en la pared blanqueada. Don Nilamón sorprendió a Dick por lo blanco y rubio. Su mujer, en cambio, más india que blanca. Por el rancho pululaban gallinas y pollitos y atado a un poste había un corderito listo para ser sacrificado para alimentar a los escasos viajeros. Restos de huesos, pedazos de cueros y algunos chiquitos que jugaban con perros de pelo corto y gris complementaban el no risueño panorama donde las primeras heladas ponían su pincelada gris. Un par de paraísos pelados darían alguna sombra a partir de la primavera. Un pasto escaso y amarillento alimentaba a algunos yeguarizos.

Don Nilamón escuchó la lectura hecha por Dick de la carta de presentación de don Nazario Casas, y después la tomó e hizo como que la leía. Luego se puso completamente a su disposición.

—¡Qué barbaridá! ¡Cómo pudo haber pasao! ¡Pobre misia Casiana, yo que la conocí siendo mocosa! ¡Tan rica que era! ¡vea usté qué mala suerte que ha tenido esa chica! El marido asesinao y agora cautiva 'e los indios. ¡Válgame Cristo! La hija 'el propio comandante de la Guardia Nacional. ¡Tuito por culpa 'e esa guerra 'el Paraguay! En fin, a don Nazario, usté sabe, no le puedo negar nada. Lo que me pica es una orden.

Y prometió ponerse a averiguar de inmediato en manos de quien estaba la doña Casiana e informarle de inmediato de cualquier novedad. Pero el hombre se mostró reticente en la respuesta a la pregunta de Dick sobre cómo haría las averiguaciones. Tiempo después, una vez que Dick conoció a la india Guenei, sabría que ella había enviado un chasque indio a las tolderías, quien a su vuelta trajo el mensaje que la cautiva estaba en manos del capitanejo Mañkethrüz, con toldo en Trenel.

Las tratativas fueron desesperadamente lentas a juicio de Dick. Los chasques de La Carlota a Trenel tardaban semanas en ir y volver con la respuesta. Luego el mensaje debía ser retransmitido a Monte Molina de donde Dick salía prontamente a La Carlota para discutir con don Nilamón cuál debía ser la respuesta. Dick ya se conocía el trayecto de memoria y en su ansia por apurar el trámite partía a cualquier hora con lo que solía tomarlo la helada noche invernal.

Las primeras noticias de la toldería fueron vagas, como para tantear la verdadera intención del cristiano primero, y luego, para mejorar el precio. Pero en esta materia a los indios, igual que a los árabes, no les gustaba cerrar la operación en forma inmediata. En parte, porque entonces temían haber pedido muy poco y en parte también, porque el regateo es una especie de deporte. Sobre todo teniendo tan poco que hacer.

Cabe decir también que la primera reacción de Mankethrüz fue absolutamente contraria a la entrega de Casiana. La cristiana le gustaba, pero sus consejeros, sobre todo su madre, le hicieron ver que no cimentaría su prestigio en la tribu su negativa a vender la cristiana por buen precio porque parte de éste podría distribuirlo y el reparto es siempre bien recibido, sobre todo en los pueblos con poca disposición a producir. Además, el cacique Mariano, un tanto celoso del prestigio que a Mankethrüz le había dado entre los indios la captura de la hija del comandante de Fraile Muerto, le hizo ver que tampoco era cuestión de exagerar demasiado y malquistarse un político influyente porque la taba no cae siempre del mismo lado y los cristianos algún día terminarían sus querellas en el Paraguay y recordarían éste y otros hechos. Y si bien la cristiana le gustaba, por una simple hembra no es cuestión de hacer tanto lío, por linda que sea, pensó con notable cordura Mañkethrüz.

De modo que si bien había pensado en mandar de vuelta al primer mensajero con su rotunda negativa, optó por una respuesta vaga, es decir, diplomática. Más adelante, hizo saber a Guenei que, quizá, podría cambiar de idea siempre y cuando el precio fuera realmente interesante. El mensaje pasó a don Nilamón, quien mandó otro chasque a Monte Molina con la buena nueva. Dick voló, más que volvió, a La Carlota.

—¿Cuál podría ser un precio interesante? —preguntó a don Nilamón apenas lo vio y sin saludarlo previamente.

—¡Quién sabe amigo! —contestó el maestro de postas y pulpero, quien al rato agregó: Velay don Ricardo, eso es asigún la hembra. Si joven o vieja, gordita o flaca, rubia o morena. A los indios les gusta más las rubias ¿vio? Pero también depende si es una persona principal. En tal caso, aunque sea mancarrona vieja puede valer muchos patacones. Y también tiene que ver si quien la pide tiene fortuna o no. O si está muy encamotao. Mañkethrüz ya sabe que la misia es hija 'el comandante 'e Fraile Muerto. Y eso de siguro que ha de levantar el precio. Aparte de que es joven y linda, asigún me han dicho, pues hace añares que no la veo.

Pero como buen gaucho ladino que era, con su permanente sonrisa entre su abundante barba entre rubia y blanca y sus movedizos ojitos azules, don Nilamón era también reticente en dar cifras, en parte, por cuanto no se trataba realmente de lo que hoy llamaríamos un mercado transparente.

Finalmente, Dick consiguió sonsacarle que el precio mínimo de una cautiva sería algo así como doscientos pesos bolivianos, o sea treinticinco libras esterlinas, una suma de cierta consideración: un año largo de sueldo de un peón como Lisada, pero de ninguna manera una cifra que asustara a Dick. Estaba en juego mucho más que dinero.

—Mándele decir que le ofrezco los doscientos bolivianos. Más. Dígale trescientos, trescientos cincuenta, así apuramos la cosa.

—¡No! Deje que el capitanejo ponga el precio. ¡No hay que apurarse, mi amigo!

—Es que estoy apurado. ¡Como no he de estarlo! Y ella mucho más aún.

—Porque estoy apurao ando despacito, decía alguno. Vea, amigazo, en este asunto hay que andar con pies de plomo. Los salvajes son desconfiaos y taimaos. Agorita usté debe decir solamente que sí, que se anoticia 'el interés del indio en pedir rescate y que él diga cuánto.

Mensaje va y respuesta viene hacen dos semanas, pensó Dick desalentado. Pero el hombre parece conocer la mentalidad de los indios y mejor dejarlo hacer. Y Dick asintió, recomendándole que apenas tuviera noticias se las hiciera llegar a Monte Molina.

¿Qué hacía Dick en La Carlota una vez que terminaba sus discusiones con don Nilamón? Trataba de regresar cuanto antes a Monte Molina. Pero en esos cortos días invernales no tenía tiempo de volver en el día y la temperatura hacía muy dura la vuelta nocturna. Debía, por lo tanto, pasar la noche en la posta. Don Nilamón le previno de no tocar el tema con el comandante del fortín.

—Si se mete, siguro que la embarra —le advirtió.

Un día, de puro aburrido, Dick salió a caminar por la villa del río, palpándose los sabañones que el frío le había sacado en las manos. Le llamó la atención un toldo, que no era otro que el de Guenei. Se acercó a examinarlo, pues nunca había visto un toldo indio. En eso estaba cuando de adentro salió Guenei y fue así como la conoció y cómo comenzó a frecuentarla. "Así voy conociendo las costumbres de los indios", se dijo.

La verdad es que la india Guenei no dejaba de ser atractiva. Su nombre completo era Guenei Guor, hija en realidad del difunto gran cacique ranquel Painé Guor, "Zorro Celeste", y hermana menor de Panguithrüz Guor, "Zorro Cazador de Leones", aunque nunca a nadie de La Carlota informó su filiación. Su atractivo podía resultar de la imposibilidad de compararla con otros ejemplares más o menos normales, pues el chinaje de La Carlota no hacía suspirar a nadie que no estuviera absolutamente necesitado de mujeres. Que, salvo Salomé, la mujer de Lisada, tampoco las había en Monte Molina. Por otra parte, las familias de muchos estancieros de la zona habían emigrado a lugares más seguros. En cuanto a británicas, nunca habían abundado en la zona de Fraile Muerto. Contra cien hombres apenas una docena de mujeres.

Empilchaba Guenei su sencillo chamal y se cubría con pieles de guanacos. Su pelo, a la moda mapuche, lo dividía estirado por dos grandes trenzas. Dick era un individuo reservado y poco amigo de las confidencias, pero en esas tardes invernales, cuando la noche llega pronto, conversando sentados entre las pieles de guanaco y cerca del fogón, no es posible asegurar que

Guenei se haya mantenido fiel a su marido, corriendo el riesgo de ser severamente castigada, ni que Dick se haya limitado a satisfacer exclusivamente sus intereses antropológicos.

La cosa fue que en esas conversaciones, quizá por el hecho de que Dick no fuera criollo, o vaya a saber por qué razones, Guenei le confió quién era. Y también le contó la historia de su hermano Panguithrüz quien, de chico y estando cuidando caballos en la retaguardia de un malón que asolaba la campaña santafesina, había sido capturado. Entregado al gobernador porteño Juan Manuel de Rosas, éste lo había hecho bautizar, dándole el nombre cristiano de Mariano y el apellido del mismo gobernador, quien lo apadrinó. Éste lo había hecho trabajar de peón en su estancia del Pino, pero teniendo dieciocho años, Panguithrüz había podido huir volviendo a su tribu, que pasó a dirigir a la muerte de su padre, el famoso Painé Guor, fundador de la dinastía de los zorros.

Un jinete llegó una tarde de fin de agosto a Monte Molina. El precio había sido pedido: trescientos pesos bolivianos, cincuenta caballos buenos (yeguas no, pues los indios, como los cristianos, despreciaban las yeguas para montar); otras tantas vacas, diez chiripás, cinco ponchos ingleses y dos cascos de caña y otros dos de ginebra, la mitad de éstos para el cacique Mariano. La entrega de la cautiva debía hacerse en las tolderías de Mañkethrüz en Trenel, pues éste temía, no sin razón, que de entregarse la cautiva en La Carlota, los huincas le arrebataran el botín. El mensaje de don Nilamón señalaba el peligro de que, a la inversa, una vez en las tolderías, los indios se apoderaran del precio sin entregarla a la Casiana. Más aún, agregaba, podía acontecer que fueran indios de otras tribus los que arrebataran el dinero, el cargamento y la hacienda, pese a las garantías del cacique Mariano acerca de la llegada del convoy a destino. Pero, concluía don Nilamón, no había otra alternativa: o aceptar las condiciones del indio u olvidarse de Casiana. "Take it or leave it", tradujo Dick.

No lo pensó dos veces. Informó al mensajero su aceptación, le dio caballos frescos y le rogó que volviera cuanto antes. Frenéticamente, Dick, con la ayuda de sus socios, reunió el precio exigido por el indio, convenció a Lisada que lo acompañara y reclutó en Fraile Muerto a tres arrieros de más que dudoso aspecto, conocidos de Lisada. Diez días después, la caravana llegaba al punto donde habían quedado en encontrarse con don Nilamón, al sur de los bañados en los que se pierde el río Cuarto y de los que nace el Saladillo. Habían elegido ese lugar, a media distancia entre La Carlota y el fortín Las Tunas, el mismo punto donde inútilmente se habían cerrado las pinzas destinadas a obstruir el paso de los indios que habían capturado a Casiana cuatro meses atrás, para evitar cualquier interferencia de los milicos que más mal que bien guarnecían la frontera. Don Nilamón se excusó en participar de la expedición, pues tenía que cuidar el boliche, pero contribuyó con un baquiano y el lenguaraz, de quienes se hizo responsable de su absoluta fidelidad, aparte de sus conocimientos.

Y así fue como los expedicionarios comenzaron a internarse en el desierto, en la misteriosa Tierra Adentro, precedidos por chasque indio, que un par de días antes había salido de La Carlota avisando el viaje. Conforme a lo acordado, debían ir desarmados, salvo los facones, pero Dick había escondido su pistola entre las caronas. Al menos, pensaba, no me van a matar indemne.

La marcha no tuvo problemas. Una fresca y suave brisa del este, o de abajo, arrastraba nubes blancas que parecían velas rotas por una tempestad. Los pingos eran los mejores que se podrían haber elegido y la tropilla trotaba alegremente siguiendo el campanilleo de la yegua madrina. Los vacunos también andaban sin problemas arreados por tres de los peones. Más complicadas eran las mulas cargueras. Adelante, a veces acompañado por Dick, marchaba el baqueano.

El rumbo era sud sudoeste o, como decía el baqueano: en dereceras al sur, rumbiando medio arriba, pero muy poco arriba. La misma ruta que cuatro meses antes había seguido Casiana. Entonces era fin del otoño, ahora principiaba tímidamente la primavera.

Al tercer día se encontraron con una partida de indios que casi los atropellan, pero rayaron sus caballos justo a tiempo. El lenguaraz se dio a conocer y fueron escoltados a la toldería de Mañkethrüz, donde llegaron a la tarde del quinto día sin novedades dignas de mención.

CAPÍTULO 30

"Begin at the beginning", the King said gravely, "and go on till you come to the end: then stop".

—Comenzad por el comienzo —dijo el Rey gravemente— y luego continuad hasta que lleguéis al final: allí parad.

LEWIS CARROLL: *Alice's Adventures in Wonderland,* 1865.

Volví de las tolderías ranquelinas a Monte Molina sin mayores problemas. Apenas llegado, debí enfrentar la inevitable pregunta de Frank.

—¿Y Casiana?

—No volvió —dije.

—¿¡Cómo!? ¿¡Por qué!? —insistió Frank.

—Después te cuento. Es muy complicado. Voy a escribirle al viejo. Después te muestro la carta —dije brevemente y de no muy buen talante, mientras subía a mi cuarto. En las escaleras alcancé a oír que Frank interrogaba a Lisada. Me detuve para escuchar la respuesta.

—Me supongo que con usté don Ricardo se ha de franquear. Porque lo que es conmigo, apenas si me habló en todo el viaje de güelta.

Ya recluido en mi cuarto, me saqué las embarradas botas, me miré filosóficamente en el espejo, y me tendí un rato en la cama, donde quedé meditabundo. Luego me dirigí a la mesa, que estaba junto a la ventana, aparté unos libros, tomé papel y lápiz y me dispuse a escribir al padre de Casiana. Antes de empezar, saqué del ropero el frasco de ginebra Hoytema y llené el vaso. Tomé un largo trago. Lo necesitaba, ¡porque hacía un frío! Me quedé pensando: ¡qué difícil informarle al viejo lo ocurrido! Pero había que hacerlo. Tomé un bibliorato de correspondencia para ver cómo redactan sus cartas los nativos y después empecé:

"Muy estimado señor Casas:"

Taché la palabra "Muy", porque en estas circunstancias si bien podía estimarlo..., sí, en realidad lo estimaba. En verdad, Casas no era mala persona. Pero él no me va a estimar después de leer esta carta, pensé.

Tras esta primera corrección, seguí escribiendo:

"Cumplo en dirigirme a Ud. a fin de informarle acerca de mi expedición..."

¿Expedición? ¿No es muy altisonante? Taché y reemplacé por "excursión", y seguí escribiendo:

"...a las tolderías de los indios ranqueles. El viaje llevó cinco jornadas y recién al comienzo de la tercera encontramos indios. Éstos, habiendo sido avisados de nuestra llegada, nos escoltaron hasta los toldos del cacique Mañkethrüz en Trenel. Como Ud. sabe, el susodicho cacique es quien tenía cautiva a su hija la señora Casiana."

Aquí me detuve. ¿No era demasiada explicación? Y si mi suegro, ¿por qué le digo suegro si no me he casado con su hija ni pienso hacerlo? Aunque habiendo tenido trato sexual debería haberlo hecho. Pero éste es otro tema. Si mi suegro ¡dále con el suegro!, digo el señor Casas, ya sabe que su hija es cautiva de Mañkethrüz, ¿para qué decirlo?

Taché todo el párrafo y reescribí:

"Cumplo en dirigirme a Ud. a fin de informarle acerca de mi regreso de mi viaje". Taché mi viaje y escribí: "las tolderías de los indios ranqueles".

¿De mi regreso? ¿Pero qué le puede interesar a Casas que le cuente mi regreso? Le hubiera interesado, eso sí, el de su hija. Nueva tachadura y recomencé a escribir:

"Cumplo en dirigirme a Ud...." ¿Ud? ¿Los legisladores no tendrán un trato especial? No creo. ¿No dicen acaso que ésta es una república sin títulos de nobleza? Pero a veces he visto que usan el tratamiento de V.S. No sé lo que significa pero lo voy a adoptar igual. Suena mejor. Taché Ud. y lo reemplacé por V.S. y seguí escribiendo:

"para informarle acerca de mi viaje a las tolderías ranqueles para rescatar a su hija. Llegamos donde vive el cacique Mañkethrüz, en un paraje llamado Trenel". Casas ya sabe que la toldería está en Trenel, por lo que taché lo del paraje.

Me interrumpí. ¿Y ahora? Recordé una vez más la escena. La terrible escena en la que Casiana, disfrazada de india, me había acusado de cobarde y de cagón, sí de cagón. ¡Qué lenguaje! No propiamente de una lady, sin duda. Pero al viejo no puedo contarle que el mayor resentimiento de Casiana es porque justo antes de caer en cautividad nos habíamos acostado. Me puse a recordar esas horas pasadas en el monte. ¿Horas? Y... una hora larga, por lo menos. Me levanté de la silla y me tiré nuevamente en la cama. Los ojos golosos de Casiana se me aparecieron. Yo la tocaba y acariciaba para constatar su aumento de peso. "No, decía ella, eso no se toca", y me sacaba una mano mientras yo la seguía manoseando con la otra. "Cht, ya le dije que no es pa tocar". "¿Sólo se mira?" le había preguntado. "Sí, sólo se puede mirar", había replicado ella con una sonrisa pícara y sus ojos color de miel que desmentían lo que decían sus labios. "¡Qué egoísta!" le dije entonces mientras trataba, mis manos capturadas por las de ella, de besarle la boca. Casiana se esquivaba riendo y preguntando por Caroline Doublehead, hasta que yo, liberando mis manos, le había tomado la cara pudiendo entonces besarla, largamente, interminablemente. Sin separar nuestras bocas la había obligado a reclinarse sobre los cojinillos. Reviví el complicado proceso de sacarle la ropa. "¡No podés, no podés!", decía Casiana, mofándose de mis esfuerzos para sacarle la enagua. El corsé saltó rápidamente. Ahora mis manos pudieron recorrer libremente sus pechos ni muy grandes ni muy chicos. Sus sobacos estaban húmedos y su olor me excitó terriblemente. Tras besarle el cuello le comenté que estaba salada.

—También, con tanto galope, sudé mucho —me había dicho.

Detuve bruscamente mis pensamientos. Estaba al palo. ¿A qué pensar en todo esto? Ahora ella estará haciendo lo mismo con ese maldito cacique sucio. ¿Sucio? ¿Y no lo estaba también yo, tras mi largo periplo? Pero antes de lavarme quiero terminar la carta.

Me levanté, volví al escritorio y releí lo escrito. Agregué: "donde pude ver brevemente a su hija Casiana".

Ahora viene el dónde y el cómo. Y seguí escribiendo: "Me recibió en un toldo mejor construido que los que había visto antes". ¿Vale la pena decir de quién? Era del cacique, a quien reconocí como el indio que me había boleado el picaso y herido con su lanza, y a su vez herido de un balazo disparado por Frank. Quizá el mismo que bolió el caballo de Casiana, el muy hijo de puta. Pero, ¿a qué escribir sobre todos estos detalles? En el rancho había un catre grande, donde seguramente ella se acostaría con el indio de mierda. No sé si al viejo le podrá interesar que ella estaba vestida como india. Como india rica, llena de collares y pulseras. Volví a escribir: "Me recibió en un toldo, vestida a la usanza indígena, con muchos adornos de plata. Debo reconocer que la encontré muy bien de salud y tan bonita como siempre". Lo de bonita como siempre no me parece del todo correcto, reflexioné, y taché la segunda parte de la frase. Aunque ya lo creo que estaba bonita, un hombro descubierto, con su pelo tan abundante y enrulado que, pese a las dos trenzas, una a cada lado, se abría cayéndole sobre los hombros y la espalda. Tenía vincha con bolitas de plata tejidas, grandes chapas de plata colgando de sus orejas, una gran pieza, siempre de plata, con dos cóndores de perfil mirando hacia afuera, que le cerraba esa especie de túnica con guardas de colores vivos. Brazaletes en sus desnudos antebrazos y tobillos. Me di cuenta, por primera vez, que tiene muy lindas piernas, finas y no macetudas como las de mis hermanas, tan feas las pobres.

—¿Conque te acordaste de mí y agora me venís a buscar, eh? —me preguntó, pasada la sorpresa de verme entrar en el toldo.

Yo no atiné a contestarle, absorto ante lo que veía. Es que estaba más atractiva que nunca con esa especie de disfraz, en la mejilla un par de lunarcitos. No sé por qué, me hizo pensar en Cleopatra. Debo haberle parecido un estúpido, mirándola y sin decir nada. Ella se molestó y en esa forma de hablar de los criollos, me dijo:

—¿Qué te quedás ahí parao? ¿No te das cuenta, o preferís que te lo diga? ¡Sí, soy la querida del indio! —me informó brutalmente—. Y te digo más —agregó señalando una imperceptible barriguita —estoy encinta. ¿O es que vos no te lo imaginabas? ¡Pues debiste haberlo pensao cuando me abandonaste a los indios y huiste como flojo que sos!

Las novedades y el cruel lenguaje de Casiana me dejaron alelado, sin saber qué decir, lo que debe haberla irritado más aún porque volvió a la carga. Su cara colorada de rabia, y al mismo tiempo, con sonrisa sibilina en sus labios pintados a lo indio, me dijo:

—Te viá contar otra cosa más. El indio me gusta... más que vos, todo remilgao y dando vueltas como moscardón alrededor mío, sin decidirte, aún después de haberme... de haberme engañao ese día... ese mismo día en que me abandonaste como a un perro. ¡Qué como a un perro! A tus perros los hubieras cuidao más que a mí! El indio, en cambio, y sin tantas vueltas, me hizo su mujer.

¿Y yo? ¿Yo qué le dije? —trataba de seguir recordando mientras llegaba al fondo del vaso y me servía más ginebra. Yo estaba horrorizado de que fuera la concubina de un indio hijo de perra. Herido en lo más hondo por haberme dicho que le gustaba. Y de que estuviera embarazada de él. Estuve a punto de mandarla al carajo y decirle que si le gustaba el indio, que se quedara con él. Pero me controlé y sólo atiné a decirle:

—Yo no la abandoné, Casiana. Cuando la vi tendida tras la rodada baleé a uno de los indios, pero ahí el caballo se espantó y disparó.

—No lo vi. Estaba desmayada —dijo ella alzando los hombros, como dudando de la veracidad del relato.

Y después hice todo lo que pude por liberarla. Con Frank Melrose y su gente volvimos por usté, pero los indios eran muchos y no pudimos hacer nada. Me hirieron...

—Pobrecito —me dijo con voz burlona, mirándome sobradoramente, como si lo que le contaba no fuera cierto. Yo seguí diciéndole que tratamos después, con los milicos de los fortines, de cerrar el paso al malón, pero éste ya había pasado. Pero no me escuchaba. Tenía su vista fija en mí pero no me miraba mientras estrujaba nerviosamente sus manos haciendo sonar los nudillos de sus dedos. Me di cuenta que era inútil seguir con el relato y le dije:

—¿Para qué hablar de eso ahora? Lo pasado pisado. Ahora la vengo a buscar para volver a Fraile Muerto. El indio está de acuerdo. Lo importante es que salga de aquí, de esta pocilga, ¿entiende?

El ánimo de Casiana cambió completamente en su respuesta. Del tono altivo, desafiante, pasó a una voz débil y lastimera.

—Volver a Fraile Muerto, ¿a hacer qué? Desgraciada como estoy, abandonada por vos y concubina de un indio... y gruesa pa peor —dijo cada vez más débilmente, como esperando alguna palabra tierna de mí.

¡Pero yo no estaba para ternuras! Apenas me podía contener por todos los insultos de ella. ¡Qué me iba a poner a decirle que pese a todo la quería y que por eso es que iba a rescatarla! ¿Acaso no me importaba que fuera la querida del indio y que la hubiera embarazado? ¡Por supuesto que me importó en ese momento! ¡Sus palabras habían sido como estiletes que me revolvían el corazón! Ahora es fácil saber qué debí haber hecho y dicho, ¡pero en ese momento!

La cosa es que adoptando ese aire frío y contenido que mamé en Inglaterra, como si nada de lo que ella me decía me afectara demasiado, le dije con condescendencia:

—Para pensar en todo eso va a tener tiempo. Lo que urge es que vuelva conmigo ahora, ¡ya!

La forma en que se lo dije, más que las palabras, la deben de haber sacado de las casillas, a juzgar por su respuesta dicha con furia y a los gritos:

—¡Pues sabelo, con vos, cagón hij'una gran perra, no quiero tener más nada que ver! ¡Nunca más!—. Estaba histérica, tanto que respiraba como si hubiera corrido una milla. Después, algo calmada, con voz queda, agregó: Viá volver con vos, sí, pero allá no me vas a ver ni el polvo, ¡desgraciao! —y se largó a llorar con entrecortados y sonoros sollozos.

Yo me puse contento, pese a todos los insultos y el llanto, pues creía logrado mi objetivo. Pero justo en ese momento irrumpieron en el toldo el maldito cacique junto con su lenguaraz y varios indios más que se habían quedado afuera. Seguramente que estuvieron escuchando la conversación y, sobre todo, los gritos de Casiana y su llanto final. Pienso que pudieron no haber oído la última frase dicha bajito. Sea como sea, mientras la sacaban del toldo, el lenguaraz me dijo en una forma de hablar muy curiosa:

—La domo no queriendo al huinca y queriendo al capitanejo Mañkethrüz. Y diciendo el capitanejo que él no pudiendo obligar a la domo volver con huinca. Porque ella libre de hacer lo que le dé la gana. Y el cacique diciendo que rescate quedando en su poder pues no siendo su culpa que la domo no queriendo volver, que él de buena fe y habiendo cumplido con su palabra.

Y así, con impecables argumentos jurídicos y larguísimas razones, el gran hijo de puta de Mañkethrüz terminó quedándose con los cincuenta yeguarizos, las otras tantas vacas, los trescientos pesos bolivianos, los diez chiripás colorados, los cinco ponchos de paño de Manchester, la caña y la ginebra en que había sido valuada Casiana. Y eso es lo peor, con Casiana también. De nada valieron mis afirmaciones de que habían entendido mal lo que ella había dicho ni mis pedidos para que se lo preguntaran. Los malditos "darkies" se quedaron en sus trece y no pude volver a verla. Me dijeron que me fuera de inmediato, y bueno, aquí estoy.

En fin... pero sigamos con esta maldita carta. ¿Cómo venía?

Releí lo escrito. Ahora viene la parte más difícil: decir qué pasó. ¿Pero cómo decirlo? Pensé un momento para inspirarme, tomé nuevamente el lápiz y escribí:

"Debo reconocer que mi visita no produjo en ella sentimientos de agrado." Releí y me pareció la mejor forma de decirlo, sin entrar en detalles. Sí, es una buena manera de preparar al viejo para lo peor. Pero antes debo explicar el porqué de esos sentimientos de desagrado. Es decir, que me debo echar la culpa, lo que es absolutamente justo, porque realmente no estuve hecho un héroe. Culpa del maldito caballo que no está acostumbrado a los disparos. Después, en la pelea con los indios estuve muy eficiente y, también debo reconocerlo, muy valiente. ¿Pero eso en qué cambia las cosas en lo que atañe a Casiana? En nada. Traté de redimirme ante los demás. Aunque en nada mejoró la situación de ella, mi querido amigo, pues fueron acciones prácticamente independientes. Mi reacción fue tardía.

De modo que ese esfuerzo por justificarme no sirvió para nada. Al menos para ella.

"Todo lo contrario, ella me enrostró que mi conducta al ser ella capturada por los indios no fue digna de un gentleman."

Mm... don Cleto del Campillo sabe perfectamente bien lo que es un gentleman, pero dudo mucho de que lo sepa don Nazario. Taché entonces "gentleman" e iba a escribir en su lugar "hombre de bien". Me detuve. ¿No será más preciso "hombre de honor"? Pero yo no voy a acusarme de haberme deshonrado. Aunque sea Casiana quien lo diga. Que por otra parte no dijo nada de esto. Me calificó de flojo, de cagón. Que en el fondo es lo mismo. Claro, porque estaba sin sentido cuando bajé a un indio y se me espantó el picaso. Pensé un poco y después corregí:

"Su señora hija, que por haberse desmayado al rodar no había visto que yo había bajado de un tiro a un indio y que el disparo había espantado a mi caballo, me enrostró haberla abandonado. Aclaré lo ocurrido y ella estuvo dispuesta a volver conmigo a la civilización."

¿Civilización? ¿Puede llamarse a esto civilización? ¿A un país atrasado donde sus pocos habitantes siempre encuentran pretextos para estar matándose los unos a los otros? Salvo que se la llame civilización del barro y del cuero. Porque civilización es la inglesa, la europea si se quiere. Hasta se puede extender el término a los americanos, ahora que los yanquis terminaron con la esclavitud y la guerra civil. Pero en fin, la gente aquí se considera civilizada y no es éste el momento de entrar en esta discusión.

"En ese momento ella se emocionó y comenzó a llorar. Los indios, que se habían quedado afuera oyendo, entraron y se llevaron a su hija. El lenguaraz me dijo que el llanto de la señora Casiana más las expresiones que había hecho antes sobre mi conducta, indicaban que no quería volver conmigo. Pensé que podrían haber oído mal la conversación y mal interpretado el llanto".

Luego seguí escribiendo:

"Pero su cerrada negativa a traerla de nuevo y preguntarle acerca de lo ocurrido prueba acabadamente que obraron de mala fe. Me ordenaron regresar sin más trámite aunque eso sí, argumentando que no habiendo sido ellos culpables de la supuesta decisión de la cautiva, me informaron que debía dejarles el rescate. Como V.S. imaginará, yo no estaba en situación de defender mis derechos y exigir el cumplimiento de lo pactado".

Leí lo recién escrito. Pensé que la palabra "cautiva" iba a provocar un disgusto innecesario al señor Casas y la reemplacé por "la señora Casiana".

Bueno, creo que ya está todo dicho. Pero no, no estaba todo dicho. Faltaba un aspecto crucial, que inconscientemente yo había querido olvidar: el embarazo de Casiana... por el indio, sin duda. ¿Realmente sin duda? ¿Acaso Casiana no había tenido otro contacto sexual reciente poco antes que con el indio? ¿Conmigo por ejemplo? ¿Y cómo podía estar tan seguro de que no habría sido yo quien la fecundara y no el indio? ¡El indio asqueroso! Seguramente que la violó, según la costumbre de esos salvajes. Aunque ella dijo que el cacique le gustaba. ¿Podrá ser cierto? ¿O lo dijo en medio de su rabieta? Sí, debe haber sido así, aunque uno nunca sabe cómo reaccionan las mujeres. Pero en fin, lo que hay que decidir ahora es si le digo al padre que su hija está embarazada y que va a ser abuelo. Realmente, agregarle una nueva pena al pobre viejo sería demasiado. Mejor no se lo digo.

Releí una vez más lo escrito y no hice ningún cambio. Ahora falta el final. ¿Cómo terminan estos malditos españoles sus cartas? Tomé un archivo de correspondencia y miré el final de las cartas. "Me repito de V.S. como siempre su afectísimo amigo y seguro servidor". ¡Qué rebuscado! "Me complazco con tal motivo en repetirme a Ud. como siempre, su afmo. amigo y S.S." ¿Qué será S.S.? "Soy de Ud. afmo. y S.S." ¡Ah! Ahora me acuerdo, quiere decir seguro servidor. "Saludo a Ud. con toda consideración". ¡Al fin una despedida breve! " Soy de Ud. con toda estimación." Pensé un momento y luego escribí en párrafo aparte:

"Lamentando tener que darle estas noticias tan tristes, me repito su siempre afmo. servidor." Lo releí y entre "afmo." y "servidor", inserté "y atribulado".

Luego reescribí todo en tinta y firmé, "Ricardo A. Seymour", sin agregar las complicadas rúbricas con firuletes en uso por estas regiones, que tanta gracia me provocan.

Pero nada me provocaba gracia esa noche. Tomé un sobre y lo dirigí al señor Casas. Lo iba a cerrar con la carta adentro, pero recordé haberle prometido a Frank que se la iba a dejar leer. La dejé sobre la mesa y me dirigí a la cómoda-lavabo. Volqué agua tibia de la jofaina, que me había subido Salomé, y me lavé el pelo, la cara y los brazos. Saqué una palangana de la parte inferior y, tras desnudarme, me paré encima y comencé a echarme agua por el cuerpo. Me enjaboné y luego eché más agua. Mientras me echaba nuevamente agua para sacarme el jabón, me miré en el espejo arriba del lavabo y noté que estaba más flaco. Debo haber perdido como diez libras. Me sequé vigorosamente con la toalla, saqué ropa interior limpia y me la puse. Me peiné cuidadosamente y recorté la barba. Una vez enfundado en mi "dinner jacket", tomé la carta junto a la cual vi el vaso semilleno. Lo vacié y guardé el fresco de ginebra, que me pareció muy alivianado. Tras todo lo cual, bajé. Los peldaños de la escalera se movían extrañamente.

CAPÍTULO 31

'Tis better to have loved and lost
Than never to have loved at all.

Es mejor haber amado y perdido
Que no haber amado jamás.

ALFRED TENNYSON: *In Memoriam,* 1850.

(La burguesía) ha ahogado los más celestiales éxtasis de fervor religioso, de entusiasmo caballeresco, de sentimentalismo filisteo, en el agua helada del cálculo egoísta.

KARL MARX Y FRIEDRICH ENGELS: *Manifiesto del Partido Comunista,* 1848.

Cuando Dick bajó al living, encontró a Frank sentado confortablemente en un sillón ante el fuego de la chimenea, muy atildado con su smoking esperando la comida y tomando un whisky entretanto. Ojeaba el Book of Horse; The Times estaba en el suelo. El acre olor del tabaco de su pipa impregnaba el ambiente.

—Leela —le dijo escuetamente Dick alcanzándole su carta a Nazario Casas.

Mientras Frank la leía, Dick se acercó a la chimenea para calentarse. Seguía con frío. Creo que hicimos los techos demasiado altos para poder calentar la casa, pensó.

—¿Qué te parece? —preguntó a Frank, cuando éste concluyó la lectura.

—¡Qué desastre lo ocurrido! Me lo vas a tener que contar en detalle. ¿Cómo te recibió Casiana?

—Como lo escribí —dijo Dick, quien tras un breve momento añadió: Aunque peor, mucho peor. Me dijo que la había abandonado como a un perro, peor que a un perro. Que era un flojo, un cagón. ¡Qué no me dijo!

Frank esbozó una sonrisa al oír lo que le contaba Dick. ¡Qué mujer, qué carácter! pensaba con admiración.

—Claro, ella contó que se había desmayado al caerse del caballo boleado y que no había podido ver que yo había bajado a un indio y que mi picaso se había disparado —siguió contando Dick—. Pero aún así... Estaba histérica, realmente furiosa conmigo. Hasta me dijo que el indio le gustaba más que yo, con eso te digo todo.

—¡Cómo te habrás sentido vos, pobre Dick! Que te diga eso la mujer a quien querés, ¡la pucha que es bravo!

—Sí, la verdad que no fue fácil. Me dijo que una vez liberada de su cautiverio no me iba a ver nunca más.

¡Con bastante razón! pensó Frank, lo que no le impidió al mismo tiempo reflexionar en voz alta:

—¡Qué raro! Aun cuando ella pueda tener motivos para pensar que no estuviste hecho un héroe, la cuestión es que fuiste a rescatarla, con todos los riesgos que eso implica y te recibe de esa forma... No parece lógico; no puedo entender tanta histeria. A menos que hayan ocurrido cosas que yo no conozca.

Dick se quedó callado, pensando, y luego, como si hiciera un esfuerzo extraordinario, empezó a decir con voz vacilante, tanto que sus labios temblaban al hablar:

—Sí, hay cosas de las que no estás enterado. Escuchame... te voy a contar algo, pero jurame que no lo vas a repetir a nadie, ¡realmente a nadie!—pidió Dick, que se sirvió whisky.

—Dale, contalo. Te lo juro —urgió Frank, muerto de curiosidad.

—Bueno, justo antes de ser capturada Casiana... eh... nos habíamos acostado, habíamos hecho el amor. Fue la primera vez, la única... la última... Después...

¡Me lo imaginaba, carajo! pensó Frank, a quien la confesión lo impactó como si le hubieran pegado un mazazo.

—Después, inmediatamente después... —siguió diciendo Dick, no sin cierta vergüenza —ella me preguntó qué iba a pasar entre nosotros. Ella me quería apurar, ¿viste?—dijo como para justificarse—. Y yo, siguiendo los dictados de la razón, como vos los llamás (Dick se guardó muy bien de decir que habían sido los de la religión, para no embarcarse en una discusión teológica), empecé a darle vueltas a la cosa. Que la diferencia de idioma, que la diferencia de religión, que la diferencia de costumbres. Todas esas cosas que ya hemos discutido.

—¡Justo en ese momento se lo fuiste a decir! Y después los indios la agarraron, ella creyendo que no habías movido un dedo por evitarlo. Ahora me explico su reacción cuando te vio —le dijo Frank a quien de golpe se le aclaraba todo y en su fuero interno pensaba: ¡Realmente este idiota no dejó cagada por hacer! —¿Y ella qué dijo? —preguntó luego.

—En la discusión que tuvimos tras acostarnos, ella dijo...eh... dijo que su cultura es europea y ¡ah, ahora me acuerdo! me preguntó si acaso era ella una india con plumas. ¡Qué paradoja! porque la siguiente vez que la vi estaba vestida como india. ¡Las vueltas de la vida! ¿Quién lo hubiera imaginado cuando lo comentó Casiana? La cosa es que ante mis dudas, me acusó de no quererla, que la había engañado y todas esas cosas que dicen las mujeres a los hombres en esos casos, ¿viste?

Tras una pausa que aprovechó para terminar su whisky, Dick continuó diciendo:

—Puede que no haya estado muy brillante esa tarde. En fin... Pedro negó a Cristo tres veces y no sólo fue perdonado sino que fue hecho cabeza de la Iglesia.

Hubo un silencio opresivo. La cabeza de Frank se encontraba bloqueada. No podía pensar. ¡Sólo la veía haciendo el amor con Dick ante dos caballos que los miraban curiosos. Aun así, Casiana repudiada y abandonada por Dick tras hacer el amor, se le hacía más admirable y deseable.

—Claro —siguió diciendo Dick con voz un tanto pastosa, mientras volvía a llenar un vaso—, ella está despechada porque no le pedí que se casara conmigo después que hicimos el amor. Pero ella se acostó conmigo porque quiso —agregó alzando los hombros.

—¿Vos no le habías prometido nada antes? —consiguió decir Frank.

—¡No, para nada! —afirmó Dick—. Entonces, frustrada, me acusó de haberla engañado. Típica reacción femenina. Siempre se las arreglan para hacerlo sentir culpable a uno. Pero si nada le habías prometido, mal podía haber habido engaño. Aunque...

Dick dejó la frase inacabada. Se levantó y empezó a caminar nuevamente, esta vez con la mirada baja. Echó una mirada fugaz a Frank y dijo:

—Hay otro detalle que no conocés: Casiana está embarazada.

Y como para realzar esta confesión, vació su vaso en forma contundente echándose exageradamente hacia atrás.

Frank quedó como de plomo. "¡Hijo de puta!" pensó como primera reacción. Un torbellino de ideas y preguntas que no quiso seguir haciendo daban vuelta por su cabeza. Ya no atinó a decir nada. Salomé anunció que la comida estaba lista. Pasaron al comedor, Dick con ciertas dificultades para caminar. Empezaron a comer en silencio, sin mirarse. Frank hizo un esfuerzo y empezó a explicar todo lo que había que hacer en la estancia. Comentó secamente la baja del precio de la lana, la necesidad de volcarse más a la agricultura... Dick lo oía distraídamente... Frank se dio cuenta de que un abismo se había abierto entre ellos. Dick le sirvió vino, pero la mitad se volcó en el mantel.

CAPÍTULO 32

Las mujeres tienen el don de hacernos hacer todo género de disparates, inclusive de hacernos matar... Hay héroes porque hay mujeres.

LUCIO V. MANSILLA: *Una excursión a los indios ranqueles,* 1870.

Ha pasado la época de los héroes; entramos hoy en la edad del buen sentido.

JUAN BAUTISTA ALBERDI: *Bases,* 1852.

La cautividad de la hija del hasta poco antes jefe político y comandante de la Guardia Nacional, y por entonces representante del departamento de Unión en la legislatura provincial, fue el suceso del año en Fraile Muerto. A su lado, la guerra del Paraguay y la siempre cambiante política cordobesa pasaron a segundo o tercer plano. La conducta del inglés que acompañaba a la Casiana cuando fue cautivada, no podía haber dejado de ser comentada. Pero al saberse que éste intentaba su rescate, los juicios fueron en cierta medida demorados. Total, si la traía de vuelta, bueno, el asunto no era tan grave. Aun sabiéndose que los salvajes abusarían de ella. Pero, al fin y al cabo, ella era viuda y ya conocía la cosa.

De allí la impaciencia de los puebleros por conocer el resultado de la expedición de rescate. De allí también que la novedad de que el inglés Seymour había vuelto con las manos vacías, vacías del sujeto a ser rescatado y de los objetos a ser entregados como rescate, cayera como una bomba en el pueblo.

"Un engaño más 'e los indios." "Ya decía yo que con los salvajes no se puede negociar." "El gringo se quedó sin el pan y sin la torta." "Gracias que lo dejaron volver con el pellejo puesto." "El inglés fue un ingenuo en confiar en esos brutos."

Estas y parecidas eran las expresiones que se oían. Claro que como desde un comienzo, muchos agregaban: "Esto demuestra lo que yo siempre he dicho: que el inglés hijo 'e su madre debió jugarse cuando a ella la bolearon y no pretender enmendar su cobardía tratando de rescatarla luego". "Y tras haber sido deshonrada por esos salvajes, como siempre hacen con las cristianas cautivas." añadían las más beatas, lo que quizá muchas veces habrían soñado ser ellas mismas víctimas de la lujuria mapuche, no sin placer durante el sueño, horrorizadas cuando lo recordaban.

Los federales no podían disimular cierto regocijo por la desgracia del liberal don Nazario. "Bien le valga por apoyar a Mitre y a su guerra 'el Paraguay. Que agora le vaya a pedir que devuelva tropas 'e línea pa' rescatar a su hija."

También comenzó a circular la versión de que el gringo Seymour no había sido engañado y que Casiana no había regresado porque ella no había querido volver. Quizá la versión ranquel se filtró por una frontera no tan cerrada, la dupla Guenei-don Nilamón habiendo servido de vehículo.

"¡No puede ser!", exclamaban muchos. "¿Cómo va a ser posible que haya preferido quedarse con los salvajes?"

Otros, nunca faltan los mal pensados, sobre todo los enemigos políticos de don Nazario Casas, aceptaron esta versión mezclándola con maliciosos comentarios, como por ejemplo: "La viudita estaba necesitando hombre y, al parecer, el inglés no se decidía. Entonces, ha de haber encontrao satisfacción entre los indios".

En la precaria fonda de don Giuseppe, en la nueva que había abierto en la estación un judío austríaco, y en las varias pulperías del pueblo, se reabrió la discusión que habían tenido Frank y Dick aunque con infinidad de variaciones.

—Él debió haberse quedao junto a ella, defendiéndola como un hombre. ¿Acaso no estaba bien armao, como siempre con pistola y carabina? Los indios tienen un julepe terrible a las armas 'e juego por lo que bien podrían haberse salvao los dos —decían los que sostenían ésto, ignorantes de que Dick no había llevado su rifle.

"Ninguna importancia tiene si el inglés estaba bien o mal armao, sostenían otros, que podríamos denominar románticos. El hombre debió jugarse el pellejo por la mujer, aunque los achuraran a los dos. Entuavía más si, asigún parece, el hombre estaba entreverao en amoríos con la viudita."

El centenar de pobladores ingleses, escoceses e irlandeses eran particularmente severos en el juzgamiento de la conducta de su compatriota. Consideraban que ella afectaba el buen nombre del Reino Unido y de los súbditos de Su Majestad Británica, la reina Victoria.

Con todo, no faltaban en el pueblo quienes apoyaban la tesis práctica, que con no demasiada convicción y por lealtad con su socio y patrón sostenían Frank y Gumersindo:

—Uno tiene una sola vida, de modo que no es cuestión de ponerla en peligro así como así. Si juera por la madre 'e uno, o por los hijos, vaya y pase, pero por una hembra que no es su mujer, ¡ése es otro cantar!—opinaba un paisano joven.

—Tiene razón, amigo, y es muy fácil hacerse el valiente sentao aquí en la pulpería, pero otra cosa es hacerlo cuando cantidá 'e salvajes se le tiran encima con esos aullidos que le velan la sangre a uno —agregaba otro gaucho más viejo y realista.

Esta tesis utilitarista era compartida por cierto número de gauchos, que no tenían demasiado respeto por el bello sexo y sí, en cambio, a las afiladas lanzas ranqueles.

Las mujeres no podían dejar de participar en el debate. En general, y como suele ocurrir entre ellas, su falta de solidaridad y caridad para con las de su sexo las empujaba a echarle la culpa de todo a Casiana. Entre éstas descollaba su prima Claudina Casas en vista de que, como ya se explicó, la antipatía que sentía por Casiana estaba en razón inversa a su simpatía para con don Nazario. Claudina sostenía:

—Todo es culpa 'e la Casiana. Por andar por ahí en el campo haciéndose la machona. Esa nunca sentó juicio. Y díganmen una cosa ¿por qué se apartó 'el resto del grupo para irse sola con el gringo ese? No habrá sido únicamente pa' boliar ñanduces, ¿no? —concluía preguntando con intención y exactitud. Aquí, se daba aquello de "piensa mal y acertarás". Aunque podría sostenerse, en el caso, que Claudine pensaba bien.

—Che, no seas así con tu pobre prima. No tiene nada 'e malo que le gustara el inglés Seymour. Con la falta 'e hombres que hay por acá... —suspiraba Flor da Silva, tratando de defender a su amiga.

CAPÍTULO 33

Bâton des exilés, lampe des inventeurs,
Confesseur des pendus et des conspirateurs,

O Satan, prends pitié de ma longue misere!

Pere adoptif de ceux qu'en sa noire colere
Du paradis terrestre a chassés Dieu le Pere,

O Satan, prends pitié de ma longue misére!

Bastón del desterrado, lámpara de inventores,
confesor de ahorcados y de conspiradores ,

¡Oh Satán ten piedad de mi larga miseria!

Padre adoptivo de los que, en su ciego enfado,
Dios Padre del terrestre paraíso ha arrojado,

¡Oh Satán ten piedad de mi larga miseria!

CHARLES BAUDELAIRE: *Les Litanies de Satan, Les Fleurs du Mal,* 1856.

Casiana vio cómo Dick y su gente se alejaban de la toldería. Se sintió acongojada. Tuvo ganas de llamarlo, de decirle que se iba con él. Pero era inútil, estaba muy lejos y no podía oírla. El mundo se le venía abajo. Se le formó un nudo en la garganta y empezó a sollozar.

"Y agora, ¿quién me ha de sacar de este agujero? Estoy condenada a quedarme, viviendo con estos indios brutos, salvajes, herejes, supersticiosos, vagos y borrachos, que lo único que saben hacer es robarse entre sí y robarnos a los cristianos."

Ahora, con los indios, ella experimentaba en carne propia lo que significan las diferencias de cultura, nacionalidad y religión que tantas dudas habían provocado a Dick. No es cuestión tan sólo de saber el idioma. Es que las palabras, los gestos y las actitudes tienen distinto significado, los chistes no se entienden, o se entienden mal; los malos entendidos cunden por doquier. Lo que es bueno para uno es malo para el otro. Y aunque sea bueno es interpretado como malo.

"¡Si Mañkethrüz me hubiera avisao con anticipación que Riki llegaba! Entonces habría podido pensar. Habría tomao las cosas con más calma. Hubiera planeao algo. No lo hubiera recibido con los brazos abiertos; eso no, no lo merecía. Pero no le hubiera gritao. ¡Qué bruta! Hasta lo insulté... ¿Insulté? Sí; ¿no le dije acaso cagón? No, no se lo pude haber dicho. Aunque sea cierto. Porque fue un verdadero cagón cuando me abandonó a los indios. Pero la cosa fue que el indio ladino no me dijo nada. Peor, me pidió que me pusiera toda esa ropa y los collares araucanos, diciéndome que venía gente importante y, como de costumbre, la vieja me pintó a lo indio, con esos ridículos lunarcitos. ¡Qué me iba a imaginar yo que la gente importante era nada menos que Riki! El ha de haber pensao que me he aindiao 'el todo. ¡Pucha, las cosas que le dije! Con mucha razón. ¡La forma en que se portó después de habernos acostao! Y para completarla, no movió un dedo por defenderme de los indios. Aunque algo dijo que había bajao a uno de los indios de un balazo. ¿Habrá sido el herido que fue conmigo? La cosa fue que todo lo que estuve rumiando durante estos meses se lo largué de golpe. Le di pretexto al lenguaraz para hacerse el que créia que yo no me quería volver con Riki. ¿O lo habrá créido realmente? Pero también, ¡él tiene la culpa! Al quedarse ahí callao sin decir nada me sacó 'e las casillas aún más. ¡Tan frío y poco demostrativo! Bueno, también yo... ¡Qué carácter jodido el mío! Jodido y rencoroso. Aunque bien visto, fue él quien se portó malísimamente conmigo después de habernos acostao. Bien podría él haberse disculpao cuando llegó, haberme dicho algo, que me quiere, una palabra de cariño al menos. Pero no, él siempre tan reservao, tan contenido, tan bien educao. Al menos se hubiera defendido de lo que yo le echaba en cara. Pero nada, parecía que lo que yo le decía le entraba por un oído y le salía por el otro. ¡Qué sé yo! Pero, ¿realmente me querrá? ¿O habrá venido por puro sentimiento de culpa, de cumplimiento del deber? Con estos ingleses nunca se sabe. ¡También yo, tan atolondrada! Organiza mi rescate, se mete en Tierra Adentro, llega a las tolderías, y yo le digo de todo. ¿Qué habrá pensao de mí? Que estoy loca. ¡Si hasta le dije que Mañkethrüz me gusta más que él! Ah... de esto se ha de haber agarrao el lenguaraz para decirle que yo me quería quedar en la toldería. ¡Qué desgracia la mía!" y aquí Casiana volvió a sollozar. Cesó al rato y siguió pensando:

"Bueno, ¿y agora qué vi'hacer aquí enterrada en vida? Mientras me quiera Mañkethrüz, al menos seguiré siendo alguien. ¿Pero si prefiere a otra y me deja, o me vende? ¿Si lo matan en algún malón, o se pesca alguna enfermedá? ¡Qué será de mí, Dios mío! Me tomará algún otro indio mucho más bestia aún.

Así soliloquiaba la nütum (cautiva) Casiana. Y siguió haciéndolo durante días, semanas y meses. Se descubrió alegrándose de ver volver vivo de los malones a su captor. Peleándose por él con otras indias deseosas de desplazarla del favoritismo del cacique. Increpándolo por infidelidades reales o imaginarias cuando su embarazo avanzado la hacía menos deseable a su amante. Cuando su estado se había hecho evidente, lo tomó como pretexto para resistirse a los abusos sexuales del indio, pero el temor a ser reemplazada por otra le hizo cambiar de táctica, atrayéndolo hacia ella.

Como remedio contra su desolación se aplicó a aprender el araucano, tomando al machi como profesor. Hizo reemplazar el cuero de su toldito por adobes y pajas y all' se instaló. Tras convencer a Mañkethrüz que hacer el amor en el toldo grande, donde los compartimentos no encubrían los ruidos de un amor que no lo era, la inhibía, fue en el ranchito donde recibía las visitas amorosas de su semisalvaje amante y señor. Tras el "relax", hasta el "enjoy it" llegó alguna que otra vez.

Casiana insistió en aumentar los sembradíos. No pudo vencer en cambio la resistencia supersticiosa de los indios contra la escritura y la lectura. Como forma de olvidar su triste situación, se descubrió participando activamente en las borracheras y orgías con que se celebraban determinados acontecimientos y visitas. No podía recordar bien si en alguna había sido poseída por Nahuelpán, un hermano de Mañkethrüz. Así, Casiana se iba aindiando cada vez más, un poco conscientemente, porque era un seguro contra la depresión y otros riesgos más tangibles. Alguna vez se hacía ilusiones de que aumentando su ascendiente sobre Mañkethruz y a su vez fortaleciendo éste su posición en la nación ranquel, ella podría llegar a convertirse en una especie de reina del desierto. Pero sus fantasías duraban poco tiempo. Mañkethrüz gustaba de ella en aquello que más le disgustaba a ella. Y en otros aspectos, él prestaba mucho más atención a sus caballos que a las sugerencias de ella.

La gran epidemia de cólera de fines de 1867 no fue detenida por los fortines ni por el desierto y llegó a las tolderías. Sus efectos mortíferos fueron los mismos que entre los cristianos. El remedio de cargar los bártulos de los enfermos en caballos, rociarlos en aguardiente y obligar a los animales a alejarse, no dio ningún resultado. Igual suerte corrió la estratagema de trasladar la toldería a otro lugar del bosque siguiendo un camino sinuoso para que se perdiera el espíritu del mal. Fue después de esta fallida y trabajosa maniobra que Kolullá (hormiga), la primera esposa de Mañkethrüz, imputó a Casiana ser la causante del enojo de Walichu.

—Nos has engualichado —sentenció, apoyada por su madre Komeluán (Guanaca Linda), que desde hacía muchos años había dejado de merecer la segunda parte de su nombre—. Walichu, personificado en el huinca de ojos celestes, nos trajo la enfermedad —añadió.

La versión corrió rápidamente y fue cada vez más creída a medida que el número de muertos aumentaba. Estar engualichada tenía el mismo significado entre los indios que estar poseída por el demonio.

El castigo de Casiana, es decir, su muerte, comenzó a ser reclamada por la indiada a Mañkethrüz. Pero éste rechazó la pretensión. En primer lugar, argumentó que al no haber querido ella partir con el cristiano rubio, como pudo hacerlo, había dejado de ser cautiva y siendo libre sólo el parlamento de la tribu podría decidir el castigo. En segundo, pero más importante lugar, ¿cómo iba a matar a la mujer que llevaba adentro a su hijo? Finalmente razonó que al haber dicho ella su nombre y sobrevivido, probaba que tenía naturaleza semidivina.

Mañkethrüz pensó que su chezcüí (suegra) Komeluán le estaba complicando la vida en exceso, como es normal con todas las suegras, indias o cristianas. En este último caso, pese a que los araucanos, más inteligentes en esta materia que los cristianos, jamás tenían relación directa con ellas. Aparte de que los ranqueles y mapuches en general no tenían mayor aprecio por las viejas.

—Epakingeigi (cosas de vieja) —comenzó a contestar Mañkethrüz cada vez que le transmitían opiniones de su chezcüí. Tuvo largas conversaciones con el machi, en las que sugirió que la engualichada era Komeluán. Al machi no le costó mucho dejarse convencer porque simpatizaba con la atractiva huinca y no con la "trenche domo" (vieja) Komeluán y, además, porque no quería enemistarse con el ülmen.

El machi recogió saliva de un enfermo de cólera y lo recogió en un "pichi metane", un pequeño cántaro sin asas. Interrogado por él, el cántaro habló, es decir, silbó. Y el silbido sentenció, según el machi, que Komeluán era la culpable. El mismo procedimiento siguió con pelo de la cabeza del enfermo. Y el resultado convalidó el anterior.

Una noche sin luna se sintió en el toldo grande, donde estaba Komeluán, un fuerte olor a lana sin lavar, síntoma seguro de muerte. Algunos aseguraron haber visto revolotear a un choñchoñ arriba del toldo, síntoma éste de mal agüero. Komeluán no fue vista nunca más.

Como relató Mansilla, las viejas desaparecían misteriosamente, fenómeno que se repetiría en ciento y algo de años más tarde aunque no con las viejas precisamente. Komeluán no fue excepción. Su alma fue llevada por las cuatro trempulkalue, viejas transformadas en ballenas, hacia la isla de Mochao, en el mar del Poniente.

Poco después, en febrero, Casiana dio a luz asistida por el machi, y junto con ello, la epidemia empezó a perder fuerza y de a poco desapareció. Evidentemente, las habladurías de la vieja Komeluán habían sido puras mentiras y Mañkethrüz y el machi eran sabios. Fue éste el período de indiscutida primacía de Casiana en el aduar. Nadie se extrañó de la blancura del bebé, que fue llamado Pedro por su madre, Ninthrüz (cazador de zorros) por Mañkethrüz. Al fin y al cabo, blanca era la madre. Hasta la misma Casiana atribuía la paternidad al indio. Cuando el vello oscuro que tenía al nacer fue reemplazado por fino cabello rubio, Casiana explicó que así había sido ella de chica. Los ojos celestes, que tanto asustaban a los mapuches, eran los de su padre Nazario.

En verdad, Casiana siempre había alimentado la esperanza de que el hijo que llevaba en sus entrañas, fuera hijo de Dick y no de Mañkethrüz. Pero le asignaba escasas probabilidades. Era una cuestión cuantitativa: una sola vez con el inglés contra muchas con el indio, quien, sobre todo en un comienzo, se había mostrado muy activo sexualmente. Además, ella no podía dejar de tener en cuenta que su posición en la tribu estaría mucho mejor asegurada si la criatura era hija del ülmen. La eventualidad de que se constatara que fuera hijo del inglés que había venido a rescatarla, o de cualquier otro cristiano, la asustaba. ¿Cómo reaccionaría Mañkethrüz? La creencia de ser el padre la había salvado de las acusaciones de estar poseída por Gualicho. ¿Qué le pedirían los demás miembros de la tribu, sobre todo Kolullá, que la odiaba por la muerte de su madre? ¿La matarían? ¿Y a su hijito al que ni siquiera podía bautizar?

Apenas nació Pedrito, Casiana comenzó a observarlo atentamente para tratar de sacar su paternidad por el parecido con uno u otro de sus posibles padres. Las conclusiones que extraía de sus exámenes no eran por cierto imparciales, pues inconscientemente encontraba parecidos con Dick aunque más no fuera por el color de su piel y de sus ojos. Pero cuando pensaba en las consecuencia que ello le podría acarrear, comenzaba a buscar evidencias de su paternidad mapuche.

Un día ya no dudó más: ¡Pedrito era hijo de Riki! Obviamente, se guardó muy bien de comentar su constatación al indio. Con tal motivo la figura de Dick se fue enalteciendo. Comenzó a quitarle importancia al virtual rechazo de él tras haber hecho el amor y a la forma en que la había abandonado a los indios al ser ella boleada. En cambio, el gesto de arriesgarse a Tierra Adentro para rescatarla fue cobrando altura hasta alcanzar caracteres de epopeya. Inversamente, la forma poco feliz como ella lo había recibido provocó que se autoculpara acerbamente. "Pobre Riki, ¡todo lo que hizo por rescatarme! Y los riesgos que corrió metiéndose en Tierra Adentro. ¡Qué valiente! Lo podrían haber matao tranquilamente quedándose con todo el rescate. Aunque en realidá, sin necesidá de matarlo, Mañkethruz se quedó con el rescate y conmigo. ¡Hij'una gran puta! Aunque fui yo quien le dio pie p'hacerlo. ¡Qué bárbara, qué descocada estuve! Me gustaría poder salir de acá aunque más no fuera para pedirle perdón por lo que le hice. Y me hice a mí misma. Tengo bien merecido todo lo que me ha pasao."

Así comenzó a pensar Casiana, quien olvidó las reticencias de Dick tras haber hecho el amor, esa única vez, en el montecito. ¿Sería la única o el destino le depararía otra ocasión? Las esperanzas de Casiana variaban con su cambiante humor. Ora optimista, cuando se imaginaba buscando a Dick en Monte Molina, donde se arrodillaba ante él y deshaciéndose en lágrimas le pedía disculpas por su error. Dick la tomaba de las manos, la levantaba y la estrechaba entre sus brazos. Más común, sin embargo, era la visión desesperanzada, según la cual Casiana nunca jamás saldría de la toldería.

Casiana se entretenía en pensar cómo se hubieran desarrollado los acontecimientos de no haber sido cautivada por los indios. Ora se ilusionaba con la idea que Dick se hubiera finalmente avenido a casarse con ella. Ora en que al continuar sus dudas, habría sido ella la que aceptaba irse a vivir con él a Monte Molina. Aquí aparecía una tercera hipótesis: que al darse cuenta Riki de que ella estaba encinta, entonces él promovía el casorio para regularizar la situación. Escenarios alternativos eran de que ello ocurría sin haberse ido con él a Monte Molina, o que la resistencia de él al casamiento recién se desplomaba tras el nacimiento de Pedrito. Estas fantasías la ocupaban horas y días enteros.

Algún tiempo después de que Casiana concluyera que su hijo no era de Mañkethrüz, fue la ex favorita de éste desplazada por Casiana quien comenzó a concebir similares sospechas. No demoró en comunicar sus observaciones al capitanejo, quien asignando exclusivamente en el despecho de ella el origen del comentario, no le hizo caso. Es que estaba muy orgulloso con ese hijo rubio que le había dado la huinca. Sin embargo, la opinión de Pulkicarú (Flecha Verde), que así se llamaba la india, fue prontamente compartida por la influyente madre del ülmen que tampoco simpatizaba con la intrusa cristiana. El capitanejo comenzó a ver lo que cada día era más obvio y decidió interrogar a Casiana acerca de su relación con el cristiano de temidos ojos celestes, idénticos a los de Pedrito, que había venido a rescatarla.

—Fue enviado por mi padre, medio inválido por culpa de ustedes. Pero no tuve nada que ver con él. Si apenas lo conocía —mintió Casiana.

Pero el lenguaraz había oído algo de la discusión de Casiana con Dick, que daba a entender una relación sentimental. Los informes de Guenei concordaban. Además, el mismo Mañkethrüz, que había perseguido a la pareja y boleado el caballo de Casiana, recordaba que habían salido juntos del montecito, donde los había visto entrar el indio bombero.

—Todo eso no prueba nada. El estaba en la estancia de mi padre ayudándome a retraer las casas incendiadas por ustedes. Si él hubiera sido mi amante, ¿cómo podés pensar que no me hubiera ido con él? Todo lo contrario, lo eché —dijo, aprovechando para reforzar su argumento la creencia de Madkethrüz de que ella había querido quedarse con él en los toldos.

El razonamiento pareció convincente al cacique en ese momento. Más aún, satisfacía enormemente a su ego que la cristiana lo hubiera preferido a un huinca. Pero como al año, Mañkethrüz conoció cierta indiecita de quince años que le hizo perder interés en Casiana. Ésta supo de la existencia de una rival y comenzó a hostigar al indio, en medida tan exagerada que, como medio de deshacerse de Casiana, aceptó los argumentos de sus predecesoras y la trasladó al toldo grande junto con el resto del aduar, pasando a la categoría de ex concubina.

Entonces, y si bien los peores temores de Casiana no se concretaron, se inició el período más duro de su existencia. Fue tratada como una esclava y obligada a realizar las tareas más pesadas. Porque a su calidad de desplazada se unía la de huinca. Las dos anteriores mujeres del capitanejo eran legítimas, es decir, compradas a sus padres conforme a la costumbre y tenían derechos de tales. Casiana no había sido más que una amante y como cristiana pasó a la categoría más baja en la jerarquía ranquilche. Fue azotada sin pretexto por las otras mujeres, sobre todo por Kolullá, quien así vengaba la muerte de su madre Komeluán. La hacían arrear ganado, cuerear y carnear yeguas, el principal alimento de los indios, cortar leña y recoger las mismas cosechas que ella había insistido en que se sembraran, juntar chauchas de caldén y algarrobo para alimentar en invierno los caballos favoritos del cacique, hilar y tejer sin descanso.

El carácter impulsivo de Casiana la hizo rebelarse en un par de ocasiones. ¿Para qué lo habría hecho? Entonces sí que fue golpeada sin misericordia y, la segunda vez, estaqueada durante un día y una noche.

Casiana no sabía si no sería mejor que Mañkethrüz la vendiera a otro hombre. Pero ello no ocurrió pues para el cacique tener cautiva a la hija de un prestigioso jefe cristiano era un motivo de orgullo. Con el tiempo, las furias de sus rivales se calmaron al encauzarse contra la indiecita que, finalmente, desplazó a todas las demás. Pero su trabajo de sirvienta y peón a la vez continuó deslomándola.

Durante todo este período Casiana pensaba en su vida anterior, en el complejudo pero amable, buen mozo y educado Dick, en la oportunidad perdida de volver con él a la civilización. El inglés había tenido razón. Más valía haber estao tres meses entre la indiada e incluso haber sido violada, para volver luego con él, que haber muerto los dos a chozasos. Pero yo, zonzamente, dejé pasar la oportunidá. Y como van las cosas, no creo que haiga otra. Dick ya se habrá casao con alguna Carolina Cabeza Doble y yo, yo parezco destinada a quedarme aquí hasta que reviente. Dios parece haberse olvidao de mí. Cierto que yo no fui demasiao religiosa... esos interminables rosarios me aburrían soberanamente y siempre encontraba pretexto pa eludirlos. Y además ¿a qué repetir siempre la misma cantinela? Seguro que el mismo Dios y la misma Vírgen María se han de aburrir de oír una y otra vez siempre lo mismo: Padre nuestro que estás en los cielos... Dios te salve María llena eres de gracia, diez y cien veces seguidas. Aparte de esto, siempre fui a misa, hice caridá con los pobres, organicé rifas pa juntar plata y ropa pa los soldados 'el Paraguay. ¿Y se puede haber enojao tanto Dios por haberme acostao con Riki? ¿Por una sola vez? Al fin y al cabo yo era viuda y no era virgen, de modo que ¿qué le hace una mancha más al tigre? Sea como sea, Dios me ha expulsao. Sí, igualito que a Adán y Eva del paráiso terrenal.

Igualito también que a Lucifer del paráiso celeste. Y aquí estoy en este infierno, con vida. ¡Pero qué vida ésta, válgame Cristo! Y puesto que estoy en el infierno, ¿no debería invocar al Malo, a Mandinga, en vez de a Tata Dios? ¿No será el Diablo el mismo Gualicho al que tanto temen estos salvajes? Gualicho significa el rayo según me dijo el machi y Lucifer ha de venir de "luz". ¿No habrá sido Lucifer-Gualicho quien influyó pa que Mañkethrüz no me culpara por la epidemia de cólera? Habiendo sido ambos echaos, Lucifer y yo, es bien posible que él me haya salvao y que me comprenda mejor que quien me echó.

Fue así como, sobre la base de estos razonamientos, Casiana comenzó a interesarse en todo lo concerniente a Walichu. Su fuente de información, claro está, fue el machi quien habiendo simpatizado con la huinca cuando era la favorita del capitanejo, no por haber caído ésta en desgracia le dio la espalda. Se dio una vez más el caso de estrecha amistad entre una mujer y un homosexual. El machi fue la única persona en la que Casiana pudo confiarse aunque no se puede decir que haya sido siempre comprendida. Las barreras culturales eran demasiado grandes.

A Walichu, "el que anda alrededor de la gente", había que apaciguarlo y mantenerlo contento. Representaba el mal, lo misterioso y desconocido. Y dada la vastedad de lo desconocido, el reino de Walichu era enorme. Era menester, entonces, ganar su buena voluntad con tributos, por ejemplo aspersiones de las bebidas a tomar o con alimentos que, antes de empezar a comer, había que arrojar por la espalda, o anudando flecos del poncho en las ramas cuando se andaba por el bosque. No fuera que Walichu se enojara y tomara venganza, introduciéndose en el cuerpo del engualichado y provocando enfermedades o mala suerte, directamente o a través de su cohorte de espíritus malignos.

Especialmente las mujeres debían cuidarse de los duendes o wekufü alia-dos a Walichu. Como del Thrauku, horrible hombrecito según algunas versiones, atractivo según otras, que vive en los bosques y montañas, y que con su "paueldún", bastón de árbol medicinal, fecunda a las muchachas que se internan en la selva ranquilche. Según aseguraban algunos, el tronco tenía varias ramas, lo que convenientemente permitía fecundaciones simultáneas. Pero el Thrauku se especializaba en las vírgenes, por lo que una "lantun", viuda, como Casiana, podía considerarse a salvo. No así del Threkel-wekufü o Cuero que flota entre dos aguas de las lagunas, con garras filosas en su contorno que simulan flecos. De ser atraído por alguna mujer que está en la orilla, se extiende a su costado tomando la textura de la tierra o arena, y al ser pisado por ésta, la envuelve y la lleva a su cueva en el fondo de la laguna donde le chupa la sangre.

Por fortuna, el machi había matado al Threkel-wekofü que solía habitar en la laguna cercana a la toldería, según le contó a Casiana, de donde sus aguas y orillas no representaban peligro alguno. El machi había engañado al maligno monstruo arrojándole un arbusto con grandes espinas y creyendo el Threkel-wekufü que se trataba de una presa apetitosa, la había envuelto y apretado fuertemente según su costumbre. Las espinas lo habían desgarrado desangrándolo hasta morir. De donde el color rojizo de las aguas de la laguna.

Una noche que Casiana fue a buscar al machi en su toldo levantado en el medio del monte lo encontró tirado sobre su catre. Ella se acercó y con horror comprobó que estaba sin cabeza, pero sin que hubiera rastros de sangre. Examinándolo, lo dio vuelta y así lo dejó en su catre. Algo más tarde un choñchoñ, lechuzón enorme, voló arriba de ella gritándole fuertemente. Curiosamente no se asustó, como es normal con los choñchoñes, y nunca supo cómo comprendió que el pajarraco le pedía que pusiera el cuerpo del machi como lo había encontrado. Casiana corrió al toldo, cumplió la orden y salió. Vio entonces meterse el choñchoñ y enseguida salió el machi con la cabeza en su lugar, incluyendo el sombrerito, los cascabeles y sus otros adornos distintivos.

Éste le reveló que a veces, siempre de noche, la cabeza del machi abandonaba su cuerpo para transformarse en choñchoñ y provocar algún daño a sus enemigos, chupándoles sangre, lo que les provocaba grandes desórdenes sino la muerte. Pero si se daba vuelta a su cuerpo, la cabeza no podía volver a unirse a él. De allí el temor de los indios (y los cristianos) por las lechuzas, choñchoñes o simples chunchos (lechucitas). ¿La palabra chucho derivaría de las anteriores? se preguntó Casiana.

El machi le enseñó a defenderse del choñchoñ. Un método era tirando al suelo un cuero con el pelo hacia abajo Convenía esparcirle ceniza arriba y marcar en ella cruces, o estrellas de cinco pumas. Estas espantan a los choñchoñes y de allí que se las grabara en abundancia en los collares y otras joyas ranquilches y mapuches en general. Los cráneos equinos arriba de las entradas de los toldos suelen ser también eficaces para ahuyentar a los choñchoñes. Inclusive, con oraciones apropiadas, que el machi enseñó a Casiana, se los puede hacer caer y transformarlos en bosta.

Una noche de luna llena, el machi y Casiana estuvieron fumando unas hierbas que el primero juntaba. El machi entró en un estado de sopor y ella aprovechó para interrogarlo sobre la forma de transformarse en choñchoñ. El brujo le explicó todo y conforme a sus intrucciones Casiana se transformó en el pajarraco. Voló por la ilimitada planicie iluminada por la misteriosa luz lunar. Pasó, en su rumbo Norte, por encima de bosques, médanos y lagunas. Brilló la delgada cinta de plata de un río: el Saladillo. De muy lejos se destacó la alta casa de Monte Molina. Ya sobre el patio, vio a alguien y graznó con fuerza. Reconoció a Lisada cuando éste la miró y antes de que, espantado, corriera adentro. Pero otra persona salió. ¿Dick? Graznó con más fuerza y el hombre levantó la vista, sonrió con alegría y, sacándose el sombrero, saludó sin temor. Era Frank Goodricke. Pese a seguir revoloteando alrededor de la casa, no vio a Dick. ¿Qué se habría hecho? Pero lo notable fue que Frank, de forma inexplicable, le transmitió la historia del balazo del padre a su hermano, la posterior muerte de éste, y la pelea entre hijo y padre. Lo ocurrido la dejó pensativa durante largo tiempo. ¿Por qué Frank y no Dick? ¿Qué se habría hecho de éste? ¿Cómo y por qué la transmisión de la historia de la familia de aquél?

En esta etapa mágica de su vida, Casiana participó activamente en los cultos religiosos y en las periódicas rogativas o nguillatunes, donde se pedía protección y ayuda a Füchauentrú, el "Gran Hombre" de los indios de la pampa y a Nguenechen, el "Amo de la gente". Este último, por hacer una travesura, había encerrado por un tiempo en una cueva del cerro Chapelco a los animales que, según la ridícula leyenda huinca, habrían sido traídos por ellos. Así lo había relatado el machi e inútiles fueron los esfuerzos de Casiana, basados en la ausencia de vocablos de origen mapuche para designar a vaca, caballo, y oveja (waca, cawallu y ovisha), en convencerlo de que habían sido traídos por los españoles.

En el escaso tiempo que le dejaban sus duras ocupaciones, Casiana se dedicó a actuar como una especie de ayudante del machi, no obstante lo cual éste nunca le permitió ver al Ivanche, horrible monstruito que, según le contaba el machi, adivinaba el porvenir. A poco de nacer, el machi lo había robado a sus padres, y tras coserle todos los orificios de su cuerpo (de donde la hinchazón), le había quebrado la pierna derecha, que había pegado a la espalda.

Pero poco a poco el antiguo espíritu descreído de Casiana empezó a predominar nuevamente. Pensó que muchas de sus experiencias podrían ser producto de su imaginación acelerada por las historias del machi, o nacidas durante sueños provocadas por las yerbas que le daba éste para fumar. Y si no se alejó de él, fue por cierto prestigio que su relación con éste le reportaba en la tribu. La desesperación comenzaba a invadirla, pues su liberación parecía cada vez más lejana, sino imposible. Empezó a considerar la posibilidad de una fuga, pero el machi la desalentó: la distancia era demasiado grande, sobre todo con una criatura; podría perderse en la selva ranquelina y morirse de sed; o los indios, expertos en rastrear huellas, la encontrarían y, entonces sí, la matarían junto con Pedrito. El riesgo de morir no asustaba demasiado a Casiana, pues la vida en la tribu era casi una muerte en vida, pero la de Pedrito la contuvo.

CAPÍTULO 34

It is noble to be capable of resigning entirely one's own portion of happiness, or chance of it; (but) if it is not its own end... it is no more deserviny of admiration than the ascetic mounted on his pillar.

Es noble ser capaz de renunciar por completo a su propia porción de felicidad, o a las posibilidades de alcanzarla; (pero) si no es su propio fin... no merece más admiración que el asceta trepado en su columna.

JOHN STUART MILL: *Utilitarianism,* 1863.

—Disculpemé amigazo, no eh que quiera meterme en zuh azuntoh, ¿vio? Cada uno es como lo hizo Tata Dioh. Pero me pareze que usté debió pedirle perdón, abrazarla, dezirle que la quería, ¡qué ze yo! Zi a lah hembrah ¿e lah compra con poca coza, ¿no eh zierto? ¡Zi lo sabré yo con tuitah lah trapazeríah que leh he hecho! Y ziempre me perdonaron,— ¿zabe?

Así recordaba Dick Seymour lo que le había comentado un paisano ceceoso en la pulpería donde él había estado contando sus desgracias, como lo hacía habitualmente cuando tomaba unas copes de más, lo que también se iba ido haciendo cada vez más habitual.

Pero yo no le pedí perdón, ni la abracé, ni le dije que la quería, ni nada. Eso es lo que la enfureció, y lo que dio lugar a la reacción de los indios, echando por tierra el rescate; reflexionó Dick.

Todo por mi culpa, por mis malditos prejuicios ingleses, por no querer apartarme de mi rígido esquema de ganar plata lo más rápidamente posible para proponerle casamiento a Mary Elizabeth Throckmorton. Pero Casiana trastrocó mis planes. Su imagen siempre rondaba alrededor de mí. En comparación, todas las chicas británicas me parecían desabridas, insulsas, aburridas, tímidas y recatadas. Hasta la imagen de la misma Mary Elizabeth se esfumaba. Porque Casiana era atractiva, divertida, provocativa. Sí, quizá sin darse cuenta, naturalmente. Y nada remilgada. Esto era lo que me había frenado. Y que fuera viuda. Y que no fuera virgen. Para peor, se me metió en mi maldita cabeza la cuestión ésa de cómo podía haber olvidado a su marido tan rápido después de muerto. Parecería que se me metió a propósito para complicarme las cosas aún más. Sí, porque la verdad es que nunca supe exactamente cuándo murió su ex marido. Y nada de malo hay en casarse con una viuda según la Biblia. Al contrario, sostiene que deben ser protegidas. Y ahora que me acuerdo ¿no se casó tío Randolph con una viuda acaso? ¿Alguien habló mal por eso? Bueno, se rumoreó que fue por la plata de ella. En este aspecto, Casiana no salía mal parada. Su marido le había dejado algunas casas. Su padre, además de la estancia de Paso de las Barrancas, tenia las de las Cañas y Cabeza del Tigre, como cien mil acres de excelentes tierras y con el ferrocarril su valor se está yendo rápidamente para arriba. Fue en Cabeza del Tigre donde según me contó Casiana los criollos rebelados contra los españoles habían fusilado al francés aquel que había derrotado a mis compatriotas a principios de siglo. Bien merecido lo debe haber tenido. Sí, por no haber adherido a la causa de la Independencia. ¿No la apoyamos acaso los ingleses? Así me lo dijo Hutchinson, nuestro cónsul en Rosario y me lo confirmó don Cleto del Campillo. ¿O sería la Revolución de Mayo? A estos tipos tanto les gustan las revoluciones que tuvieron dos para sacarse los españoles de encima y dos independencias por consiguiente. Me lo explicaron pero me pareció muy confuso. Eso de rebelarse y seguir peleando por el Rey pero contra sus ejércitos durante varios años seguidos no lo puedo entender. ¿Y qué estaría haciendo aquí un francés peleando por los españoles y en contra de los ingleses y haciéndose matar luego por un rey que era prisionero de su emperador? ¡Qué vueltas tiene la vida! ¿Y qué hago yo aquí en el boliche de la estación de este pueblo de mala muerte, Fraile Muerto por coincidencia, mamándome por culpa de una española, perdón argentina, que no puedo olvidar y que abandoné en manos de los indios?

Dick tomó otro trago. ¡Está buena esta ginebra! El que me hizo verdaderamente una mala pasada fue Santiago Apóstol con su maldita Epístola (¡Que Dios me perdone!) que tras haberme ordenado que fuera tras Casiana, me hizo recordar, al descubrirme Casiana lunares, que yo debía haberme mantenido sin mancha, inmaculado. ¡Justo después de haber hecho el amor! Bueno, por otro lado no estuvo tan inoportuno... nunca lo pasé ni pasaré mejor... ¡Pero hacerme ver que había pecado me hizo actuar como un cretino! Y para malograrlo todo, después la abandoné a los indios. ¿Cómo se llamaba el caudillo entrerriano aquel que se había hecho matar por recuperar a su querida que había sido boleada al igual que Casiana? ¿Fernández, Ramírez? Ahora me doy cuenta que eso mismo debí haber haber hecho yo: defenderla a balazos hasta que agotadas las balas me hubieran lanceado. Pero, ¿qué hubiera ganado? Nada, salvo el honor. Y para salvar el de ella, debería haber guardado una bala para dispararsela. En ese momento no se me hubiera ocurrido. ¡Todo pasó tan rápido! ¿O es que tuve miedo al ulular de los salvajes y traté a toda costa de salvar el pellejo? Sí, ya lo creo que tuve miedo. ¿Quién no?

Y por enésima vez Dick repasó la escena: Casiana cayendo; él apuntando y tirando; el indio cayendo; la disparada de su caballo, tan duro de boca; los demás indios rodeando a Casiana y muchos continuando la persecución; su huida. El ulular de los indios lo volvió a erizar. ¡Qué cagón de mierda! Es lo que ella me dijo. ¡Cómo hice disparar al picaso! Cien patacones me había hecho ganarle a Tom Purdie dos días antes. Le sacamos dos cuerpos a su zaino frente blanca. ¡Cómo chillaba Tom! Tanto como los ranqueles. Y el mismo Tommy me acusó de cagón después. Igual David Melrose. Tomó un trago y recordó cuando explicaba en Las Playas lo ocurrido tras ser boleada Casiana. Nunca se olvidaría la cara con que lo miraba Lisada. No le dijo nada, no. Escuchó sin decir palabra. Sin embargo su cara, sus ojos, lo decían todo. Pero, ¿quién era él para pensar que yo fui un cobarde? ¿Acaso no vio cómo los indios lanceaban a ese otro gaucho junto a él sin que se le moviera un pelo? Claro, en mi caso era una mujer. La mujer que yo quería... Mm, la verdá es que no estuve muy famoso que digamos; no. No famoso; infame. ¿que habría pensado de su sobrino mi tío Sir Michael que peleando en la China perdió un brazo. Yo, en cambio, dejé que la capturaran a Casiana sin sufrir un rasguño. Por algo es que he notado que don Cleto, que tanto aprecio me tenía, cruza de vereda cuando me ve para no saludarme. Bob Werhan, Jack Trotter, George Goodwin y tantos ingleses más han sido más directos. Menos mal que no estaba don Nazario porque ¡cómo explicárselo personalmente, a él, su padre! El abuelo de Casiana, don Benito, habla pestes de mí, según me han contado. Hasta el mismo Frank piensa que no estuve bien. No me lo dice. Al contrario, me da toda clase de argumentos en mi favor. Pero yo sé que él no cree en ellos.

Vació el vaso. Su mirada se había enturbiado. La luz de la lámpara de kerosén, que, colgada de la viga del techo, oscilaba imperceptiblemente, lo encandilaba. Mejor irse. Irse del boliche, irse de Fraile Muerto, irse de Monte Molina, irse, irse. Pagó y se levantó con dificultad. Salió trastabillando. Ya era de noche. Al tercer intento logró montar su picaso que, intuyendo los problemas de su amo, contra su costumbre no caminó en círculo al subirlo y se quedó esperándolo, rígido. Luego, al paso y conservando por milagro un equilibrio en extremo inestable, comenzó a encaminarse hacia la fonda para ir a dormir. Pero en ese momento tres jinetes llegaban a la estación y se cruzaron con Dick. Uno de ellos lo reconoció y le gritó en inglés:

—¡Dick! ¡Qué suerte encontrarte! Venimos a comer. ¿Por qué no nos acompañás? Tenemos una visita muy interesante.

Era su hermano Walter, que llegaba junto con Frank. No conocía al tercero. Walter se lo presentó: Era el capitán Richard Burton, el célebre explorador. Estando de consul en Santos había estado visitando los campos de batalla del Paraguay. Y para no perder la costumbre, ahora estaba explorando estos lugares de viaje a Chile, le había informado Walter.

—Explorando no. Ya son bien conocidos. Estoy simplemente viajando. Una manera de escaparme de Santos, que odio —dijo el visitante.

Burton, entonces de cuarentisiete años, tenía una figura que llamaba la atención. Más que por su gran fuerza física, más que por sus enormes bigotes, por su mirada magnética que fascinaba a todo aquel que hablara con él. Ya era famoso por sus exploraciones en África, donde junto con John Speke había descubierto el lago Tanganika y por haber entrado en La Meca, la ciudad santa de los musulmanes, prohibida para los infieles. Había entrado con gran riesgo de su vida disfrazado de mercader afgano. Dos años más tarde, en 1855, su manía por las ciudades santas y prohibidas lo había llevado a Harar, la fortaleza etíope, habiendo sido Burton el primer europeo que entrara y saliera con vida de la misma. La extraordinaria poliglotía de Burton lo había capacitado para estas misiones, así como para espiar los lupanares homosexuales de Karachi. Más tarde, se haría más famoso aún por haber escrito la mejor traducción al inglés de "Las mil y una noches" y le sería otorgado el título de Sir.

Entraron al comedor de la estación de Fraile Muerto, que había desplazado a la fonda del italiano don Pepe Antonietti como el lugar "in" del pueblo. El francés que lo atendía y que de alguna manera conocía la personalidad de Burton, se les acercó con una fuente y dirigiéndose al explorador le dijo:

—Voilà, Monsieur le Capitaine: du jambon, du saucisson, du pain, une bouteille de caña. Et je vous laisse maintenant avec les Messieurs Seymour et Goodricke pour la nun'.

Mientras se servían, hablaban sobre los temas de moda: la frenología y la fisionomía, lo que llevó a Burton a describir al presidente Mitre y el que sería su sucesor Domingo Faustino Sarmiento.

—Sarmiento es bajo, grueso, bilioso-nervioso, cejudo y adusto con una frente alta que se va angostando. Es el hombre observador. Mitre, en cambio, es nervioso-bilioso, delgado, delicado, con la región coronaria muy desarrollada. Es el hombre reflexivo.

Al tiempo que se llevaba un desmesurado pedazo de salchicha a la boca, Burton vio algo que le hizo cambiar bruscamente de tema. Señaló de un cabezazo hacia otra mesa y, con la boca llena, consiguió decir:

—¿Saben quién es el gordo ése de la mesa del fondo?—. Esperó un instante no para obtener una respuesta, que sabía imposible, sino para tragar. Tras lo que se autocontestó: El que reclama la herencia de Tichborne. Dice ser sir Roger Tichborne, el que se perdió en el Bella hace más de diez años. No sé si saben que del Bella nunca se supo nada tras zarpar de Río de Janeiro.

—Sí, conozco bien la historia. Lady Tichborne es parienta nuestra, ¿sabe? Ella es una Seymour —dijo Walter.

—¿Ah sí? Mi mujer es muy amiga de la familia Tichborne. Ella es Arundel —dijo Burton.

Tras esta comprobación de pertenecer a los mismos círculos sociales, Burton siguió diciendo:

—Ayer estuve charlando con él —y volvió a señalar al gordo con su dedo índice que levantó del grueso sándwich que se había preparado—. Me contó que seis tripulantes y pasajeros sobrevivieron y fueron recogidos por un barco que los llevó a Australia. Le pregunté por qué no había dado los nombres de los demás sobrevivientes y me contestó que lo haría cuando inicie juicio a su hermano menor reclamándole la herencia de su padre. Pero éste sostiene que es un impostor pues sería en verdad un tal Arthur Orton, hijo de un carnicero que desertó de su barco en el Río de la Plata y pasó luego a Australia.

—¿Pero por qué, de ser verdaderamente sir Roger, no se habría dado a conocer mucho antes, en vez de esperar diez años? —preguntó Frank mientras se preparaba un sándwich de jamón, imitando a Burton.

—Es lo que se preguntan muchos —dijo Walter.

—¿Y cómo es que apareció tras diez años en Australia? — preguntó Dick, a quien la historia comenzaba a interesar, sacándolo de su marasmo.

—Lady Tichborne nunca quiso creer que el Bella hubiera naufragado sin dejar sobrevivientes y mandó a buscar su hijo por todo el hemisferio Sur. Es así como en Wagga-Wagga, un pueblo de Australia, los investigadores descubrieron al supuesto Sir Roger, o lo produjeron según sostienen quienes lo consideran un impostor. Para éstos sería el hijo del carnicero de Wagga-Wagga —informó Walter.

—Y según usted ¿quién es el tipo ése en realidad? —le preguntó Burton.

—Si el gordo ése es Sir Roger, yo soy Guillermo el Conquistador. No me cabe la menor duda de que es el hijo del carnicero y carnicero él mismo de Wagga-Wagga —contestó Walter mientras miraba fijo al grueso individuo.

—Yo pienso exactamente lo mismo —convino Burton—. No hay que ser un experto en acentos ni en modales para darse cuenta apenas abre la boca —añadió levantando la cabeza para mirar, el gordo que tras dos juicios sería declarado impostor y pasaría diez años en la cárcel por perjuro, quien en ese momento se reía estrepitosamente, no precisamente como un lord.

—¿Qué estará haciendo por acá? —preguntó extrañado Frank.

—Viene de Inglaterra, donde Lady Tichborne lo reconoció como su hijo —contestó Richard Burton.

—¡Lo reconoció! La vieja debe estar reblandecida —exclamó Walter—. Y ahora ha de estar repitiendo el viaje de su verdadero padre a Australia.

—Es posible. A mí me explicó que viajaba a Chile, pero que una premonición lo hizo desistir de tomar la diligencia a Mendoza, donde había reservado asiento. Premonición que, según Sir Roger-Burton pronunció "Sir Roger" con sorna, resultó certera ya que la diligencia fue asaltada y los pasajeros degollados. Por eso se quedó en Fraile Muerto.

—Yo no he oído de ninguna diligencia asaltada, capitán Burton —observó Frank—. Un hecho así se hubiera conocido.

—El supuesto Sir Roger acusa a los Tichborne de complotar para deshacerse de él —dijo Burton.

—Parece increíble que un tipo pueda actuar así, sin importarle nada los demás..., su opinión —observó Dick, quien la comida le iba despejando las ideas.

—Diría que para él debería ser más importante que la opinión de los demás lo que él está pensando de sí mismo —sostuvo Burton tras tomar un largo trago de caña—. Y la única forma de explicar su comportamiento es que se haya autoconvencido de que realmente es Sir Roger. En cuanto a lo que opinen los demás, si uno tiene suficiente fuerza intelectual, ¿por qué hacerles caso?

—Porque uno no vive en el vacío, capitán Burton. El hombre es un animal social, como dijo Aristóteles —lo contradijo Dick Seymour.

—Yo creo, mister Seymour, que hay que pensar las cosas por uno mismo. Uno debe arribar a sus propias conclusiones y establecer sus propias reglas. Le pongo el caso de la muerte de John Speke, por ejemplo. Él y yo habíamos tenido fuertes discusiones tras haber descubierto juntos el lago Tanganika y luego, él solo, el lago Victoria.

—Sí, el asunto fue muy sonado. Si mal no recuerdo ustedes discutían acerca de las fuentes del Nilo —dijo Frank.

—Efectivamente, Speke sostenía que nace en el lago Victoria y yo que era necesario explorar más a fondo la región antes de llegar a una conclusión. La British Association for the Advancement of Science había organizado un debate público entre Speke y yo sobre el asunto. El día antes del debate se organizó una cacería. Speke murió de un balazo en forma misteriosa. Yo pienso que se suicidó. La conclusión oficial fue que se trató de un accidente, pero hay gente que no me quiere, que sostiene que yo lo maté. Si las conclusiones de éstos hubieran prevalecido, ¿debería yo haberlas aceptado?

Frank, que por tratarse de un accidente: de caza había escuchado con gran atención, replicó:

—El caso no es opinable para usted, Capitán, puesto que sabe que no lo mató. Si es que realmente no lo mató —agregó irónicamente.

—En mi caso, en cambio, yo pienso de mi conducta lo mismo que los demás —dijo por su parte Dick Seymour, con una triste sonrisa en sus labios.

—Mister Goodricke y su hermano ya me hablaron de lo que le ha ocurrido —dijo Burton—. Es un ejemplo perfecto de lo que decía antes, mucho mejor que el mío con Speke. Un caso donde justamente usted tiene que mantener su criterio sin dejarse influir por los demás —sostuvo poniendo gran énfasis en sus palabras y mirando fijamente con sus extraordinarios ojos los de Dick Seymour—; un caso donde se debe distinguir entre el heroísmo y el pseudo heroísmo.

—¿Intentar el rescate de la española fue pseudo heroísmo? —preguntó Dick Seymour.

—Pienso que no. Meterse desarmado en el medio del territorio indígena fue rayano con el heroísmo. Creo, por el contrario, que pseudo heroísmo hubiera sido intentar salvarla cuando los indios derribaron el caballo que ella montaba con esas bolas, ¿cómo las llaman? Boleadoras, eso es —dijo Burton repitiendo lo que le dijo Dick—. Es una de las cosas que tengo que ver: cómo las arrojan. Las armas de los salvajes suelen ser peligrosas, mister Seymour. ¡Si lo sabré yo con las jabalinas! Vea esto —dijo al tiempo que levantando la cabeza y abriendo su espesa barba, mostraba una gran cicatriz en su mandíbula inferior—. Amable recuerdo de un negro del África oriental —explicó.

La vieja herida no le impidió masticar un gran pedazo de pan con salchichón que engulló, y tras tragarlo con la ayuda de un largo sorbo de caña, Burton continuó:

—En Oxford, antes de ser expulsado de Trinity College por indisciplina me enseñaron que las acciones no son buenas o malas en sí mismas. Buenos o malos son sus efectos. Haber tratado de salvar la española al ser capturada no hubiera tenido ningún buen efecto.

—Y a mí, en Rugby, me enseñaron que así como el mundo físico es gobernado por las leyes del movimiento, el universo moral es regido por las leyes del interés —recitó Frank—. Y tu interés, querido Dick, está en sacar Monte Molina adelante. Con la española ya has hecho todo lo que podía esperarse.

Dick no prestó mayor atención al comentario de Frank. Seguía absorto en lo que había dicho Burton y, tras un momento de silencio, con pocos vestigios de su borrachera, dijo:

—Me ha convencido por completo, capitán Burton. Cada uno debe formarse un juicio propio su conducta. Yo ya me he formado el mío sobre el asunto de la española y, de a poco (sí, porque al comienzo pensaba como usté o, mejor dicho, como usté quiere hacerme creer que piensa) he ido llegando a la conclusión de que me comporté como un cobarde, como un gran cagón, con el perdón de la palabra, como me lo dijo ella misma cuando la fuí a rescatar. Sé que hay muchos que comparten este juicio. Otros no, como ustedes, aunque sospecho que por razones caritativas. Pero aún cuando nadie estuviera de acuerdo con lo que yo siento y pienso, ello no me haría cambiar de opinión.

—¡Vamos, Dick, por favor! ¿Cómo podés decir esas cosas? —dijo Walter a su hermano menor, apretándole el brazo en señal de solidaridad.

—Hay que pensarlo varias veces antes de acusarse de culpas reales, pero hacerlo de culpas inexistentes me parece simplemente una locura —dijo Frank por su lado.

Frank hasta entonces había rehuido discutir el fondo del asunto con Dick. Desde aquel primer relato hecho por Dick al regreso de su fallido intento de rescate, él también había pensado que su amigo y socio se había comportado como un cobarde, pero examinando luego los hechos con mayor frialdad había llegado a conclusiones que lo habían indicado en alguna medida. Había reflexionado que su adversa reacción inicial estaba influenciada por la indudable simpatía, por llamarla de algún modo, que sentía por Casiana. Eso sí, le había molestado la falta de arrepentimiento alguno de Dick por su actuación. Ni siquiera se cuestionaba no haber intentado volver al lado de Casiana, aún a riesgo de su vida. Pero, ¿cómo saber la forma en que uno reacciona en momentos tan críticos? ¿Qué habría hecho él en el lugar de Dick? La explicación de la espantada del caballo y de enfrentarse luego con treinta indios no carecía de fuerza. Pero ahora, la confesión de Dick, significaba la reversión total de su posición anterior. Frank percibió allí el motivo de la borrachera de Dick, no la primera por cierto, así como del ánimo abatido que había manifestado últimamente. Era entonces necesario apoyarlo y hacerle ver que su conducta había sido perfectamente racional dadas las circunstancias.

—¿Cómo culpas inexistentes? ¿Dejar abandonada a una mujer, a la mujer que quiero, es una culpa inexistente? —replicó Dick, que en ese momento llenó el vaso de Frank.

—Por supuesto. ¿Qué otra cosa podrías haber hecho?

—Quedarme junto con ella y defenderla.

—¿Defenderla contra treinta indios? Te hubieran matado y se la hubieran llevado igual. Apenas termine esta maldita guerra se la podrá liberar. Y no va a llevar mucho tiempo. Los paraguayos no van a poder resistir mucho más y entonces habrá medios para invadir el desierto y liberar a Casiana.

Dick encogió los hombros.

—Ilusiones, fantasías —dijo con tono de hondo escepticismo—. Y entretanto, ¿qué va a pasar con ella? En el más que dudoso supuesto que ocurra lo que imaginás, se va a liberar a un despojo humano. Ustedes no se imaginan cómo vive esa gente.

—De acuerdo, pero nada podrías haber hecho.

—Sí, podría haberla matado antes de morir yo. Preferible estar muerta que vivir con esos salvajes.

—Digamos que Casiana debería decidirlo, no vos —reflexionó Frank.

Pero su socio no pareció escucharlo y agregó con tono desesperanzado refiriéndose a sí mismo:

—Y te digo que no sé si vale la pena vivir así.

—No digas eso. Sí que vas a poder vivir. A la postre lo que uno más aprecia en este mundo es la vida, y después, la fortuna —dijo cínicamente Walter.

—¡Qué visión más limitada de los valores! ¿La familia, la religión, la patria, no significan nada para vos? ¿Y el honor, sí, el honor, tampoco?

Frank sintió que Dick agredía injustamente a su hermano y de alguna manera, también a él. Al fin y al cabo, adoptamos esta posición, que en el fondo yo no comparto enteramente (sospecho que Walter tampoco), para apoyarlo ¡y sale con esto, como si los cobardes hubiéramos sido Walter y yo! pensó. Estuvo a punto de reaccionar dando su verdadero punto de vista: "Está bien, tenés razón, estuviste hecho un flojo, un gallina", pero Walter se le anticipó, continuando con su argumentación cínica:

—El honor, el heroísmo... por favor... eso ya pasó. El heroísmo, la gloria, eran algo feudal. Sólo los nobles y los aristócratas tenían honor y lo defendían en los duelos o en las guerras, mientras violaban y saqueaban sin asco al frente de sus ejércitos. Ahora se defienden otras causas: la razón, el progreso, la libertad, el comercio libre y, muy importante, la propiedad, la fortuna. ¿No es para buscarla que hemos venido aquí, a diez mil millas de Inglaterra? Y en cuanto a la patria, ¿no estimula acaso la patria británica a emigrar a miles de sus hijos cada año y a que pierdan así su patria?

—Los ingleses seguimos siendo ingleses en cualquier parte donde estemos —replicó Dick, secamente.

—Aquí, puede ser hasta cierto punto, por la diferencia de idioma y religión. No así en los Estados Unidos. Allí son asimilados y muy pronto se consideran americanos —replicó Walter.

Se hizo un silencio que Burton aprovechó para decir:

—Mire, señor Seymour, pensaba que no era el caso de dar mi opinión conforme a mi idea de que cada uno debe llegar a sus propias conclusiones, pero aún así creo que su actuación en el episodio fue correcta. Si hubiera tratado de defender a la española quedándose junto a ella, lo habrían matado, y a ella se la habrían llevado igual. Todos habríamos alabado su actitud, conforme a esa costumbre que tenemos los vivos de recordar a los muertos mucho mejor de lo que opinábamos de ellos cuando vivían: de mortuis nil nisi bonum. Y a los pocos años ya nadie lo recordaría. Su gesto habría sido un simple episodio más de la lucha contra los indios.

—Enteramente de acuerdo. Fijate en el pobre Edwards, ¿quién se va a acordar de él en un par de años más? — razonó Frank, admirado de los argumentos con los que defendía su causa o, mejor dicho, la de Dick, en los que comenzaba a creer, como suele ocurrir con los abogados.

—Nadie se va a acordar de nosotros tampoco dentro de cien años — replicó proféticamente Dick. Y recordando el episodio de Ordóñez y su capataz, agregó—: Podríamos haber muerto los dos, juntos. Ya se los dije.

—Habría sido un buen tema para una novela de amor. Pero ustedes dos, tendidos allí, no podrían haberla leído —replicó Walter.

—Antes habría matado a varios indios con mi revólver y eso habría enseñado a los malditos "darkies" que no pueden robar, matar y cautivar sin pagar algún precio. La lección habría beneficiado a todos ustedes. Es el aspecto práctico del heroísmo. Recuerdo la paradoja de Adam Smith: el comportamiento del soldado al que la muerte accidental de su oficial no le habría afectado mayormente pero que, sin embargo, en combate, habría sacrificado su vida por salvarlo. El viejo Adam explicaba que el soldado actúa así porque percibe que para cualquier observador imparcial su vida es una bagatela comparada con la del oficial.

—Para cualquier observador imparcial, su vida, señor Seymour, es más importante que la de la española. De modo que el ejemplo no es válido —sostuvo secamente Burton, que por segunda vez no pudo evitar participar en el debate. Aparte —añadió— que en el ejemplo de Adam Smith el soldado muere pero se salva el oficial. En su caso, en cambio, usted habría muerto sin evitar la cautividad de ella. O su misma muerte. Un sacrificio absolutamente inútil. ¡Ah! y una última cosa: Dios manda amar al prójimo como a uno mismo, pero no más. Esto último es muy importante: no más que a uno mismo. La religión no le mandaba entonces dar su vida, suicidarse, por la de ella.

Dick quedó pensativo.

—Ama al prójimo como a ti mismo... no ames al prójimo más que a ti mismo... no te ames más que al prójimo —fue diciendo lentamente—. Casi me gusta más esto último: que te ames más que al prójimo. Suena menos egoísta. Pone el acento en el amor al prójimo más que en el amor a sí mismo. Pone un techo al amor a uno mismo pero no al amor al prójimo —reflexionó.

—El mandamiento es muy claro: el patrón de medida es siempre el amor a uno mismo que pone límite al amor al prójimo —sostuvo Burton. —¡No! Es justo al revés. ¡Sólo pone límite al amor a uno mismo! —lo contradijo Dick—. En su esquema, ¿qué pasaría si alguien se quiere muy poco? ¡Eso! ¿Supóngase que yo me quisiera muy poco? —preguntó Dick.

—Entonces querría muy poco también al prójimo, porque el mandamiento ordena dos cosas: querer al prójimo como a uno mismo, pero no quererlo más. Ni uno ni otro pueden superarse. Deben ser iguales.

—Perdón, pero lo segundo es un agregado suyo que favorece el egoísmo. Hay cantidad de ejemplos en los que los santos, y por eso es que lo son, han querido al prójimo más que a ellos mismos. Insisto entonces en que el mandamiento pone el piso al amor al prójimo pero de ninguna manera el techo —sostuvo Dick.

—No estoy de acuerdo. Mi punto de vista es muy práctico y pone límite a los excesos morbosos de devoción por los demás, a las quijotadas y a las faltas de respeto por uno mismo —opinó rotundamente el explorador-literato.

—Lo que debí haber hecho no es ninguna quijotada. ¡Usté no sabe cómo me siento por la forma en que actué! Una basura. Ella me dijo tantas cosas que los indios creyeron que no se quería volver conmigo, entraron en la choza y se la llevaron. Y después me echaron de la toldería —dijo Dick con voz amarga.

—Sí... me doy cuenta perfectamente. La mujer que quiere lo rechazó. Y su reacción frustró el rescate. Yo estaría igual que usté, muerto de rabia —admitió Burton—. Pero el episodio del rescate es distinto al de su reacción cuando ella fue capturada. Y repito que en aquél su acción fue heroica. La máxima del ejército italiano: soldato chi fuge serve per un'altra volta, es muy sabia en muchísimos casos comentó filosóficamente.

—También dicen que el miedo es natural en el prudente —recitó Walter para reforzar el argumento.

—Sí... pero aquí se trataba de una mujer, de Casiana nada menos. Yo les agradezco todos los esfuerzos que han hecho para hacerme creer que actué correctamente, aunque sé que en el fondo opinan igual que yo: que fui un cobarde. Es el juicio al que he arribado solo, conforme a su recomendación, capitán Burton. Y aún cuando nadie estuviera de acuerdo, ello no me haría cambiar de opinión.

Y levantándose de la silla, Dick saludó a Richard Burton con una inclinación de cabeza y le dijo—: Ha sido realmente un placer poder conocerlo en este lugar tan improbable, Capitán. —Y dirigiéndose ahora a los tres les deseó muy buenas noches. Tras lo cual salió, bien derecho en esta ocasión. Al hacerlo, oyó las risotadas convulsas que agitaban las grasas de un gordo que decía ser Sir Roger Tichborne.

CAPÍTULO 35

"I could tell you my adventures—beginning by this morning", said Alice a little timidly—: "But it's no use going back to yesterday, because I was a different person then".

—Podría contarte mis aventuras, empezando por las de esta mañana —dijo Alicia un poco tímidamente— pero no hay para qué volver a ayer, porque yo era entonces una persona diferente.

LEWIS CARROLL, *Alice's Adventures in Wonderland,* 1865.

Una noche, ya amanecía en realidad, Casiana despertó en su compartimento del gran toldo al oír un tropel de caballos. Se sucedieron gritos y tiros. Los hombres se levantaron sobresaltados y se precipitaron a sus lanzas y cuchillos. Mañkethrüz alcanzó a escapar en el caballo nochero. Las mujeres quedaron dentro del toldo, con los chicos. Se oyeron más gritos, tiros, ayes y galopes. Casiana, aterrada, alzó a su hijo y se acurrucó en el rincón murmurando:

—Dios te salve, María, llena eres de gracia, bendita tú eres entre todas las mujeres... —una y otra vez.

Una voz enérgica gritó desde afuera, en castellano:

—¿Hay alguien adentro?

—¡Sólo mujeres y chicos! —contesto Casiana.

—¡Que vayan saliendo! —ordenó la misma voz.

Casiana se asomó. Sus dientes castañeteaban. Llevaba siempre a Pedrito en brazos. Ante su sorpresa, se encontró frente a un jinete uniformado. En su kepí se leía "7", el regimiento 7 de caballería de línea. Cerca andaban muchos soldados más. Alrededor había indios sableados y baleados, muertos y heridos.

Casiana explicó que ella era cautiva. Fueron saliendo las demás mujeres y los soldados las hicieron agrupar. Casiana, con su hijo fueron llevados a un oficial de alta graduación. Era el coronel Antonino Baigorria, jefe de la frontera Sur de Córdoba.

—¡Agora llegó el turno 'e los cristianos 'e maloquear las tolderías! —le dijo, y ordenó a su asistente que diera un buen pingo a la cristiana rescatada. Pronto se oyó una clarinada, los soldados montaron, Casiana los imitó, y todos salieron de la toldería a todo galope.

Baigorria con su tropa siguió arrasando cuanto toldo encontró a su paso, arreando ganado y llevándose cuanta china se le ponía a tiro. Otras cristianas y también algunos hombres fueron liberados durante la marcha. Luego escapó sin demora hacia el Norte, evitando la posible reacción de los indios. En una ocasión el coronel Baigorria se acercó al pequeño grupo de cautivas liberadas preguntando por doña Casiana Casas.

—¿Así que usté es la hija de don Nazario Casas? —le comentó una vez que la ubicó—. Yo conocí mucho a su padre.

Tatita ha de haber muerto. De lo contrario, hubiera movido cielo y tierra para liberarme, pensó Casiana. Pero no alcanzó a pedir la confirmación de su sospecha por cuanto el coronel seguía hablando.

—Me acuerdo muy bien de cuando jué hecha cautiva. En aquel entonces yo éra comandante 'e los fortines de Santa Catalina y La Carlota cuando se presentó un grupo de ingleses, don David Melrose entre otros, informándome del malón y que a usté la habían hecho cautiva...

Acá Baigorria se interrumpió y preguntó:

—A propósito de Melrose, ¿sabe lo que le pasó?

—No, no sé —contestó Casiana pensando, además, que cómo se imaginaba el coronel que ella podría saberlo, habiendo estado todos estos años cautiva. Además, estaba mucho más interesada en el relato que Baigorria había interrumpido.

—Resulta que en el Rosario se encontró con un tipo que lo miró fijo y empezó luego a hacer averiguaciones acerca de él. Melrose también lo reconoció al hombre aquél, se volvió a Fraile Muerto, malvendió todo con muchísimo apuro y desapareció con su familia. Después se supo lo que había ocurrido. Melrose había falsificado moneda en Escocia. Descubierto, se había fugao, dejando a mujer e hijos. Su rastro se había perdido por completo. La cosa jué que no sé cuántos años más tarde se afincó por aquí, con otra mujer y otros hijos...

—Hijas —corrigió Casiana.

—Bueno, hijas. Con nombre cambiao, por supuesto. Parecía tan güena persona. ¡Lo que son las cosas 'e la vida!

—¡Qué cuento increíble! Melrose parecía tan serio y emprendedor. La última vez que lo vi fue cuando anduvo probando esos arados a vapor —

recordó Casiana, agregando para sí: justo antes de que saliéramos con Riki a boliar ñanduces de donde resultó que fuera yo la boliada...

Casiana quiso saber la continuación del relato del que se había apartado Baigorria.

—¡Ah sí! me había desviao 'e la relación. Disculpemé. Bueno, la cosa jué que con unos soldados y Melrose y los suyos... ¡la pucha que iban bien armaos! Bue... asigún decía, salimos a ver si podíamos cerrarle el paso al malón en su vuelta a las tolderías ¿sabe? A mitá 'e camino hacia Las Tunas nos topamos con la gente que había salido de allá. Pero resulta que el malón ya había pasao el día anterior. Uno de los ingleses que venía en este grupo estaba como loco queriendo que los persiguiéramos. ¡Qué los íbamos a perseguir si en aquella época estábamos pésimamente armaos. No como agora —dijo Baigorria tocando su Remington—. Aunque no estamos tanto mejor, no se vaya a creer. Se llevan mucha tropa p'al Entre Ríoh pa peliarlo a López Jordán.

Casiana no se interesó en cuanto a la guerra en Entre Ríos. Preguntó, en cambio, acerca de quién era el inglés.

—Bueno, eran varios... Dos habían sido militares. Me acuerdo de uno, Trote, se llamaba o algo así ¿vió? Pero los más encaprichaos eran los de Monte Molina. Uno de ellos sobre todo.

—¿Se llamaba Seymour o sería Goodricke? —preguntó Casiana.

—¡Ah, de tanto no me puedo acordar! Vea, esos apellidos raros no me los quedo... La cosa jué que me costó trabajo convencerlos de que nada hubiéramos conseguido, salvo que los indios nos rodearan y lancearan a toditos juntos.

—¿Los ha visto a los de Monte Molina?

—Antes sabía verlos, pero agora estoy en el río Cuarto, ¿sabe? Y hace mucho que no ando por allá. Oí comentarios que quedaron sentidos con todo el asunto 'e su cautiverio y el intento que hicieron pa rescatarla. Su tata, tras el fracasao rescate, también anduvo negociando pero sin éxito y trató 'e organizar una expedición pa liberarla por la juerza, pero no se llevaba bien con el gobernador de la Peña ¿vió? Y éste no lo apoyó. Tuvieron que pasar todos estos años... ¡Qué barbaridá!

Casiana se sintió aliviada al oír esto. Su padre no había muerto y no la había olvidado.

El coronel Baigorria no quiso preguntar a Casiana qué había ocurrido con el fallido intento de rescate. Esperó, más bien, que ella abordara el tema, cosa que no hizo. ¡Qué iba a ponerse ella a explicar lo ocurrido entonces! Casiana se quedó callada envuelta en sus recuerdos. ¿Ajá? Así que Riki había quedao sentido por mi cautiverio. Sí, y se había querido largar a Tierra Adentro para tratar de liberarme. ¡Me comporté entonces como una chica mal criada! ¡Qué idiota! ¿Pero cómo era realmente yo en esa época? ¡Me han pasao tantas cosas! Cuando me acuerdo de entonces, pienso de mí misma como si fuera otra persona. Sí, como si tuviera una vinculación lejana con la Casiana actual. Y a ésta, ¿le seguirá gustando el inglés? ¿Le seguirá gustando ella a él? ¡Una cambia tanto! ¡Y han pasao tantos años y tantas cosas!

Cuatro días más tarde llegaron a La Carlota, donde se hizo un repartimiento de las indias entre los milicos, en forma no muy distinta, pero inversa, a lo ocurrido cuando Casiana había caído en cautividad. Nunca nadie se preocupó en saber si estaban contentas con el cambio, ni ningún poeta, indio o cristiano, jamás contó las desgracias de su forzada civilización.

¿Ande iré yo agora? pensó Casiana. Para ir a Fraile Muerto, Monte Molina casi le quedaba de paso. Pero ¿pasaría por allí? ¿Estaría todavía Riki? ¿Y si se hubiera casao? Me da como miedo ir a casa directamente. ¿Cómo me recibirá mamita? ¡Yo, con un hijo! ¿Cómo me hallaré en la vida civilizada? El haber sido cautiva me deja marcada pues bien saben el trato que reciben las cautivas de sus captores. ¡Qué distancia con la engreída viudita de unos años atrás! Agora debería volver casi a escondidas. Pero en fin, tengo que presentarle a Riki su hijo. Para que lo reconozca al menos y que este chico tenga padre. Es lo primero de todo. Y tengo luego que bautizarlo. Después ya veré, iré al pueblo o a Córdoba.

Se despidió del grupo que seguía a otros rumbos y, despaciosamente, su hijo en ancas, se fue acercando a la estancia, escoltada por un milico. ¡Qué recuerdos le traía! Los sauces que había plantado junto con Riki, aquella vez que se había caído al Saladillo, habían prosperado y se los veía de buen tamaño. Los sembradíos se extendían a bastante distancia de la casa. Se toparon con alambrados y buscando una tranquera tuvieron que dar un rodeo. Vio un jinete arreando una tropilla. Se dirigió a él y resultó no ser otro que Gumersindo Lisada. ¡La sorpresa de Gume!

—¡Gumersindo! ¡Felices los ojos que lo ven!

—¡Virgen Santa! ¡Pero si es misia Casiana! ¿Cómo es que pudo juir 'e los indios? —exclamó Gume al tiempo que le extendía su callosa mano, que se rozó con la igualmente callosa de ella.

—No hui. El coronel Baigorria con sus tropas asaltaron las tolderías y me liberaron. Y aquí me ve. Yendo pa Fraile Muerto decidí pasar por aquí.

—Ya no se llama Fraile Muerto, misia Casiana. Le han cambiao el nombre por Bell Ville, por don Roberto Bell, ¿vio? Ni los nombres criollos van quedando por acá. Dígame, ¿y este chico? ¿Suyo? —preguntó Lisada.

—Así es. Es mi hijo, mi hijo Pedro —explicó Casiana mostrándolo muy orgullosa—. Salude m'hijito, dé la mano... Es muy tímido... pobrecito... y está tan cansao, con todas las que ha pasao... ¿Y sabe qué? No sabe hablar cristiano. Habiéndose criao allá... —siguió diciendo Casiana.

Mientras ella hablaba, Gumersindo miraba a uno y a otro. A Casiana los años pasados en los toldos no habían dejado de marcarla. Ya no se la veía como una niña decente sino como una criolla echa al trabajo. Tenía el cutis reseco y curtido, la boca había perdido algo de su expresión risueña y, a veces, en su comisura mostraba un sesgo de amargura. Estaba siempre flaca, aunque algo más corpulenta. Conservaba la mirada voluntariosa y, en su conjunto, no dejaba de ser joven y bien parecida. ¿Y el chico? Lisada se daba cuenta de que no era achinado. Rubio y con los mismos ojos acerados de don Ricardo. La paternidad no era dudosa y a Gume casi se le escapa un "igualito al tata", pero se contuvo a tiempo y sólo dijo:

—Lindo el chico.

—Y muy buenito. Agora tendré que bautizarlo como Dios manda. Tras un momento, Casiana preguntó:

—¿Y cómo andan las cosas por Monte 'e Molina, Gumersindo?

—Tuito bien. Los ingleses 'e la zona organizaron un cuerpo de defensa y los indios se andan con cuidao ¿vio? En diciembre pasao los corrieron a unos que andaban maloquiando y mataron varios. No han güelto desde entonces. Antes, cuando estuvo de comandante el coronel Mansilla, la frontera estuvo más tranquila. Él se metió en las tolderías y negoció con el gran cacique de ellos, ¿sabe?

Sí, hasta los toldos de Trenel habían llegado noticias de la expedición de Mansilla, que habían alimentado vanas esperanzas a Casiana.

—En cuanto al patrón, agora no está —siguió informando Lisada—. Se jué 'e visita a sus pagos en Inglaterra. Pero por poco tiempo pues ha de estar volviendo ya. Y don Ricardo... —empezó a decir Gume imaginando la curiosidad de Casiana.

—¡Ah, sí! ¿Cómo está don Ricardo?—preguntó Casiana sin poder contenerse.

—Don Ricardo dejó la estancia, hace tiempo... No tanto tiempo después de haber sido usté hecha cautiva. El hombre había quedao muy desganao ¿sabe? Estaba como quien pierde la voluntá, no sé si me entiende. Pobre don Ricardo. Con tuito lo que hizo por rescatarla. Quedó como si juera otra persona. No, si el hombre quedó mal, muy mal. Justo él que había sido tan trabajador... demasiao —dijo Gume, recordando la fabricación de ladrillos.

El corazón de Casiana pareció sangrar cuando comenzó a oír la historia de Riki. Porque Gume repitió, con mayores detalles que Baigorria, toda la historia, empezando por la salida con los Melrose la misma tarde de la captura, el plan igualmente frustrado de cortar la retirada del malón y, finalmente, el intento de rescate, en todo lo cual él había participado.

—Los fracasos en sus intentos de liberarla aplastaron al hombre, no sabe usté cómo, misia Casiana. Don Fran hizo lo imposible por animarlo. Pero nada. Don Ricardo no riacionaba. Se sentía culpable por su cautiverio en Tierra Adentro. Créia que tuitos hablaban mal de él, que decían que era un vilote. Imposible convencerlo que no era así, que todos (no todos en verdá, pensó) apreciaban sus esjuerzos, que jueron muchos sin duda. Pero cuando alguien está ansina ¿qué se puede hacer? Ensimismao en sus pensamientos no entiende razones. ¡Válgame Cristo! Un hombre que sabía ser tan ativo como él, ¡si ni salía 'e las casas! Y le dio por empinar el codo. Un güen día anunció que se iba pa'l Rosario. Supe que trabajó en un haras 'e otro ingléh, un tal Nelson Sorman, en Roldán y después, que estaba trabajando en la ciudá, en el ferrocarril. ¿Por qué no se va a buscarlo misia Casiana? Agora es su turno 'e intentar rescatarlo.

Así habló Gumersindo Lisada. Casiana aceptó su consejo. Llegaron a las casas, que tantos recuerdos le traía. Salomé, la mujer de Gumersindo, le prestó un par de vestidos.

—¿Me va a dejar su chico? Yo se lo voy a cuidar bien —le propuso Salomé.

—No, no. Muchas gracias. Quiero presentárselo a su tata ¿vio? Además va a extrañar mucho, pobrecito. Es muy pegote conmigo. Y está como asustao —comentó mientras le acariciaba el pelo con ternura. —Mejor me lo llevo conmigo. Y antes paso por el pueblo a ver si está Tatita.

—Don Nazario difícilmente estéa en Fraile Muerto. Él y su mujer están viviendo en Córdoba —le advirtió Salomé.

—Él y mi madre—corrigió Casiana, un tanto extrañada que Salomé no se hubiera expresado de esta forma.

—Su madre murió, ña Casiana. Cuando el cólera. Sí, pobrecita. Don Ricardo también estuvo jodido, pero él se curó ¿vio?

—¡Ah!... ¿así que mamita murió, eh? ¿Y la mujer de mi padre... Casiana dejó la pregunta sin completar, imaginando y temiendo a la vez la respuesta.

—Don Nazario se casó con la niña Claudina, su parienta.

Casiana se sintió anodada. Casi más que por la muerte de su madre, cuya mala salud ya la conocía y además, con quien no se llevaba muy bien, por el casamiento con Claudina. ¡La muy ladina! Se aprovechó de que yo no estaba. ¡Estando yo eso no hubiera ocurrido! No lo hubiera permitido —pensó, devorada por los celos—. Agora sí que no tengo dónde ir... a menos que me quede en la casa de tatita en Fraile Muerto, si es que la Claudina, mi madrastra, lo permite. —Lo miró a su hijo—. ¡Y lo que va a decir de Pedrito! Para ella, mejor hubiera sido que fuera hijo 'el indio. Por otra parte, agora que la guerra 'el Paraguay ha terminao, puede que mi hermano esté viviendo en el pueblo, o en la estancia. ¿Qué pensará él de todo esto? ¡Tanto tiempo sin verlo! Como seis años.

Ante estas novedades, Casiana decidió evitar pasar por el pueblo para tomar el tren a Rosario. Dan Mulligan, el mayordomo, le dio algún dinero y un par de días más tarde madre e hijo tomaban el tren en la estación de Leones.

CAPÍTULO 36

Pero sola y despreciada
En el mundo ¿qué ha de hacer?
¿A quién la cara volver?
¿Ande llevar la pisada?

Soltar al aire su queja
Será su solo consuelo,
Y empapar con llanto el pelo
del hijo que usté le deja.

ESTANISLAO DEL CAMPO: *Fausto,* 1866.

En Rosario el jefe de estación, lógicamente un inglés, informó a Casiana que Richard Seymour había dejado de trabajar en el ferrocarril desde hacía unos meses. Por discreción, no agregó que había sido despedido por borracho.

—¿No me puede decir dónde vive, dónde lo puedo encontrar? —preguntó Casiana.

"¿Por qué me he de molestar por esta mujer, no muy bien vestida para peor?", se preguntó el jefe con la típica indiferencia que caracterizaba el trato de los británicos con los nativos. Pero la gran ansiedad que traslucían sus gestos y su rostro y los rubios rulos de su chico le hicieron recordar la triste historia que había escuchado alguna vez acerca de los amoríos de Seymour con una española, la cautividad de ésta y el frustrado intento de rescate por parte de aquél, a lo que se adjudicaba la ruina material y moral de su compatriota. ¿No estaría ante el objeto de esos amores? ¿No sería el chico su fruto? Le hubiera gustado investigar un poco más pero prevaleció la regla de "no personal remarks" y optó por llamar a un empleado y pedirle en inglés que acompañara a la mujer a lo de Seymour.

Rosario había crecido mucho desde que estuviera Casiana. Construcciones por doquier y mucho movimiento en las calles. Casiana, su hijo y el empleado se encaminaron en silencio hacia la Plaza de las Carretas, en cuyas inmediaciones vivía Dick. Paradójicamente, en la calle del Orden, el orden de damero se desordena y comienza el rancherío, con su caos de callejas laberínticas con mucho charco de dudoso origen, muchos olores, mucho chico harapiento, mucha ropa tendida y muchos dialectos. El joven empleado duda y equivoca el camino. Pregunta con acento anglo y recibe respuestas en cocoliche itálico. Finalmente llegan a un rancho, tan pobre como los demás, que debía ser el de Richard Seymour. El empleado llama a la puerta. No hay respuesta. Nuevo llamado y nada.

—Parece que no está —dice como dispuesto a irse.

—Probemos a ver si la puerta está abierta —sugiere Casiana.

De mala gana, el empleado-guía inspecciona la rústica cerradura. Efectivamente, no estaba trabada y entornando la puerta llama: "¿Hay alguien?" Tampoco hay respuesta. Al ver que hacía ademán de retirarse, Casiana, previo pedido de permiso, lo aparta empujándolo ligeramente. Entra. Ve poco dada la semioscuridad que reina comparada con el brillante sol de afuera. Pero cuando sus ojos se acostumbran a la penumbra, comprueba que el rancho está totalmente vacío, salvo un catre y una mesa muy rayada por inscripciones.

Casiana se acerca y ve que las inscripciones talladas en la madera escriben su nombre. Su nombre acompañado de palabras en inglés, cuyo significado no comprende. Se emociona y tiene que reprimir el llanto. Las lágrimas ruedan por sus mejillas y ello le impide preguntar al empleado el significado de esas palabras.

Salen del rancho y en ese momento una mujer que estaba en la puerta de enfrente, les dice:

—Il inglese e andato pochi giorni.

—¿Cómo dice? —preguntó Casiana, que ha entendido a medias.

Un chico con gorra, muy mal entrazado y que está metiéndose el dedo en la nariz, contesta por la madre:

—Pochi giorni. Pochi díe. Tre o cuatro díe —y le muestra alternativamente tres o cuatro dedos bastante sucios, sonriéndose—. ¿Capito?

Casiana y el empleado han comprendido y dan las gracias.

—Le convendría ir al consulado —sugiere el empleado refiriéndose, no podía ser de otro modo, al consulado inglés—. Allí le van a poder informar bien.

Como el consulado quedaba cerca de la estación, desandan el camino. Casiana va envuelta en lúgubres pensamientos: "¿Qué se habrá hecho de Riki? ¡No encontrarlo por apenas tres o cuatro días! ¡Qué suerte perra!" Retornan por la calle Córdoba, cruzan Entre Ríos saltando entre montículos de piedras, vías y durmientes, pues se estaba tendiendo el futuro tranway y doblan hacia la izquierda en Progreso, por entonces ya empedrada.

Ya en el consulado, preguntan por el cónsul y el empleado se despide. Pronto Casiana es atendida por el robusto cónsul Lewis Joel, bajo la igualmente robusta advocación de un retrato de la reina Victoria.

—Mister Seymour partió a Inglaterra tres días atrás. Se fue debido a la muerte de su padre, el reverendo Richard Seymour —informó el rubicundo y barbado mister Joel—. Aparentemente, mister Seymour no tiene planes de regresar a la Argentina —agregó, anticipándose a la esperada pregunta de ella.

¡La pucha! ¡Otra vez me fallaste, inglés 'e porra! ¿Cómo no te imaginaste que yo vendría a buscarte? A buscar y a mostrarte tu hijo. Y ésta es la última, Ricardo Seymour. Está visto que el destino quiere que sigamos caminos diferentes. ¿El destino o Gualicho?

Y al pensar en esto último, emitió un corto suspiro y sus labios se curvaron, mezcla de sonrisa y de resignación. Puede que sea pa mejor, pensó:

El cónsul se quedó esperando que Casiana dijera algo. Como el jefe de estación, él también había escuchado —en el caso de labios de su antecesor Thomas J. Hutchinson — el enredo de Dick Seymour con una nativa, y asimismo sospechó que ésta fuera Casiana. Lo que lo indujo a ser más considerado que lo normal con los hijos del país.

—¿Desea usted saber algo más, señora?

Casiana estuvo a punto de preguntar por Frank Goodricke. Pero se sintió un poco intimidada por el cónsul. No se hallaba cómoda en el para ella imponente despacho del cónsul y ante la presencia no menos imponente del representante de Su Majestad Británica. Como para justificar su timidez se dice: "No, a qué preguntarle si ya me dijo Gume que pronto va a volver. ¿Qué mas me puede decir el cónsul? Y además, ¿en qué puede Frank cambiar las cosas?" De tal modo y con voz insegura, se despidió:

—No, no, nada más. 'chas gracias, mi señor.

Se levantó y con Pedrito de la mano, salió.

A la mañana siguiente tomó el tren a Fraile Muerto. Mucha gente en el vagón de segunda que recorrían Casiana y Pedrito, buscando asiento. Gente extraña para Casiana, mucho gringo. Algunos hablaban castellano, pero peninsular. La mayoría hablaba idiomas extraños para ella, ni castellano ni mapuche. Algunos le sonaban vagamente familiares, como el inglés, el francés y los dialectos italianos. Pero otros los desconocía en absoluto. Podrían ser vasco, alemán, idisch.

Sorteando valijas, baúles, bolsas y paquetes, Casiana pasó de un vagón a otro, buscando asiento, y a otro más. Al entrar en el tercero notó que era el de primera. Ya estaba dando la vuelta, cuando oyó que la llamaban. Miró y lo vio a Frank Goodricke, que se estaba levantando de su asiento, cigarro en mano, para ir hacia ella.

—¡Doña Casiana! ¡Usté! ¡Qué sorpresa! ¡Nunca pude imaginarlo! —casi dijo que le había costado reconocerla. Se sacó la galera dejando ver su muy crespo pelo tirando a colorado y le estrechó vigorosamente la mano con las dos suyas para realzar el agrado que le causaba el encuentro. Ella lo vio muy elegante con su chaqueta a cuadros y chaleco de terciopelo. Algo más grueso, su barba espesa como siempre, se lo veía más aseñorado. Sus ojos, siempre chispeantes. Los dientes bastante desalineados, se veían a través de su sonrisa franca.

—Venga. Siéntese conmigo que hay lugar.

—No, no. Tenemos boletos de segunda.

—No se haga problema, por favor. Pagamos la diferencia cuando venga el guarda.

Se sentaron. Frank la miró a los ojos y posando apenas su mano sobre la de ella, le dijo muy seriamente ahora:

—¡No sabe la alegría que me da verla! Realmente me saca un gran peso de encima, porque su cautiverio fue una gran preocupación para todos nosotros. Pero cuénteme ¿cómo es que está acá? ¿Se escapó de los indios?

Casiana explicó brevemente su liberación.

—Estoy viniendo de Inglaterra, de arreglar una serie de problemas surgidos de la muerte de mi padre. El murió hace dos años ¿sabe?— explicó él.

—Lo siento mucho. Ya me lo había dicho Gumersindo. Porque de vuelta de la toldería, pasé por Monte 'e Molina, ¿sabe?

—¡Qué lástima no haber estado yo allá para poder recibirla —dijo Frank quien luego, con ansiedad mal disimulada, preguntó—: Dígame, ¿usté estuvo con Dick en el Rosario?

—No. Yo llegué ayer y quise agradecerle todo lo que hizo por rescatarme. Y por lo que he sabido, también a usté le tengo que agradecer.

—¡Por favor! Todos hicimos lo que pudimos. Sobre todo Dick, que estaba realmente desesperado.

—Y bueno. Fui a buscarlo a su casa y no estaba. En el consulado me informaron que se había ido a Inglaterra tres días antes. Por apenas tres días... —Iba a agregar: se perdió de conocer a su hijo, pero dijo, en cambio— ¿Se imagina?

—¡Qué mala suerte! —mintió Frank, pues pensó: ¡qué suerte!—Han habido tantos desencuentros —añadió, pensando cuando la fue a buscar a Córdoba, para enterarse que ella había viajado a su estancia—. ¡En fin! Walter Seymour, esa bala perdida, también se fue a casa —refiriéndose a Inglaterra—. Estaba bastante enfermo. Había tomado agua mala. Pero he sabido que ahora anda por el Paraguay —comentó Frank. Luego, mirándola fijo, y con más animación, siguió diciendo—: Pero vea Casiana, tenemos tanto que hablar, tanto que contarnos. Sobre todo usted, de su vida entre los indios...

—Nada agradable, se lo aseguro. Mejor olvidarla —interrumpió ella.

—Sí, me imagino.

Frank, absorbida su atención por Casiana, casi no se había fijado en el chico. Ahora lo miró con atención. ¡Qué parecido a Dick! pensó. Lo saludó e intentó acariciarle la cara pero aquél se la sacó de mal modo.

—Dígame, este chico...

—Este chico tan arisco es mi hijo Pedrito. Casiana le dirigió unas palabras en mapuche, intentando, sin éxito, que saludara. A modo de explicación, dijo a Frank—: Recién me he dao cuenta que no habla castellano.

—¿Y usté adónde viaja ahora, doña Casiana?

—Eh...y... yo voy a Fraile Muerto contestó un tanto indecisa.

—Pero su padre está viviendo en Córdoba.

—Sí, ya lo sabía. Y también sé que después de morir mamita, de cólera murió la pobre...

—Sí, ¡tanta gente murió con el cólera! ¡No sabe lo terrible que fue!

¡Si lo sabré yo! Yo también casi me muero por el cólera, aunque no de cólera. Pero ésa es otra historia. Lo que le quería decir es que tatita se volvió a casar... con la Claudina Casas, usté la ha de conocer, una parienta mía que debo confesar que no me tiene ninguna simpatía. Ni yo tampoco.

—Ahá... por eso es que prefiere quedarse en Fraile Muerto.

—Aunque la idea tampoco me hace muy feliz. Imaginesé: encontrarme con toda la parentela... tener que dar tantas explicaciones... —y lo miró a Pedrito.

Casiana a duras penas reprimió un sollozo, lo que no pasó inadvertido a Frank, lo que lo animó a decir:

—Eh... yo le voy a proponer algo, doña Casiana. En vez de instalarse en su casa del pueblo sola, ¿por qué no se viene a Monte Molina? Allí va a poder pensar con tranquilidá qué hacer. Aunque sea por un tiempo. Va a descansar un poco. Pedrito va a aprender el castellano. Y le puedo enseñar un poco de inglés, ¿cierto Pedrito?

Pedrito no entendió nada y ni se dio por aludido, ya que estaba fascinado viendo el campo desde la ventana del vagón.

—Y después decide qué hacer. Si irse al pueblo, o a Córdoba, o qued...

Casiana no le dejó completar la tercera alternativa. Quería ganar tiempo y lo interrumpió diciendo:

—¡Pero no, don Fran! ¡Qué disparate! ¿Cómo piensa que me viá a instalar en su casa?

Ella iba a agregar: ¿Qué van a decir en el pueblo?, pero pensó: Bueno, ¡con todo lo que me ha pasao! ¡Y con Pedrito! ¿Qué le puede hacer una mancha más al tigre?

—Ningún problema, doña Casiana, ¡por favor! En Monte Molina falta un toque femenino —dijo Frank tratando de ser convincente.

—Está Salomé. Estuve con ella —dijo Casiana con una brevísima sonrisa, la primera en no recordaba cuánto tiempo.

—¡Salomé! Justamente... —dijo Frank riendo—. E imagínese, a ella también le hace falta compañía femenina. Para poder chismorrear, ¿vio?

—Yo no sé si la casa 'el pueblo habrá quedao abierta —comentó, dubitativa, Casiana, como dejando la puerta abierta para ir a Monte Molina, porque en verdad, la idea de aterrizar bruscamente en el pueblo la aterraba. Pero quiso ganar tiempo y como manera de diferir una respuesta inmediata, cambió el tema para rememorar: —Fran (él notó que ella suprimía el "don"), cuando el día aquel en que les asaltaron las carretas, ¿se acuerda? estuvimos conversando nuestra primera conversación, yo le estuve contando cosas 'e mi vida, de la muerte 'e mi finao marido, de lo que hacía, y leía... En fin, usté sabe bastante de mí.

—Lo sabía entonces. No sé lo que le ocurrió después —y lo miró a Pedrito.

Cierto, todo eso ya se lo voy a contar, pero no ahora, Es demasiao pronto. Pero lo que le quería decir es esto: ¿No le parece que ha llegao el momento en que me toque a mí el turno de saber más acerca de usté? Ese día, por ejemplo —me acuerdo que prometió que me iba a contar lo ocurrido con su padre.

Frank se tiró para atrás, recostándose en el respaldo del asiento, cerrando los ojos, como para recordar mejor.

—Sí... cuando la vi ese día... usté... usté me: hizo una impresión... eh... muy buena, sí, muy profunda. Y nó sé por qué, cuando le dije eso, pensé que verdaderamente llegaríamos a conocernos mejor, y que le contaría lo ocurrido con mi padre. Esa pelea que cambió mi vida y que me trajo a la Argentina y que... y que me permitió conocerla a usté. Pero no fue más que "wishful thinking", un simple deseo mío que no se concretó. Pues fue Dick el que tomó la delantera... y yo, ¿y yo qué podía hacer? ¿Competir con mi mejor amigo? Pero le voy a contar una cosa. No sé si debo. Pero sí, ahora puedo decirlo, ¿por qué no? Cuando usté se fue a Córdoba, con sus padres, tras haber vuelto del Rosario, Dick me comentó que no seguiría viéndola más. Sí, estaba muy decidido. Yo me dije enseguida: ¡Por fin, ésta es la mía! ¡Llegó mi momento! Y me fui a verla a Córdoba. Llamo en el portón de su casa, ¡y me informan que nos habíamos cruzado en el camino, pues usté había vuelto a su estancia! Otro desencuentro más. Y después... y después vino todo lo demás.

—Sí, todo lo demás... —repitió Casiana, que lo dicho por Frank la había emocionado. Luego, con mirada pensativa, agregó—: Así que eso había decidido él ¿eh? Pues muy poco tiempo después cambió de opinión...

—Sí, por lo visto —confirmó Frank, sin poder evitar mirarlo nuevamente a Pedrito, que ejercía un poder magnético sobre él.

—...Y para volver a cambiarla, casi enseguida, antes que Mankethrüz, el indio, boliara mi caballo. ¡Por Dios que era un tipo cambiadizo!

A Frank no le pasó inadvertido el tiempo pasado usado por Casiana.

—Un momento pensaba una cosa y cinco minutos después la contraria —siguió diciendo ella, la mirada perdida en el paisaje que desfilaba velozmente por la ventana—. Y debo decirle que antes 'e la boliada también yo había decidido no verlo más. ¡Todo fue tan complicao! ¡Todo salió tan mal! ¡Qué mala suerte la mía! Y además ¡yo estuve tan zonza cuando él fue a rescatarme! ¡Estaba tan rabiosa contra él! Fue por culpa mía que el rescate falló. Y por eso es que fui pa'l Rosario a disculparme. En fin, historias, historias ya antiguas.

Terminado su monólogo, Casiana volvió su mirada hacia Frank, para decirle:

—Pero Fran, yo no tenía idea de lo que me está contando agora. Me refiero a su viaje a Córdoba pa verme. Si me hubiera encontrao, si hubiera llegao unos días antes, muy otra podría haber sido la historia. Porque, puesto que estamos en tren 'e confidencias... ¡Sí, realmente estamos en tren! —y Casiana se rió del juego de palabras, su primera risa en años.

Frank la miraba con simpatía y quedó fascinado con su risa que mostró una hilera de dientes perfectamente alineados.

—Como le estaba diciendo, Fran, confieso que usté me cáia muy simpático, sí, me cáia muy bien. —Y rozando apenas su mano sobre la pierna de él, dijo: ¡Pero vea las cosas que le estoy diciendo! Ni que me estuviera declarando. Los años pasaos entre los indios me han hecho perder la vergüenza.

Frank la miraba sonriendo y la animó diciendo:

—Me encanta la franqueza. Por algo es que me llamo Frank. Y nada me gustaría más que usté se me declarara —agregó en broma, no tan en broma.

Casiana, dado el curso que seguía la conversación, prefirió interrumpirlo. Al menos por ahora. Ya habría tiempo más tarde. El viaje era largo...

—Pero yo le estaba hablando de la pelea con su padre...

—¡Ah, cierto! Yo se la debía —dijo Frank, poniéndose serio.

—Pues ya la conozco —informó ella.

—¿Cómo la supo? Dick debe habérsela contado.

—No. Él sólo me contó el cambio de apellido de su padre, pero no lo de la muerte de su hermano. Si le cuento cómo lo supe no me lo va a creer; se va a reír de mí. Dígame, a ver si se acuerda, una noche de luna llena, hace como dos años, ¿no vio un gran lechuzón, choñchoñ lo llaman los indios, que volaba y graznaba encima suyo, en Monte 'e Molina?

—Eh... ¡sí, me acuerdo, perfectamente! Gume estaba aterrorizado y yo, para mostrarle mi valentía, salí al patio y saludé al lechuzón, que chillaba como nunca he oído chillar a ninguno. Era enorme. Nunca ví otro tan grande.

¿Y pensó en mí en ese momento?

—Pensaba mucho en usté. Más en las noches de luna. Seguro que habré pensado en usté esa noche.

Casiana pensó: ¿le digo que el choñchoñ era yo? ¡No, me va a creer loca! ¿Y no lo seré, un poco al menos?

Entretanto, Frank le decía:

—Muy bien, y eso ¿qué relación tiene con la historia de la muerte de mi hermano?

—Eh... no, no se lo puedo contar. Al menos agora. Nunca me lo creería, no. Y me creería loca.

Frank insistió, pero ella siguió negándose, con una sonrisa en sus labios.

—Puede que más adelante, cuando me conozca mejor. ¿Cuánto demoró usté en contarme los problemas con su padre?

Frank la miraba como si sus ojos pudieran extraerle lo que Casiana se negaba a decirle. Ella seguía con su media sonrisa, impertérrita, mientras pensaba: ¿Podrá ser cierto todo esto? ¿Esta conversación con un tipo culto, civilizao, en un tren, cuando hace apenas diez días yo estaba metida en una toldería? ¿No estaré soñando? Se pellizcó, pero no, no estaba soñando. Y también, muy velozmente, se le atravesó la idea de que por unos pocos días, exactamente tres, se hubiera encontrado con Riki en el Rosario, y que entonces, quizá, esta conversación no hubiera existido. ¿O sí? ¿O hubiera tenido lugar más adelante? ¿Quién sabe? Somos juguetes 'el destino. Un destino que a veces se muestra cruel pero que agora se muestra más rosao. Estos cambios tan intempestivos son los que hacen tan apasionante la vida. Dentro de unos años mi experiencia entre los indios será un buen tema 'e conversación. Debería agradecerle a Gualicho. Y Casiana empezó a hurgar en su bolso buscando una galleta, que partió y, disimuladamente, arrojó algunos pedacitos por encima del hombro, hacia el pasillo. Vagamente pensó: ¿Qué se habrá hecho 'el salvaje 'e Mañkethrüz? Salvaje pero, al fin de cuentas, no peor que muchos cristianos. ¿Y del machi, mi único amigo allá en la toldería? ¿Habrán existido de verdá? ¡Parece todo tan lejano!

El tren se adentraba en la pampa, chata como un panqueque. El humo negro de la locomotora cortaba en dos el cielo especialmente azul de esa mañana de radiante sol. Notó que Frank la miraba con ojos sentimentales. ¿Y agora, qué se las traerá este Frank?

NOTA FINAL

No temáis, pues, la confusión de razas y de lenguas. De la Babel, del caos saldrá algún día brillante y nítida la nacionalidad sudamericana.

JUAN BAUTISTA ALBERTI: *Bases,* 1852.

Con la excepción de Casiana y Mañkethrüz, los protagonistas principales del libro existieron aunque no necesariamente con las características que resultan del mismo.

Richard Arthur Hamilton Seymour (Dick) efectivamente existió, habiendo nacido el 28 de junio de 1843. Hijo del reverendo Richard Seymour (nacido en 1806 y muerto en 1871) y Frances Smith, hija de un parlamentario inglés. Su libro "Pioneering in the Pampas" ("Un poblador de las pampas", fue escrito en la parroquia de su padre en Kinwarton en 1869 y publicado en Londres el mismo año. Relata "la vida de un estanciero de la frontera Sudeste de Córdoba entre los años 1865 y 1868", tal como reza el subtítulo de la traducción castellana del libro, publicada en Buenos Aires en 1947. Es del caso señalar que el traductor Justo P. Sáenz enriqueció la obra de Seymour con más de cuatrocientas notas que permiten al rector entender la situación del país y de los pobladores de la zona de Fraile Muerto. Fue, por lo tanto, junto con el libro propiamente dicho de Dick Seymour, una fuente principal de la novela. La primera parte de ésta, hasta la demostración del arado de David Melrose, se atiene con bastante precisión a los hechos relatados por aquél salvo, desde luego, los episodios donde interviene la inexistente Casiana.

Una segunda fuente fue el libro de su hermano Walter, "Ups and Downs of a Wandering Life", publicado en 1910. Apenas llegado a Oxford en 1985, invitado por la Fundación Guillermo Enrique Hudson, enterado el profesor Malcolm Deas de mi interés por Dick Seymour, sacó de su enorme biblioteca dicho libro y me lo regaló. La autobiografía de Walter tiene un capítulo en el que relata sus andanzas en la Argentina cuando se asoció con su hermano menor, Hume Kelly y Frank Goodricke. Walter regresó a Inglaterra en Setiembre de 1870. "Había estado enfermo desde abril... Está delgado y su mano derecha paralizada en parte", escribió su padre en el diario de su vida que pude consultar en el archivo condal de

Warwick. Edward Seymour, descendiente de un hermano de Dick, que posee el diario original, me proporcionó datos adicionales.

Walter informa en su libro que la explotación de la estancia Monte Molina no resultó un éxito. "Con langostas e indios, las cosas iban muy despacio, la vida se hacía muy dura y un año sucedía a otro con pobres perspectivas", escribió.

No he podido saber a ciencia cierta cuándo los Seymour Frank Goodricke y Hume Kelly vendieron Monte Molina pero supongo que no debe haber sido mucho después del regreso de Walter. Me baso en que en 1872 o 1873 éste viajó a Paraguay. En su libro relata que llegó a Asunción por vía fluvial pasando por Rosario. De haber sido aún copropietario de Monte Molina es de imaginar que habría aprovechado la ocasión para visitar su estancia. Pero no lo hizo, ni siquiera mencionó esa posibilidad ni a la misma estancia.

Otra hipótesis es que los Seymour hayan vendido su parte, continuando Frank Goodricke con la explotación del campo. Sin embargo, nada pude averiguar acerca de lo ocurrido con Frank, lo mismo que con Hume Kelly. Sí pude en cambio obtener noticias de la familia de Frank. La curiosa historia de la metamorfosis de su padre está relatada en parte en el libro de Walter y la pude confirmar escarbando en el Dictionary of National Biogaphies en la Bodleian Library de Oxford. También es cierta la muerte, y la forma en que ocurrió, de Harry, el hermano mayor de Frank. No lo es, en cambio, la pelea de Frank con su padre.

Si bien Casiana Casas no vivió en la vida real, sí existió su familia. Su padre Nazario, casualmente primo segundo de mi abuelo Casiano, tuvo los cargos que se mencionan en el libro y realmente casó sucesivamente con Victoria Vivanco y su parienta Claudina Casas. Nacido en 1838 era cinco años mayor que Dick, y a fin de que pudiera tener una hija poco menor que éste, debí "envejecerlo" unos veinte años. Ocupando una banca en el Senado cordobés, don Nazario fue asesinado en circunstancias no muy distintas de aquellas en que, en la novela, muere el marido de Casiana. Aunque en el caso de Nazario Casas no fue por cuestiones amorosas sino de negocios. En efecto, saliendo de la fiesta en la que Luis Revol inauguraba su nueva casa en Córdoba, en 1889, se encontró con Manuel Torres Cabrera, con quien estaba enemistado a raíz de diferencias surgidas de cuando habían sido socios. "Don Nazario lo invitó —sin que los presentes lo notasen— a salir a la calle. Nadie lo advirtió. Salieron y a poco se escuchó una detonación. Se produjo gran revuelo y al salir los primeros invitados a la calle, don Nazario

Casas yacía con el pecho atravesado con un balazo". Así lo relató en carta a Justo P. Sáenz el señor Joaquín A. Femenia. Torres Cabrera, ayudado por el gobernador Marcos Juárez (quien a la vez era íntimo amigo de Casas según Femenia), huyó al Uruguay.

En cuanto a don Cleto del Campillo, "en realidad el único caballero allí digno del calificativo", según escribió Dick Seymour en su libro refiriéndose a Fraile Muerto, el siempre curioso Sáenz obtuvo su biografía, la que, junto con la descripción hecha por Seymour, me sirvió para caracterizar al personaje.

Mención especial merecen Gumersindo Lisada, el fiel peón de Monte Molina, y Salomé, su mujer. En verdad no permanecieron tanto tiempo en la estancia como se menciona en la novela, ya que antes de partir a Inglaterra en 1869, Richard Seymour los había dejado establecidos en Fraile Muerto.

Proserpina Reynafé no existió, pero la historia de su familia es verosímil según ciertas fuentes. Sí existieron en cambio, y fueron citados por Dick o Walter, los demás personajes del pueblo y los pobladores británicos de la zona, lo mismo que quienes pasaron por allí, tales como el ferrocarrilero don Guillermo Wheelwright, el capitán Richard Burton (más tarde sir Richard) y el aspirante a la herencia de Tichborne.

Me resta informar acerca de lo ocurrido con Dick Seymour tras escribir su libro en Inglaterra. De éste parece desprenderse que estaba en Inglaterra visitando a sus padres y que volvería a Monte Molina. Así lo creía Sáenz que intentó averiguar sobre el futuro de aquél a través de la firma editora de su obra; Longmans, Green and Co. Pero ésta informó que sus archivos habían sido destruidos por los bombardeos alemanes durante la Segunda Guerra Mundial y Sáenz no prosiguió sus investigaciones. Su única referencia había sido la versión escuchada de Guillermo Conrad Vincent de que "allá por el 78, según sus cálculos y en Rosario, uno de los Seymour, no sabe si Richard Arthur o Walter, se mató de un balazo, desesperado por no tener con qué comprar una botella de caña... Triste jugarreta del destino, por cierto, pues al día siguiente y al Banco de Londres de aquella ciudad, le llegaba de Inglaterra un giro a su orden por diez mil libras esterlinas!"

Esta historia, muy atrayente como "sad ending" de la novela, no resultó cierta. Yo tuve más suerte que Sáenz pues la consulta de la obra "Peerage and Baronetage" en la nombrada Biblioteca Bodleian, me permitió conocer que Richard Seymour nunca volvió a Monte Molina y que murió mucho más tarde (y quiero creer que más tranquilamente) en 1906, de sesentidós años de edad, tras haberse casado en 1878, el año de su supuesto suicidio, no con Mary Elizabeth Throckmorton sino con Charlotte Elizabeth Baillie —Hamilton, hija de un almirante (los marinos abundaban en la familia Seymour). Tuvo tres hijas, dos de ellas casadas con coroneles y la tercera, Muriel, murió soltera hace muy pocos años. Desgraciadamente no la pude conocer para que me diera más noticias acerca de la aventura cordobesa de su padre.

Y puesto que mencioné a Mary Elizabeth Throckmorton (la noviecita y vecina de Dick en Warwickshire), corresponde decir que según Charles Lines ("Coughton Court and the Throckmorton Story") fue dama de honor de la princesa Isabel de Baviera, esposa del emperador Francisco José de Austria, que fuera asesinada en 1898. Mary Elizabeth fue "muy bonita" según algunos, "muy tontita" según otros; además de indiscreta, lo que provocó su retorno a Inglaterra, donde murió en 1919.

Para concluir esta nota final, quiero mencionar que cuando escribía este libro visité Bell Ville, ex Fraile Muerto, para conocer los lugares donde se desarrolla el relato. Es hoy una ciudad importante, con edificios de muchos pisos y a su vera siempre discurre más bien apurado, entre grandes álamos coralinos y algún plátano, el río Tercero. Visité la iglesia donde Casiana recibió ese primero y furtivo beso de Dick. Tiene una placa que recuerda quiénes financiaron su construcción. Allí figuran entre otros Nazario Casas, nada menos que cinco Vivanco y David Melrose. ¿Sería católico el escocés? No demasiado según la versión de Walter Seymour, recogida en la novela, de que Melrose, cuyo verdadero apellido era Wright, había falsificado moneda en Escocia. Frente a la iglesia, está la nueva, no tan nueva plaza (la vieja, de trazado irregular, está ahora ocupada por un mercado). Allí se alza la correspondiente estatua seriada de San Martín, mostrando con su mano un rumbo que el país había comenzado a seguir en los tiempos en que se desarrollan los sucesos de la novela, pero que después perdió por completo.

Estando en el excelente hotel de Bell Ville se me ocurrió constatar si quedan descendientes de sus antiguos habitantes. Pido la guía en la recepción y busco Casas. No hay ninguno. Del Campillo, ni en la "d" ni en la "c". Melrose, por supuesto que no. Ni Goodricke ni Lisada. Iba a buscar Vivanco cuando oigo una voz que detrás de una mampara atiende el teléfono y dice: "Habla Vivanco". Al menos los Vivanco han dejado descendencia en el pueblo, perdón, ciudad. Pero tampoco quedan hoy gauchos ni indios rondando, amenazantes, en las cercanías de Bell Ville e inútil será buscar venados y ñandúes para bolearlos. Los trenes ya no traen inmigrantes en estos tiempos: más bien devuelven al exterior a sus nietos que prefieren abandonar la Babel en la que revirtió y se frustró la brillante patria sudamericana augurada por Alberdi. Y. cuando escribía las primeras versiones de este libro (ya no hoy, afortunadamente), un don Nazario redivivo no podría haber aspirado a ocupar una banca en la legislatura pues para gobernar era necesario tener gorra. De donde esta historia, de poco más de un siglo, es hoy remota, pues se refiere a un país que comenzaba el gran salto, el país de Mitre y Sarmiento, que ya no existe y que mucho nos costará recrear.

* * * * *

Quiero agradecer a algunas personas que gracias a su activa colaboración hicieron posible este libro. A Ciro Echesortu, en primer lugar, por haberme regalado el libro de Richard Seymour que inspiró esta novela. A los miembros de la Fundación William Henry Hudson, que me invitara a Oxford, donde tanto material hallara sobre los protagonistas ingleses. Al profesor Malcolm Deas, del St. Antony's College, que me dio la autobiografía de Walter Seymour. A Juan Forn, quien leyó muchos capítulos haciendo útiles indicaciones en materia de estilo que utilicé en los demás. A mi amiga joven Ana Gagliardi de Laplace, que tradujera diálogos al milanés. A Ezequiel Gallo, Oscar Cornblit y Jorge Enrique Hardoy que me facilitaron libros de la época. A María Mercedes Degl'Innocenti y a María Casas que colaboraron en las monótonas tareas de transcripción de textos a diskettes e innúmeras correcciones. A Martin Casas, que me asesoró en el manejo de la procesadora de palabras y su compatibilización con la imprenta. A quien espero sea mi nuera Alejandra Pecoraro, quien afrontó lo peor: leer una de las primeras versiones. Y a muchos otros que olvido y a quienes pido disculpas por omitir nombrarlos.

APéNDICE

MEDIDAS Y VALOR DE LAS COSAS HACIA 1865

En la novela se han utilizado los pesos, medidas y monedas usuales en la época. Para que el rector curioso pueda convertirlos a las que están en uso en la actualidad se ha confeccionado la siguiente tabla de equivalencias y precios

DINERO

1 ONZA DE ORO	16.00	PESOS FUERTES O PATACONES
	21.00	PESOS BOLIVIANOS
	4.00	LIBRAS ESTERLINAS
1 LIBRA ESTERLINA	5.00	PESOS FUERTES
	6.65	PESOS BOLIVIANOS
1 DOLAR	1.06	PESOS FUERTES
1 CHELIN	5.65	GRAMOS DE PLATA 925
1 PESO FUERTE	27.04	GRAMOS DE PLATA 903
	1.31	PESOS BOLIVIANOS
	10.5	REALES BOLIVIANOS
	8	REALES
	29.20	DÓLARES ACTUALES (A RAZÓN DE 467 U$S LA ONZA DE ORO)

SUELDOS

SUELDO MENSUAL DE UN SENADOR O DIPUTADO DEL CONGRESO

	200	PESOS FUERTES (SEGUN MARTIN DE MOUSSY)
EQUIVALENTE A	6.000	DÓLARES ACTUALES
O	72.000	DÓLARES ANUALES

Roberto Cortés Conde me ha precisado que en 1865 ganaban 658 pesos fuertes por cada uno de los cinco meses de sesiones ordinarias equivalentes a 19.213 dólares de hoy, o 96.000 al año.

De un Ministro de la Confederación

	4.800	pesos fuertes
equivalente a	140.160	dólares actuales

Del Gobernador de Córdoba

	3.000	pesos fuertes
equivalente a	87.600	dólares de hoy

De un Peón de Campo

	120	pesos fuertes
equivalente a	3.504	dólares actuales
		(292 dólares actuales p/mes)

1 tonelada:	86.92 arrobas
1 fanega de 4 cuartillos en Bs. As.	184 litros
de 12 almudes en Paraná	301.44 litros
10 almudes en Salta	250.96 litros
1 fanega de 4 cuartillos de maíz	138 kilos
1 fanega de 4 cuartillos de trigo	143.5 kilos
1 arroba	11.5 kilos o 25 libras españolas
1 almud	25.48 litros
1 vara	0.86 metros
1 yarda	0.91 metros
1 cuadra	150 varas o 129 metros
1 legua argentina	5000 varas o 4.3 km
1 cuadra cuadrada	16.641 metros^2 o 1.64 hectáreas
1 legua cuadrada (de 1 legua de 6.000 varas)	2.662 hectáreas o 6.655 acres

1 ACRE	0.4017 HECTÁREAS
1 HECTÁREA	2.48 ACRES
PRECIOS Y RINDES	
1 OVEJA (1PESO FUERTE Y 1 REAL)	9 REALES 32.85 DÓLARES DE HOY
1 CABALLO O	4/10 PESOS FUERTES 116.80/292 DÓLARES ACTUALES
1 VACA LECHERA (1PESO FUERTE Y 1 REAL)	20 PESOS FUERTES O 584 DÓLARES 32.85 DÓLARES DE HOY
PAPAS	1 PESO BOLIVIANO LA ARROBA

Maíz desgranado = 5 reales bolivianos por arroba o 7 pesos bolivianos y 4 reales por fanega (de 4 cuart.) = 1.242 dólares de hoy la tonelada.

Maíz, buen rinde = 20 fanegas (de 4 cuart.) por cuadra = 12,8 fanegas por hectáreas = 17,6 quintales por hectárea (hoy 60/70 quintales).

De los datos de la tabla precedente más los que surgen del libro, es fácil percibir que todo o casi todo era sumamente caro si se convierten los pesos fuertes o patacones, prácticamente equivalentes al dólar plata, a dólares actuales vía el valor del oro.

El pasaje en vapor de Rosario a Buenos Aires costaba la friolera de 270 dólares de hoy en día (incluyendo las comidas), y el del tren de Rosario a Fraile Muerto, hoy Bell Ville, algo más de 200 dólares . Tarifa ésta más baja que la de 292 dólares en los dos días de baqueteada marcha (con su correspondiente noche en una pulguienta posta) en la incómoda diligencia. Aún así, estos precios eran considerablemente menores al costo de viajar en galera propia, o a caballo, antes de Caseros, cuando ni servicio de diligencias existía.

Tampoco lo había de vapores en los cerrados ríos Paraná y Uruguay. Lo que explicaba la incomunicación existente entre las catorce provincial originales.

En verdad que casi lo único barato por entonces, 1865, era la sierra: 8,76 dólares de hoy la hectárea en Monte Molina. Claro que expuesto a los ataques de los ranqueles, ¿cuánto valdría hoy?

La Argentina carecía de moneda nacional. Circulaban principalmente monedas bolivianas de baja ley: dos tercios plata y un tercio cobre. También circulaban algunas monedas acuñadas en Córdoba y La Rioja, cóndores chilenos, libras esterlinas, francos, patacones brasileños, que se convertían a los pesos fuertes conforme a su contenido de metal. Estos pesos fuertes, la antigua moneda colonial más la acuñada en Potosí en el breve tiempo que fue su ceca ocupada por las tropas patriotas, equivalían a ocho reales, habiendo monedas de plata de cuatro, dos y un real. Las denominaciones inferiores eran de cobre.

Para pagos importantes se utilizaba la onza de oro, equivalente a 16 patacones. En la provincia de Buenos Aires circulaba el peso corriente, una moneda de papel. Un patacón equivalía a alrededor de 25 pesos moneda corriente aunque en el origen de este papel moneda, 40 años antes, estaba a la par (la inflación no es un fenómeno nuevo en la Argentina). Corrientes también tenía moneda papel provincial Inteligentemente, las restantes doce provincial rechazaban esos papeles gracias a lo cual no conocían la inflación.

INDICE

STOCKCERO

stockcero.com
Viamonte 1592 C1055ABD
Buenos Aires Argentina
54 11 4372 9322

stockcero@stockcero.com

www.ingramcontent.com/pod-product-compliance
Lightning Source LLC
Chambersburg PA
CBHW020654110726
47901CB00001B/193